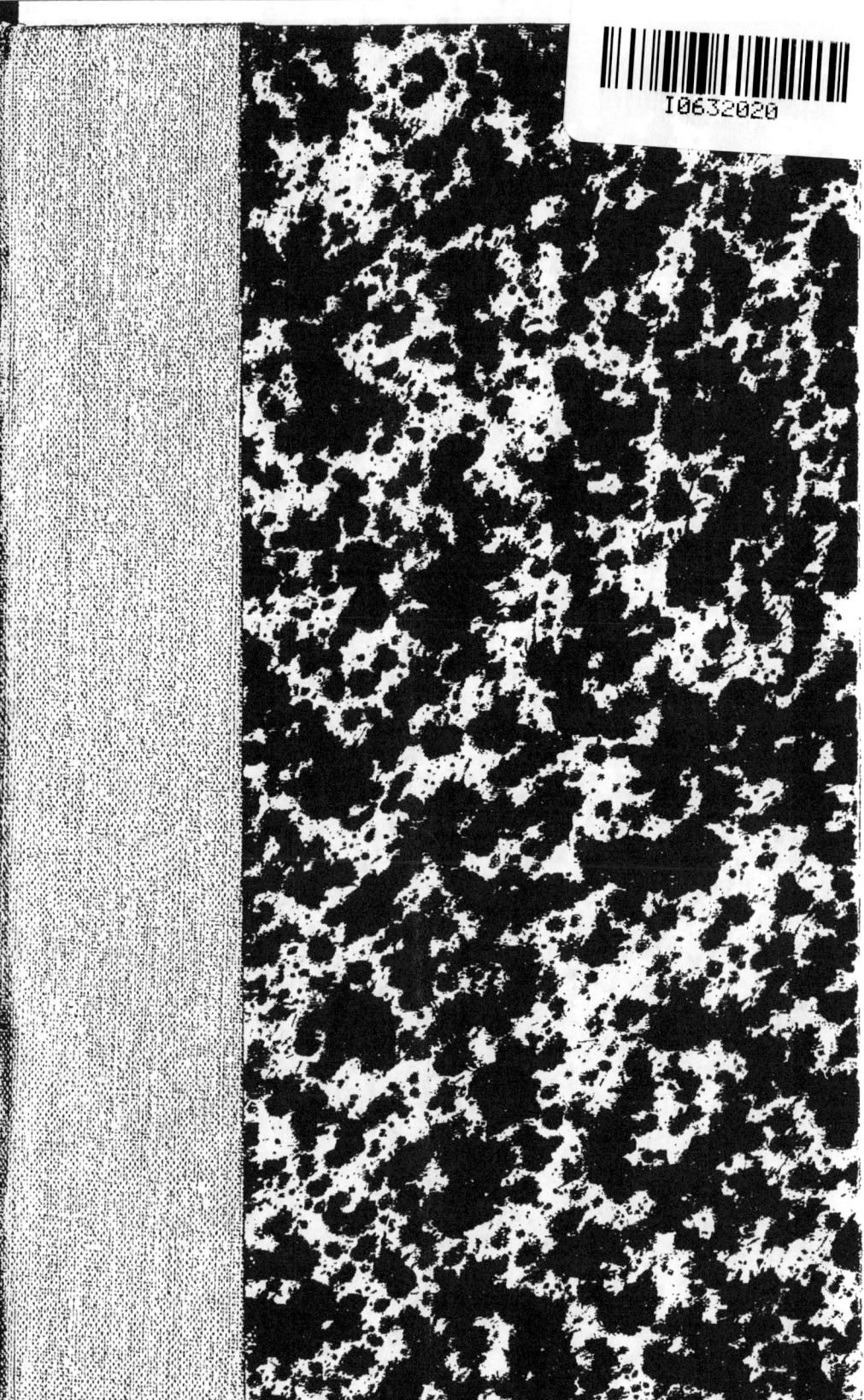

J. BOULANGER

LE CLUB

DES COQUINS

PAR

ALEXIS BOUVIER

17642

PARIS

E. DENTU, ÉDITEUR

LIBRAIRE DE LA SOCIÉTÉ DES GENS DE LETTRES

PALAIS-ROYAL, 15-17-19, GALERIE D'ORLÉANS

LE

CLUB DES COQUINS

LIBRAIRIE E. DENTU, ÉDITEUR

Du même Auteur

Paris, imp. Balitout, Questroy et C⁰, 7, rue Baillif.

LE CLUB

DES COQUINS

PAR

ALEXIS BOUVIER

PARIS

E. DENTU, ÉDITEUR

LIBRAIRE DE LA SOCIÉTÉ DES GENS DE LETTRES

PALAIS-ROYAL, 15, 17, 19, GALERIE D'ORLÉANS

——

1880

LE CLUB DES COQUINS

PROLOGUE

La Maudite.

I

PAUVRE PETIOT.

Un soir de décembre, par ce temps humide et froid qui annonce la neige, sans souci du vent glacé qui en faisait déjà tourbillonner quelques rares flocons dans le gris sombre du crépuscule, une jeune femme était accroupie plutôt qu'agenouillée dans le petit cimetière de Cacogne, entre Clamecy et Nevers. Des sanglots hoquetaient dans sa gorge, et ses paupières, rougies, avaient épuisé les larmes de ses yeux.

Le vent, courbant les sapins noirs des tombes, gémissait en secouant le squelette des arbres de la route ; la tempête d'hiver menaçait...

Inconsciente de ce bouleversement de la nature, la femme restait sur la terre, récemment remuée, de la petite tombe, sans force, sans voix, ne prononçant, ou plutôt ne râlant qu'une phrase entrecoupée de sanglots :

— Oh ! mon pauvre petiot !

Trois ou quatre fois déjà, des amis, des voisins étaient venus près d'elle pour la décider à sortir du cimetière ; mais, en entendant les pas, elle avait tourné la tête vers eux et, comprenant qu'on voulait l'éloigner de la tombe sur laquelle elle était agenouillée, son regard humide avait supplié, pendant que ses mains se crispaient dans la bosse de la terre.

Et les hommes, attendris, grimaçant pour ne pas pleurer, s'étaient éloignés en disant :

— Laissons-la prier encore un peu... nous reviendrons tout à l'heure.

Ils avaient attendu à la porte du cimetière ; mais, voyant la nuit descendre et la neige tomber, ils se dirent :

— Décidément, ce n'est pas humain de laisser cette femme comme ça... Il faut l'emmener, même de force.

Ils revinrent vers la malheureuse, et l'un d'eux lui dit :

— Voyons, la Jeannie, ma fine, il ne faut pas rester là, à chercher du mal... il va neiger.

Celle qu'il appelait la Jeannie regarda le tas de terre qui couvrait son enfant et dit d'une voix sourde :

— C'est pas assez de la terre qui l'étouffe, mon Géo... il faut de la neige maintenant. Ah ! mon pauvre petiot !

Les larmes vinrent et les sanglots soulevèrent sa gorge.

— Allons, ma pauvre Jeannie, du courage ! dirent deux des hommes en la prenant chacun sous un bras...

La malheureuse était sans force, elle essaya à peine de résister ; entraînée, elle gémit :

— Mais qu'est-ce que j'ai donc fait au bon Dieu !... mais j'ai jamais fait de mal à personne, moi... On me prend mon homme... et maintenant je perds mon enfant. Ah ! mon Dieu ! mon Dieu !

Une femme lui dit :

— Jeannie, ma mie, du courage... Voyons ! faut pas se tuer pour les morts, faut penser aux vivants !... à ton homme... Et l'autre petit...

La pauvre femme s'arrêta, se dressa, secouant ses cheveux et passant la main sur son front comme pour chasser les nuages qui obscurcissaient sa pensée, elle regarda les deux hommes et la femme, puis l'œil fixe, elle chercha quelques secondes, répétant :

— L'autre! l'autre! quel autre?

— Mais le petit Parisien... fit la femme.

— Est-ce que c'est mon enfant, lui? s'écria-t-elle.

Et les yeux séchés, la main sur la poitrine pour comprimer les sanglots qui l'étouffaient, elle se dégagea de ceux qui la soutenaient et marcha rapidement se dirigeant vers sa demeure.

Les hommes hochèrent la tête, la femme dit en essuyant ses yeux :

— Pauvre Jeannie! elle est capable de devenir folle.

— C'est trop aussi, dit un des hommes, son mari traqué... maintenant l'enfant qui meurt!

— C'est la misère!...

— Et cette misère, qui l'a amenée?... le coup d'État, qui a forcé l'homme à quitter l'atelier...

— Parle pas si haut... et rentrons... voilà la neige!

En effet la neige commençait à tomber dru. La nuit se faisait noire, froide; la Jeannie échevelée, fiévreuse, courait sur la route.

Jeannie Burdin, la femme de l'insurgé, était très-belle, elle avait à peine vingt-cinq ans. Elle était grande et robuste, mais souple et presque élégante d'attaches. Ses cheveux étaient roux foncé et seyaient bien à son teint mat; sa bouche, admirablement dessinée et superbement garnie, semblait plus faite pour le sourire que pour la contraction qui la déformait à cette heure; ses yeux verts paraissaient noirs sous les longs cils qui les voilaient de leur ombre; ses sourcils étaient bruns, ses oreilles mignonnes et roses; le nez, un peu lourd, était pur de dessin; le corsage opulent se liait bien à ses splendides épaules, d'où naissait un cou admirable. Jeannie, enfin, était belle, très-belle.

Elle atteignit bientôt l'extrémité du village, et dans la dernière maison, — la sienne, — au-dessus de laquelle on lisait : *Burdin, maréchal-charron*, ayant allumé la lan-

terne, elle traversa l'atelier. Triste atelier, sans flamme,
sans bruit. Pas de feu à la forge, le manche des mar-
teaux était noir de poussière, l'enclume était rouillée;
en entrant, l'humidité vous tombait sur les épaules, l'o-
deur saine de la corne brûlée était remplacée par la senteur nauséabonde du moisi. L'atelier était mort...

Sur le vaste auvent de la forge, on voyait dans la poussière et la suie l'empreinte d'un vieux fusil. Burdin l'a-
vait décroché dans la nuit du 2 au 3 décembre 1851; —
il était parti avec les autres défendre la République et la
Constitution. Depuis, une année s'était écoulée.

Burdin n'était plus revenu au village; il était condamné par contumace, et l'atelier restait muet; la grande
forge qui, à deux lieues de là, indiquait comme un
phare l'entrée du village, n'avait plus été allumée.

La police vint deux ou trois fois; après la police, nous
l'avons vu, c'est la mort qui entra au foyer. C'est à cette
époque que nous pénétrons chez la femme du proscrit.

Jeannie Burdin, n'ayant plus son homme, restant seule
avec un enfant de deux mois, se décida pour vivre, à
prendre un nourrisson.

Son fils était mort, et *l'étranger* qu'elle allaitait, l'*autre,* dormait dans son petit lit, à côté du berceau vide.

Ayant traversé l'atelier, la mère entra chez elle; une
grande chambre, bien haute, avec des solives au plafond... un lit immense caché sous de longs rideaux rouges... la vieille armoire du pays qui, lorsqu'on l'ouvre,
vous jette au visage sa bonne odeur de lessive; en face, la
cheminée assez haute pour y tenir debout, avec sa crémaillère, ses grands chenets, et dans le fond la plaque
de fonte aux armes de l'ancienne maison de France, le
dressoir, les cuivres... Mais tout cela, ce soir, était en
désordre, le malheur avait passé là...

Jeannie se précipita sur le berceau vide; elle s'age-
nouilla; cette fois encore les larmes coulèrent de ses
yeux; elle prit les petits draps maculés de sang et s'en
couvrit la face, cherchant à respirer dans le lin l'odeur
mortelle qu'y avait laissée son « p'tiot. »

Elle pleurait, elle riait, elle râlait, la pauvre femme... elle blasphémait même !

L'enfant couché dans le petit lit s'éveilla; effrayé, il cria.

A ce cri, qui la surprit, la Jeannie sursauta, puis elle se dressa, l'œil hagard, fou, effrayant; une hideuse pensée traversa son cerveau.

Ce cri d'enfant insultait à sa douleur; Dieu la poursuivait jusqu'au bout. L'enfant était riche, il vivait... l'enfant du pauvre était sous la neige.

Un affreux sourire vint sur son visage, ses dents mordirent ses lèvres, ses yeux jetèrent des lueurs fauves, la sueur perla sur son front, elle ragea :

— Pourquoi vivrait-il plutôt que le mien?

Elle étendit le bras vers l'enfant et lui saisit le cou... L'enfant se tut.

Le geste de la malheureuse avait relevé le rideau du berceau, et la lueur de la lanterne éclaira le petit.

La mignonne créature, en sentant la main, croyant que sa nourrice jouait avec elle, lui montra le sourire de ses gencives roses, de ses dents laiteuses et de ses gros yeux bleus.

La bouche ouverte, l'œil hagard, Jeannie voyant l'enfant rire, desserra les doigts. Une grande minute, elle resta ainsi muette, épouvantée du crime qu'elle allait commettre... Le bébé rit encore, ferma les yeux et s'endormit.

Jeannie se soutenant à peine, sortit Son cerveau brûlait, la neige tombait à gros flocons, elle en prit une poignée et s'en frotta le visage; puis, ayant poussé les contrevents, elle rentra plus calme, s'assit, et, s'accoudant sur sa table, pleura silencieusement.

Elle resta une grande heure ainsi... puis, sous l'empire de la même pensée :

— Pauvre petit... qu'il doit avoir froid sous cette neige, et elle grelotta... Puis, reprenant :

— Il faut que je l'écrive à son père... oh! le pauvre homme !

Jeannie prit du papier dans le tiroir de la table... es-suya ses yeux de sa manche et écrivit :

« Mon pauvre homme,

» Dieu ne se lasse... »

Et n'osant pas blasphémer, elle effaça Dieu, et mit :

« Le malheur ne se lasse pas de nous poursuivre, nous n'avons plus notre petit Géo ; avant-hier, à huit heures, il est mort dans mes bras, il a expiré en toussant, je croyais à une syncope, mais j'ai eu beau le soigner, je n'ai pu le faire revenir. Il était mort. Oui, mon homme, nous n'avons plus d'enfant. Pauvre petit ! si tu l'avais vu... ses lèvres à demi-ouvertes laissaient voir sa petite bouche fraîche... je m'acharnais à l'embrasser pour lui jeter de ma vie dans la poitrine... C'était fini, il n'a plus respiré, ses beaux yeux étaient tout grands ouverts. Il était pâle, vois-tu, si pâle, si froid, qu'on l'aurait cru en marbre, et j'en ai encore la lèvre qui me brûle de l'avoir embrassé... Pauvre ange !

» Nous sommes donc maudits, toi condamné, lui mort, sais-tu qu'il me faut du courage pour vivre, mon homme !

» C'est le froid qui l'a tué... il fait si froid chez nous depuis que tu n'es plus là.

» Rien ne m'a coûté, Louis ; j'ai fait tout ce qu'il fallait faire... il n'y avait plus rien chez nous hier, mais les voi-sins qui l'aimaient — il était si gentil ! — ont été à la mairie, et puis ils ont fait une quête pour me donner l'argent de l'enterrement. Toute la nuit je l'ai veillé, près de son petit berceau blanc... j'avais allumé un cierge... Si tu savais comme il était beau ! J'ai essuyé deux fois la mousse rose qui venait sur ses lèvres, je garde le mouchoir comme une relique.

» Au milieu de la nuit, les gendarmes sont encore ve-nus ; ils avaient des ordres. On prétendait que tu étais dans le pays, à cause de la maladie du petit ; je les ai laissés faire ; mais ils ont vu tout de suite qu'on les avait trompés : ils ont cherché pour la forme. J'ai vu le brigadier qui s'en allait essuyant une larme, et j'ai entendu qu'il disait aux autres :

» Pauvres jeunes gens ! quand donc ça finira-t-il ?

» Tant que mon Géo a été devant moi dans son berceau, je n'ai pas trop pensé, mais maintenant qu'on est venu le prendre, quand j'ai vu qu'on le clouait dans la bière, j'ai pleuré, j'ai crié, j'ai battu les gens. Pardonne-moi, mon homme, c'était trop, je n'ai plus eu de courage, je me suis trouvée mal, j'ai perdu connaissance... On a emporté mon enfant pendant ce temps-là ! quand je suis revenue à moi, à moitié folle, j'ai couru au cimetière... »

La malheureuse mère s'arrêta, elle venait d'entendre du bruit derrière elle... elle essuya ses yeux et regarda. Un homme était debout dans la chambre, elle jeta un cri en le reconnaissant. L'homme courut vers elle, la prit dans ses bras et lui dit dans un baiser :

— Silence, Jeannie ! Eteins ta lanterne qu'on ne voie pas la lumière du dehors...

Ayant embrassé sa femme, qui restait tremblante d'épouvante et de joie, disant :

— Mon Louis ! mon homme !... c'est toi ; mais ils sont venus pour te chercher encore la nuit dernière.

Il alla vers le lit de l'enfant endormi, l'embrassa et dit avec un gros soupir :

— Enfin, je vous ai vus... et l'on m'avait menti... mon enfant vit.

Jeannie avait éteint sa lanterne, elle se jeta dans les bras de son homme et pleura ; elle ne pouvait parler.

Burdin, se méprenant sur les larmes de sa femme, continua :

— L'on m'avait dit que l'enfant se mourait, c'était un guet-apens qu'on me tendait pour me faire revenir... mais je vais partir vite... Ne crains rien, ma Jeannie, ton homme est aussi fin que les argousins... J'étais désespéré... je voulais vous revoir. Si notre enfant était mort, je me serais tué, Jeannie...

— Que dis-tu là? fit la femme, dont un frisson courut dans les os.

— Crois-tu que c'est une vie? Traqué sans cesse comme un fauve, obligé de me cacher, ne pouvant travailler et sachant que vous manquez de tout... Veuve sans enfant, tu es jeune et tu pourrais recommencer ta vie, que j'ai faite misérable.

— Ne dis pas cela, mon Louis... s'écria la pauvre femme, affolée par ce qu'elle entendait.

— Mais ne crains rien, ma mie... Notre Géo vit et je vivrai pour vous.

Il s'assit près du berceau et attira sa femme sur ses genoux; il l'embrassa, lui parla de la joie qu'il avait de les retrouver tous deux forts et bien portants.

Chaque mot était une douleur pour la malheureuse, qui, comme hébétée, s'abandonnait et écoutait sans comprendre; une seule phrase résonnait à son oreille :

— Si notre enfant était mort, je me serais tué !

Jeannie adorait son enfant, mais elle aimait son mari; et ayant perdu son petiot, elle était menacée de perdre son homme! C'était à devenir folle.

— Qu'as-tu donc, ma mie?... Tu ne parles pas, tu trembles, tu as peur. Ne crains rien, je pars et demain je serai hors de danger... Embrasse-moi.

Il l'embrassa : un gros baiser plein de cœur qui sonna sur les lèvres.

— Ecoute, femme, je suis maintenant plus tranquille : j'ai trouvé, à Chambéry, une place où je pourrai travailler dans de bonnes conditions. Je t'apporte l'autorisation de tout vendre chez nous. Tu payeras ce qu'on doit, puis tu viendras me rejoindre avec notre enfant... La Savoie!... c'est presque la France !... Eh bien! tu ne te réjouis pas?...

En disant ces mots, Burdin lui donnait les pouvoirs pour tout vendre.

— Voici l'adresse, ajouta-t-il. — J'y serai dans deux jours, écris-moi ton arrivée!...

Puis l'embrassant et embrassant l'enfant :

— Oh! que je suis heureux de vous revoir... si tu savais quelle joie je ressens à la pensée de nous retrouver ensemble libres... J'y aurai perdu, grâce à Louis Bonaparte, quinze ans de travail... mais bah ! je travaillerai, voilà toute l'affaire...

Jeannie se leva, et prenant une résolution héroïque, elle dit :

— Louis, nous sommes maudits... tu crois que...

A ce moment, le charron lui mit la main sur la bouche pour étouffer ses paroles.

— Tais-toi ! fit-il à voix basse ; on rôde autour de la maison.

On entendit aussitôt frapper aux contrevents. Jeannie revint vite au danger qui menaçait son mari.

— Cache-toi, mon Louis, cache-toi ; ce sont eux : ils me tueront plutôt que de te prendre.

— Tais-toi, tais-toi, ne crains rien... Je puis me sauver par le caveau au charbon, qui donne sur le jardin ; fais-les attendre à la porte le plus longtemps possible.

— Ouvrez de la maison, cria-t-on au dehors.

— Adieu, ma Jeannie, adieu !... Au revoir, mon Géo ; sois d'ici dix jours là-bas. Au revoir.

Il l'embrassa. Muette, immobile, brisée par l'émotion ; elle entendit la trappe se refermer et de nouveaux coups frappés aux volets.

— Je deviens folle, pensa-t-elle, et allant à la porte de l'atelier, elle demanda pour gagner du temps :

— Que voulez-vous ?

— Burdin.

— Il n'est pas chez nous !

— Ça ne fait rien, c'est à la femme que j'ai affaire, ouvrez, il fait un temps de chien.

Jeannie se dit :

— Ils veulent me tromper...

Elle répondit :

— Attendez une minute, que je m'habille.

— Dépêchez-vous, on gèle.

Jeannie courut aussitôt à la trappe, qu'elle souleva, et elle demanda à voix basse :

1.

— Louis, es-tu là ?

On ne répondit pas.

— Il est parti, fit-il ; si ce sont des agents, leur finesse est en défaut.

Elle ralluma sa lanterne et alla ouvrir. Un homme entra, enveloppé d'une grosse limousine ; il était couvert de neige. Jeannie l'éclaira et, voyant qu'elle avait affaire à un roulier, elle dit :

— Que demandez-vous ?

— C'est vous qui êtes Mme Burdin ?

— Oui.

— J'ai une lettre à vous remettre... Mais laissez-moi entrer, car il fait un temps de loups... Si je viens tard, c'est la neige qui en est cause ; je me suis perdu en route ; les chemins sont si mauvais que j'ai laissé ma voiture au bas de la montée... Je suis envoyé vers vous par des voyageurs qui sont descendus à l'hôtel de France, à Nevers. Voici la lettre.

— Entrez, dit Jeannie, plaçant la lanterne sur l'enclume ; elle ouvrit la lettre et lut :

« Mère nourrice,

» De passage à Nevers, nous vous prions de venir ce soir avec notre petit Octave.

» Vous passerez avec nous la journée de demain, on vous ramènera le soir chez vous. Couvrez bien l'enfant, il fait très-froid.

» A bientôt.

« M. DE CANTREL. »

En lisant ces lignes, la malheureuse Jeannie devint blême, elle sentit ses jambes trembler ; pour ne pas tomber, elle se soutint à la forge.

— Eh bien ! fit l'homme, vous avez compris, pendant que vous vous apprêterez, si vous avez un petit verre de quelque chose, ça m'irait assez... il fait froid dehors, mais on gèle ici.

Tout à coup, Jeannie se redressa, un éclair farouche

brilla dans ses yeux, et, prenant la lanterne, elle dit à l'homme :

— Venez!

Celui-ci la suivit. Arrivée dans la chambre, elle montra le berceau et dit d'une voix étrange :

— Voici le berceau vide, les draps tachés de son sang.

Elle courut à la grande armoire et fouillant tout, faisant un paquet de hardes :

— Voici ses vêtements. Emportez tout cela...

— Hein? fit l'homme ahuri.

Jeannie continua ;

— Voici la lettre que je leur écrivais. Elle est inutile, puisque vous êtes là... Vous direz que leur enfant est mort... qu'on l'a mis en terre aujourd'hui... vous leur rendrez tout cela, vous direz que je ne veux rien avoir de l'enfant... vous direz qu'il est mort, leur enfant... C'est lui qui est mort, vous entendez!

Le paysan avait d'abord ouvert de gros yeux; puis en entendant le récit fébrile de la pauvre nourrice — craintif comme tous les campagnards à l'idée de la mort — il se retira à reculons, pressé d'être dehors.

— Oui, oui! ma pauvre dame... Oui, je leur dirai.

Et prenant les hardes, il sortit hâtivement. La porte fermée, il dit avec un soupir de soulagement :

— Elle me faisait peur! Pauvre femme!... Elle aimait ce petit comme son propre enfant, et ça lui a tourné la tête.

Et il se hâta de courir vers sa voiture.

Restée seule, la Jeannie tomba accablée sur une chaise, et l'œil vague, perdue dans ses pensées, elle murmura :

— C'est infâme ce que je fais là... La mort m'a bien volé mon enfant, à moi!... C'est assez d'avoir perdu mon petiot, je ne veux pas perdre mon homme!

Puis, sentant qu'elle étouffait, elle dénoua les cordons de ses jupes, arracha son fichu... L'air manquait à sa poitrine; elle essaya de se lever... mais ses bras cherchèrent un appui; elle râla :

— J'étouffe, je me meurs... Dieu est donc juste, je vais donc te retrouver, mon pauvre petiot!

Et elle tomba roide sur les carreaux de la chambre.

II

UN VOYAGEUR SANS FAÇON.

Au dehors, la neige tombait à gros flocons; des bourrasques de vent la chassaient dru dans les rues du village, obstruant les portes, éteignant les feux.

Tout était silencieux; on n'entendait que les hurlements de la tempête. Le petit pays était absolument perdu sous la nappe épaisse qui le couvrait.

Il était tard, les feux étaient éteints, pas une cheminée ne lançait sa fumée noire dans l'horizon blanc.

Par ces temps, en plaine, la nuit existe à peine, la neige éclaire; et c'était un tableau navrant : au plus loin où l'œil s'étendait, le vide; les maisons basses du village se confondaient dans la masse blanche, et les toits ne semblaient être que les gibbosités de la plaine.

L'horloge d'une église sonnait une heure du matin, orsqu'au plus loin, sur la route de Clamecy, une silhouette se dessina.

Quel audacieux ou quel malheureux se trouvait par les chemins à cette heure et par un temps pareil?

La silhouette humaine se dirigea vers le village et s'arrêta devant la première maison de la route, la demeure du maréchal-ferrant. L'homme exclama alors avec satisfaction :

— Enfin, voici une hutte... On niche dans ce pays... Quel chien de temps!... Voyons ça.

Il frappa à trois reprises, on ne répondit pas ; il se recula et lut :

Burdin, maréchal-charron.

— Encore une espèce de gens qui ne s'empresse guère de vous offrir le gîte et la table ; comme là-bas... Ce doit être un trou de pays où je ne trouverai pas d'auberges... Au petit bonheur. Sang diou ! plutôt que risquer d'être évincé, mieux vaut prendre gîte sans permission... Cherchons un peu.

En supposant qu'il ne serait pas reçu, l'homme se rendait justice à lui-même, il savait que son accoutrement n'était pas fait pour inspirer une confiance absolue.

— Si ces gens-là voulaient bien m'accorder l'hospitalité, ils ne manqueraient pas de m'offrir l'écurie ; épargnons-leur cette peine.

En disant ces mots, le vagabond fit le tour de la maison. — Derrière la demeure du forgeron, était un jardin clos seulement par une haie vive... l'homme ne fit pas le tour du jardin, il sauta par dessus la haie, sans précaution, sachant que la neige amortissait ses pas.

— Qu'est-ce que c'est que ça ? fit-il en voyant au milieu du sol couvert de neige une place carrée d'un mètre environ que la neige n'avait pas couverte et que rien n'abritait.

Il se baissa.

— Une trappe... sans clef ; mais si c'est le chemin de la cave, c'est mon affaire.

Il souleva la trappe, et de son bâton il sonda ; sentant les marches, il dit, joyeux :

— C'est bien la cave... Mettons-nous d'abord à l'abri.

Il secoua sa casquette, battit la couverture dont il était couvert, pour en faire tomber la neige, et, calme, il descendit dans la cave en baissant soigneusement la trappe sur lui.

Il s'assit sur la première marche, fouilla dans sa poche, en tira un couteau, ou plutôt une lame fichée dans un manche de lime, et, mettant l'arme dans ses dents :

— Il faut s'attendre à tout, chez les gens qu'on ne connaît pas... Ayons la réponse aux lèvres.

Cela fait, il alluma une petite bougie nommée queue de rat, et, plaçant sa main en avant, il éclaira la cave et d'un regard la sonda dans toute son étendue.

Ce n'était pas une cave, mais un caveau servant à mettre le charbon de la forge, ainsi qu'en attestait le sol couvert de la poussière noire et scintillante du charbon de terre. Mais le caveau était vide; quelques branches de bois mort étaient en tas au bas d'une échelle.

— Vilaine chambre, sang diou! pas même une botte de paille... Allez donc! coucher là... je serais noir comme un ramoneur!

Cette phrase aurait bien étonné celui qui l'aurait entendue, ce scrupule était au moins singulier dans la bouche de l'inconnu; qu'on en juge, nous vous le présentons :

C'était un homme de vingt-deux à vingt-cinq ans, vigoureux et élégamment bâti. Le visage était beau, le teint cuivré, brûlé par le soleil, le nez était un peu long, mais fin; les yeux étaient noirs et remontaient vers les tempes, à la chinoise, la barbe douce était brune, les cheveux bruns plantés un peu bas sur le front, la bouche était petite, et les lèvres, très-rouges et épaisses, laissaient voir des dents d'une éclatante blancheur.

Grand et maigre, les épaules larges, le cou épais, les bras énormes, les jambes nerveuses, ce qui indiquait une force peu commune.

Passons au costume, qu'il craignait de salir :

Il était vêtu d'une cotte bleue, que les lavages et l'usage avaient rendue presque blanche, et sous les franges de laquelle on voyait passer l'extrémité d'un pantalon de grosse laine grise — le pantalon des forçats.

Il avait le mépris du linge, et portait en guise de chemise un tricot de laine à raies blanches et rouges. Là-dessus, une vareuse, recouverte d'une blouse bleue. Le cou était enveloppé d'une cravate dont les bouts étaient nattés. Une casquette noire et verte, à la visière pla-

plaquée sur le front, couvrait ses cheveux superbes. Son
bagage était des plus modestes, un petit paquet dans un
foulard de coton rouge qu'il portait accroché à l'épaule...
Et tout cela drapé dans une immense couverture de laine
gris-fer — son manteau — qu'il portait crânement...

Telle était la toilette que le vagabond craignait d'en-
dommager sur la poussière de charbon qui couvrait le
sol.

Apercevant l'échelle, il regarda immédiatement au-
dessus et vit une trappe.

— Tiens ! fit-il, une porte de sortie... Voyons donc ça.

Et en deux secondes, il fut au haut de l'échelle, il souleva le trapillon et regarda :

— Sang diou ! exclama-t-il, qu'est-ce que c'est que
ça ?... Mais on a fait un coup ici !

D'un bond il sauta dans la chambre, la chambre que
nous avons vue, dans laquelle était étendu roide le corps
de la malheureuse Jeannie.

Le vagabond, sans s'occuper de la pauvre femme, prit
la lanterne d'une main, de l'autre son couteau, et cher-
hant dans la chambre, fouilla dans l'armoire, sous le lit,
sous la table ; convaincu que personne n'était caché, il
alla regarder la porte : elle était fermée en dedans.

— Fermée en dedans... donc personne ici, à moins
qu'on ait pris pour sortir le chemin que j'ai pris pour entrer... Voyons toujours les autres pièces.

Et il entra dans l'atelier.

S'avançant avec précaution, il regarda dans les moindres coins... Convaincu qu'il était absolument seul, il
ferma la grande porte en y plaçant la barre.

— Maintenant, fit-il avec le plus grand calme, je suis
chez moi...

Il revint dans la chambre, ferma la trappe, et, ayant
placé un meuble dessus, il ajouta :

— Être dérangé au milieu de la nuit par des gens qu'on
ne connaît pas, je ne sais rien d'ennuyeux comme ça !...

Enfin, il s'occupa de la femme. Ayant dirigé sur elle la
lueur de sa lanterne, il s'écria avec admiration :

— Sang diou ! la jolie fille !... Quel est le coquin q
abîme une si belle chose?

Et, promenant sa lanterne, il cherchait où la femm
avait été frappée.

— Mais, sang diou! je ne vois rien !

En disant ces mots, il arrachait le corsage de la Jea
nie, découvrant sa gorge splendide; ayant placé sa ma
sous le sein, et sentant les battements précipités:

— Oh! mais, ça va très-bien, très-bien ! Nous avo
une syncope que des soins intelligents dissiperont. l
poëme, quoi! elle s'endort dans la mort... et je la réve
lerai dans l'amour...

Le bandit éclata de rire; son œil brillait comme cel
d'un faune; ses lèvres s'avancèrent lippues, et des fr
missements coururent sur sa face toute pleine de conc
piscence.

Il passa son bras sous le corps inanimé de la belle Jea
nie et la souleva.

Jeannie, nous l'avons vu, sentant la torpeur l'envahi
avait dénoué les cordons de ses jupes — se trouvant dre
sée, les jupes tombèrent — et l'honnête créature, la mè
sainte, l'épouse fidèle, se trouva presque nue dans l
bras du misérable, qui, ravi et enflammé, pressa sur
poitrine la malheureuse et belle Jeannie, la couvrant
baisers...

Quand ses lèvres touchèrent les lèvres de la malhe
reuse, on eût dit qu'il l'avait brûlée, car un frémisseme
courut le corps...

Le bandit souleva alors la tête et la regarda, croya
que les yeux grands ouverts le voyaient, mais la tête r
tomba sur son épaule.

— On dort donc toujours? fit-il en ricanant. Oh! n
belle inconnue, nous aurons un beau réveil !

Il souleva la femme comme il eût fait d'un enfant et l
porta sur le lit... Etendue sur les draps, la tête sur l'c
reiller, noyée dans ses superbes cheveux roux, Jeanni
était superbe. Le misérable la contempla encore; pui
plaçant son couteau sur la table de nuit :

— Malheur à celui qui viendrait à cette heure !... je verrais s'il a le sang rouge...

∙ . . . .

Quand Jeannie reprit connaissance, le jour piquait à travers les interstices des volets. On frappait à sa porte, elle essaya de se lever, mais les forces lui manquèrent.

C'étaient les voisins qui, inquiets de voir la maison fermée à cette heure, éveillaient la Jeannie ; elle répondit et ils s'éloignèrent.

Seule dans sa chambre, assise sur son lit, les mains dans les cheveux, elle cherchait à s'expliquer l'état d'engourdissement dans lequel elle se trouvait... Mais la mémoire était rebelle, Jeannie ne se souvenait de rien.

— Qu'ai-je donc ? se demandait-elle. Que s'est-il passé ?

Et sombre, elle pensait.

Peu à peu le souvenir revint. Elle se rappela la visite de son mari ; elle se souvint qu'elle n'avait pas osé lui avouer le malheur qui les frappait ; elle lui avait caché la mort de son enfant.

On était venu lui réclamer celui qu'elle avait élevé, Octave, et elle avait menti, elle avait dit que le fils du riche était mort ; elle était décidée à faire passer Octave pour celui qu'elle avait perdu.

Mais les paysans, les voisins savaient la vérité, ils pouvaient tout dire, son mari apprendrait son mensonge, et ce mensonge était un crime. Pour la réussite de cette substitution, il fallait au plus tôt quitter ce pays sans dire où l'on allait.

Elle se souvint alors que son mari lui avait ordonné de tout vendre et de venir le rejoindre avec l'enfant à Chambéry. Elle était restée seule après le départ du messager du père d'Octave ; c'est alors qu'elle s'était sentie indisposée..., là elle ne se rappelait plus... elle s'était endormie et avait rêvé... comment s'était-elle couchée ? Elle ne s'en souvenait pas... Mais elle avait conscience de son rêve... un rêve odieux, qui lui faisait monter le rouge au visage et qui lui faisait peur... Elle vit près d'elle l'oreiller froissé... elle frissonna.

— N'était-ce donc pas un rêve?... un crime!...

Elle prenait son front dans ses mains comme pour en faire jaillir un souvenir... son regard erra autour d'elle, elle vit la trappe grande ouverte, elle se souvenait bien que son mari l'avait fermée, lorsqu'il avait cru être poursuivi...

Avec cet affreux doute, la force, — une force de fièvre, lui revint, elle se souleva, et voyant au milieu de la chambre des vêtements d'homme elle bondit hors du lit, criant :

— C'est impossible!... oh! non! c'est un rêve!...

Elle regarda les vêtements, c'étaient les haillons qui couvraient le bandit... le doute n'était plus possible, ce qu'elle croyait être un rêve, le délire de son cerveau fiévreux, était vrai... vrai! Morte vivante, elle avait appartenu à un autre qu'à son mari.

La Jeannie écrasée, anéantie, se laissa choir sur une chaise en hurlant :

— Mais je suis maudite!...

Le front dans ses mains, les doigts crispés, étrillant ses cheveux, s'égratignant le crâne, l'œil hagard, la malheureuse revit tout le tableau de la nuit. Elle se souvenait, ce n'était pas un songe, sa langueur en attestait. Elle avait été toute cette nuit sans force, sans volonté, inerte, voyant et ressentant tout, sans pouvoir résister au misérable, au vagabond, au bandit qui l'outrageait.

La catalepsie l'avait livrée tout entière à ses criminelles amours. Elle se souvenait de ses caresses, elle le revoyait odieusement beau... Elle entendait encore la phrase qu'il avait dite le matin, en la voyant toujours inanimée.

— Pas bavarde, celle-là... Au moins, ça change des autres!

Elle le voyait avant le jour, allumant la lanterne, fouillant les armoires, faisant un paquet de linge, puis s'habillant sans scrupule, le rire aux lèvres, avec les plus beaux vêtements de Burdin, ses vêtements de noce... Alors calme, goguenard, il était revenu vers elle, l'avait contemplée quelques minutes, puis avait dit:

— Quel malheur que tu ne m'entendes pas... je t'au
rais dit que je t'aimerai toute ma vie... C'est Félix le
beau Nîmois qui t'aime, tu entends, mon ange?...

Et il s'était penché sur elle, et l'avait longuement embrassée...

A cette pensée, ses mains essuyèrent ses lèvres, elle
aurait voulu s'arracher la peau. Il lui semblait que la
marque de ses criminels baisers était restée, comme la
lettre sur l'épaule du forçat.

Sans espoir, convaincue de la réalité de ce qu'elle
croyait un rêve, hébétée, presque folle, Jeannie se leva
en disant d'une voix sourde :

— C'est fini ! il ne me reste qu'une chose à faire : mon
devoir... et mourir !

Silencieuse, elle s'approcha du berceau, regardant
l'enfant endormi, elle dit :

— Il ressemble à mon Géo... mais je ne l'aimerai jamais, celui-là... Il l'aimera, lui... il croira que c'est
l'autre.

La maudite — comme elle s'appelait — songea aux
soins de sa maison, puis elle sortit, et chargea des voisins de vendre les outils et le mobilier; elle montra l'autorisation de son mari ; on se mit à sa disposition. En la
voyant, les femmes, effrayées du changement survenu
en elle, disaient :

— Pauvre femme ! elle qui était si belle !... Si elle n'en
devient pas folle, elle fera un mauvais coup...

Quelques jours après, le mobilier et la forge étaient
vendus. Jeannie, avec l'enfant, se fit conduire à Nevers.
Là, elle chercha un messager, auquel, sans lui dire son
nom, elle confia l'enfant pour le conduire à Chambéry à
son mari, avec le linge qu'elle n'avait pas vendu.

Elle donna l'adresse; naturellement, le charron avait
changé de nom... Le messager partit le soir.

Le lendemain, les gens de Cacogne trouvèrent la Jeannie, tremblante de fièvre, couchée dans le cimetière, sur
la tombe de son petiot. On la releva, et le soir même elle
rentrait à l'hôpital de Nevers.

Jeannie guérit de la fièvre, mais elle était folle. On la garda à l'hospice en raison de sa position. Neuf mois après, le jou... de la sainte Claire, en août, elle mourut, en mettant au monde une fille qui, placée aux enfants assistés, fut baptisée sous le nom de Jeanne-Claire, fille légitime de feue Jeannie et de Louis Burdin son époux.

FIN DU PROLOGUE.

PREMIÈRE PARTIE

Mademoiselle Martingale.

LE CERCLE DE LA CRÉCELLE.

Un soir d'octobre 1869, après une splendide journée d'automne, le boulevard des Capucines était encombré par les nombreuses voitures qui revenaient des courses de Longchamps. On sait ce qu'est un retour de courses, on sait à quel degré le luxe était poussé dans les dernières années de l'empire.

Des deux côtés du boulevard, une foule compacte regardait le défilé, et ce n'était pas sans une envie jalouse que les femmes se montraient une grande calèche conduite à la Daumont, dans laquelle était étendue, au milieu d'une vingtaine de bouquets, une femme admirablement belle. Cette femme, dont la tête nonchalante était appuyée sur les coussins de la voiture, semblait indifférente au murmure d'admiration qu'elle soulevait autour d'elle; les hommes se penchaient pour la voir, souriaient, d'autres saluaient. Mais, soit dédain, myopie ou indifférence, la jeune femme ne répondait pas.

La voiture allait retourner pour redescendre par la rue de la Paix, lorsqu'elle fut croisée par un phaéton, dans lequel se trouvait un jeune homme; en le voyant, la belle inconnue se souleva et sourit... Le jeune homme salua et, se penchant, il dit :

— A ce soir.

— Oui, oui, c'est entendu.

— Sans faute ?

— Je rentre changer de costume.

Ils se saluèrent, un signe de main, un sourire... juste ce qu'il fallait pour bien prouver que l'élégante créature appartenait à un monde où l'on agit sans façon, et les deux voitures continuèrent leur route. Le phaéton s'engagea dans la rue Auber, gagna le boulevard Haussmann, et s'arrêta bientôt devant une des splendides maisons qui bordent cette avenue.

Le jeune homme sauta de voiture et dit au cocher :

— Rentrez, Justin, et soignez le cheval.

— Devrai-je revenir prendre monsieur ce soir ?

— Non, je ne sais à quelle heure je rentrerai.

La voiture s'éloigna et le jeune homme entra dans la maison ; il monta lestement au premier étage, où un domestique en livrée lui prit son pardessus et son chapeau, pendant qu'il demandait :

— Est-ce que nous n'avons pas un salon réservé ?

— Si, monsieur. On l'a retenu ce matin.

— Où cela ?

— C'est le petit salon que l'on avait loué, et qui n'appartient plus au cercle...

— Il est donc vacant ?

— Depuis dix jours, monsieur.

— Et personne n'est encore arrivé ?

— Il y a du monde dans le cercle, mais personne de ces messieurs.

— Bien !...

Le jeune homme se dirigea, sans entrer dans le cercle, vers le salon qui était réservé. Le domestique le suivit, et reçut l'ordre de rester à la porte, pour introduire chacun.

— Tous ont une lettre d'invitation, et ce n'est que sur la présentation de cette lettre que vous introduirez ces messieurs.

— Oui, monsieur.

Le jeune homme se jeta dans un fauteuil, alluma un

cigare et attendit. Quelques minutes après le domestique ouvrait la portière et annonçait :

— M. le capitaine Manfredi.

Un nouveau personnage entrait. Les deux hommes se serrèrent la main.

— Est-ce que c'est toi qui m'as écrit?

— Non, mon cher... c'est Tarand.

— Et sais-tu le motif de cette convocation?

— Point. J'ai vu Tarand au pesage tout à l'heure, il était très-occupé; je n'ai pu lui parler; il m'a recommandé l'exactitude et m'a dit que nous devions nous trouver ici, cinq.

— Tu ne te doutes même pas du motif?

— Pas du tout.

— Attendons alors, fit en riant celui qu'on avait annoncé sous le nom de Manfredi.

Il roula un fauteuil près de son ami, et s'assit en allumant un cigare.

— As-tu été heureux aux courses?

— J'ai perdu deux cents louis...

— Peste!... Tu es donc riche?

— J'avais cent francs en partant, il me reste un louis : je dois ce que j'ai perdu, et si je n'ai pas trouvé d'argent demain avant dix heures, il ne me reste d'autre ressource que de me faire sauter la cervelle.

— Un joli moyen!

— En connais-tu d'autres?

Manfredi éclata de rire en disant :

— Celui que j'emploie : quand je n'ai pas d'argent, je ne paie pas.

— Tu sais bien que je ne puis me dispenser de payer...

— Et pourquoi diable vas-tu parier?

— C'est ma seule ressource pour avoir maintenant un peu d'argent... mais aujourd'hui la déveine m'a poursuivi.

— Ah! mon pauvre ami, quand sortirons-nous de cette situation? Tu parles de ta position, si tu connaissais la mienne...

Le domestique ouvrit pour annoncer :

— M. Martin de Chêne.

En entendant ce nom, les deux hommes se regardèrent, semblant se demander :

— Est-ce que tu connais celui-là ?

Celui qu'on avait annoncé entra : il salua et parut assez étonné de ne pas connaître les deux personnages qui le recevaient.

— Me suis-je trompé, messieurs ? demanda-t-il : M. Tarand n'est-il pas ici ?

— Nous l'attendons, monsieur, répondit Saint-Mards, le premier des arrivés. Etant un peu de la maison, permettez-moi, monsieur, de vous en faire les honneurs en l'attendant.

En disant ces mots, il offrait un siége au nouveau venu. Ce dernier était à peine assis que la porte s'ouvrait de nouveau et que le domestique introduisait :

— M. le vicomte d'Eragny.

Le vicomte d'Eragny resta stupéfait en ne reconnaissant personne parmi les trois individus qui occupaient le salon. De Saint-Mards se leva et lui dit :

— Vous venez sans doute, monsieur, sur une invitation de M. Tarand ?

— En effet, monsieur.

— Nous avons également reçu de lui cette invitation et nous l'attendons... Si vous voulez me le permettre, messieurs, je vous offrirai un verre de madère et un excellent cigare qui vous aideront à attendre ; je suis membre du cercle dont ce salon est une dépendance, je suis donc un peu chez moi.

— J'accepte avec le plus grand plaisir, dit le capitaine Manfredi.

De Saint-Mards sonna et ordonna au domestique de les servir... Une cinquième personne se présentait et se faisait annoncer sous le nom de Romond.

Cette fois, ce furent les quatre personnes déjà réunies qui regardèrent avec étonnement le nouveau venu. C'est que M. Romond ne semblait pas être du même monde que ces messieurs.

Le jeune homme que nous avons vu au retour des courses dans un fringant phaéton, M. de Saint-Mards, paraissait âgé de trente à trente-cinq ans. Il avait la tournure élégante, la physionomie distinguée, l'allure enfin de ce qu'on appelait à cette époque le gandin, et qu'on nomme aujourd'hui le gommeux.

Le capitaine Manfredi, du même âge que son ami, avait la tournure militaire de l'officier de salon : mince, long, élégant, sur sa redingote boutonnée jusque sur la cravate, il portait une rosette de toutes les couleurs.

Martin de Chêne avait la rondeur du tripoteur de Bourse, richement vêtu tout de noir; le col en pointe encadrait son double menton et relevait ses favoris blonds. Sur le ventre, assez proéminent, battait une double chaîne d'or, l'une attachant la montre, l'autre retenant le crayon. La physionomie était bonne, douce; il y avait de la sensualité sur les lèvres, de la bienveillance dans le gros œil à fleur de tête, le regard était gai. Sur la fleur de ses joues grasses s'étendait un air bon enfant... Tant pis pour celui qui s'y laissait prendre.

Le vicomte d'Eragny était un peu plus âgé que ces messieurs; il avait passé la cinquantaine, ses cheveux presque blancs étaient ramenés en touffes sur les tempes, le visage était entièrement rasé, le port de la tête était haut, l'œil et les lèvres pleins de dédain. Toujours en habit noir, boutonné, en cravate blanche; ne portant que des pantalons clairs et des bottines d'étoffe. Sa boutonnière était rougie par l'ordre du Christ. Tels étaient les quatre personnes réunies dans le petit salon particulier du cercle de la Crécelle, lorsqu'on y introduisit à leur grande surprise M. Romond.

Romond paraissait avoir une trentaine d'années; il était petit, mais vigoureux. La tête était un peu trop grosse pour le corps, l'œil était brun, le regard prompt, vif, glissait sous une paupière sans cils; la bouche, mal garnie, était couverte par une petite moustache blonde qu'il mordillait sans cesse. Ses cheveux étaient rouges, mais d'un rouge brique incroyable; il les portait en deux

mèches énormes appliquées sur les joues au-dessus de l'oreille... qu'on nomme je crois, des *rouflaquettes.*

Son costume mérite d'être dépeint; sur le devant de sa
chemise de couleur pendaient les bouts d'une cravate de
soie rouge; un gilet à petits carreaux jaunes et noirs, de
la poche duquel pendait une lourde chaîne d'acier; cette
chaîne accrochait son porte-monnaie; il avait une petite
jaquette noire, trop courte; son pantalon, collant comme
un maillot, s'élargissait sur les pieds; il était en velours
vert-bouteille à côtes.

On juge de l'effet qu'il produisit, en entrant, sur les
quatre personnes que nous avons vues; cette stupéfaction augmenta encore lorsque, tirant sa lettre de sa poche, il la montra en disant:

— Messieurs, je crois que je ne me trompe pas. M. Tarand m'a donné rendez-vous ici.

— Nous l'attendons, monsieur, dit Saint-Mards.

— Alors, monsieur, est-ce que je dois attendre?

— Oui, monsieur, asseyez-vous, répondit le jeune
homme, sans se déranger cette fois, et en échangeant
avec les autres un regard qui pouvait se traduire:

« Tarand nous met en relations avec un singulier individu. »

Romond alla s'asseoir dans un coin, et voyant que les
autres gandins causaient sans s'occuper de lui, fumant
de délicieux cigares, il demanda:

— Pardon, messieurs, ça ne vous fait rien que je fume
une petite cigarette?

— A votre aise, monsieur, à votre aise!

En moins de dix secondes, Romond roula sa cigarette
sur sa cuisse avec une agilité extraordinaire.

Ces messieurs causaient, discutant les résultats des
courses, et, par deux fois déjà, Martin de Chêne avait
regardé l'heure à sa montre, impatienté d'attendre, lorsque la porte s'ouvrit, et, sans se faire annoncer, celui
qu'on attendait entra.

— Enfin! exclama Saint-Mards, tu as été long.

— Messieurs, je vous en supplie, excusez-moi, ma voiture s'est cassée dans le haut des Champs-Élysées, et j'ai perdu là une grande demi-heure.

Il pressa la main de chacun d'eux, puis allant à Romond, qui était resté à l'écart, il lui tendit la main à son tour en disant :

— Bonjour, Romond...

Il ouvrit la porte du salon, et dit au domestique :

— Retourne maintenant à ton service ; mais que personne ne vienne de ce côté...

Celui-ci se retira. Tarand ferma la porte à clef, vint au milieu du salon et reprit :

— Maintenant, messieurs, nous sommes absolument seuls, je puis parler ; veuillez prendre place autour de moi et me prêter une studieuse attention.

Tous obéirent et avancèrent leur siége autour de Tarand, qui resta debout, adossé à la cheminée. Romond se plaça modestement en seconde ligne.

— En deux mots, messieurs, voici la chose... commença aussitôt Tarand. J'ai une affaire... une grande affaire. Nous nous connaissons de vieille date ; si vous êtes inconnus l'un à l'autre, chacun de vous a fait déjà un coup... une affaire avec moi...

Les cinq individus se regardèrent entre eux : ils semblaient mécontents de celui qui parlait en maître ; celui-ci s'en aperçut, car il sourit et reprit :

— N'ayez pas de fausse honte ; il est utile que vous sachiez tous qui vous êtes pour avoir une parfaite confiance les uns dans les autres... J'ai un plan superbe, et je possède encore assez d'argent pour le mettre à exécution ; avant de le révéler, il faut que j'aie de vous un acquiescement. Voulez-vous être mes associés ?

— Encore, dit d'un ton froid le vicomte d'Eragny, faut-il savoir de quoi il s'agit.

— Il s'agit toujours de la même chose : de l'argent ! avoir de l'argent à tout prix.

— A tout prix ! permettez !

— Tu peux au moins, demanda Saint-Mards, nous assurer que les moyens à employer ne peuvent pas nous placer dans une mauvaise situation.

— Je suis absolument de l'avis de Saint-Mards, dit le capitaine Manfredi.

— J'approuve ces messieurs, ajouta Martin de Chêne; avant d'accepter, il faut savoir quelle situation nous risquons...

Tarand croisa ses bras et eut un haussement d'épaules en disant :

— Mais, messieurs, d'abord — et ceci devrait vous décider — ce que vous risquez surtout, c'est de perdre la situation que vous avez aujourd'hui...

— Je le crains, et...

— Je redoute cela justement.

— C'est ce que je veux éviter.

— Ma situation ne m'est pas désagréable...

Exclamèrent-ils vivement tous sur un ton différent, mais avec la même intention, c'est-à-dire pour protester contre l'affirmation de Tarand. Tarand eut un regard de souverain mépris, et dit :

— Décidément, pour qui jouez-vous cette comédie? Je vous ai dit que vous deviez d'abord vous connaître... et vous savez que je vous connais, moi...

Il y eut encore des gestes de dénégation.

— Ah! c'est assez, à la fin! Je vais vous présenter les uns aux autres. La voici votre situation : Toi, Jules de Saint-Mards, — de ton vrai nom, Jules Marsin, — après avoir vol... ruiné la vieille coquette de Florentin, pour soutenir le train que tu mènes, dans quatre cercles tu t'es fait chasser pour vol au jeu... Tu es reçu dans celui-ci, c'est vrai, et ceux qui le fréquentent n'ont pas le droit de te faire des reproches. On se connaît si bien dans ce cercle, qu'on ne joue pas aux cartes; on s'y bat!... et ce n'est pas pour rien que, dans les autres cercles, on appelle celui-ci : Canaille-Club. Tout cela est peu, tu as trente-mille francs de faux en circulation, la première traite échoit dans dix jours.

Le gandin protestait et menaçait de se fâcher; mais,

sans l'écouter, Tarand continuait impitoyablement. A la dernière accusation, il se leva furieux; mais Tarand le contint, en lui disant:

— Ne nie pas... J'ai la traite entre les mains.

Le brillant de Saint-Mards se tut.

— Toi, mon cher d'Eragny, il faut laisser les grands airs dans les sacristies.

— Qu'est-ce à dire? fit vivement le vicomte avec insolence.

Mais, sans s'émouvoir, Tarand continua:

— Jusqu'à ce jour, je ne t'ai pas vu bien scrupuleux sur le choix de tes moyens d'existence. Sous ton véritable nom, Lecomte, tu fus chassé du séminaire, puis, quelques années plus tard, tu fus condamné à six années de réclusion pour vol et abus de confiance...

— Moi! moi!... exclamait d'Eragny, qui était devenu livide.

— C'est alors que tu fondas la Caisse des Petites Aumônes, comité central de charité: les petites aumônes ne sortirent jamais de tes poches, on s'en aperçut: tu mis tout cela sur le dos d'un petit employé qu'on ne revit jamais. Alors tu commenças la publication de la Bibliothèque morale et religieuse pour la jeunesse. Ayant obtenu, par la protection de certaine vieille noble dame, aussi vicieuse que dévote, l'approbation des membres influents du clergé, tu courus les sacristies et les salons cléricaux des petites villes, recueillant des souscriptions, et la publication n'a pas eu lieu... et si tu ne te hâtes de te mettre à l'œuvre, un matin tu paraîtras encore devant un juge d'instruction, qui dépouillera le faux vicomte, pour ne s'occuper que du fameux Lecomte...

Le vicomte d'Eragny leva les yeux au ciel, prenant Dieu à témoin du calme avec lequel il avait écouté l'injure, et il dit simplement:

— Je n'ai rien à te répondre; on te connaît... et l'on sait bien que tu exagères tout...

Souriant, Tarand se tourna vers Manfredi et reprit:

2.

— Tant qu'à toi, beau capitaine...

— Pardon! fit aussitôt Manfredi, je dois te prévenir, Tarand, que je ne suis pas aussi pacifique que ces messieurs, et...

— J'ai dit que vous deviez vous connaître, et je continuerai ; tu feras ce que tu voudras, mais après.

Le sourcil froncé, tortillant sa moustache, le capitaine regarda Tarand, qui continua :

— Oh! je sais que tu n'hésistes pas à te venger, je n'en prends pour preuve que le coup de fusil que tu tiras sur ton capitaine, étant sergent au bataillon... d'Afrique. Tu fus condamné à mort, et ta peine fut commuée en cinq ans de fers. Que fis-tu? Tu te fis alors zouave pontifical. Banni du corps, tu partis à Siam, d'où tu revins capitaine — ce qui est modeste de ta part, tu pouvais aussi bien en revenir général — portant à ta boutonnière les ordres du Nicham, du Medjidié et de Saint-Grégoire... Toujours modeste, tu ne les as pas même fait inscrire à la chancellerie; tu fus chassé d'un cercle parce qu'un soir il tomba de ton pardessus trois jeux de cartes qu'on reconnut préparés... tu souffletas le monsieur, on se battit, tu le blessas... mais il n'en resta pas moins établi que tu volais au jeu.

— Ah! Tarand, c'est assez, fit le capitaine Manfredi menaçant.

— Tu as absolument raison, j'ai fini...

— Si je n'étais ton obligé! grommela le capitaine...

— Nous arrivons à toi, mon cher Martin de Chêne...

— Voilà une bien longue plaisanterie, Tarand...

— Mon cher Martin, né au Chêne-Populeux, dans les Ardennes... tu étais caissier, à Sedan, à vingt-quatre ans; à vingt-cinq ans, tu faisais ta caisse, et on t'arrêtait un matin dans le plus bel hôtel de Londres, endormi dans les bras de la grande Virginie d'Helle, ce qui la lança. Tu avais encore cent seize mille francs sur cinq cents... Tu sortis de prison, et tu devins le financier Martin de Chêne, fondateur des Houblonnières du Midi, société des bières françaises, en concurrence des bières allemandes. Tu passes la main à un autre adminstrateur, juste quatre semaines avant la descente de police. Depuis, tu as été exécuté aux bourses de Lyon, de Marseille et de Rouen... A la liquidation, tu vas l'être à celle de Paris, je le sais, et on trouvera peut-être, le 5, des papiers dans la circulation qui ont une singulière signature.

— Il sait tout, le mâtin... On dit, du reste, que tu es de la police...

— Mon devoir, avec ce que je sais, serait alors de vous pincer.... Arrivons à Romond...

— Oh! moi, monsieur Tarand, fit vivement celui-ci, j'accepte tout ce que vous voudrez... pas de biographie inutile, je sais que je n'ai pas le droit de dire du mal de ces messieurs; — suivant le précepte : « On prend son bien où on le trouve, » je l'ai pris là, si bien que toutes les saisons, je change de station. Une saison aux eaux de Poissy, une saison aux eaux de Clairvaux, une année au casino de Mazas... J'ai été aussi à la mer...

Tarand éclata de rire en disant :

— A Toulon, je le sais ! Eh bien ! messieurs, j'en arrive à mon plan... je vous ai choisis parce que je vous connais à fond, et que pas un de vous ne peut dire cela de moi !...

Et il fit claquer l'ongle de son pouce sur ses dents.

— Et je viens vous proposer une affaire qui vous aura rapporté avant un an chacun cent mille francs...

— Hein ! firent les cinq individus ; et les mines allongées par les révélations de Tarand, s'épanouirent ; ces aimables personnages se dressèrent et se rapprochèrent, se plaçant devant lui comme autant de points d'interrogation.

— Si vous acceptez mes propositions. D'abord je vais au plus pressé : je fais renouveler les traites de Saint-Mards, je trouve les fonds pour la publication de d'Eragny, je donne l'argent nécessaire à relever Manfredi et je fais la fin de mois de Martin, Romond mangera tous les jours; tous enfin vous sortirez d'ici le gousset garni !

— Voilà de bonnes paroles, dit Saint-Mards, et c'est par elles que tu aurais dû commencer.

Le capitaine Manfredi prit la main de Tarand en lui disant ;

— Ah! quelle peine tu m'as faite, Félix... Tu comprends, pour un homme comme moi, c'est raide de s'entendre traiter de la sorte devant des tiers.

— Quel farceur tu fais, dit en riant Martin de Chêne, feignant de croire que Tarand n'avait pas parlé sérieusement.

— Dieu ordonne l'oubli des injures... Je ne t'en veux pas. D'abord je te sais bon, dit d'Eragny d'une voix angélique.

— Pour faire de l'*esprit*, il tuerait son meilleur ami, dit Martin de Chêne.

— Moi! fit Romond avec indifférence, j'en ai entendu bien d'autres par l'avocat bêcheur, et il ne finissait jamais comme vous...

— Approchez-vous, dit Tarand, asseyez-vous tous, prenez un cigare et écoutez-moi.

Tous allumèrent un cigare. Martin de Chêne demanda :

— Nous formons une société, lui donnons-nous un nom?

— Non, dit Tarand, ce n'est pas utile, on ne pourrait lui donner qu'un nom...

— Lequel? demanda d'Eragny.

— Le Club des Coquins! répondit Tarand en éclatant de rire; les autres l'imitèrent, mais du bout des lèvres.

— Parlons sérieusement, dit Saint-Mards.

— Oui, oui!

— Ecoutez, commença Tarand.

Pendant une grande heure, il parla à ses associés, leur exposant ses plans et son but. Ceux-ci ne firent aucune observation ; ils étaient émerveillés. Et quand Tarand, ayant terminé son récit, leur demanda :

— Eh bien! croyez-vous qu'il y ait la fortune dans cette idée?

— C'est superbe, dirent-ils en chœur.

— J'ai, continua le chef de la bande, loué, rue Montmartre, un vaste appartement composé de hautes chambres, dans lesquelles je fais en ce moment construire des casiers ; un vieux comptable sera le surveillant de ces archives, que seul je classerai, et desquelles, à l'heure venue, je sortirai les affaires liées et prêtes... C'est là où, après le travail facile que je viens de vous demander, je dois pouvoir compter entièrement sur vous, quel que soit le moyen que je devrai employer.

— C'est entendu, dit Saint-Mards, je me donne à toi corps et âme...

— Moi de même ! dit chacun des associés.

Ils échangèrent des poignées de main et la société... ou plutôt, qualifions l'association de son vrai nom, le Club des Coquins fut fondée.

— Maintenant, messieurs, quittons-nous. Je vais proposer au cercle ceux qui n'en font pas partie. C'est ici que nous nous verrons. Chaque jour, les envois doivent être adressés cachetés, au Contentieux des Familles, rue Montmartre. C'est le nom que je vais donner à la maison que nous fondons. Le titre est rassurant, et la police ne lira jamais rien derrière lui.

On se sépara. Saint-Mards sortit le dernier avec Tarand, et prenant la parole :

— Tu m'as dit que nous aurions de l'argent ce soir ?

— Non, je t'ai dit que j'avais la première traite et que je ferai face aux autres.

— C'est vrai... mais, mon cher Tarand, je suis décavé et il faut absolument qu'avant dix heures du matin j'aie trouvé deux cents louis.

— C'est impossible à moi de te faire cette somme avant deux jours. Demande du temps.

— Mais, si je ne trouve rien d'ici demain, puis-je compter sur toi pour après-demain ?

— Après-demain, oui...

— Au revoir...

— Au revoir...

Ils se serrèrent la main et se quittèrent. De Saint-Mards héla un cocher et se fit conduire rue Byron, en haut des Champs-Élysées. Seul dans la voiture, mâchant son cigare, il pensait :

— Après-demain, il serait trop tard, et cela ferait un effet déplorable ; mais par quel moyen pourrai-je avoir de l'argent demain.

Et il songea ; un quart d'heure après, le cocher le descendait devant la porte d'un élégant petit hôtel.

II

OU L'ON VOIT LE JOLI MONSIEUR QUE RENFERMAIT L'ENVELOPPE DE M. DE SAINT-MARDS.

Il sauta prestement à terre, changea son dernier louis pour payer son cocher, jeta son cigare et entra. Le concierge, en le reconnaissant, salua comme devant un habitué de la maison. Il monta au premier étage, où une gracieuse soubrette le reçut et le précéda jusque dans un élégant boudoir ; là, elle dit :

— Je vais prévenir madame que monsieur l'attend.

— Est-ce qu'elle est occupée ?

— Non ! madame attendait monsieur ; elle m'a dit de la prévenir aussitôt son arrivée.

— Elle est seule ?

— Non... c'est pour cela...

— Il est encore là ?...

— Oui, ils finissent de dîner...

— Laisse-la, je l'attendrai... ne la dérange pas.

— Bien au contraire, je vais dire à madame que c'est le costumier... Depuis le commencement du dîner, ils se querellent.

— Qu'est-ce qu'il y a donc encore?

— Nous avons besoin d'argent demain, et il ne veut pas en donner...

— Nous nous ressemblons, fit Saint-Mards à mi-voix... va la prévenir.

— Oui, il partira tout de suite pour échapper aux attaques, et vous serez libres...

La soubrette sortit. Elle avait laissé la porte du boudoir ouverte; Saint-Mards entra dans le salon qui communiquait à la salle à manger, et il put entendre une voix de femme qui disait :

— Votre force, à vous, consiste à ne rien répondre à ce que l'on vous demande; enfin, sachez-le, ça ne peut pas durer ainsi, je ne suis pas habituée à avoir des créanciers qui du matin au soir viennent hurler chez moi... Si grande que soit l'affection que j'ai pour vous, elle n'y résistera pas... Je ne demande pas mieux que de me conduire bien, mais c'est à vous de me donner les moyens de résister à tout...

La femme de chambre entrait; il y eut un silence.

— Qu'y a-t-il, Lise? demanda une voix d'homme.

— Je voulais prévenir madame d'une visite...

— Qui donc? demanda la jeune femme. Qui vient à cette heure?

— Le costumier.

— Le costumier! encore!... Tenez, voilà ce que vous me faites avoir!

Et l'on entendit le bruit de l'assiette et du couteau violemment rejetés.

— Je vais entendre des réclamations, des menaces... Allez au café, allez, amusez-vous et grand bien vous fasse; mais épargnez-moi votre présence ce soir... J'ai la tête qui me brûle... Cette vie-là ne peut pas durer.

La jeune femme se leva, entra dans le salon, ferma la porte derrière elle, et apercevant Saint-Mards, elle se jeta en riant à son cou.

On entendit la voix qui disait froidement :

— Lise, faites servir le café... Elle a ses nerfs!

— Vois un peu, dit la jeune femme à mi-voix à Saint-Mards, si ça l'a ému, cet imbécile...

Et elle entraîna le jeune homme dans le boudoir, en rageant :

— Il faudra bien qu'il m'en donne ; je ne le recevrai pas avant.

La colère qu'elle manifestait quelques minutes auparavant, avait fait place à la plus franche gaieté ; elle prit entre ses mains fines la tête de Saint-Mards et y appliqua par trois fois ses lèvres brûlantes.

C'était la même jeune femme que nous avons vue, au retour des courses, nonchalamment étendue sur les moelleux coussins de sa voiture ; une réputation de la galanterie parisienne : la belle Martingale... Elle avait de vingt-cinq à vingt-huit ans, grande, admirablement faite, la santé courait sous sa peau blanche et diaphane, le maquillage ne salissait pas sa franche beauté. L'éclat de ses yeux n'était pas dû au contraste de cils épaissis par le mastic... La peau était fraîche et veloutée, le teint clair ; les yeux, bleu foncé, étaient bordés de longs cils noirs et encadrés d'un cercle de bistre qui faisait ressortir leur blancheur nacrée ; le nez fin, aux narines roses, relevait à peine au bout ; la bouche était un peu grande, mais pleine de sourires et de raillerie ; les dents fines étaient presque transparentes ; les sourcils épais étaient châtains, et les cheveux blond doré, mais d'une nuance franche, indiquant que la teinture n'était pour rien dans leur éclat... Les épaules étaient superbes, la gorge forte seyait à la taille un peu longue, mais admirablement faite... Il était impossible de voir cette femme sans l'admirer, tant sa beauté était remarquable.

— Que tu viens tard ce soir ! Tu m'aurais débarrassée depuis une heure, si tu étais venu plus tôt, dit-elle lorsqu'elle fut seule avec Saint-Mards.

— J'ai été retenu un peu plus longtemps que je ne l'aurais voulu au cercle pour régler mes paris...

— Viens t'asseoir là, que je me place près de toi.

En disant ces mots, elle désignait une dormeuse,

qu'elle poussa vers la cheminée. Nous l'avons dit, on était au mois d'octobre, les soirées étaient déjà froides, et la frileuse Martingale avait fait allumer du feu dans les cheminées. C'est à la lueur de ce feu que le petit boudoir était éclairé.

De Saint-Mards s'assit, et prenant Martingale par la taille, il l'enleva et l'attira à ses côtés. Celle-ci, écartant ses cheveux, posa les lèvres sur son front et le baisa longuement.

— Voici le seul instant heureux de ma journée; je n'ai plus autour de moi tous ces niais, avec lesquels on est forcé de parler pour ne rien dire.

— Lorsque tu parles ici, tu dis quelque chose.

— Oh! oui, fit-elle, je dis tout ce que je pense, je t'aime... et c'est sérieux... tu ne te figures pas ce qu'il y a de fatigant à jouer la comédie de l'amour avec tous ces gens-là... Il n'y a pas de milieu, il faut dire des bêtises ou des obscénités et rire toujours... de n'importe quoi, de rien!... Mais qu'as-tu ce soir?... tu es sombre, soucieux... tu as perdu aux courses?...

— Non, je n'ai rien, j'ai causé affaires au cercle... Une grande machine que l'on me propose, et pour laquelle il faudrait trouver un capitaliste... et malgré moi, je suis encore sous cette impression...

Martingale regarda son amant dans les yeux... et dit :

— C'est bien vrai, ce que tu me dis là?

— Pourquoi me demandes-tu cela?

— Depuis quelques jours je te trouve tellement changé. tu me parais si préoccupé, que je crains que tu n'aies quelque intrigue.

— C'est une plaisanterie !...

— Oh! si jamais je te pinçais, fit Martingale avec un éclair dans les yeux.

— Tu es folle! dit Saint-Mards en l'embrassant. Tu ne comprends pas que dans quelques jours j'ai une échéance, et que j'en étais préoccupé. Aujourd'hui, je suis plus calme, j'ai trouvé...

— Et tu vas redevenir gai...

Martingale disait ces mots en minaudant et en jouant avec les cheveux du beau Saint-Mards. Tout à coup, la porte s'ouvrit, la soubrette parut et dit à mi-voix :

— Voilà monsieur ; il veut absolument vous voir...

— Oh ! le crétin ! fit Martingale en se dressant ; puis revenant vite à la situation, elle dit à Saint-Mards, qui se préparait à sortir :

— Cache-toi, mon Jules... cache-toi là... je vais lui parler, il ne restera pas longtemps ici.

En disant ces mots, elle soulevait la tapisserie de la fenêtre et la laissait retomber sur le jeune homme. Il était temps ; lorsqu'elle se retourna, un homme de quarante à quarante-cinq ans écartait la tenture de la porte du boudoir.

— Que voulez-vous ? fit-elle furieuse, allez-vous me poursuivre encore ? Je vous quitte à la suite d'une discussion, je viens ici recevoir des reproches d'un fournisseur, et pour achever parfaitement la soirée, vous venez encore me tourmenter.

L'homme sourit et s'avança vers elle.

— Ne vous fâchez pas, Alice ; je n'ai pas voulu vous quitter ainsi. Vos tourments me chagrinent, votre colère...

— Ils ne vous font perdre ni votre calme, ni votre flegme... Vous restez à table sans perdre une bouchée, quand la fièvre me brûle, que la migraine me bat les tempes... et cela par les tracas que j'endure, quand vous pouvez les terminer d'un mot ; vous vous gardez bien de le faire...

— Voyons, ma chère Alice, je vous dégagerai de tout cela, mais soyez plus gracieuse.

— Laissez-moi, je vous le répète ; tenez, Marius, votre insistance augmente encore mon mal. Laissez-moi seule...

— Je vais me retirer, ma belle Alice ; mais je ne veux pas vous quitter fâchée ; souriez-moi, donnez-moi un franc baiser, et je vous promets tout.

Martingale avait hâte de faire sortir l'intrus de son boudoir ; elle ébaucha un sourire, et le poussant dehors, elle lui tendit la joue...

Celui qu'elle avait appelé Marius avait posé sur la cheminée, sans être vu de Martingale, trois billets de mille francs, et il se retirait obéissant, reconduit par la belle fille, en disant avec un sourire :

— Vous me ferez dire demain, ma belle, si je peux venir passer la soirée près de vous.

Martingale n'avait pas vu le mouvement ; il n'en était pas de même de Saint-Mards, qui, dès que sa maîtresse et Marius furent sortis du boudoir, courut à la cheminée, compta les billets et les mit vivement dans son portefeuille. On entendit la porte du salon se fermer. De Saint-Mards prit dans sa poche une vieille lettre, la jeta au feu et courut à sa cachette... Martingale rentra en s'écriant joyeuse :

— Enfin, il est parti... bien parti cette fois. Nous sommes libres.

Saint-Mards sortit aussitôt de dessous les rideaux.

— Qu'est-ce qui brûle là ? fit-il.

— Ce n'est rien, répondit Martingale en laissant tomber la tapisserie, le vent aura fait voler quelques papiers de la cheminée dans l'âtre... Viens, Jules... et causons.

Ils reprirent place sur le canapé, et Saint-Mards lui dit :

— Oui, et viens près de moi, car, à mon tour, j'ai un reproche à te faire.

— A moi ?

— Oui, oui, à toi !

— Et lequel ?

Le ton et l'air étonné de Martingale prouvaient bien que ce n'était pas la jalousie de son amant qu'elle craignait.

— Ma chère Alice, fit celui-ci... je suis, je crois, ton ami, ton vrai, ton seul ami...

— Plus que ça même... répondit-elle en souriant et en lui passant son bras autour du cou.

— Justement ; comment se fait-il que, dans une situation difficile, ainsi que cela t'arrive aujourd'hui, tu ne t'adresses pas à moi ?

— Pour de l'argent? fit-elle stupéfaite.

L'air de Martingale ne blessa pas de Saint-Mards.

— Mais, toi, je t'aime... et lui... c'est bien le moins qu'il me sorte d'embarras.

— Je ne suis pas riche; mais, enfin, je puis toujours t'obliger en quelque chose, attendant qu'il te donne ce qu'il t'a promis.

— Je ne veux rien de toi !

— Ne sois pas sotte; je sais par lui qu'avec un millier de francs tu pourras attendre; les voici : accepte-les, je le veux ! si tu le peux, tu me les rendras plus tard.

Martingale, debout, un genou sur les coussins, une main sur l'épaule de Saint-Mards, le regardait avec un sourire plein de passion, disant :

— Mais tu veux donc que je t'adore !... Tu es beau ! Tu es bon ! Sais-tu que c'est admirable ce que tu fais là ? Je sais bien ta vie, va ! et il faut que tu fasses un sacrifice pour distraire une pareille somme.

— Cela n'est pas ton affaire... Je t'aime... et je ne veux pas voir sur ton beau front ces plis soucieux... Je ne veux voir que des sourires sur tes lèvres, je ne veux, lorsqu'elles s'ouvrent, entendre que de doux mots.

— Eh bien ! fit-elle, se jetant dans ses bras et inondant ses épaules de ses cheveux dorés, eh bien ! mon Jules, je t'aime ! Si tu savais comme cela fait du bien, de découvrir des vertus dans celui qu'on aime ! comme c'est bon de sentir battre à côté du sien un bon et noble cœur !... Quel malheur que tu n'aies pas, toi, une vraie fortune, je t'appartiendrais tout entière... Oh ! je t'aime !

Et en disant ces mots, la belle Martingale se laissa glisser aux pieds de son amant, agenouillée devant lui, roulant sa tête dans ses mains.

Saint-Mards, la tête penchée, la physionomie pleine de bonté, d'honnêteté, admirait la courtisane amoureuse qui se traînait à ses pieds.

Je crois bien qu'à cette heure l'aimable, Jules de Saint-Mards était convaincu qu'il venait de faire une belle et sainte action.

Lise, la soubrette, frappa discrètement et entra.

— Madame est servie, dit-elle.

— Viens, mon Jules, dit Martingale se relevant, lui passant le bras autour du cou, et l'entraînant vers le salon... Cette fois, c'est pour de bon que nous allons dîner... Lise, dis en bas que, malade, je suis couchée, et ne recevrai personne.

— Je l'ai dit, madame.

Les deux amants se mirent à table.

Martingale dit en riant :

— Figure-toi que cet imbécile voulait absolument me forcer à manger... mais j'avais ma migraine... Cette migraine-là, il n'y a que toi qui la guéris... Guéris, fit-elle en lui tendant ses lèvres.

III

DU DANGER QU'IL Y A DE LAISSER TRAINER
DES LETTRES.

Tarand, en quittant la réunion qu'il avait, en plaisantant, si justement nommée le Club des Coquins, s'était rendu rue Montmartre ; il était entré dans une maison voisine du marché Saint-Joseph, et s'était informé chez le concierge de l'état des travaux qu'il faisait exécuter dans l'appartement qu'il avait loué.

— Les ouvriers y sont encore, lui avait répondu celui-ci. Alors, Tarand avait prestement monté deux étages et était entré dans l'appartement, sur la porte duquel une plaque de cuivre portait ces mots : *Contentieux des Familles*. Il vit avec plaisir que les ouvriers avaient fini

leurs travaux et qu'ils nettoyaient l'appartement avant
d'en faire la livraison.

C'était d'abord une antichambre tendue de papier
rayé, qui précédait trois vastes pièces, tout entourées
de casiers et de cartons verts, couvrant les murs du
haut jusqu'en bas. Sur chacun de ces cartons étaient une
lettre et un chiffre... Au bout de ces trois grandes pièces
se trouvait un petit salon destiné à servir de bureau. Le
mobilier de ce salon se composait d'une grande table, de
deux fauteuils et d'un coffre-fort en fer ; aux portes, on
avait placé des verrous et des serrures de sûreté.

Des précautions semblables avaient été prises pour les
grands casiers dont nous avons parlé ; des cadres rete-
tenaient les cartons et étaient fermés à clef.

Tarand demanda au chef des ouvriers quand l'appartement serait prêt. Celui-ci lui répondit que, le soir même
les clefs seraient remises à la concierge, et qu'on pourrait
occuper les lieux le lendemain.

Satisfait de cette réponse, il se retira. Le lendemain, il
installait dans les bureaux du Contentieux des Familles
un homme singulier, qui portait le nom de Chadi et dont
nous parlerons plus tard.

Huit jours après les scènes que nous avons racontées,
Tarand entrait chez lui et demandait à Chadi :

— As-tu des envois ?

— Oui, monsieur, ils sont sur votre bureau.

Il entra dans son cabinet, sur la table duquel étaient
placées cinq grandes lettres minutieusement cachetées
qu'il se mit aussitôt à dépouiller, après s'être toutefois
enfermé.

Le plan qu'avait exposé Tarand à ses complices était
des plus simples ; pour atteindre le but mystérieux, que
nous révèlera la suite de cette histoire, tous s'étaient mis
à sa disposition, et le premier travail auquel ils se livraient
était absolument sans danger. Chacun d'eux avait ses fré-
quentations, un monde spécial, qu'il voyait. Tous étant
célibataires, vivaient au dehors, au restaurant, puis, avant
le cercle, passaient une partie du temps dans différents

cafés... Ils avaient mission alors de demander pour écrire le buvard ; ils cherchaient s'il ne s'y trouvait pas de lettres commencées.

A Paris, c'est souvent au café que se fait la correspondance, surtout la correspondance intime, secrète, et parfois une lettre difficile dans sa rédaction, où trop compromettante, est trois ou quatre fois recommencée, et le brouillon froissé, est jeté à terre. Ce sont ces brouillons, ces lettres inachevées que les associés ramassaient précieusement et envoyaient chaque soir sous enveloppe au Contentieux des Familles, où Tarand les jugeant utiles ou nulles, les jetait ou les collectionnait avec soin, les plaçant alors, datées, dans les casiers à leurs initiales.

Chacun des associés avait un monde différent... Romond seul les englobait tous ; Tarand avait été le chercher dans le quartier des chiffonniers ; il lui avait ouvert une boutique où il achetait le vieux papier. Il offrait un prix triple de tous les autres pour ce qu'il appelait le papier de choix, c'est-à-dire le papier à lettres. La nouvelle de ce nouveau commerce s'était vite répandue dans le monde des chiffons, et dès le lendemain, les chevaliers du crochet, après avoir épuré leur marchandise, venaient vendre leur provision.

Chaque soir, Tarand dépouillait les envois de ses associés, et, essayant de lier entre elles ses correspondances, il formait des dossiers. Le plan de Tarand était dans la phrase du cardinal : « Avec deux lignes d'un homme, je le ferais pendre. »

Il est nécessaire que nous présentions au lecteur l'étrange individu qui avait été chercher dans l'écume de la société des associés, pour le but mystérieux qu'il se proposait ; l'homme qui connaissait la vie de tous et que personne ne connaissait.

Jules-Félix Tarand ne paraissait pas trente-cinq ans ; il était grand et bien fait, élégant de tournure, gracieusement et vigoureusement bâti ; il portait avec aisance le costume guindé de nos gommeux. A son accent, on reconnaissait qu'il était né dans la Gascogne.

Tarand était beau ; le visage, d'un ovale allongé, était bien encadré par des cheveux bruns qui retombaient lourdement en boucles sur le front un peu bas. Le teint était mat, le nez bien dessiné était fin, les yeux noirs avaient des lueurs étranges, sous leurs paupières ombrées de bistre. Il portait la barbiche fendue, et ses lèvres décolorées étaient couvertes d'une moustache rousse qui rapetissait la bouche... quelques rides précoces gravaient le front de ce visage fatigué.

Entièrement vêtu de noir, sa redingote, qui faisait admirablement valoir l'élégance de sa taille, était du bon faiseur, ses mains fines étaient toujours gantées, et son pied, petit, haut de cambrure, était artistement chaussé. Sa toilette, sa physionomie, le faisaient supposer d'un tout autre monde que celui au milieu duquel nous l'avons présenté à nos lecteurs.

Accoudé sur la table, une main dégantée dans ses cheveux, il était absorbé dans la lecture des lettres qu'avaient envoyées ses associés le soir même.

Le jour baissait, et il se hâtait, espérant avoir terminé sa lecture avant la nuit ; mais on était aux premiers jours de novembre, et l'obscurité se fit bientôt dans le petit salon. Il sonna et demanda de la lumière, en jetant au feu les lettres déjà lues, qui, toutes, paraît-il, étaient sans importance.

Chadi apporta la lampe. Tarand se remit à l'œuvre ; tout à coup, il eut un tressaillement, comme un choc électrique ; il prit la lettre qu'il lisait, la regarda, la retourna, et la replaçant devant lui pour en recommencer avec attention la lecture, il dit :

— Mais, sang-diou ! voyons donc ça...

Et il lut.

La lettre portait un en-tête ainsi conçu :

ACIÉRIE DE L'ARLY

(SAVOIE)

LOUIS BURDIN ET Cᵉ

Fer, Cuivre, Plomb, Zinc

RUE BARBETTE

PARIS

« Paris, 30 octobre 1869.

» Monsieur,

» C'est avec le plus profond étonnement que je lis votre honorée du 18 courant, répondant à ma lettre du 15... Il y a, assurément, une erreur capitale qui devra être au plus tôt réparée, et pour laquelle un jugement sera probablement nécessaire; je ne puis m'expliquer comment semblable chose a pu se produire, et pour justifier mon dire, je vais vous faire l'historique des faits.

» Je vous demandais, dans une lettre en date du 5 octobre, l'acte de naissance de mon fils, Louis-Georges Burdin, né à Cacogne en 1851, et aujourd'hui vivant avec moi à Paris. Vous m'envoyez l'acte de naissance et m'écrivez qu'en cas où j'aurais besoin également de son acte de décès (2 décembre 1852), vous le tenez à ma disposition. Je vous ai écrit alors que mon fils unique vivait et résidait avec moi à Paris; or, vous m'avez envoyé l'acte de décès parfaitement en règle, et cependant j'ai le bonheur de vous affirmer que mon Georges, mon fils bien-aimé, se porte à merveille. Voici les faits :

» Proscrit à la suite des événements de décembre 1851, je dus me sauver du pays, y laissant ma femme et mon fils, alors âgé de deux mois.

» Pendant toute une année, j'errai sans argent, sans gîte, ayant la gendarmerie à mes trousses. Au mois de novembre 1852, un coreligionnaire politique m'offrit du travail chez lui à Chambéry. Une nuit de décembre je me rendis à Cacogne chez moi, pour annoncer à ma femme la situation nouvelle que j'allais avoir et pour la

3.

décider à vendre au plus tôt notre petit ménage afin de venir me rejoindre avec notre enfant à Chambéry.

» Cette nuit 3 décembre 1852, c'est-à-dire le lendemain de la date du décès que porte votre acte, je vis mon enfant que j'embrassai. Douze jours après, un homme qui m'était envoyé par ma femme, m'apportait mon enfant, et la somme produite par la vente de notre ménage, de plus, une lettre dans laquelle ma malheureuse Jeannie me recommandait notre enfant et me déclarait qu'à l'heure où cette lettre me parviendrait elle aurait cessé de vivre... La malheureuse bien-aimée, je le sus quelques jours après, était devenue folle à la suite de toutes ces secousses, elle était partie du pays, où elle n'est plus revenue... il n'est que trop certain qu'elle s'est suicidée. Voici les faits que je me réserve au reste, monsieur, d'aller rétablir moi-même à la saison prochaine.

» Veuillez agréer, etc., etc. »

La lettre était couverte de ratures indiquant un brouillon qui avait été froissé, puis jeté.

— Cacogne, dit Tarand, songeur, je ne connais pas ça...

Il chercha sur le Bottin et vit : Nièvre.

— Je connais un peu la Nièvre, dit-il en souriant, mais j'y suis passé si rapidement.

Il chercha ensuite dans les marchands de fer et de cuivre, et vit : Louis Burdin, notable négociant, maison en Savoie, à Chambéry et à Alais (Gard).

— Sang-diou, fit Tarand, il a fait rapidement son chemin celui-là. Voyons donc si je n'ai rien autre chose sur ce nom-là.

Ayant classé toutes les lettres et gardé celle que nous venons de lire, il chercha dans un carton vert sur lequel on lisait : Bu n° 1.

Il trouva presque aussitôt une lettre papier anglais, portant en tête les deux initiales G. B. La lettre était courte, en voici le contenu :

« Je vous en supplie, mademoiselle, fixez-moi un jour ou une heure où je puisse vous parler. Le sentiment qui m'entraîne vers vous est pur. Un mot, je vous en prie.

» Celui qui ne vit que pour vous,

» GEORGES BURDIN. »

La lettre était froissée, quatre lignes avaient été effacées et on avait changé la rédaction.

— Celui-là n'a pas de cheveux blancs, dit Tarand, il a compris lui-même que sa demande de rendez-vous manquait de poésie... Nous allons toujours commencer par nous occuper de ça et voir si nous n'avons pas là une affaire...

Et il appela :

— Chadi !

Le gardien du Contentieux des Familles parut. Tarand avait écrit sur un papier : « Rue Barbette, Louis Burdin, et son fils Georges, renseignements généraux, savoir les relations et les amours du fils Georges. »

— Il me faut ces renseignements très complets demain matin.

— Bien, monsieur, dit Chadi.

Et ayant pris la note que lui présentait Tarand, il la plaça soigneusement dans son carnet.

Quelques minutes après, le directeur du Contentieux des Familles sautait en voiture et se faisait conduire au cercle de la Crécelle, où il retrouva ses associés. Il fit signe à d'Eragny de le suivre sur le balcon, ce dernier obéit. Quand ils furent seuls, Tarand dit en lui tendant la lettre qu'il avait découverte le soir même.

— Lis cette lettre près de la fenêtre.

Assez étonné, d'Eragny obéit.

— Lis-la assez attentivement pour en graver chaque mot dans ta mémoire.

Au bout de quelques minutes, que Tarand employa à allumer un cigare, d'Eragny releva la tête et lui dit :

— Je ne comprends pas un mot.

—Mon cher ami, reprit le premier des interlocuteurs, je le sais ; cela, je l'avoue, n'est pas utile pour le moment. Tu te souviens de ce qu'il a été convenu entre nous : vous devez aveuglément m'obéir.

— Je l'ai promis, et je suis prêt ; je dis que je ne comprends pas, non pour attendre une explication, mais pour savoir ce que je dois faire.

— C'est simple comme tout ; tu vas faire ta malle.

— Ma malle !

— Tu vois la dernière phrase : « A la saison prochaine, j'irai, etc. » Tu devances cette époque et tu arrives demain à Cacogne (Nièvre).

— Moi !... Et que vais-je faire là ?

— Tu deviens le sieur Louis Burdin, et tu vas chercher les renseignements dont tu as besoin.

— Moi ?

— Toi seul as le physique et l'âge de l'emploi parmi nous ; tu es décoré, tu vois le maire. Un décoré qui a lutté en décembre, tu juges de l'effet ! Un homme qui a renié et trahi son parti, on n'a rien à te refuser... Tu es religieux, dévot, tu vois le curé ; les livres de la paroisse sont à toi ; tu es discret, adroit, et en deux heures tu sauras l'histoire de celui que tu représentes.

— Mais si je trouve là-bas des anciens amis de Burdin...

— Tu as juste la physionomie nécessaire : des cheveux blancs dont on ne voit plus la couleur primitive ; tu es rasé, plus de barbe ; ton visage est maigre, fatigué... Dame ! les souffrances d'un homme poursuivi par la police, condamné, que la misère prend quand il en était à peu près à l'abri, qui perd dans un même jour sa position et sa femme... On changerait à moins... Puis, tu as cette réserve, cette dignité de l'homme qui a beaucoup souffert.

— C'est difficile.

— C'est justement pour cela que je te choisis ; je te mets au défi d'en trouver un parmi nous capable d'une chose aussi... délicate.

Ces derniers mots flattèrent assez d'Eragny pour le décider.

— C'est entendu ; et je pars quand ?

— Tu partirais ce soir, cela serait le mieux.

— Rien ne me retient... que l'argent.

— Ceci est mon affaire... L'express est à huit heures vingt ; peux-tu partir ?

— Je suis prêt.

— Très-bien ! dit Tarand ; et, tirant son portefeuille, il en sortit trois billets de cent francs qu'il donna à d'Eragny : tu sais que je t'attends après-demain soir.

— Si c'est possible, compte sur moi ; sinon, une lettre t'aviserait.

— Ne dis pas un mot aux autres.

— Mais je pars tout de suite ; or je ne les verrai pas.

— Il sera utile d'en parler quand je saurai ce que vaut l'affaire ; car alors j'aurai, je le crois, besoin de tout le monde.

— Ah ! ah ! c'est grave ?

— Très-grave...

D'Eragny allait partir, Tarand le retint et lui dit plus bas :

— Une chose importante et que j'allais oublier : tu dois te mettre bien avec le maire.

— Naturellement.

— Vous consulterez ensemble le registre des naissances, des décès...

— C'est probable.

— Pour cela, tu te trouveras dans le bureau de la mairie ; il faudrait alors adroitement te procurer du papier à lettre portant l'en-tête...

— Je comprends. Et t'en rapporter ?

— Oh ! une seule feuille.

— C'est entendu ! A après-demain.

— Et tu sais, beaucoup de renseignements... A après-demain.

Les deux associés se serrèrent la main, et d'Eragny partit aussitôt. Seul, sur le balcon, accoudé sur la rampe, Tarand songeait.

— Je crois qu'il y a là une affaire... Maintenant, il faudrait savoir ce qu'est ce jeune homme. Né en novembre 1851, il est aujourd'hui dans sa dix-huitième année. Les renseignements que me donnera Chadi ne porteront que sur sa situation. Si on pouvait le jeter dans les griffes d'une femme ; oh ! alors, on ferait ce qu'on voudrait. Mais, j'y pense, j'ai Martingale ! Tiens ! c'est une idée cela.

Il regarda les joueurs du cercle à travers les rideaux.

— Mon imbécile de Saint-Mards. Voyons donc.

Il rentra dans le salon, s'approcha de Saint-Mards, qui jouait à une table d'écarté ; après avoir regardé deux coups, il dit à son associé :

— Gagnes-tu ?

— Oui, je suis en veine.

— Où dînes-tu ce soir ?

— Oh ! je ne sors pas d'ici ; je n'ai pas faim ; je suis en veine, je reste. Je souperai au cercle.

— Moi, je vais dîner ; je voulais t'inviter.

— Non, non, je ne quitte pas... A vous, monsieur...

— Au revoir.

— Au revoir ! dit Saint-Mards. Te reverra-t-on ce soir ?

— C'est probable, après dîner.

Et Tarand sortit se disant :

— Elle est débarrassée ce soir, je vais l'emmener dîner, et nous causerons. Oh ! c'est la vraie femme qu'il me faut.

Ayant regardé à sa montre, il descendit rapidement, sauta en voiture et se fit conduire au petit hôtel de la rue Byron.

IV

LA MAISON SANS ENFANTS.

Le milieu de la rue de Lille est occupé par un vieil hôtel dont les appartements somptueux sont très-connus du faubourg Saint-Germain. Splendide hôtel aux vastes dépendances, fermé sur la rue par un corps de bâtiment peu élevé, terminé par une terrasse dont on voit les balustres Louis XVI. La cour immense permet la libre circulation des voitures, qui, faisant le manége, s'arrêtent devant un magnifique péristyle, ayant cinq marches, et abrité par une longue marquise. De lourdes tapisseries protégent les portes contre le vent d'hiver.

Le derrière de l'hôtel donne sur un immense jardin plein de mystère et d'ombre, et sur un côté duquel s'étend une vaste serre, jardin d'hiver qui commence à l'extrême porte d'un grand salon de réception.

L'hôtel de Cantrel, il y a quelque dix ans, ne cessait chaque nuit d'être illuminé : c'était un jour bal, un jour réception, un autre jour grande fête. Au reste, le monde s'expliquait facilement cette soif de plaisirs des nouveaux propriétaires de l'hôtel, les héritiers du marquis Antoine de Cantrel.

Le vieux marquis de Cantrel ne faisait pas de folies lui ; dix fois millionnaire, il avait fait fermer tous les contrevents de l'hôtel le 26 juillet 1830, et ne les avait pas fait ouvrir depuis. Il occupait deux pièces très-simples du rez-de-chaussée, et n'avait pour tout serviteur que le concierge de l'hôtel, dont la femme lui servait de cuisinière ; il vivait dans la plus sordide avarice, ne voyant et ne recevant personne que son neveu, qui venait une fois par semaine dîner avec lui. Ce neveu, Marius de Cantrel, s'était marié au milieu de l'année 1851 ; de ce jour, les visites hebdomadaires étaient devenues mensuelles.

Marius de Cantrel avait épousé une toute jeune fille de seize ans, qu'il adorait et dont il était adoré, et cette jeunesse, cet amour déplaisaient énormément au vieux marquis, si bien que deux ans après, ce n'était plus que trois ou quatre fois par an que le vieillard recevait sa seule famille, son neveu et sa nièce.

La situation du neveu était alors des plus modestes ; son oncle lui faisait mille francs de rente par mois, la jeune femme en avait apporté moitié moins, mais c'était une parente, et c'était le vieux marquis qui avait voulu cette union, heureuse, au reste, nous l'avons dit.

Jeunes tous deux, les nouveaux mariés escomptaient l'avenir en se couvrant de dettes pour satisfaire la soif de luxe qu'ils ressentaient tous deux : les étés se passaient dans les villes d'eaux ; l'hiver, partie en Italie, partie dans le monde. La jeune comtesse de Cantrel était admirablement belle, de plus coquette comme une femme de trente-cinq ans, heureuse d'être aimée, admirée, fêtée, pour rien au monde elle n'aurait consenti à changer la vie nouvelle que le mariage lui faisait connaître.

La comtesse devint mère dix mois après son mariage. Ce qui pour toute autre eût été une joie de plus, fut au contraire pour elle une source de chagrins ; heureuse d'être délivrée, elle plaça son enfant en nourrice, et, à peine rétablie, recommença la seule vie pour laquelle, disait-elle, elle était faite.

L'enfant mourut un an après. Quand la comtesse l'apprit, elle se rendait en Italie ; elle pleura une heure, passa une mauvaise nuit, et, le lendemain, se commanda trois superbes robes de deuil qui firent sensation aux soirées du Casino de Monte-Carlo...

Le vieux marquis mourut enfin ! On attendit six mois. Ayant hérité de lui, les jeunes mariés, M. et Mme la marquise de Cantrel, firent un voyage en Espagne, pendant qu'on restaurait l'ancien hôtel, et quand ils revinrent, le vieux concierge, déjà étourdi du changement survenu, ne fut pas peu scandalisé d'entendre sa nouvelle maîtresse, la jeune marquise Hélène, dire en visitant les salons :

— Quelles fêtes nous allons donner cet hiver, Marius...

La maison fut alors montée sur un train princier Toute la journée, des chevaux piaffèrent dans la cour, un monde de gens, depuis le garçon d'office jusqu'au chasseur, envahit la maison, revêtus d'une livrée modèle dont on parla dix jours dans le vieux faubourg. Les journaux à scandales racontèrent les fêtes qui se donnaient à l'hôtel de Cantrel ; on fit même, sous les voiles de l'anonyme, la biographie de la belle et jeune marquise ; c'était une célébrité du high-life, la vogue l'enveloppait de son auréole, on parlait de ses voitures, de ses chevaux.

L'impératrice, au bois, s'était retournée pour demander le nom de cette jeune et élégante beauté, et tout le monde savait que la belle marquise de Cantrel avait refusé les invitations de la cour. Le beau marquis était toujours aux côtés de sa femme, l'enveloppant de son amour et de son respect. Dans les salons, on ne parlait que de ces heureux. Ils avaient tout : l'amour, la beauté, la fortune, la jeunesse.

Chaque soir, les salons du vieil hôtel resplendissaient de lumières. On jouait, dansait, et surtout on y disait de l'Empire tout le mal qu'il méritait. Les invitations du marquis de Cantrel étaient très-recherchées. La jeune marquise vivait heureuse dans ce tourbillon, mais l'abus amena la satiété, et bientôt la belle Hélène de Cantrel s'ennuya de ces fêtes banales ; elle connaissait tout le monde et n'aimait personne ; de ces relations nouvelles, pas une amitié solide n'était née... Elle était seule au milieu de cette foule, plus seule qu'autrefois, car il lui semblait que son mari se détachait d'elle.

La jeune marquise Hélène était amoureuse et coquette ; elle écoutait, charmée, les flatteurs qui l'entouraient ; mais leurs compliments banals l'amusaient sans la toucher, et l'amour qu'elle avait pour son mari restait fort et puissant.

Il n'en était pas de même du marquis de Cantrel; ces relations nouvelles l'avaient entraîné, et son amour, vieux de six ou sept ans, s'était transformé en une affection solide, faite toute d'amitié; il souriait et haussait légèrement les épaules lorsqu'on lui parlait de la beauté de sa femme.

Obligés tous les deux à vivre pour tout le monde, ils s'étaient, sans s'en apercevoir, insensiblement détachés l'un de l'autre.

Lorsqu'ils n'avaient qu'un petit appartement, ils vivaient ensemble, ils avaient la même chambre, et chaque soir ils ne s'endormaient qu'après avoir échangé le bon baiser franc de l'amour, loyal, sincère.

La fortune avait séparé monsieur de madame, chacun avait son appartement et ses gens. On s'était habitué à se passer l'un de l'autre, on s'aimait encore, mais de souvenir.

Monsieur déjeunait régulièrement à l'hôtel, et c'était le seul moment où les époux se trouvaient ensemble. La marquise Hélène avait voulu lutter contre l'indifférence de son époux, il était trop tard : le lien suprême du ménage n'existait plus, chacun avait son sentiment à lui, ils n'avaient pas une affection intime à deux : l'enfant ! L'enfant, c'est-à-dire le but dans l'avenir, le courage dans le présent, le souvenir constant du passé. Dieu leur avait donné un fils. Superstitieuse, la marquise voyait le châtiment du Créateur dans la mort prématurée du pauvre petit. Femme, elle n'avait pas su devenir mère ! et elle était punie pour toujours, condamnée à vivre seule, sans famille. Elle sentait bien, à cette heure, que l'éloignement de son mari était dû à ce deuil. Au milieu du luxe, il s'ennuyait chez lui, le grand hôtel était vide, et elle l'avait entendu dire une fois :

— Triste ! lugubre ! la maison sans enfants !

Pendant trois ou quatre ans, la belle marquise Hélène avait consulté et écouté tous les médecins; n'obtenant pas de résultat, elle avait écouté les charlatans, puis les matrones dont le nom s'étalait à la quatrième page des journaux, entouré de promesses mensongères.

Elle n'était parvenue, par elles, qu'à compromettre sa santé ; elle avait eu recours au pèlerinage, une douce folie ; et son mari s'était moqué d'elle. Elle était condamnée à vivre ainsi, seule, toujours seule.

Oh ! de quel regard d'envie elle couvrait les pauvres mères qui traînaient, pendue après leur cotte ou collée au sein laiteux, toute une grappe de marmots barbouillés...

Un remords constant poursuivait la marquise ; elle avait presque abandonné l'enfant que le ciel lui avait donné ! Elle en était cruellement punie à cette heure ; elle devinait que l'indifférence, l'abandon de son époux venait de l'absence de ce lien sacré : l'enfant.

C'est à une inconnue, à une mercenaire qu'elle avait confié son Octave, son fils, heureuse de continuer sans tracas la vie de plaisirs qu'elle menait alors. Si son enfant était resté près d'elle, elle l'aurait disputé à la mort, elle aurait peut-être trouvé ces soins sacrés de la mère devant lesquels la terrible *camarde* recule. Sa situation de fortune lui permettait d'user toutes les ressources de l'art ; ces ressources étaient impossibles à trouver dans le petit village perdu de la Nièvre, où le pauvre petit avait succombé. Que de fois elle avait rougi en entendant raconter les péripéties d'un jugement d'infanticide ! Que de fois elle avait pleuré au récit d'un enfant abandonné trouvé sur la voie publique !

Jeune encore — la marquise avait à peine trente-quatre ans — elle ne pouvait s'arrêter longtemps sur ces lugubres pensées ; elle se refusait à croire qu'elle resterait désormais sans enfant à aimer. Que n'aurait-elle donné pour avoir un enfant !

Il n'est pas de sacrifices que le marquis de Cantrel n'eût consenti à faire. Elle le savait, elle se heurtait à l'impossible.

Le grand hôtel si gai était devenu triste, l'herbe envahissait la cour ; jamais, comme autrefois, les fenêtres ne s'illuminaient ! C'est à peine si quelques visites venaient de temps à autre rompre la monotonie de cette existence éteinte.

La pauvre jeune femme se sentait glacée par le vide qui se faisait autour d'elle ; envieuse du bonheur des autres, le monde lui était devenu insupportable ; lorsqu'à la promenade sa voiture croisait un équipage conduisant une mère heureuse, souriante au milieu de ses babys, elle se rejetait en arrière et des larmes abondantes coulaient de ses yeux ; d'autres fois, elle blasphémait en voyant une pauvre femme mendiant le pain des enfants qui se pendaient à ses jupes.

Elle oubliait qu'elle avait eu sa part de bonheur, et que, mère indigne, elle subissait justement le châtiment de sa faute.

Nous avons dit que la marquise avait consulté les plus grands docteurs spécialistes... De cette consultation elle avait reçu l'assurance qu'elle pouvait toujours espérer, aucun vice ne la rendant impropre à la maternité.

Ce cas fort rare de stérilité était donc attribuable au marquis de Cantrel ? La marquise Hélène le croyait.

Vivant toujours seule, sans conseils, sans amies, absolument délaissée par son mari, une unique pensée occupait le cerveau de la belle et jeune marquise :

« Etre mère !... fût-ce au prix d'une faute ! »

C'est là un des côtés redoutables de l'isolement, de faire germer l'idée du mal dans une nature honnête, mais faible.

On comprend quelles luttes intérieures avait à soutenir la jeune femme, admirablement élevée... Elle l'avait chassée d'abord toute rouge de honte, mais l'idée tenace revenait, et ne la quittait plus, le jour songeuse, la nuit dans le sommeil.

Peu à peu, elle s'y habitua, l'imagination devint vagabonde, elle chercha l'excuse ; le marquis la lui donnait largement. Son miroir lui assurait qu'elle était toujours belle, plus belle même qu'autrefois, et elle était délaissée !

Et pour qui ?

Pour une fille dont le sourire, lorsqu'elle l'apercevait au bois, lui faisait monter le rouge au visage.

Blessée de cette rivalité honteuse, malheureuse de son abandon, et sentant avec l'âge s'allumer en elle un feu nouveau, la marquise résolut de parler à son époux. pour le mettre en demeure de revenir vers elle.

On comprend facilement ce qu'il en coûtait à la noble nature d'Hélène pour se résigner à s'abaisser jusqu'à l'explication... C'était la dernière lutte que soutenait l'honnêteté, la dernière chance de salut qu'elle offrait à sa nature défaillante.

Ce fut en vain, quelques scènes désagréables eurent lieu, les impertinences s'échangèrent... le marquis alla jusqu'à hausser les épaules, en disant :

— Vous n'avez plus vingt ans, et vous ne voulez pas, je pense, nous rendre ridicules par les démonstrations d'un amour suranné.

— Comment ! fit-elle confuse, outrée... ridicules !... Mais je suis donc une vieille femme ?

Le marquis haussa encore les épaules et, s'oubliant, la malheureuse Hélène lui dit sèchement :

— Je suis aussi jeune et plus belle qu'*elle !*

Fronçant le sourcil, mordant ses lèvres, le marquis se retourna vivement :

— Elle ! qui, elle ?...

— Votre maîtresse, la Martingale... cette fille...

Marius de Cantrel dit lentement et d'une voix glaciale:

— Voilà un nom que vous n'auriez jamais dû prononcer, madame... il eût été plus digne de feindre l'ignorance ; votre jalousie est en retard, je n'y crois plus.

Et, droit, hautain, le marquis sortit de l'appartement.

La belle marquise resta une grande minute comme hébétée ; elle regrettait certainement ce qu'elle avait dit, mais elle restait humiliée, confuse ; l'indifférence de son mari ne lui avait jamais semblé aussi grande.

Il se souciait bien d'elle ! il l'estimait si peu qu'il n'avait pas même essayé de se défendre.

Hélène de Cantrel était cruellement blessée ; ce fut une grande minute de torture morale pour cette âme encore honnête ; ce mépris l'écrasait ; elle avait rougi d'abord, puis la pâleur avait couvert son visage... Elle avait ressenti l'injure extrême qui oblige deux hommes à se battre à mort pour se venger... Femme, elle avait subi l'affront, et elle n'avait pas cette ressource... Elle n'avait d'autre moyen de vengeance (elle le pensait, hélas !) que de mériter, par sa conduite, les injustes traitements de son époux.

Après quelques minutes d'abattement elle se redressa, et, regardant la porte par laquelle était sorti le marquis, elle s'écria en secouant la tête :

— Il était temps encore... D'un mot vous me sauviez ! Mais vous êtes trop sottement orgueilleux... trop niaisement infidèle... Oh ! je le jure, vous le serez !

Et fiévreuse, indignée, elle gagna son appartement et sonna ses femmes, qui vinrent aussitôt.

— Coiffez-moi, Julie... Marie, dites qu'on attelle pour le bois... puis vous enverrez aux Variétés retenir une avant-scène.

Julie et Marie, les deux femmes de chambre, se regardaient stupéfaites.

Marie observa timidement :

— M. le marquis a dit à Jean qu'il ne rentrerait que tard.

— Je le sais, fit sèchement Hélène de Cantrel ; monsieur n'a rien à voir dans ce que je vous dis de faire.

Les femmes, étonnées de ce changement dans les habitudes de la marquise, obéirent aussitôt.

— Julie, vous me ferez cette nouvelle coiffure...

— Oui, madame.

Lorsque sa toilette fut terminée, avant de se ganter, la marquise prit dans un délicieux buvard une feuille de papier portant ses initiales, elle y coucha rapidement les pattes de mouches suivantes :

« Belle comtesse,

» Vous m'avez souvent blâmée sur ma retraite, je me rends à vos avis... je suis prête à suivre vos conseils... il est temps, car je meurs d'ennui.

» Vous serez donc bien aimable si vous me faites avoir pour les fêtes de Compiègne l'invitation que vous m'avez si souvent offerte.

» Un bon baiser de votre amie.

» HÉLÈNE. »

Elle glissa la lettre sous enveloppe et la fit aussitôt porter à son adresse.

La voiture l'attendait, elle y monta ; étendue sur les coussins moelleux, pendant que les chevaux fringants l'entraînaient au bois de Boulogne, la belle marquise eut un petit éclat de rire... qu'elle modéra aussitôt en se mordant les lèvres.

Si quelqu'un s'était penché près d'elle, il aurait pu l'entendre répéter cette phrase :

— Tu l'as voulu, Georges Dandin.

Et il aurait vu ses yeux se voiler et son front rougir.

A la même heure, le marquis de Cantrel descendait devant le petit hôtel de la rue Byron, et Céline disait à Martingale :

— M. le marquis a l'air joyeux aujourd'hui.

V

LES PROMENADES NOCTURNES DE MONSIEUR CHADI.

A l'heure où d'Eragny partait pour Cacogne, où le chef du Club des Coquins, Tarand, se rendait chez Martingale, l'employé du Contentieux des Familles, Chadi, obéissant aux ordres qu'il avait reçus de son maître, se dirigeait vers la rue Barbette.

Chadi paraissait âgé de vingt-cinq à trente ans, petit, plutôt mince que maigre, les épaules larges, les jambes un peu arquées, les bras courts, secs, mais aux biceps saillants, dénotaient une force peu commune.

Sur les mains immenses, sur le cou décharné, s'étendaient de grosses veines bleues, qui montraient que toute la force était dans les nerfs.

Chadi s'habillait d'une façon fantaisiste : il portait un pantalon très-collant élargi sur la chaussure, un gilet trop court qui laissait voir une courroie et les crevés de la chemise. Hiver comme été il portait un paletot d'orléans, et n'opposait aux morsures de la bise qu'un tricot rayé rouge ; sa cravate longue pendait sur le tricot attachée par un large anneau ; par tous les temps il se coiffait d'une casquette de soie qu'il portait sur le derrière de la tête...

Chadi est un nom de singe, et c'est à son visage que l'employé du Contentieux des Familles devait ce sobriquet peu flatteur. Il était mérité. Qu'on en juge :

Chadi avait les cheveux jaunes, qu'il portait taillés à l'enfant d'Édouard ; ses petits yeux verts étaient surmontés d'une touffe de poils roux, ses joues étaient saillantes, et sa bouche immense, aux lèvres épaisses, avançait comme celle du brochet, le nez en trompette montrait deux narines largement ouvertes; sur cette face osseuse, au milieu d'un teint rose, s'étendait un bon sourire... les grosses lèvres et les yeux à fleur de tête indiquaient une certaine bonté...

Chadi n'était pas beau, il le savait, mais il s'en consolait en disant :

— Je n'ai pas la beauté grecque (c'est bête d'abord), mais j'ai une tête originale.

Il faisait nuit lorsqu'il arriva dans la rue Vieille-du-Temple, devant la rue Barbette; il s'orienta aussitôt, et quelques minutes après il causait avec le concierge de la maison faisant face à celle au-dessus de la porte de laquelle on lisait :

ACIÉRIE DE L'ARLY

L. BURDIN ET Cᵉ

Le concierge lui disait :

— C'est une bonne maison, mais vous savez, il n'y a pas souvent de place, ceux qui y sont y restent.

— Je sais cela, disait Chadi, et c'est justement la raison qui me fait désirer d'y entrer... Vous croyez qu'en m'adressant au fils, je n'aurais pas de chance ?

— Dame! certainement, si vous plaisiez au fils... car son père l'adore et fait tout ce qu'il veut...

— Savez-vous où il va tous les soirs ?

— Le fils, M. Georges ?

— Oui !

— Il ne va nulle part... Oh! c'est un jeune homme sage comme une demoiselle...

— Quel âge a-t-il donc ?

— Il est dans les dix-huit à vingt ans... et un beau garçon, allez... mais timide...

— Ah!... fit Chadi, voyant le concierge prêt à parler.

— Figurez-vous que nous avons dans la maison une femme qui fait des fleurs... elle occupe plusieurs per-

4

sonnes pendant la bonne saison ; quand ça ne va p[
comme dans ce moment-ci, elle ne garde avec elle qu'u[
ouvrière. C'est une jeune fille de dix-sept à dix-huit an[
jolie, monsieur, aussi vrai que je vous le dis, la plus be[
fille du quartier... M. Georges a sa chambre là-haut,
fenêtre donne juste en face l'atelier des fleuristes...
crois qu'il en tient pour cette jeunesse.

— L'ouvrière qui reste toute l'année ?...

— Oui... nous l'appelons Beau-Sourire... Eh bie[
monsieur, vous me croirez si vous le voulez : cet hiv[
l'ouvrage donnait, on travaillait jusqu'à près de de[
heures du matin chez la fleuriste. M. Georges restait dep[
neuf heures jusqu'à cette heure-là à sa fenêtre, regard[
Mlle Beau-Sourire travailler. Il y avait de quoi attraper[
mort ! Eh bien ! aussi vrai que je vous le dis, il en est e[
core à lui dire un mot...

— Vous croyez ?

— J'en suis sûr. Il est venu, m'a parlé d'elle, et n[
même donné des lettres pour les lui remettre... Vous sav[
ça me faisait tant de peine de voir ce pauvre garçon [
mer comme ça, que je n'ai pas osé refuser... il me do[
nait la pièce, parce que vous savez, il ne regarde pas[
l'argent, lui...

— Et les lettres ?

— Les lettres ? Mlle Beau-Sourire n'a jamais voulu [
recevoir... Elle a pris la première, l'a lue... et elle m'a [
fusé toutes les autres... Mais il ne se lasse pas, le pet[
Tenez, il est près de huit heures, c'est l'heure où Mlle Bea[
Sourire s'en va, vous allez voir M. Georges sortir et l'[
tendre pour la suivre... à distance... mais pas un mot[
Du reste, la jeunesse ne le souffrirait pas... C'est la ver[
même, et cependant c'est une orpheline...

Huit heures sonnèrent.

— Tenez, fit le concierge, voici M. Georges.

Et il désigna un jeune homme assez grand qui sort[
de la maison Burdin et se dirigeait vers la rue Vieill[
du-Temple.

— Huit heures ! exclama Chadi, je vous demande pa[

don, je suis en retard... Au revoir, monsieur, je vous reverrai demain... et je vous remercie toujours.

— C'est ça, jeune homme, venez demain, et si j'entends parler de quelque chose pour vous, je vous le
dirai.

Chadi se précipita dans la direction suivie par le jeune
homme, il le devança et se posta le long de l'Imprimerie
nationale, en voyant M. Georges attendre au coin de la
rue.

Quelques minutes s'écoulèrent pendant lesquelles Chadi
observa le jeune homme.

— La tête est bonne, se disait-il, beau garçon, bien
fait, du chic, cependant il devrait taper dans l'œil à la
fillette... Peut-être bien qu'on ne se parle pas dans le
quartier pour éviter les cancans ; mais, un peu plus loin,
on s'en va bras dessus, bras dessous, en soupirant... Ce
serait trop bête de faire le pied de grue à attendre
Mlle Beau-Sourire uniquement pour la voir passer... Nous
allons voir ça. Il faut que ce soir je sache ce que c'est
que Mlle Beau-Sourire et où est son nid.

A ce moment, Chadi vit Georges entrer vivement dans
la porte d'une allée pour se cacher ; en même temps, une
grande et gracieuse jeune fille tournait l'angle de la rue
Barbette, remontant vers le boulevard. Chadi la vit lorsqu'elle passa dans la lumière du réverbère et s'écria malgré lui :

— Cristi ! la belle blonde !...

Aussitôt la chasse commença... Lorsque Mlle Beau-
Sourire eut fait une trentaine de pas, Georges sortit de
l'allée et la suivit ; vingt pas plus loin, de l'autre côté de
la rue, Chadi suivait à son tour. Ils longèrent ainsi la rue
Vieille-du-Temple, la rue des Filles-du-Calvaire, traversèrent le boulevard, s'engagèrent dans la rue Oberkampf
pour arriver bientôt au boulevard Ménilmontant. Là, le
jeune homme, pressant le pas, rejoignit la jeune fille et la
salua... Celle-ci s'arrêta aussitôt souriante et lui tendit
la main en disant :

— Bonsoir, monsieur Georges.

— Bonsoir, mademoiselle Claire.

— Vous venez des ateliers?

— Oui, mademoiselle, et c'est un hasard que je bénis qui m'a fait vous rencontrer...

— Un hasard... qui se renouvelle tous les soirs, dit la jeune fille en souriant, puisque tous les soirs vous venez à la même heure à Ménilmontant, et que tous les soirs, à la même heure, je reviens...

Le jeune homme regardait amoureusement la jeune fille, ne quittant pas sa main.

— Si vous saviez, mademoiselle, le bonheur que je ressens quand je vous vois!

— Vous avez tort de me parler ainsi, monsieur Georges.

— Et pourquoi, mademoiselle?...

La jeune fille ne répondit pas.

— Mademoiselle Claire, voulez-vous me permettre de vous accompagner une minute?

— Non, monsieur Georges. Je vous l'ai dit, je ne le dois pas... je ne le peux pas.

— Mais pourquoi cette sévérité?

— Je vous l'ai déjà dit... je ne veux pas que nos relations soient interprétées malhonnêtement... Une jeune fille ne doit consentir à répondre à un jeune homme que lorsqu'elle voit un but possible... Vous savez bien, monsieur Georges, qu'il ne peut en être ainsi.

— Mademoiselle Claire, je vous aime!

— C'est une offense de me le redire, monsieur Georges, car vous savez que votre situation, qui vous met au-dessus de moi, ne me permet pas de voir dans nos relations une intention honnête.

— Écoutez-moi, au moins une fois... chaque soir vous refusez de m'entendre.

— Je ne veux vous considérer que comme un ami ; or, un ami véritable comprendrait que ses assiduités près d'une jeune fille de mon âge ne peuvent que la compromettre...

— Écoutez-moi au moins.

— Non, monsieur Georges. Je sais tout ce que vous

voulez me dire, vous m'aimez, mais vous ne pouvez m'épouser, et je veux être la femme de celui qui m'aimera...

— Vous ne me croyez un honnête homme ?

— Si je vous croyais tel, je n'aurais jamais consenti à vous parler après l'envoi de vos lettres ; c'est justement parce que je vous crois un honnête homme que je vous ai pardonné.

— Mais je serai libre bientôt de faire ce que je voudrai, et alors je puis vous épouser.

— Il faudrait aller contre la volonté de votre père, qui vous adore, que vous adorez... et ce serait mal... Monsieur Georges, il faut absolument m'oublier, sinon...

— Sinon ?

— Sinon, je me fâcherai, vous m'obligerez à quitter la maison dans laquelle je travaille, je serai contrainte de vous fuir, enfin, et au lieu de vous aimer comme un bon ami, je vous haïrai...

— Qu'exigez-vous donc, mademoiselle?... demanda Georges tout tremblant.

— Je veux désormais vous rencontrer moins souvent ; je veux que vous ne me parliez jamais d'amour ; je veux que lorsque je vous dis : « Partez ! » ainsi que je vous le dis ce soir, vous partiez immédiatement, sans m'exposer, par vos poursuites, à passer pour ce que ne suis pas.

Le jeune homme contenait avec peine les larmes qui emplissaient ses yeux. D'une voix tremblante d'émotion il dit :

— Je vous obéis, mademoiselle, je vous obéis ; je vous reverrai dans trois ou quatre jours... Mais ne m'en voulez pas, je vous en prie.

La jeune fille, émue par l'accent de Georges, lui pressa affectueusement la main, et, se hâtant, elle lui dit:

— Vous êtes un bon ami, monsieur Georges ; au revoir...

— Au revoir, mademoiselle Claire.

Claire, dite Beau-Sourire, partit aussitôt, ayant hâte de cacher l'émotion qui l'envahissait à son tour.

4.

Resté seul, Georges Burdin s'abandonna à sa douleur naïve ; de grosses larmes glissèrent sur ses joues. Il maudissait sa maladresse et sa timidité, car c'est à ces deux causes qu'il attribuait assez justement son échec près de celle pour laquelle il brûlait d'amour, amour sérieux, fort et tenace, et contre lequel, ayant conscience de sa faiblesse, le jeune homme ne cherchait pas à lutter.

Après quelques minutes d'abattement, il essuya ses yeux, exhala un gros soupir et se disposait à retourner chez lui.

Un cri qu'il entendit lui fit tourner la tête... un second qu'il reconnut le fit bondir comme sous un choc électrique, ses yeux brillèrent d'un éclat farouche, et il s'élança du côté par lequel Claire était partie.

Neuf heures sonnaient, la nuit était noire ; en quelques minutes il eut rejoint celle qu'il venait de quitter.

Il ne s'était pas trompé, c'était bien sa voix qu'il avait entendue, la malheureuse enfant se débattait sous l'ignoble étreinte d'un rustaud de barrière... elle criait et Georges entendit la voix du goujat qui disait :

— Allons-donc la fille, fais-donc pas ta tête...

Le misérable avait à peine achevé qu'un coup de poing vigoureux le frappant en plein visage, le forçait à lâcher la malheureuse Claire et à se défendre lui-même... Folle de terreur et d'émotion, Claire, défaillante, sans force pour se sauver, s'appuyait à un arbre.

Georges, en voyant celle qu'il aimait, insultée par un homme, n'avait pas hésité ; il s'était précipité sur le rustre, et, nous l'avons vu, l'avait du premier coup, obligé à lâcher sa proie.

L'homme, étourdi d'abord, s'était remis aussitôt et revenant lentement sur Georges, lui dit d'un ton gouailleur :

— Ah ! ah ! madame avait son mâle. Il n'est pas gros, on va le *faire*.

Celui qui parlait était un solide gaillard, un colosse, qui, se plaçant en garde de savate devant le jeune homme, lui dit :

— On va abîmer le joujou à madame !

Et il s'élança, Georges s'attendait au choc; jeune, vigoureux, se sentant plus fort par l'objet pour lequel il se battait, il le soutint crânement.

Les deux hommes s'étreignirent fortement; on entendait parfois le bruit sourd du poing qui frappait la chair... ils chancelèrent quelques minutes dans l'ombre... le rustaud de barrière était le plus fort... mais le jeune homme était plus vif et plus adroit... glissant entre ses bras d'un mouvement rapide il lui échappa, et saisissant le colosse au cou, sa main vigoureuse l'étrangla. Celui-ci râla dans un juron...

— Ah! tu veux m'étrangler, toi!

D'une main, il saisit le bras de Georges, et de l'autre, fouillant dans sa poche, il en tira un tranchet qu'il brandit.

Claire ouvrait les yeux en ce moment; à la lueur d'un réverbère, elle vit briller l'acier qui menaçait son défenseur; épouvantée, elle jeta un cri terrible.

Appel désespéré, qui, dans les quartiers excentriques, sert le plus souvent à faire sauver rapidement ceux qu'on appelle à son secours.

Le bras du misérable s'abattit juste au moment où un coup de poing terrible, le frappant sur la tête, le fit rouler quelques pas plus loin... Et Chadi, qui venait si heureusement d'entrer en scène, s'écriait:

— Quelle veine que je leur aie fait un pas de conduite!... *mince,* que je vais en avoir, des renseignements!...

Il alla vers la jeune fille; celle-ci, épouvantée, tremblante de peur et de douleur, lui dit:

— Oh! monsieur, il l'a tué!

— Voyons ça?...

Il se baissa vers le jeune Georges étendu sans connaissance; il le prit entre ses bras et le porta jusque sous le réverbère. Le pauvre garçon, la figure meurtrie par les coups de poing, avait au-dessus du sein droit une blessure qui parut légère à Chadi; ce qu'il se garda bien de dire à la jeune fille.

Chadi avait son plan.

— Qu'allons-nous faire ? demanda-t-il à la pauvre enfant terrifiée en voyant sanglant et défiguré celui qui s'était si bravement précipité à son secours.

— Ah ! pauvre M. Georges, et c'est moi, moi qui suis la cause de tout cela...

— Mademoiselle, fit Chadi en l'observant, vous pourriez courir chercher une voiture et appeler un agent ; on le porterait à l'hospice ; mais bien vite, car il faut qu'il soit pansé au plus tôt.

— A l'hospice ! Oh ! jamais, monsieur...

— Que voulez-vous faire ?

— C'est pour moi qu'il est ainsi, et je veux moi-même le soigner... je veux le faire porter dans ma chambre.

— Très-bien ! fit tout bas Chadi... C'est une bonne idée, cela, dit-il plus haut, si vous ne restez pas loin ?

— Je demeure à cent pas d'ici, rue des Amandiers... Il faut que j'aille vous chercher un aide.

— Un aide ! allons-donc, il n'est pas si lourd que ça...

Et se baissant, et avec une force qu'on était loin de soupçonner dans ce corps d'apparence frêle, il prit le jeune homme dans ses bras comme un enfant, appuyant la tête sur son épaule, il dit à la jeune fille :

— Guidez-moi.

Claire marcha devant et le conduisit à l'entrée de la rue des Amandiers.

La pluie, qui tombait depuis quelques minutes, avait fait rentrer les passants ; le boulevard et la rue étaient déserts ; ils arrivèrent jusqu'à la demeure de la jeune fleuriste sans être remarqués.

Chadi coucha le blessé sur le lit et courut aussitôt à la découverte d'un médecin ; pendant ce temps la jeune fille avait été chercher la vieille femme qui lui louait sa chambre ; elle lui avait en deux mots raconté ce qui s'était passé, et Mme Morin, prise de sympathie pour un si vaillant jeune homme, se hâta de donner au blessé les soins nécessaires.

Claire, revenue chez elle, était plus morte que vive ; la

scène qui venait de se passer se plaçait sans cesse devant
ses yeux, et toute tremblante elle se sentait défaillir de
nouveau. Elle se domina, et se faisant aider par la mère
Morin, elle essuya le sang qui souillait le visage de
Georges.

Le médecin, amené par Chadi, regarda le blessé et déclara que la blessure était absolument sans gravité... C'est
au moment où il disait ces mots que Georges revint à
lui, l'œil hagard, cherchant à reconnaître l'endroit où il
était.

C'était une petite chambre, bien simple, bien modeste,
un petit mobilier de noyer, rideaux blancs au lit et aux
fenêtres... En voyant Claire près de lui, un sourire heureux éclaira sa figure, il se souvint et demanda aussitôt :

— Cet homme ne vous a rien fait?

— Taisez-vous, dit-elle; il ne faut pas parler, il faut
vous reposer...

Souriant il obéit, n'était-il pas au comble de ses vœux?
il était chez elle, chez Claire, dans sa petite chambre vir-
ginale, au milieu de sa famille — il le croyait du moins,
— comment se serait-il expliqué la présence de Chadi, de
la mère Morin?...

Après avoir pris le calmant ordonné par le médecin, il
s'endormit. Chadi s'offrit pour le veiller, ce qu'on dut accepter, et Claire, malgré ses protestations, dut aller se
reposer chez la mère Morin.

Resté seul avec le blessé, Chadi, s'étant assuré qu'il
dormait, commença sans scrupule une perquisition dans
les meubles : coffres, tiroirs, tout fut fouillé... mais il ne
trouva rien. Désappointé, il s'étendit dans le fauteuil en
disant :

— Pour savoir quelque chose, il faut que ce soit eux
qui me renseignent... Voilà un petit ménage discret.
Demain, nous verrons ça.

Et, s'étant confortablement installé, il s'endormit
comme un juste.

VI

OU TOUT VA POUR LE MIEUX DANS LE MEILLEUR DES MONDES.

Le lendemain, à la première heure, la jeune fille vint relever Chadi près de son cher blessé.

Le brave garçon, chaleureusement remercié par Georges Burdin, avait promis de le venir voir rue Barbette, car le jeune homme ne se sentait pas assez mal pour garder le lit, et il voulait, le matin même, aller rassurer son père, qui, ne le voyant pas descendre à l'heure du travail, serait dans une mortelle inquiétude. Claire n'avait pu faire accepter à Chadi que deux bons baisers, et il était parti à son bureau du Contentieux des Familles.

A l'heure où le soleil, embrasant les vitres, faisait scintiller les cadres dorés, illuminant la chambre, parlant de gaieté et d'amour, faisant miroiter dans ses rayons sa poussière d'or et disant à Georges :

— Me voici, lève-toi.

La belle Claire était près de lui, le soignant, le caressant, l'admirant, il ne se sentait plus le courage de partir. Georges prit la main de Claire assise près du lit, et serrant cette main qu'elle lui abandonnait, il regardait la jeune fille ; muet, enivré, se sentant revivre sous ce regard adoré... Leurs yeux parlaient.

Il tira doucement la main qu'il tenait, Claire se pencha, leurs cheveux se touchèrent, la tête de la jeune fille s'appuya sur son épaule et dans un baiser tous deux répétèrent la même phrase qui depuis longtemps leur brûlait les lèvres :

— Je t'aime !

Quelques minutes ils restèrent ainsi rouges et confus de l'aveu tombé des lèvres de Claire... ravis par la sensation étrange, inconnue qu'ils éprouvaient près l'un de l'autre... Claire plus forte, s'arracha à l'enivrante étreinte.

— Claire, dit Georges, Claire, si vous saviez comme je suis heureux ce matin !...

— Vous avez risqué votre vie pour moi... je vous dois la mienne.

— Est-ce à ce sentiment seul que vous obéissez ? demanda Georges tremblant.

— Non !... vous le savez bien... mais, pouvais-je encore reculer, vous n'avez pas hésité à me sacrifier votre vie.

— Je n'ai fait, ma chère Claire, que ce qu'aurait fait le premier venu. Voyez ce brave garçon qui nous est inconnu à tous deux.

— Oh ! quand je pense à cette heure, fit Claire frissonnante en venant presser les mains de Georges, quand je vois ce couteau levé... je me sens défaillir ; sans ce brave garçon, c'en était fait de vous... Ah ! je me serais tuée.

Georges l'attira vers lui, et l'embrassant il murmura :

— Je t'aime !

La mère Morin entrait à ce moment, elle aida le jeune homme à s'habiller pendant que Claire allait chercher une voiture.

— Pauvre jeune homme ! disait-elle.

— Pauvre ! fit celui-ci en riant, heureux homme, devriez-vous dire.

— Comment ! vous êtes heureux d'avoir reçu un coup de couteau ?

— Non, chère madame, mais je bénis cependant ma blessure, car grâce à elle je sais que je suis aimé de Claire ; c'est à cause d'elle que je pourrai la voir chaque jour. Si vous saviez, à cette pensée, de quelle joie mon âme est pleine, et qu'ai-je eu au fond pour cela ? une égratignure.

— Merci, vous appelez ça une égratignure !

— Je suis sauvé, madame, grâce à ce coup de couteau.

— Hein? fit la vieille.

— L'amour que j'ai là était mortel; voyez-vous, le refus persistant de Claire aurait amené un malheur...

— Vous parlez comme un enfant.

— Vous vous trompez, madame, en me prenant pour tel... Je suis d'une nature spéciale, moi. Mon père, proscrit à ma naissance, et misérable, m'a appris de bonne heure à gagner ma vie. J'ai dix-neuf ans, madame; à dix ans, j'étais à la forge de quatre heures du matin jusqu'à la nuit; j'aidais mon père... et aujourd'hui, si je suis dans une situation heureuse, riche enfin, j'ai plus fait pour cela que tel inutile de trente ou quarante ans qui prétend avoir vécu. J'ai vécu double, de travail et de devoir, et l'amour que j'ai là est robuste et fort comme moi... Je suis un de ces hommes rares qui peuvent dire avec vérité : Je n'aimerai qu'une fois.

— Savez-vous qu'il faut que vous lui ayez tourné la tête à cette chère enfant, pour qu'elle en arrive à vous faire cet aveu... et c'est toujours une sottise pour une femme que d'avouer ces choses-là... les hommes en abusent.

— Madame, sur Dieu qui m'entend, j'aime Mlle Claire... je l'aime d'un amour saint et sacré. Elle ne sera jamais ma maîtresse, elle sera ma femme.

— Ah! vous êtes un brave jeune homme, vous!

Beau-Sourire entrait :

— Allons! dit-elle, donnez-moi le bras et descendons; la voiture est en bas. Et hâtons-nous, car je vais perdre une demi-journée.

S'appuyant sur Claire et sur la mère Morin, Georges descendit et monta dans la voiture.

Claire se disposait à partir à pied, la mère Morin insistait pour qu'elle montât près de Georges.

— Vous allez dans la même rue, disait-elle.

— Je ne veux pas... fit-elle d'un ton qui ne souffrait pas de réplique.

— Vous avez raison, dit Georges, contre sa pensée, nous n'irons ensemble que dans notre voiture de noces...

Claire sourit et lui pressa la main:

— Et maintenant, Claire, recevrez-vous mes lettres, puis-je vous écrire?

— Tous les jours... où je ne pourrai pas vous voir.

— Au revoir!

La voiture se dirigea vers la rue Barbette, pendant que Claire suivait à pied le même chemin.

Quand Georges descendit devant sa porte, il fut reçu par son père, qui, les larmes aux yeux, l'attendait.

— Mon Dieu! que t'est-il arrivé? fit-il en voyant son visage meurtri et sa faiblesse.

— Entrons, père, je vais te conter cela.

Ils entrèrent, et aussitôt installés dans le bureau, Georges dit à son père :

— Aussi bien, c'est l'occasion de te faire un aveu qui me brûle les lèvres depuis longtemps...

— Je le sais, mon Geo, fit le père Burdin avec bonté, tu aimes une jeune ouvrière qui travaille en face de chez nous...

— Sérieusement! ajouta le jeune homme stupéfait.

— Je le sais bien. Si tu aimes, tu ne peux aimer qu'en honnête homme.

— Et tu consentirais à ce qu'elle devînt ma femme? C'est une petite ouvrière!...

— Et pourquoi donc pas? A ton âge j'étais charron et ta mère laveuse...

— Ah! mon bon père, fit le jeune homme en embrassant le père Burdin ému jusqu'aux larmes.

— D'abord, fit-il, conte-moi l'histoire de cette nuit.

Georges lui fit le récit exact de ce qui s'était passé. Le pauvre homme devint blème en apprenant que son enfant devait la vie à l'arrivée si providentielle de Chadi...

Quand son fils eut terminé il dit :

— Je vais écrire à M. Chadi, et tantôt je monterai à l'atelier de Mlle Claire, pour lui parler sérieusement... Il faut en finir et je ne serai pas fâché de voir une femme qui mette un peu d'ordre chez nous.

Le jeune homme rayonnant embrassa son père.

5

VII

MADEMOISELLE BEAU-SOURIRE.

Nous avons à peine vu la jolie Claire, dite Beau-Sou-rire ; aussi devons-nous la présenter tout à fait. Obligé de nous servir de certains coquins, nos lecteurs nous sau-ront gré de leur montrer une physionomie sympathique, une jeune fille pure, un cœur vraiment honnête. Por-trait agréable à faire, puisque le moral répond au phy-sique.

Claire avait environ dix-huit ans, enfant sans mère, élevée par l'assistance publique, elle avait été de bonne heure livrée à elle-même ; recueillie à l'âge de huit ans par une femme veuve, celle-ci l'avait toute jeune dressée à la vie de travail que sa situation lui réservait. En revenant de l'école, elle se mettait à l'établi et aidait sa mère adoptive — la mère Vadet — à faire les parures de fleurs qui les faisaient vivre ; levée avec le jour, elle soi-gnait le ménage avant de se rendre à l'école. A treize ans, elle quittait la classe et se trouvait déjà assez forte fleuriste pour remplacer une ouvrière.

Lorsque la femme qui l'avait élevée mourut, elle hé-rita du petit ménage de la veuve et se plaça chez une an-cienne ouvrière de la mère Vadet. C'est dans cette mai-son qu'elle travaillait encore, rue Barbette. On la con-naissait sous le nom de sa protectrice, que tout le monde croyait être sa mère ; elle-même ignorait son nom, n'ayant jamais eu besoin des papiers de l'état civil : elle s'appelait Claire Vadet, dite Beau-Sourire.

Ce sobriquet était, au reste, bien justifié ; toujours un

bon et franc sourire s'épanouissait sur ses lèvres fraîches. Claire était admirablement jolie : elle était grande et gracieusement souple, élégante de tournure et d'attaches ; les extrémités étaient fines, la taille était ronde et le buste ferme ; elle avait cette démarche nonchalante et pleine de charme de la Parisienne.

Claire Beau-Sourire était belle, son visage, d'un ovale un peu long était encadré de superbes cheveux roux, qui seyaient bien au teint blanc et mat de sa peau ; les yeux bruns dans l'ombre, dans la lumière paraissaient vert-bouteille, leurs longs cils noirs leur donnaient un charme étrange ; les sourcils bruns étaient fins et bien dessinés, le nez était presque droit, et ses narines roses se dilataient dans le sourire. La bouche fraîche, aux dents blanches, était toute petite... De ses épaules splendides naissait un cou admirable révélant le teint neigeux de sa poitrine opulente... enfin sur ce beau visage s'étendait l'air bon et honnête d'un cœur chaste et pur.

Claire avait vécu dans l'atelier, aimant le travail, sourde aux propos qu'elle entendait, profitant de l'exemple qu'elle avait sans cesse sous les yeux dans les pauvres filles qui travaillaient avec elle et qu'une faute avait jetées dans la misère. Elle était restée pure, malgré les mauvais conseils, parce que jamais la paresse n'avait eu prise sur sa nature active.

La simple créature ignorait ce qu'elle était ; la mère Vadet, craignant de diminuer l'affection de sa fille adoptive, ne lui parlait jamais du passé. Claire, redoutant de chagriner la brave femme, avait eu la même réserve. Or, au fond de son cœur, Claire croyait que la mère Vadet était véritablement sa mère, et que la fable de l'adoption était faite pour épargner à la mère l'aveu d'une faute qui l'aurait obligée à rougir devant elle. Les actes dont elle avait eu besoin lors de sa première communion portaient Claire Vadet.

Depuis une année, chaque soir, en quittant l'atelier, elle voyait de l'autre côté de la rue, accoté à la porte, le regard fixé sur elle, le jeune Georges Burdin... Chaque matin, lorsqu'elle arrivait à l'atelier, le jeune homme était déjà à son poste d'observation. Dans la flamme des yeux, la jeune fille avait bien vu le feu qui dévorait le cœur, mais elle avait tourné la tête, fait taire son cœur, écouté sa raison qui lui disait que sa situation d'ouvrière était un obstacle à toutes relations honnêtes avec un jeune homme riche, à en juger par les magasins de son père.

Or, nous l'avons dit, Claire Vadet était une honnête fille qui ne voulait aimer que celui qui serait son mari. Georges Burdin avait échoué dans toutes ses tentatives.

Ses compagnes d'atelier, en voyant les assiduités peu discrètes du jeune homme, avaient poussé la jeune fille vers le mal, lui montrant que, si elle le voulait, du jour au lendemain, sa position changerait. Mais Claire Beau-Sourire était du bon peuple, du vrai, qui travaille pour vivre, qui méprise la corruption. Elle supportait en riant les privations de la mauvaise saison du chômage, ne comprenant pas que la misère pût être un prétexte au vice.

Cependant on est honnête, sage et pure, on ne désire rien qui ne puisse être avoué sans rougir; pour cela on n'en a pas moins un cœur, un cœur d'autant plus exigeant qu'on est plus sévère avec lui, si bien que, sans avoir échangé avec M. G. Burdin autre chose qu'un petit hochement de tête qui voulait dire ou bonjour, ou bonsoir, il arriva que le cœur fut pris pour de bon. On ne s'était jamais parlé, on se connaissait intimement.

Et quoique décidée à repousser toute déclaration de la part de M. Georges, Mlle Claire aurait été désolée si celui-ci avait oublié un matin de lui envoyer le bonjour dans son sourire.

Alors la journée était heureuse, elle avait la chanson sur les lèvres et de la gaieté plein son bon petit cœur.

Nous venons de raconter au lecteur les circonstances qui avaient rapproché les deux jeunes gens; nous avons dit que le père avait approuvé son fils.

De ce jour, Mlle Claire Vadet avait été fiancée à

M. Georges Burdin. De ce jour, tous les soirs, Mlle Claire venait prendre place à la table de l'ancien charron, et ce dernier avait écrit au pays pour avoir les papiers nécessaires au mariage de son unique enfant. .

VIII

LES PETITS SOUPERS DE Mlle MARTINGALE.

Nous avons laissé Jules-Félix Tarand, le président du Club, à l'heure où sa voiture s'arrêtait devant l'hôtel de Martingale.

Il sonna; le concierge le reconnaissant, s'inclina respectueusement. Il monta au premier étage, et, sans se faire annoncer, parut tout à coup dans le petit boudoir où la belle Martingale, rentrant du spectacle, s'abandonnait aux soins de Céline, qui lui enlevait les fleurs de sa coiffure. Le voyant dans la glace, elle se retourna vite en poussant un cri de surprise et de joie :

— Toi ici?... à cette heure?... que veux-tu?...

— Je veux souper avec toi, Alice !...

— Quel caprice te passe par la tête?

— J'ai à te parler sérieusement...

— Céline, va dire à Baptistin que je ne peux recevoir personne.

— Oh! fit-il en riant, Saint-Mards ne viendra pas... il joue.

— Ah! éclata de rire Martingale. Céline, alors prépare-nous le souper... et toi, Félix, tu vas m'aider à me décoiffer.

— Comme cela, fit Tarand, lui prenant la tête de ses

deux mains, l'embrassant sur le front et faisant tomber,
en roulant sa tête dans ses cheveux parfumés, les
quelques fleurs que sa chambrière n'avait pas encore
enlevées.

— Quelle grosse affaire peut t'amener à cette heure?

— L'amour!

— Parle donc sérieusement.

— Je te parle sérieusement; je t'ai tant aimée, Alice,
que je ne puis m'habituer à ne te plus voir jamais; il
faut que de temps à autre je revienne contempler ma
belle idole.

— C'est qu'on croirait que tu parles sérieusement.

— Et pourquoi veux-tu que je ne parle pas ainsi?

— Parce que je t'ai toujours aimé, parce que c'est toi
seul qui as voulu rompre.

— Je me sens indigne de toi... je ne sais pas aimer...
j'aime toutes les femmes, et je n'en aime pas une...

— Hein?

— Je n'en aime pas une assez pour me consacrer entièrement à elle.

Tarand s'était assis devant elle; elle lui avait pris les
mains et le regardait... ou plutôt l'admirait; après quelques minutes de muette contemplation, elle dit d'un ton
étrange:

— Tu es toujours beau, adorablement beau... Tes
yeux ont toujours ce regard qui me ravit et me fait peur.
Quel malheur que derrière cette tête illuminée il y ait
cette âme sombre! que sous ce front blanc il y ait cette
indomptable volonté! que dans ce corps il n'y ait pas de
cœur! dans cette âme, pas d'amour, des passions seulement!

— Des vices, si tu veux... Et c'est peut-être pour cela
que tu m'as aimé.

— Que je t'aime! dit-elle plus bas.

— Non, Alice, tu ne m'aimes plus, tu me crains. Ce
que tu dis être de l'amour est de la crainte. Je suis pour
toi — pour les autres — un être mystérieux auquel tout
cède, qui ne recule devant rien lorsqu'il a dit : Je veux.

— Oui, tu me fais peur, mais je t'aime!

— Alors, tu n'aimes plus Saint-Mards?

— Ce n'est plus la même chose, Saint-Mards est mon amant.

— Et le marquis?

— Le marquis est mon ami...

— Tu as de singulières distinctions...

Céline entra, elle venait dire que le souper était prêt. Martingale, qui, sans souci de la présence de Tarand, s'était déshabillée, revêtit la robe de chambre que Céline apportait et conduisit Tarand dans un petit salon où deux couverts étaient dressés.

Ils se mirent à table, et quelques minutes après Martingale demanda :

— Quelle grave chose as-tu à me dire?

Tarand s'accouda sur la table, la regarda fixement et lui dit :

— Alice, tu n'aimes pas Saint-Mards; il est impossible que le mépris que tu as pour cet homme qui te vole, tu le sais, qui t'injurie quelquefois, puisse laisser place à l'amour.

— Non! dit sans hésiter Alice, je ne l'aime pas, mais j'en ai l'habitude... et puis c'est seulement lui qui sait me faire rire.

— Le marquis de Cantrel devient bien froid, il te néglige.

— Oh! celui-là... il me fatigue...

— Ainsi, toi que je connais ardente, toi dont la nature insatiable n'a aucune retenue, tu vis sans amour, sans affection.

— Oui, je m'ennuie, je me ronge, et je te le jure — Félix, je te connais et sais que tout est fini, bien fini entre nous, — je ne vis que du souvenir de l'amour que j'avais pour toi...

Tarand feignit de ne pas entendre et continua :

— Toi, que j'ai vue enfant là-bas, sous le grand ciel de la Provence. Toi, que j'ai vue pâle, le cou jaune, les yeux bistreux, dévorée de désir et d'amour, courant dans

les garances sèches au pied des Alpines, luttant vainement
contre le feu intérieur qui brûlait tes chairs... Toi, que
j'ai revue grande et belle, adorée, comprenant que la
vie de débauche que tu menais était nécessaire à ta santé,
quand chacun s'étonnait que tu y résistasses, je savais
seul que sans cela tu mourrais sous le monde de désirs
qui t'étouffait. Cet amour qui te dévore sans cesse et qui
n'est jamais assouvi, Alice, amènera sur ton visage des
rides précoces.

— Mais que me dis-tu là? fit la jeune femme effrayée;
où veux-tu en venir?

— Je veux dire, Alice, qu'il faut la jeunesse à ta jeunesse, qu'il est temps de renoncer à ces amours mal
assortis, qu'il faut aimer qui t'aimera, et qui apportera
dans sa passion la même ardeur qu'est prête à lui donner
ton âme...

— Enfin?... demanda-t-elle en fronçant le sourcil.

— Enfin... je connais un homme jeune, beau, qui ne
connaît de l'amour que ce que les romans lui en ont dit...

— Tu viens me conseiller d'aimer cet homme?

Tarand lui prit la main, fixa sur elle ce regard fauve
sous lequel elle baissa les yeux et dit :

— Je viens t'ordonner de te faire adorer par cet
homme... et de ne plus songer aux autres...

— Il le faut?... demanda toute tremblante Martingale.

— Je le veux!

En disant ces mots, il roula son fauteuil près d'elle et,
l'attirant vers lui, un bras autour de sa taille, de l'autre
appuyant sa tête sur son épaule... il dit bas :

— Je t'aimerai, Alice, si tu deviens la maîtresse de cet
homme.

— J'obéirai, murmura-t-elle.

Tarand l'embrassa longuement.

Après quelques minutes, elle demanda :

— Quel homme est-ce?

— Il est jeune, il est beau, il est riche !

— Mais son nom?

— Dans deux jours seulement je te le dirai.

— Tiens, c'est drôle! dit Martingale, à laquelle ce début mystérieux plut. Ça m'amuse presque, c'est original.

— Mais tu sais, Alice, que de ce jour ta porte est fermée à Saint-Mards et au marquis?

— Je redeviens sage... fit-elle en riant... Mais tu me le fais connaître, pas pour le bon motif, au moins?

— Qui sait?

— Hein! exclama Martingale étourdie.

Tarand éclata de rire et tendit à la belle enfant une coupe de champagne, que celle-ci, pour se remettre, vida d'un trait.

IX

CE QUI PROUVE QU'IL EST BON D'AVOIR DES AMIS PARTOUT.

Le lendemain soir, Tarand, qui avait changé de costume, presque de visage sous une perruque rousse, était assis dans le bureau du *Contentieux des Familles*. Après avoir dépouillé sa correspondance, il sonna. Chadi entra.

— Eh bien! as-tu pris les renseignements?

— Oui, monsieur.

— Qu'est-ce que la maison Burdin?

— Monsieur, c'est une maison de premier ordre, qui jouit d'une excellente réputation — première valeur comme affaires. Tant qu'à M. Burdin lui-même, c'est un brave homme veuf, qui n'a qu'une adoration : son fils. Autrefois, il faisait de la politique, maintenant il fait des affaires. Il n'a qu'une idée, établir son enfant à sa place après l'avoir marié, et retourner dans son pays, pour acheter une grande propriété.

5.

— Et le fils?

— Le fils, M. Georges, a près de dix-neuf ans, il en paraît vingt-cinq ; il rend à son père l'affection qu'il a pour lui. C'est un travailleur, sans défauts, qui, traité par son père en ami, vit avec lui, sans désirer autre chose que ce qu'il désire. Il a pour le moment une petite amourette, bien pure, bien honnête ; une petite ouvrière qui demeure en face de chez lui.

Chadi s'arrêta.

— C'est tout? demanda Tarand.

— Oui, monsieur ; cela me parut sans importance.

— Le nom de cette ouvrière?

— Cela m'a paru si peu de chose, que je ne m'en suis pas informé.

— C'est utile, cependant. Pourquoi cette négligence? dit Tarand mécontent.

— Attendez, monsieur, attendez, ne vous fâchez pas... Je me souviens d'un sobriquet... Beau... sourire!... Oui, c'est ça, on la nomme Beau-Sourire.

Tarand réfléchit quelques minutes, puis demanda :

— A combien estime-t-on la fortune de Burdin dans le quartier?

— Oh! à un chiffre énorme : on le dit plus que millionnaire.

— Bien!

Comme Chadi restait debout devant lui, Tarand le vit et lui demanda :

— Que fais-tu là?

— Je voulais vous demander une faveur, monsieur Tarand.

— Laquelle?

— Je suis invité à dîner... pour une fête, et je voulais vous demander la permission de sortir plus tôt...

— Quelle heure est-il?

— Bientôt cinq heures!

— Tu peux partir... je fermerai tout... mais demain de bonne heure, afin de faire le triage des papiers...

— Oh! monsieur, tout sera fait avant votre arrivée.

Chadi partit joyeux, pendant que Tarand, accoudé sur le bureau, le front dans ses mains, s'abandonnait à ses pensées.

Chadi, on l'a vu, avait été fort réservé, il avait dit à peine le quart de ce qu'il savait, et sur la jeune fille surtout il n'avait rien fait connaître. C'est qu'il s'était senti pris d'une soudaine sympathie pour les deux amoureux... Dans la journée, il avait reçu de M. Burdin père une lettre qui l'invitait à dîner le soir.

— Ah ! mais non, pensait-il en quittant le bureau, je ne vais pas faire des potins sur ces petits-là... Il faut savoir pourquoi... Je ne sais pas ce que j'ai là pour eux... et puis, voilà des gens gentils, ça se souvient... un petit service rendu, et aussitôt une invitation à dîner... Mon patron, je vous connais : je sais que vous êtes la fleur des coquins ; je sais que si vous prenez des renseignements sur eux, ce n'est pas tout à fait dans leur intérêt... Il faudra voir !

Je vous donnerai des renseignements que je ferai moi même... nous verrons, ouvrons l'œil ce soir... c'est de là que va dépendre ce que je ferai... C'est pas possible à un homme qui a quelque chose sous son gilet de faire du mal à une belle et honnête fille comme ça... à un grand gars qui a l'air bon comme le bon Dieu... Ça m'amuse de faire du bien, moi... Et puis je ne sais pas... je trouve rigolo de rouler un peu le patron.

Il arriva bientôt rue Barbette ; on l'attendait. Claire était assise près de M. Burdin, devant Georges. On juge facilement de l'accueil qui lui fut fait par le père Burdin. Chadi, tout confus, tout embarrassé, cherchait vainement à vaincre sa timidité. On se mit à table. Le dîner, d'abord silencieux, devint gai, et en dépit de tous usages convenus, au dessert, M. Burdin avait demandé la main de Claire. Il avait été décidé même qu'à dater du lendemain elle quitterait l'atelier pour vivre dans la maison même. Il l'avait présentée à la vieille gouvernante, en lui disant :

— Vous allez, dès demain, apprêter l'appartement du

premier, où restera Mlle Claire Vadel, la fiancée de Georges, en attendant leur mariage, qui se fera le mois prochain. Elle pourra d'ici là s'habituer à son rôle de maîtresse de maison.

Et Claire, prise d'une sympathie, d'une affection étrange pour M. Burdin, avait été obligée d'accepter.

Ce dernier avait demandé à Chadi quelle était sa situation, celui-ci avait répondu :

— Je suis employé dans un bureau.

— Etes-vous bien ?

— Oui, très-bien.

— Si bien que vous ne consentiriez pas à quitter cette situation pour en prendre une chez nous... ?

— Mais, monsieur, avait répondu Chadi tout rouge, vous ne me connaissez pas.

— Comment ! je ne vous connais pas... Mais je vous dois la vie de mon fils... Voyons, répondez franchement.

Chadi avait réfléchi quelques minutes et avait dit :

— Je ne refuse pas pour toujours... mais je refuse pour le moment...

— Pourquoi ça ? Si c'est une question d'argent qui fait obstacle, je ferai le nécessaire.

— Non, monsieur Burdin ; je ne peux pas vous faire connaître la raison qui m'oblige à vous refuser, aujourd'hui, votre offre généreuse ; je vous supplie de m'excuser, et je vous demande en grâce de me garder la position que vous m'offrez. Avant un mois je vous dirai : Oui ! et alors je vous dirai la cause de mon refus immédiat.

— C'est entendu... après le mariage de Georges... et il aura lieu avant peu. Car justement j'attends les papiers du pays,.. où des erreurs ont été faites... Et vous, ma chère Claire, il faudra me donner les renseignements nécessaires, afin que je puisse faire les mêmes démarches.

Claire répondit qu'elle apporterait le lendemain les quelques actes qu'elle avait chez elle. Et, laissant les jeunes gens causer entre eux, M. Burdin entraîna Chadi dans un salon voisin et lui offrit un cigare.

Nous avons dit ce qu'était l'employé du Contentieux des Familles; en se voyant traité en ami, en se voyant si gracieusement accueilli dans cette maison où il était inconnu la veille, il sentait vibrer en lui une corde nouvelle; c'était en faisant le bien qu'il avait mérité les soins dont il était l'objet! Jusqu'alors, au contraire, le mal seul l'avait fait vivre!

Il s'opéra dans son cerveau un bouleversement tel qu'il devint, sans motif, et par le seul fait des nouvelles connaissances qu'il avait faites, l'ennemi absolu de son patron, de M. Tarand, et que, à l'heure du départ, lorsque M. Burdin et son fils, allant reconduire Claire chez elle, on lui dit : Au revoir, il serra chaleureusement la main du négociant, et d'un accent ému, il lui dit à mi-voix :

— Oh! monsieur Burdin, c'est un vrai ami que vous avez en moi maintenant, et bientôt vous verrez que ce n'est pas seulement votre enfant que j'ai sauvé.

Et comme s'il craignait d'en dire plus, il cria :

— Adieu! adieu!

Et courut à toutes jambes, laissant Claire et les deux hommes tout stupéfaits de sa façon de prendre congé.

— Il est fou! dit Georges.

— Qu'importe, dit Burdin... j'ai confiance en ce garçon-là; c'est une nature dévoyée que nous remettrons dans le bon chemin... Je l'ai étudié ce soir, il est bon! il ne manquait pour qu'on le vît que des gens qui lui tendissent la main... Nous serons ces gens-là...

— Mais que voulait-il dire? demanda Claire.

— Oh! cela n'est pas sérieux, un danger imaginaire, et le désir surtout de nous prouver qu'il nous est dévoué.

Georges et son père n'y pensèrent plus... Claire seule se répéta tout bas la phrase :

« Bientôt vous verrez que ce n'est pas seulement votre enfant que j'ai sauvé. »

Ayant hélé une voiture découverte, ils y montèrent tous trois et se firent conduire à la demeure de Beau-fourire.

X

UNE SOIRÉE DE GEORGES ET DE CLAIRE.

M. Burdin préparait tout pour le mariage prochain de son fils et de Claire. Ceux-ci s'abandonnaient tout entiers à l'amour qu'ils éprouvaient l'un pour l'autre. Claire habitait la maison de la rue Barbette, et le soir, lorsque Georges remontait de son bureau, il s'asseyait avec elle près de la fenêtre. Ils passaient alors de longues heures les mains dans les mains, à se dire ces mille riens que se répètent sans se lasser les amoureux; et c'était un admirable tableau que celui de ces deux superbes enfants tout riants, illuminés par le soleil couchant et encadrés par les clématites et les cobéas qui s'enlaçaient autour de la fenêtre.

Que de synonymes ils trouvaient au verbe aimer! que de phrases diverses qui disaient toutes la même chose : je vous aime! Et combien peu leurs oreilles charmées se lassaient d'entendre toujours la même chanson... Qu'ils étaient bons les baisers qu'elle feignait de refuser, ce qui l'obligeait à se serrer près d'elle! Qu'ils étaient heureux, enfin, et que ce bonheur est facile à expliquer : ils s'aimaient.

Les jours passaient, toujours trop lentement à leur guise, tant ils attendaient impatiemment la date fixée pour le jour du mariage.

Un soir, prenant les mains de Claire, les regards plongés dans ses regards, il lui disait :

— Claire, je suis heureux et je souffre, je suis impatient de voir notre union accomplie.

— Que craignez-vous donc ?

— Je ne sais l'expliquer ; tout devrait me rassurer, et j'ai peur...

— Que dites-vous là ?

— Oh ! Claire, je vous aime tant qu'il me semble que je ne pourrais vivre sans vous. Vous m'aimez, je le sais, je le sens, et cependant j'ai hâte que devant les hommes et devant Dieu nous soyons unis.

— Que pouvez-vous craindre, Georges ? Je vous aime ; à vous seul je devrai la vie heureuse qui a commencé du jour où je vous ai connu. Votre père est aussi heureux que nous de notre union. Votre situation nous permet d'envisager l'avenir avec calme. Nous n'avons à redouter que la mort, et nous sommes assez jeunes et assez forts tous les deux pour être confiants.

— Non, ce n'est pas cela, Claire. Je vous aime, et, tout en vous sachant sous notre toit, au milieu de ma famille, j'ai peur lorsque je m'éloigne ; les heures que je passe au bureau me semblent infinies ; j'ai hâte de vous revoir, de vous parler... de t'aimer !

— J'ai ce même désir, mon Georges...

Et en disant ces mots, leurs lèvres se touchèrent.

Toute confondue, Claire se dégagea de l'étreinte de son fiancé. Pour changer le courant brûlant de leurs confidences, elle lui dit :

— Demain, ou après-demain au plus tard, nous recevrons les papiers que votre père attend, et alors nous serons tranquilles.

— Mais, depuis deux jours déjà, ces papiers devraient être ici... et nous ne nous expliquons pas ce retard. Il y a deux jours, mon père a écrit de nouveau à Cacogne.

— Demain, impatient, ce sera fait, et nous finirons vite...

— Ma belle Claire, laissez-moi vous regarder encore, laissez-moi vous embrasser comme je vous aime... la vie sans vous... sans toi, me serait maintenant impossible. Chaque nuit, pensant à toi, je construis l'avenir, et je te vois sans cesse près de moi ; notre maison que nous allons changer me rendra plus libre, et je pourrai, avec toi, passer de longs jours à la campagne, dans les grands bois que tu voudrais tant voir... C'est une vie nouvelle que tu vas commencer, Claire, et que je suis heureux d'être ton guide, pauvre enfant aimée ! Tu ne connais que Paris, et quel Paris ! celui du travail. Tous les plaisirs te sont inconnus... et c'est une joie que je me prépare de te faire vivre enfin, vivre, en n'ayant pas le souci du lendemain. Tout sera nouveau pour toi, le Paris brillant du sport, le Paris de l'art... le théâtre... et nous irons ensemble visiter notre belle France, et ses rives que la mer caresse... Oh ! cette pensée de vivre éternellement avec toi, cette pensée m'enivre, ma Claire...

Claire pencha sa tête sur son épaule, et les yeux à demi-clos, elle dit naïvement :

— Il me semble que je rêve...

Un baiser lui assura que son rêve était une réalité ; elle jeta un petit cri, M. Burdin entrait, il tenait une lettre à la main.

— En voilà une forte ! dit-il en entrant.

— Qu'y a-t-il ? demanda Georges.

— Je reçois une lettre de Cacogne dans laquelle on me dit que ces jours-ci je suis venu relever les actes que je réclame... que je les ai emportés...

— Qu'est-ce que ça veut dire ?... C'est une erreur.

— Une erreur, ça serait la deuxième ; c'est trop ; on m'écrivait d'abord que tu étais mort... Je réclame, et aujourd'hui, après plus d'un mois, une réponse qui serait encore une erreur ? C'est peu probable.

— Que vas-tu faire ?

— J'irais bien moi-même... Mais je ne puis décemment laisser Claire dans une maison où tu resterais seul avec elle... Le monde en dirait de belles. Je crois que le plus simple serait que tu partisses ce soir, afin d'être de retour dans deux jours... On fait mieux ses affaires soi-même.

— Je suis de ton avis, père... mais je ne partirai que demain matin...

— Demain, soit... Mais que signifie cela?... Est-ce qu'un homme, vraiment, se serait présenté en mon nom?...

— C'est peu probable... il y a confusion... enfin, j'éclaircirai ça demain...

— Ce qui signifie, dit en riant Burdin : « Père, ne parlons pas d'affaires, laisse-moi causer avec Claire, j'ai à lui dire des choses bien autrement intéressantes. »

Claire rougit, Georges sourit.

— Aimez-vous, enfants... aimez-vous... C'est encore ce qu'il y a de meilleur dans la vie.

— Nous allions nous retirer, dit Claire, en tendant son front à Burdin...

— Décidément, je suis un trouble-fête, je vous fais apercevoir l'heure...

— Toi, père, un trouble-fête !...

— Allons, embrassez-vous bien devant moi.

Les deux amoureux ne se firent pas prier.

— Et maintenant, bonsoir, nous parlerons du voyage demain. Madame Jeanne, venez éclairer mademoiselle.

Claire dit le bonsoir et suivit sa chambrière, puis les deux hommes s'étant embrassés se quittèrent pour gagner leurs chambres respectives.

— C'est singulier, disait le père Burdin, qui diable a pu aller chercher ces actes ?

Le lendemain de ce jour, à l'heure du dîner, la famille se trouvait réunie. C'est-à-dire M. Burdin père, Claire et Chadi, dont l'allure singulière inquiétait Claire ; il était venu le soir, et avait paru désagréablement surpris du départ de Georges.

— Et, demandait Chadi en prenant le café, M. Georges n'est allé qu'à Cacogne ?

— Absolument !

— Il doit être arrivé.

— Il y est depuis hier. A preuve une lettre que ma chère Claire a reçue.

Le domestique entra apportant une dépêche. Après l'avoir lue, M. Burdin, inquiet, la lut tout haut :

« Une raison grave m'oblige à rester ici quelques
» jours. Je ne puis rien dire encore. Nouvelles demain.
» Vous embrasse tous.

» GEORGES. »

— Qu'est-ce que cela veut dire? dit tout haut le père
Burdin.

Prise d'un triste pressentiment, Claire quitta la table,
et ayant souhaité le bonsoir à M. Burdin et à Chadi, elle
se hâta de gagner sa chambre pour pleurer à son aise,
les larmes l'étouffaient.

Seuls, Burdin demanda à son convive :

— Comprenez-vous quelque chose ?

— Un retard de bureau, et les mêmes absurdes raisons qui vous ont été adressées et qui lui auront été
dites.

— Ce ne peut être que cela. Mais j'aurais mieux fait
d'aller là-bas moi-même.

Chadi quitta M. Burdin, et, seul, regagnant sa demeure,
il disait :

— Il est temps, Chadi, mon ami, d'entrer dans la partie. Il se trame quelque chose contre ces gens-là. Demain,
je dépouillerai et lirai à fond la correspondance. Et gare
dessous, si le mal vient de vous, monsieur Tarand !

C'est sur ce plan vague que le nouvel ami de la famille
Burdin s'endormit.

XI

VIEUX PAPIERS DE FAMILLE.

Nous suivrons Georges Burdin dans la Nièvre. Le lendemain de son arrivée à Cacogne, il s'était rendu à la mairie. Là il avait appris qu'effectivement un homme s'était présenté et avait relevé l'acte de décès du fils de Louis Burdin et de Jeannie, son épouse. Il s'en préoccupa peu, tout occupé de voir rayer du nombre des vivants Georges-Louis Burdin. Malgré les protestations de Georges, son acte de décès était là, signé, paraphé par sa mère et les témoins ; il dut reconnaître qu'il était mort et enterré depuis dix-sept ans.

Il se rendit chez le seul témoin qui vivait encore ; celui-ci lui affirma de nouveau que le fils de Burdin était bel et bien mort. Il lui raconta que Jeannie, dans la plus profonde misère, avait été obligée de prendre un nourrisson ; que ce nourrisson, qui se nommait Octave, avait survécu ; que le jour même de l'enterrement de son fils, elle avait failli étrangler l'autre enfant, de rage jalouse et de désespoir en le voyant vivre, lorsque son Geo était mort.

Georges, étourdi de cette révélation, emmena le vieux paysan boire et il lui fit conter l'histoire de *sa* mort.

On juge de son émotion quand il apprit que la Jeannie, qu'on croyait enceinte, avait voulu se suicider à la suite de *sa* mort ; que, ramassée un matin, on avait reconnu qu'elle était *innocente* — c'est le mot que les paysans emploient pour qualifier la folie — et on l'avait menée à l'hôpital. Alors on n'avait plus eu de nouvelles de la pauvre femme.

On avait bien dit qu'elle était accouchée à l'hôpital, d'autres disaient qu'elle y était morte..., mais on ne savait rien de plus. On juge facilement de l'émotion de Georges en apprenant ces faits. Le vieux paysan ne pouvait lui faire connaître ni le nom de ceux qui lui avaient dit cela, ni celui des parents du petit nourrisson qui avait vécu... il ne savait pas à quel hôpital la malheureuse Jeannie avait été conduite... Georges cherchait une lueur pour le guider... Le paysan lui dit tout à coup :

— Mon fils..., je me souviens d'une chose : la nuit de la mort du petit Geo... il faisait un temps affreux ; un messager s'arrêta chez nous vers les huit heures pour nous demander la demeure des Burdin... Il nous dit qu'il était envoyé par la famille du petit, il venait porter une lettre à la Jeannie, et il nous annonça que ceux qui l'envoyaient, les parents, étaient descendus à l'hôtel de France, à Nevers...

— La nuit même du décès du petit Burdin.

— La nuit même, j'en suis sûr... les chiens ont hurlé la mort toute la nuit... S'il n'y avait pas eu ce malheur, j'aurais cru qu'il y avait des rôdeurs dans le village.

—Merci, mon brave homme, dit Georges, et, ayant payé la consommation et pressé la main du témoin de son décès, il sortit du cabaret et se rendit à la mairie ; là, il recueillit, ainsi libellé, l'acte de décès de sa mère :

MAIRIE DE CACOGNE

DÉPARTEMENT
de la
NIÈVRE
—

Du 20 septembre 153.

Acte de décès de

Nom : femme Burdin, née Tavet.
Prénoms : Marie-Jeannie.
Agée de : 26 ans.
Profession : .....
Demeurant : Sans résidence.
Née à : Cacogne (Nièvre).
Fille de : .....
Et de : .....

Mariée à Louis Burdin, charron, résidence inconnue, laquelle est décédée à l'hôpital de Nevers, le 19 septembre 1853.

Pour renseignement,

Le maire, MUN.

Le doute n'était pas possible ; ayant ces lugubres renseignements, Georges se rendit immédiatement à Nevers et descendit à l'hôtel de France.

En entrant dans l'hôtel, il se croisa avec une jeune femme admirablement belle. Le froufrou de sa robe lui fit lever les yeux. Leurs regards se rencontrèrent... Georges rougit et baissa les yeux...

Il monta aussitôt à sa chambre et demanda au garçon qui le guidait :

— Quelle est donc cette dame ?

— Une dame qui est arrivée ce matin de Paris.

Il n'osa en demander plus sur ce sujet... Nous l'avons dit, Georges était timide. Revenant au but qu'il poursuivait, il interrogea le garçon.

— Est-ce que l'hôtel appartient depuis longtemps au même propriétaire ? continua Georges.

— Depuis plus de vingt ans, monsieur.

— Ah ! très-bien ! Veuillez donc demander au propriétaire s'il voudrait m'obliger en me donnant les noms d'un voyageur et de sa femme descendus dans l'hôtel, le 19 décembre 1853.

— Oh ! monsieur, c'est très facile ; les livres d'entrées et de sorties, depuis la fondation de l'hôtel, sont en bas.

Le garçon descendit et revint bientôt avec le livre d'entrées, qu'il remit à Georges en lui disant :

— Ça été facile, le jour et le lendemain, il n'est descendu que ceux-là... Sur le livre, en marge comme explication, il y a : Chemins impraticables à cause de la neige.

Le garçon se retira et Georges lut :

19 décembre. — M. le comte et la comtesse de Cantrel, venant de Paris, se rendant en Italie. (Passe-ports visés le 15 décembre, à Paris.)

Sur l'autre feuillet, se trouvait le compte des deux voyageurs. Deux nuits de chambre. Deux déjeuners, trois dîners... et payé à Montreux, pour un voyage avec sa voiture, à Cacogne, 20 francs.

Il n'y avait pas à douter... Georges ferma le livre. Ayant sonné le garçon, qui parut aussitôt, il le lui remit et se fit apporter l'almanach Bottin, sur lequel il trouva bientôt :

Cantrel (marquis de) ❀, *rue de Lille.*

Il écrivit ce nom sur le dos d'une de ses cartes, qu'il laissa sur la table, et s'accoudant la tête dans ses mains, il dit bas :

— Serais-je le fils du marquis de Cantrel?... Oh! mon pauvre père Louis! Oh! non, c'est impossible... je sens bien là que mon père, c'est celui qui m'a élevé.

Et, troublé, douloureusement ému par tout ce qu'il avait appris, il se demanda ce qu'il devait faire. Après quelques minutes de réflexions, il se décida à envoyer la dépêche que nous connaissons.

Il rentrait à l'hôtel pour se mettre à table et se trouva une fois encore en face de l'élégante jeune femme qu'il avait rencontrée à son arrivée. Il prit place à la table. La jeune femme vint s'asseoir auprès de lui.

Nos lecteurs, qui connaissent le caractère de Georges Burdin, se feront facilement une idée du trouble qui s'empara de lui.

XII

UNE CONNAISSANCE EN VOYAGE.

Rien n'est plus banal, et cependant rien n'est plus in-téressant que la table d'hôte d'un hôtel de province. On ne se connaît que pendant les trente ou quarante minu-tes que dure le repas. On sort de là sans être obligé le lendemain de saluer son voisin... et pourtant que de con-naissances agréables commencent ainsi !

Les gens qui depuis quelques jours habitaient l'hôtel descendaient recherchant mutuellement leurs voisinages, on se saluait de la tête, on s'annonçait le départ de tel compagnon de la veille, on se racontait l'emploi de la journée, la curiosité vue, et de l'œil on se désignait les nouveaux venus, les jugeant d'une moue ou d'un sourire.

Georges et la belle voyageuse, que chacun — les ayant vus entrer ensemble — croyait être compagnons, furent ainsi jugés par un sourire et un clignement d'yeux des hommes, par une moue dédaigneuse de la part des femmes.

Le dîner commença silencieux, puis quelques con-versations s'engagèrent ; Georges se sentait ridicule en restant muet auprès de sa compagne, d'autant que le regard de celle-ci ne commandait rien moins que la ré-serve.

Les petits services auxquels la plus vulgaire galanterie l'obligeait lui servirent de départ.

— Vous offrirai-je, madame, un peu de ce vin ?

— Merci, monsieur... Je n'ose appeler le garçon, les yeux de ce monde ne me quittent pas, et je ne sais quelle contenance tenir. Je vous serai obligée de demander d'autre vin.

— A vos ordres, madame. Il appela le garçon, demanda une bouteille de Saint-Brion et continua avec effort : Vous voyagez rarement, madame ?

— Fort peu, monsieur, et cependant le voyage me plaît assez, et c'est moins l'hôtel que la table commune qui me gêne.

— Mais lorsqu'on le demande, on sert aussi dans les chambres.

— Oui, monsieur, je le sais ; habituellement je voyage avec mes femmes de chambre, et je ne suis point seule, elles mangent avec moi, dans la chambre, mais le soir se faire servir là haut ! cela m'attriste ; le déjeuner, c'est possible encore, il fait jour.

— Je vous comprends, madame. En voyage, c'est assez de l'isolement sans avoir la solitude...

— Mais avouez qu'il est pénible d'échapper à cela pour subir la curiosité de ces gens... Voyez, ils ne nous quittent pas du regard... les femmes surtout.

— Mon Dieu ! cela s'explique facilement : les dames sont jalouses, et les hommes ravis...

— Vous êtes trop galant...

— Point, madame, je suis heureux d'être confident... et serais bien plus heureux si je pouvais être agréé par vous pour cavalier.

La jeune femme le regarda quelques secondes, très étonnée cette fois. Georges ne rougit pas, et souriant il soutint le regard brillant de la belle voyageuse.

On le voit, il s'apprivoisait vite ; c'est un si hardi conseiller que la jeunesse !

— C'est la première fois, madame, que vous vous trouvez à Nevers ?

— Oui, monsieur. Je suis très-Parisienne et ne voyage guère que pour me rendre ou dans les villes d'eaux ou aux bains de mer.

— C'est en vous rendant à une ville d'eaux que vous passez par ici ?

— Oh! non! un voyage forcé... obligation de famille dans les environs... j'ai fini, heureusement; et avant de revenir, j'essaye de visiter le pays... ce qui est très embarrassant pour une femme seule.

— C'est vrai, madame, et je n'ose vous offrir de vous tirer d'embarras en vous servant de cavalier; j'ai quelques jours à rester ici...

— Mon Dieu, monsieur, je suis une femme sans-façon, et j'accepte, les artistes ne font pas de cérémonies.

— Vous êtes artiste? demanda Georges, rouge jusqu'aux oreilles.

— Oui, monsieur, artiste... du corps de ballet de l'Opéra.

Le garçon venait de servir. Georges, tout à fait à l'aise, emplit le verre de sa compagne.

Il lui dit qui il était, et apprit d'elle qu'elle se nommait Alice Dufresne. Le dîner terminé, Alice Dufresne, après avoir changé de toilette, rejoignit Georges, qui l'attendait en voiture à quelques pas de l'hôtel.

Ils se firent promener deux heures en ville, et rentrèrent à l'hôtel. Georges pressa la main de la belle Alice et gagna sa chambre. Seul, il prit un cigare et, accoudé sur l'appui de la fenêtre, il resta deux longues heures, fumant et rêvant.

Que se passait-il en lui? L'explique qui voudra, nous le raconterons seulement.

Georges adorait Claire sa fiancée, sa pensée sans cesse revenait vers elle; le but de son voyage était de hâter le jour où il devait s'unir à elle. Il l'aimait, et sa résolution était de lui consacrer sa vie tout entière. Et cependant, il avait été heureux de rencontrer la belle Alice, plus heureux encore de la voir si peu farouche, et il était bien décidé à pousser jusqu'au bout l'aventure galante qui s'offrait à lui, mais non moins fermement à briser tout, en revenant à Paris, c'est-à-dire en retrouvant sa fiancée. Pour s'excuser lui-même, il disait:

— Je suis libre encore!... et puis il faut bien finir ma vie de garçon.

Nous l'avons dit, la vie de garçon de Georges avait é
des plus sages. Ce n'était qu'un mot dans sa bouche. $
timidité l'avait éloigné des intrigues, il n'avait eu q
quelques amours faciles, et la rencontre qu'il venait
faire, la singularité de la connaissance, l'abandon de
belle Alice, sa qualité d'artiste, ses allures bohême
avaient bouleversé toute la raison du jeune homm
Sentant bien qu'il ne pouvait résister, il se justifiait v
à-vis de lui-même en disant :

— J'en finis pour la dernière fois avec la vie
garçon.

Il eût été plus juste de dire :

— Pour une fois je vais essayer de la vie de garçon.

Georges rêvait à sa fenêtre ; il avait oublié le mo
qui l'amenait à Nevers, et disait : Un jour plus tôt,
jour plus tard, qu'importe ? Elle est originale, ce
femme, et je peux bien retarder mon départ. Après
de retour à Paris, je serai tout entier à ma Claire, q
j'aime...

Le pauvre garçon ne connaissait guère la femme d
les filets de laquelle il se prenait ! S'il l'avait connu
il n'aurait pas eu sur les lèvres ce sourire fat et sat
fait.

Nos lecteurs ont assurément reconnu dans la be
voyageuse l'agent de Tarand, Martingale, qui, obéissa
au maître, venait se faire aimer de Georges Burdin.

Elle ne l'avait vu qu'un matin et un soir, et déjà la
rène pouvait constater la force de son pouvoir.

Georges l'aimait.

Après de longues heures passées à la fenêtre, le jeu
homme fit le brouillon de la dépêche qu'il enverrai
Paris et se coucha. Le sommeil n'est pas rebelle à la je
nesse ; il s'endormit presque aussitôt ; moins d'une heu
après, la porte qui séparait les deux chambres s'ouv
Martingale, pieds nus, entra sans bruit, s'éclairant d'u
bougie dont sa main atténuait la lumière ; s'étant ass
rée que Georges dormait, elle prit la dépêche prépa
pour le lendemain et la lut ; elle était concise :

Monsieur Burdin, Barbette, Paris.

« Difficultés peu graves ; — mais serai obligé de rester plusieurs jours.

» Baisers à tous deux.

» GEORGES. »

— Bien, fit en riant Martingale.

En reposant la dépêche, elle changea tout à coup de physionomie ; elle venait de lire sur une carte :

« Marquis de Cantrel, rue de Lille. »

— Voir. —

— Qu'est-ce que cela veut dire ? pensa-t-elle.

Un mouvement de Georges lui fit éteindre sa bougie et rentrer vivement chez elle. Là, se débarrassant de ses vêtements pour se coucher à son tour, elle dit pensive :

— Est-ce que Félix se servirait de moi contre lui et de lui contre moi ? Oh ! je saurai ça demain !

Et la belle Martingale s'endormit.

XIII

DU PLAISIR ET DU DANGER QU'IL Y A A SE LIER TROP FACILEMENT.

Le lendemain, Georges loua une voiture et conduisit Martingale dans un petit cabaret, à quelques lieues de la ville, guinguette champêtre où se rend, l'été, la jeunesse galante de Nevers.

Il passa près de la belle Alice la plus délicieuse journée, buvant ses mensonges, se grisant de ses sourires, et

s'abandonnant tout entier au caprice qui l'entraînait vers
elle. Cette vie nouvelle était pleine de charme pour le
pauvre garçon ; il oubliait, près de celle qu'il croyait une
danseuse, ceux qui attendaient anxieusement, à Paris, le
résultat de son voyage.

Pendant six jours, il ne quitta pas Martingale, et,
comme un collégien, il cherchait dans son cerveau naïf à
faire naître l'occasion qui lui livrerait enfin celle qu'il
aimait, pendant que, de son côté, celle-ci se demandait
quand elle aurait à se défendre autrement que par des
paroles.

Le septième jour, après le dîner, Martingale pria Georges de sortir seul, elle se trouvait indisposée et voulait
se coucher tôt. Elle lui pressa la main, le remercia souriante de l'offre qu'il lui fit de la veiller et monta dans sa
chambre. Ennuyé, désœuvré, Georges se fit promener en
ville, et après avoir vainement essayé de se distraire au
café, il regagna l'hôtel et monta chez lui.

— Là, disait-il, je ne la verrai pas, mais je serai plus
près d'elle ; et puis j'écrirai à mon père.

Il faisait une douce soirée d'automne, lourde des dernières chaleurs de la saison ; il jeta son paletot et resta
dans sa chambre en bras de chemise ; il s'assit à sa table,
prépara du papier à lettre, sa plume, et, s'accoudant, il
pensa, non à ce qu'il allait écrire, mais toujours à celle
qui depuis huit jours occupait ses pensées ; vainement,
en fermant les yeux, il évoquait le portrait de Claire,
mais celui-ci s'effaçait aussitôt devant les traits de la
belle Martingale, qui revenaient obstinément se placer
devant lui.

Seul, muet, pensif, il n'avait plus conscience du temps
qui s'écoulait. Deux heures du matin sonnaient, tout
dans l'hôtel était silencieux... Il sembla à Georges qu'il
entendait se plaindre près de lui... il écouta. Ces plaintes
venaient du côté d'une porte qu'il n'avait pas encore re-
marquée et qui servait de communication avec la chambre voisine lorsque les voyageurs désiraient deux chambres communiquant ensemble ; un verrou, placé de cha-

que côté, la fermait à volonté. Il se leva et se dirigea vers la porte, la pensée peu délicate de regarder par la serrure lui vint. On semblait se plaindre, il n'hésita pas.

Il regarda, et lorsque son regard fut habitué à la lueur de la veilleuse qui éclairait l'autre chambre, il ne fut pas peu stupéfait de voir endormie, et comme se débattant dans un affreux cauchemar sa belle Martingale.

Sa première pensée fut d'appeler... Mais elle ne dura qu'un instant ; un sourire qui gonfla ses lèvres anima son visage ; il dit même bas :

— Si le verrou de l'autre côté n'était pas fermé ?

Il tira celui qui se trouvait de son côté et tourna la clef. La porte s'ouvrit ; un frisson de crainte et de désir lui courut par tout le corps. Il éteignit sa bougie et, marchant sur la pointe des pieds, il s'avança jusqu'au lit sur lequel Martingale était étendue.

Là, il s'arrêta, tremblant d'émotion, hésitant, prêt à reculer devant le plan qu'il avait conçu en une minute; il trouvait avec raison sa façon d'agir au moins singulière... la belle dormeuse ne se plaignait plus ; un rêve plus heureux occupait son sommeil, car un doux sourire s'étendait sur ses lèvres.

Elle était bien belle ainsi, et le jeune homme, enivré et brûlé de fièvre, l'admirait, tremblant.

Martingale avait fait couvrir les oreillers de taies qui lui appartenaient, fine batiste bordée de dentelles au milieu desquelles son bras blanc, admirable de modelé, inondé de ses cheveux, soutenait sa tête ravissante ; la couverture, retombée, laissait voir le torse, dont le rose apparaissait dans la transparence de la chemise qui, dénouée, dévoilait sa gorge, admirable de forme et de teint. Ce tableau, vu à la lueur de la veilleuse, était bien fait pour rendre fou un homme plus raisonnable que Georges Burdin, enivré, ravi, éperdu, et il se pencha, et soulevant doucement la tête de Martingale, il l'embrassa.

Celle-ci s'éveillant — ou feignant de s'éveiller — sauta du lit et voulut crier. Il la reçut dans ses bras tressaillant en sentant ce nu sous ses doigts, et, posant une main sur la bouche, il lui dit d'une voix suppliante :

— Tais-toi... C'est moi, Georges... Je suis fou, mais je t'aime !... Alice, je t'aime !...

En disant ces mots, il glissa à ses genoux, l'étreignant de ses bras.

Alice, confuse, troublée, lui dit :

— Sortez... sortez... laissez-moi... éloignez-vous !...

Elle se débattait comme pour échapper à l'étreinte de Georges, mais celui-ci, fou de passion, se releva et la prenant nerveusement dans ses bras, la couvrant de baisers, sourd à ses protestations, lui disait :

— Alice, je t'adore ; si tu savais quel amour me brûle, quelle passion me dévore... Je t'aime... tais-toi... Je t'ai vue si belle, que je suis fou, mon sang me brûle, je t'aime...

— Oh ! c'est mal, monsieur, de forcer une porte pour entrer chez une femme endormie.

— Je t'aime ! répéta encore Georges dans un baiser.

La veilleuse s'éteignit.

. . . .

XIV

LES DERNIERS SERONT LES PREMIERS, LES PREMIERS SERONT LES DERNIERS

Le lendemain, Georges appartenait corps et âme à la belle Martingale. Celle-ci déclarant qu'elle voulait partir le soir même pour Paris, Georges se disposa au départ, prenant à peine le temps de courir à l'hospice, où il apprit qu'effectivement sa mère était morte en mettant au monde une fille qui, placée aux enfants assistés, avait été assez heureuse pour être recueillie et adoptée légalement, croyait-on ; c'est à Paris seulement qu'il pourrait avoir des renseignements positifs. On lui dit même qu'on répondait facilement à ses questions parce que quelques jours auparavant on avait dû se renseigner sur la même personne, un individu s'étant présenté pour adresser les mêmes questions sur ladite feue Marie Burdin. Cela l'étonna bien un peu, mais il n'y pensa pas longuement, son cerveau était tout plein du souvenir de sa belle maîtresse.

Le soir même, Georges et Martingale prenaient un coupé et partaient pour Paris, où ils arrivèrent au matin. Ils se firent conduire au petit hôtel de la rue Byron !

Là, seulement, Georges pensa qu'il n'avait pas prévenu son père de son retour ; comme il devait se reposer toute la journée, il décida qu'il feindrait d'être arrivé le soir, à l'heure où il quitterait la demeure d'Alice pour se rendre chez lui...

Il se coucha dans la petite chambre bleue de sa belle maîtresse, tout ravi du luxe voluptueux qui l'environnait, trop grisé pour écouter la voix de la raison, n'ayant plus qu'une pensée, aimer et être aimé de Martingale.

Martingale, pendant que Georges s'étendait sur le lit, était passée dans son cabinet de toilette, et, sur l'envers d'une de ses cartes, elle écrivit :

« C'est fait, il est pris.   » A... »

Elle dit à sa femme de chambre :

— Lise, tu feras porter ça rue Pauquet.

— Chez M. de Montrose ?

— Oui, il faut le lui remettre en mains propres, en lui annonçant mon retour... avec le *petit*.

— Bien, madame, fit Lise, sans que la dernière partie de la recommandation l'étonnât, habituée sans doute à tout voir.

— Va... et recommande qu'on ne fasse pas de bruit

autour de ma chambre... Tu feras préparer le déjeuner
pour deux heures... Dis au concierge que je ne suis pas
encore de retour... et qu'on réponde à tout le monde que
je ne reviendrai que dans deux ou trois jours...

— Bien, madame.

— Le marquis est-il venu ?...

— Oui, madame, tous les jours.

— Malgré ma lettre ?... Et Saint-Mards ?

— Il est venu deux fois... et la seconde fois il a été
très-grossier avec nous...

— Je lui rendrai ça... Va vite.

Et Martingale alla retrouver Georges, qui, pour se justifier vis-à-vis de sa conscience, se disait en regardant le
luxe scandaleux de Martingale :

— J'aime mieux qu'il en soit ainsi. Je ne peux pas
avoir d'amour sérieux pour elle, c'est un caprice qui sera
brisé quand je le voudrai. La dernière folie, avant de renoncer pour toujours aux amours passagères.

Pendant que les desseins de Tarand s'exécutaient,
Chadi, fidèle au poste, pensait à sauver ses nouveaux
amis des trames qui s'ourdissaient autour d'eux.

Un matin, en dépouillant la correspondance, il n'avait
pas été peu stupéfait de lire, dans une lettre signée d'Eragny, les lignes suivantes :

« J'ai fidèlement suivi tes instructions, et j'ai complé-
tement réussi. Je te dirai de vive voix les singulières
trouvailles que j'ai faites. Voici la chose en deux mots.
— Le fils Burdin est mort pendant que le père était en
exil, la mère lui a envoyé un enfant qui n'est pas le sien.
— Quel est cet enfant? C'est à savoir... D'autre part, la
femme Burdin est morte en accouchant d'une fille — enfant adultérin — dont on ignore aujourd'hui la condition... Je t'expliquerai tout cela en arrivant. J'ai les papiers que tu voulais... Je serai à Paris, etc, etc. »

Chadi copia la lettre et glissa la copie dans son portefeuille.

Toute la journée, pensif, la tête dans ses mains, il
chercha ce qu'il devait faire Le soir, il dit :

— Il le faut !

Et ayant fermé le Contentieux des Familles, il se rendit chez Burdin... Celui-ci, joyeux, le pria à dîner, ce que Chadi accepta.

— J'ai des nouvelles de Georges, dit Burdin, il revient dans trois ou quatre jours ; le pauvre garçon, il ne l'écrit pas, mais je suis certain qu'il s'est occupé de feu sa pauvre mère ; il fait probablement élever un monument là-bas !...

C'est la seule chose à laquelle le malheureux égaré n'avait pas pensé !

Claire était de l'avis du père Burdin, et la croyance que le retard de son fiancé était dû à cette sainte cause la rendait calme et tranquille. . . . .

. . . .

C'était le soir même où Martingale se pelotonnait, zézayant : Je t'aime ! entre les bras de Georges, dans le coupé de chemin de fer qui les ramenait à Paris.

XV

CE QU'IL Y AVAIT DANS LE VERRE DE CHADI

Chadi mangeait bien, il était ce qu'on nomme *une belle fourchette,* mais il était d'une extrême sobriété sur se vin... Malgré les tentations réitérées de Burdin, Chadi ne buvait que de l'eau rougie. Un jour Burdin lui avait dit :

— Mais il est impossible que vous n'aimiez pas le bon vin ?

— Je l'adore !

— Eh bien, à la bonne heure ! buvez-en.

Et il avait baissé la bouteille pour verser, mais Chadi, lui relevant le bras, avait dit d'un ton sec :

— Jamais ! je vous l'ai dit, monsieur Burdin.

Un silence de quelques minutes avait suivi cette petite scène, et le père Burdin, maussade :

— Vous avez donc des raisons bien graves ?

— Oui, monsieur Burdin, j'ai de graves raisons ; mais je vous en supplie, permettez-moi de ne point vous les dire.

De ce jour on avait laissé Chadi boire son eau rosée à sa guise.

Ce soir, le père Burdin dit gaiement :

— J'ai des nouvelles de Geo... Je suis content... Pour m'être agréable, vous allez trinquer avec moi et boire un verre d'un vieux vin dont je n'ai plus qu'une dizaine de bouteilles.

— Ce soir... oui ! monsieur Burdin, avait répondu Chadi, au grand étonnement de Claire.

Il consentait à boire, parce qu'il voulait parler à Burdin d'un sujet embarrassant, et pour se donner de la hardiesse, il se disait :

— Je ne boirai qu'un verre ou deux... Après, ça ira tout seul.

— Joseph ! cria le père Burdin, descends à la cave et remonte-nous deux bouteilles de mon vieux bordeaux.

Rien n'est bon comme le bon vin, et Chadi l'aimait, il ne résistait à la tentation que parce qu'il le craignait... Dès qu'il vit devant lui la vénérable bouteille, emmitouflée dans sa robe humide, son œil s'illumina... il sourit en voyant le scintillement du verre que le père Burdin glissait devant lui.

Claire avait quitté la table et était montée chez elle, laissant les deux hommes causer à leur aise.

— Allons, mon cher Chadi, buvez, videz-moi ce verre, et dites-moi ce que vous pensez de ce petit vin-là... goûtez-moi ça.

Chadi, en gourmet, prit son verre, qu'il engloba de ses

mains pour l'attiédir, il le souleva, cligna de l'œil en se mirant dans le rubis transparent, tenant le verre par le pied, délicatement, entre le pouce et l'index ; il le secoua doucement et le redescendit lentement jusqu'à ses narines, qui se dilatèrent au parfum de la divine liqueur. Après le nez, les lèvres, puis l'absorption, les yeux clos pour leur voiler les choses de la terre, le vin glissa lentement, soulevé par la langue, caressant trois fois le palais, et roula doucement son filet velouté jusque dans la gorge... Enfin, la tête penchée en arrière et les yeux béats, Chadi fit claquer sa langue comme pour dire : C'est bon !... très-bon !...

Si bon, que dix fois la même scène se renouvela, et que Joseph dut redescendre à la cave chercher deux nouvelles bouteilles.

Les bouteilles vidées, il advint ce qui arrive ordinairement aux ivrognes, c'est que Chadi avait absolument oublié le motif pour lequel il était venu, et que, s'occupant peu des affaires des autres, il ne pensait plus qu'à lui, gémissant sans cesse sur son sort misérable. M. Burdin lui disait :

— Quelle obstination aviez-vous donc de ne jamais boire de vin ?

— L'obstination !... l'obstination ! fit Chadi tout à fait ivre. Voulez-vous que je vous dise pourquoi ? Je ne suis pas en ribote, n'est-ce pas ?... et je l'ai juré... jamais..., jamais maintenant je ne m'y mettrai... Ah ! mais voyez-vous, c'est que c'est là le malheur de ma vie à moi.

— Le malheur de votre vie !

— Je n'ai pas dit ça... C'est de la vie de mon ami... donnez-moi un verre...

— Que lui est-il arrivé ? fit Burdin en versant.

— Oh ! c'est une longue histoire... répondit Chadi d'une voix sombre... une vilaine histoire... où je... où il a été un malhonnête homme, et je... il a été puni...

Il y eut une minute de silence. Chadi repoussa son verre, et, pleurant tout à coup, il s'écria :

— Malheureux ! c'est sa faute, aussi ; ils t'aimaient

ceux-là... Non ! non ! on ne lui pardonnera jamais !

Et ses larmes redoublèrent.

Assez étonné, M. Burdin lui dit :

— Qu'avez-vous, mon pauvre ami... que puis-je pour vous consoler ?

— Vour pouvez tout, monsieur Burdin... écoutez-moi, je vais vous dire cette histoire-là, et vous verrez que ceux qui boivent, ce sont de malhonnêtes gens ; et, si je buvais encore, je...

Burdin sourit en entendant ces mots ; le malheureux Chadi ne voyait pas sa situation. Pour s'affirmer qu'il ne ne se griserait plus, il emplit son verre d'eau et but d'un seul trait.

— Ecoutez maintenant, monsieur Burdin, écoutez... J'étais marié et je...

— Vous ? demanda M. Burdin.

— Hein !... Non !... C'est de mon ami... je n'ai pas besoin de dire son nom... à mon ami !... Mon ami était ciseleur ; il gagnait bien sa vie... il était marié et avait deux enfants... des petits chérubins qui étaient beaux... beaux !... Avec une petite femme jolie comme tout... et des bébés et du travail, on était heureux... car je gagnais... non, il gagnait de belles journées, mon ami... et la femme était économe, rangée, laborieuse. Mais voilà, mon ami aimait boire, vous savez, pas moyen de l'en empêcher, une fois qu'il avait mis le nez dans un verre, fallait que le corps y aille... Vous savez, quand on boit... D'abord, ça passait encore, on buvait un coup seulement le samedi et le dimanche, et puis, un peu le soir après l'ouvrage... dame ! la limaille, ça sèche la gorge... et puis, petit à petit, il oubliait de venir, un jour, deux jours à l'atelier... et vous voyez ça d'ici, plus que la moitié de la semaine. Non-seulement il travaillait moins, mais encore il dépensait le peu qu'il gagnait à boire avec un tas de vauriens, qui ne comprennent pas ce que c'est que d'avoir un ménage et des enfants...

Chadi s'interrompit pour pleurer, puis il continua :

— Plus de sous, il fallait bien vivre !... les plaintes de

Mariette étaient mal reçues — on n'aime pas les reproches qui sont justes. — Pour éviter des grossièretés, des
coups même, devant les enfants, la pauvre femme se tut...
Elle se servit du linge du ménage, de ses vêtements, tout
alla au Mont-de-Piété... Alors la misère, l'horrible misère,
celle de la débauche qui ne rencontre ni plainte ni aide
s'abattit sur la maison... La femme épuisée protégeait les
enfants chétifs contre l'ivrogne, qui rentrait menaçant
chaque soir... Enfin, découragée, mourante, Mariette résolut d'en finir. Le soir, bravant injures et coups, elle si-
gnifia au misérable qu'elle était décidée à en finir, plutôt
que voir ainsi souffrir ses enfants. Je... non... l'homme
honteux chercha à crier, menacer, pour se cacher son
infamie à lui-même... il leva les mains sur sa femme...
les petits... les pauvres petits chérubins se jetèrent sur
leur mère... pleurant, criant, la protégeant de leurs petits
bras en criant :

— Papa ! papa ! ne tue pas maman !

Je... l'homme tomba anéanti... il pleura, se traîna aux
genoux de sa femme, embrassa les petits et jura qu'à
compter de ce jour il ne boirait plus... et le samedi suivant... sa femme l'attendit toute la nuit, il ne rentra
pas... il but encore ce qu'il avait gagné dans cette seule
semaine de bonne conduite... Il rentra tout à fait soûl,
au milieu de la nuit, ne voulant pas avoir de scène avec
sa femme... et les enfants ; il se coucha dans l'entrée, sur
une vieille banquette... il dormit !

Le matin, vers cinq heures, il s'éveilla, il était suffoqué. Une odeur qui prenait à la gorge était répandue
dans l'appartement, il va pour ouvrir la porte de la chambre de Mariette, elle est fermée en dedans... Il frappe, il
appelle sa femme... les petits... Rien ! rien ! Il a peur !...
Un frisson lui court les veines pendant que la sueur lui
mouille le front... Il crie... cherche à enfoncer la porte...
Impossible ; on vient, la porte est enfoncée... et alors je
vois... non, monsieur Burdin... il voit, le misérable... sa
femme étendue sur le lit et tenant dans ses bras les ca-
davres des deux petits chéris... Pauvres anges ! ils étaient

là tout pâles, une mousse rouge sur les lèvres, comme endormis...

Et le malheureux Chadi, sanglotant, s'arrachant les cheveux, dit dans un effort :

— Oui, monsieur, misérable que je suis, mes petits enfants étaient morts... morts !

— Et votre femme? demanda M. Burdin, troublé par cette révélation.

— Ma femme fut sauvée... mais elle ne voulut jamais me revoir... J'ai changé de conduite... je ne l'ai jamais retrouvée... on ne sait pas ce qu'elle est devenue...

Et fondant en larmes, il dit suppliant :

— Oh ! je vous en prie, monsieur Burdin, je vous en prie, ne me faites jamais boire.

Et, vaincu par la douleur, le remords et l'ivresse, il glissa sur sa chaise et roula sous la table, où il s'endormit.

XVI

UN MALHEUR N'ARRIVE JAMAIS SSEUL

Le surlendemain de son arrivée à Paris, Georges, feignant de descendre de chemin de fer, arrivait rue Barbette. Il rougit sous le regard clair de sa fiancée, et ne se remit que par l'accueil bienveillant de son père; il dissimula son embarras vis-à-vis de Claire, et expliqua son séjour prolongé en déclarant qu'il avait appris de graves choses qui forcément allaient reculer leur union.

Il gagnait ainsi du temps, et le malheureux ne cherchait plus que cela. En se liant avec Martingale, il avait cru obéir au sentiment passager qu'éprouve tout homme à la vue d'une jolie fille de facile conquête. Il n'avait pas lutté contre ce sentiment, et aujourd'hui ce qu'il avait cru n'être qu'un caprice le dominait comme une passion. En voyant celle qu'il aimait, celle qu'il avait choisie pour en faire la compagne de sa vie, il n'avait plus qu'une pensée, reculer l'époque de l'union projetée, non pour avoir le temps de rompre avec Martingale, mais, au contraire, pour avoir le temps de vivre un peu avec elle.

Le soir, il eut avec le père Burdin, un court entretien, dans lequel il lui raconta les résultats anodins de son voyage, n'osant pas dire les doutes qu'il avait recueillis sur sa paternité... Il dit à son père que sa présence était absolument nécessaire à Cacogne pour avoir les papiers et les actes en donnant les explications nécessaires. Ce plan avait le double avantage de débarrasser Georges de l'aveu pénible de ce qu'il avait appris sur la substitution d'enfant, et en outre de le laisser libre à Paris, obligé par les convenances d'être moins assidu près de Claire en l'absence de son père, et, par cela, pouvant donner la plus grande partie de son temps à sa nouvelle passion.

Le père Burdin partit le lendemain même.

Le lendemain Georges déjeuna avec Claire et ne reparut plus de la journée ; la pauvre enfant en fut étonnée péniblement, et sa tristesse augmenta en constatant cette absence chaque jour qui suivit ; elle avait de la peine à attribuer à la réserve, commandée par la situation, la froideur que Georges lui témoignait depuis son retour. Inquiète, elle pressentait que son amour était menacé. Georges n'était plus le même, et, le soir, seule dans sa chambre, elle essayait vainement de retenir ses larmes.

Tourmentée, elle ne s'expliquait pas le silence gardé par M. Burdin ; depuis son départ, il n'avait envoyé qu'une seule lettre, très-courte, dans laquelle il annonçait que son absence durerait au moins une huitaine, en raison des étonnantes choses qu'il avait apprises. Que signifiait encore cela ?

La pauvre Claire ne dormait plus ; dévorée de fièvre et d'impatience, elle se retournait sur sa couche sans trouver le sommeil. La veille du retour annoncé de M. Burdin, ne pouvant dormir, elle se leva et se mit à la fenêtre, cherchant à rafraîchir son front brûlant de fièvre... Cinq heures du matin sonnaient à l'imprimerie impériale... Accoudée sur l'appui de la fenêtre, le menton dans sa main, le regard perdu dans le ciel gris du matin, elle pensait. Tout à coup le bruit d'une voiture qui s'arrêtait en face de la maison lui fit baisser la tête, elle croyait que c'était M. Burdin qui devançait de douze heures son arrivée... Elle regarda, et, devenant subitement pâle, elle eut besoin de se cramponner à l'appui de la fenêtre pour ne pas tomber, tant elle était douloureusement surprise.

C'était Georges ! Georges, dont elle reconnut la voix.

— Demain, quatre heures et demie, toujours.

— Bien, monsieur, répondit le cocher.

Et ouvrant sans bruit la porte, Georges Burdin rentra chez lui. Elle entendit le craquement de son pas, qu'il faisait léger pour monter l'escalier.

Claire eut un instant l'idée d'ouvrir sa porte et de lui souhaiter le bonjour, pour lui montrer qu'elle l'avait surpris. Mais elle revint aussitôt à la raison ; elle se laissa choir sur un fauteuil, répétant :

— Quatre heures et demie... *Toujours !*... D'où vient-il ?... Tous les jours !

Et la pauvre enfant laissait couler sur ses joues pâlies les premières larmes que la douleur jalouse lui arrachait.

Quand la femme de chambre que Burdin avait donnée à Claire, Mme Marie, entra dans la chambre de la jeune fille, vers neuf heures du matin, elle trouva la belle enfant dans la même situation, abattue sur le fauteuil, les yeux mouillés... Revenant aussitôt à elle en entendant Mme Marie :

— Oh ! mon Dieu ! notre demoiselle, qu'avez-vous donc ?

Claire leva son regard voilé sur la brave femme, et dit vivement :

— Oh ! mère Marie, j'ai été indisposée cette nuit... mais, je vous en supplie, n'en dites pas un mot à Georges.

— Oui, et puis si vous tombez malade...

— Mais non, ce n'est rien, mère Marie... des souvenirs.

— Et croyez-vous, mademoiselle Claire, que M. Georges ne va pas voir que vous avez pleuré... et qu'il ne va pas s'informer de la cause ?

— Non, Marie, il ne faut pas qu'il le voie ; vous allez m'aider bien vite.

— Mais vous avez les yeux rouges, vous êtes livide...

— Eh bien ! mère Marie, reprit la malheureuse Claire en essayant de sourire et de plaisanter, vous me maquillerez.

— Vilaine ! fit la mère Marie, plus gaie en la voyant sourire, est-il permis de s'abîmer comme ça à pleurer, quand on est adorée comme vous l'êtes ?

— Adorée ! répéta Claire d'une voix sourde.

— Allons, vite, faisons votre toilette, dit la mère Marie.

Et Claire essaya de rendre à ses yeux leur éclat ordinaire.

Pendant ce temps, Georges Burdin, assis devant son bureau, avait ouvert sa caisse et pris dix billets de mille francs qu'il glissait sous enveloppe et qu'il adressait à un bijoutier de la rue de la Paix, avec ces quelques lignes :

« Monsieur, veuillez immédiatement porter les boutons » que j'ai choisis, chez Mme Alice de Fresnes, rue Byron. » Je passerai dans la journée chez vous.

» Agréez, etc.

» Burdin fils. »

En même temps qu'il envoyait un commis porter cette lettre, un employé du télégraphe lui remettait la dépêche suivante :

« Suis en route, arrive ce soir pour dîner. » Vous embrasse tous.

» Burdin père. »

Quelques minutes après, Claire descendait ; Georges alla au-devant d'elle en souriant. La voyant pâle, il dit :

— Qu'avez-vous donc, ma belle Claire ?

— Rien... fit-elle en ébauchant un sourire mouillé.

Vainement elle faisait des efforts pour se contenir; ne pouvant plus, elle s'appuya sur l'épaule de Georges et fondit en larmes.

— Mais qu'as-tu donc, ma Claire? demanda celui-ci inquiet.

— Je t'aime! répondit-elle d'une voix sourde, et ses sanglots redoublèrent.

Georges, tout confus, l'embrassa, étonné du secret pressentiment qui mouillait les yeux de celle qu'il se reprochait à cette heure de tromper.

XVII

CE QUE BURDIN AVAIT APPRIS A CAGOGNE.

Le soir de ce jour, Burdin était de retour. Après avoir embrassé son fils, qui était allé au-devant de lui, ils montèrent en voiture. Georges, anxieux, l'interrogea sur son voyage. Burdin lui dit, soucieux, qu'il avait appris là-bas de graves choses, lesquelles nécessitaient un entretien sérieux, qu'ils allaient avoir en présence de Claire à son arrivée rue Barbette.

Georges pensa que son père avait acquis la preuve qu'il avait été substitué à son véritable fils, et que c'était l'unique but de l'entretien; convaincu que l'affection qu'il ressentait pour celui qui l'avait élevé était partagée par lui, il dit aussitôt :

— Père, il n'y a rien de changé par ce que tu as appris là-bas; je suis ton fils, mon père; c'est l'homme qui m'a élevé, qui m'a aimé, qui m'a fait homme, et, quoi qu'on fasse ou qu'on dise, je n'en connais et n'en veux pas connaître d'autre.

Burdin eut un heureux sourire, et, attirant vers lui le jeune homme, il l'embrassa avec émotion, puis il dit :

— Mon Geo, tu es mon fils, et ce n'est point cela qui m'inquiète ; il y a de ce côté une confusion, ou plutôt ta pauvre mère, me sachant poursuivi, a-t-elle voulu par un mensonge te protéger contre les dangers qu'elle croyait, la pauvre sainte, te menacer. Ta mère, mon Geo, en t'adressant à moi, m'aurait prévenu. Au reste, la situation malheureuse qui nous était faite alors l'obligeait, si elle avait eu le malheur de perdre notre enfant, à se débarrasser au plus tôt de l'étranger qu'elle nourrissait... Non, mon Geo, tu es mon fils, et nous rectifierons tout cela bientôt. Mais ce n'est pas là ce qui est grave.

— Qu'y a-t-il donc ? demanda Georges inquiet.

— J'ai appris là-bas des choses qui changent tous nos plans.

— Que veux-tu dire ? demanda Georges, craignant que son père n'eût appris à Nevers l'intrigue nouée à l'hôtel, et ses suites.

— Je te dirai cela devant elle...

— Devant qui ?

— Devant Claire.

Georges n'osa rien demander ; il était convaincu qu'une scène désagréable allait avoir lieu en arrivant rue Barbette ; son père avait appris sa liaison avec Martingale, et devant Claire il l'allait obliger par un serment à s'engager à renoncer à elle.

C'était absolument ridicule, mais c'est le propre de la jeunesse de croire toujours aux choses impossibles.

On juge facilement de la contenance qu'avait le pauvre garçon sous le coup de cette appréhension.

Son père acheva de le troubler tout à fait en lui reprochant doucement :

— Comment se fait-il, mon Geo, que tu n'aies pas eu une seule pensée pour ta mère, étant là-bas ?

Le coup porta juste. On se souvient que Georges Burdin devait aller à l'hospice de Nevers prendre de plus amples renseignements sur la mort de sa mère. Il avait tout oublié du jour où il avait rencontré Martingale. C'était la première mauvaise action que cette femme lui avait fait involontairement commettre.

Il ne répondit pas. On arriva rue Barbette ; ce fut Claire qui vint recevoir Burdin. Celui-ci l'embrassa avec effusion, puis, tout ému, il lui prit les deux mains, et la regardant fixement, il dit :

— Mais, oui !... Je la regardais toujours et je ne me trompais pas... elle lui ressemble, là chère enfant.

Et la pressant dans ses bras, il l'embrassa de nouveau.

Claire souriait, toute interdite. Georges était stupéfait.

— Entrons, mes enfants... Allez au salon... Nous avons à causer. Baptiste, rentre la malle, et Marie, préparez le couvert. Dans dix minutes, nous nous mettrons à table. Je crève de faim.

Burdin rejoignit les deux jeunes gens au salon ; là, il les fit asseoir, et chercha quelques minutes comment il allait commencer.

Georges ne le quittait pas du regard, prêt à l'interrompre par une prière, si ce qu'il redoutait follement devait arriver.

— Mon Dieu ! mes pauvres enfants, dit Burdin avec émotion, ce que j'ai appris là-bas est si étrange, que je ne sais comment vous le dire... Je ne sais pas faire de phrases... je vous le dirai donc d'un mot : Vous ne pouvez pas vous marier.

— Que dis-tu ? demanda Georges. Tu n'as pas les actes ?

— J'ai tout... c'est impossible... et, ajouta-t-il en riant, vous ne m'en voyez pas plus malheureux pour cela.

Georges regardait son père, cherchant à s'expliquer ce qu'il voulait dire.

Claire était blessée au cœur, se soutenant à sa chaise pour ne pas tomber... Burdin la prit dans ses bras, et la soutenant, il lui dit :

— Ne crains rien, enfant, nous nous aimerons mieux...
puis, se tournant vers Georges, il lui dit :

— Claire est ta sœur... Claire, tu es ma fille.

Claire regarda Burdin pour s'assurer qu'il parlait sérieusement, et passa la main sur son front comme pour
en chasser les nuages qui obscurcissaient sa pensée.

— Sa sœur ! votre fille !...

— Oui ! ma Claire. Pauvre petite, c'est en te mettant
au monde que ta mère mourut, ma pauvre Jeannie ; on
te donna ses noms, Jeannie-Claire, tu fus placée à huit
ans chez la veuve Vadet qui t'amena à Paris et t'apprit
son état... Ah ! mon Dieu... qu'as-tu ?

Georges s'élança pour aider son père à soutenir la pauvre fille, qui perdait connaissance...

Ils l'étendirent sur le canapé et s'empressèrent autour
d'elle. Elle revint lentement à elle, et comme Georges
était penché sur son visage, elle lui prit la tête, l'embrassa longuement, le regarda une minute, et dit :

— Ainsi, c'est vrai, tu es mon frère !

Il y eut un silence pendant lequel les deux jeunes gens
se regardèrent : il semblait que la nature protestait en
eux contre cette révélation. Burdin dit :

— Allons, ça va mieux, mâtin ! Allons, mes enfants, à
table !

FIN DE LA PREMIÈRE PARTIE.

DEUXIÈME PARTIE

Mademoiselle Beau-Sourire.

I

UNE FOURNÉE D'INVITÉS AU CHATEAU DU TEUIL.

Un train direct composé de voitures de première et de seconde classes s'arrêta vers trois heures dans la gare de Poissy; tous les voyageurs descendant des premières classes composaient ce que l'on nommait assez cavalièrement « une fournée d'invités. »

Les voyageurs des secondes étaient les valets et femmes de chambre des invités.

L'intendant du château vint recevoir les hôtes du duc de Lerins; il les conduisit à la place où stationnaient les chars-à-bancs et les calèches; un peu en arrière étaient rangés les omnibus, les fourgons et les pourvoyeurs, pour la livrée et les bagages.

Les voitures furent prises d'assaut, et quelques minutes après les postillons à perruque poudrée, vêtus de la petite veste bleue à retroussis rouge, de la culotte de peau jaune, chaussés de grosses bottes et coiffés du chapeau verni, firent entendre le clic-clac; les chevaux enlevés entraînaient la « fournée » dans un nuage de poussière. Les invités avaient à peine eu le temps de s'installer sur les coussins, que déjà les équipages tournaient dans la cour d'honneur et venaient s'arrêter devant le perron.

Là commençait le spectacle agréable pour les hôtes que

les finesses du duc excentrique allait inviter jusque dans la bonne bourgeoisie des quartiers où il avait des exploitations.

Le propriétaire du magasin de quincaillerie de la *Clef d'Or* (usine dans la Meuse) se serrait près de sa voisine du *Fil de la Vierge,* coton-fil et soie (filature à Lille et à Roubaix). Leurs yeux s'écarquillaient sur la livrée qui s'étalait, sur deux rangs, dans l'immense vestibule. Les grands gars solides se dressaient froids dans leur costume splendide : l'habit bleu surchargé de galons et de boutons d'or, s'élargissant sous la poitrine pour laisser voir le gilet rouge ; la culotte de velours de même couleur, serrant la jambe épaisse, jarretée au-dessous du genou ; le mollet gras, le pied épais dans les petits souliers à boucles d'or. La livrée du château ne portait pas perruque, les cheveux étaient poudrés à vif.

Le suisse, la hallebarde à la main, se dressait tout gonflé sous son vaste chapeau garni de plumes frisées.

Les invités traversèrent rapidement le vestibule, et furent aussitôt dirigés vers leurs appartements, — la fête commençait pour les femmes, — on allait faire la première toilette pour le dîner.

Les flâneurs de la ville, bien que les voitures fussent reparties, restaient groupés sur la place, tenus à distance par les deux suisses... Ils attendaient, et cette attente ne fut pas trompée, un des suisses courut vers la loge où se tenait la livrée, et cria :

— Monsieur le duc !

La porte s'ouvrit aussitôt, les laquais s'éloignèrent, et une voiture entra dans la cour du château.

Le duc de Lerins conduisait lui-même un duc très-bas attelé de deux chevaux magnifiques ; il était accompagné de son cocher particulier. Il descendit lourdement de voiture, gagna péniblement le perron, qu'il monta lentement ; la porte du vestibule s'ouvrit, et les laquais s'inclinèrent bas devant celui dont l'immense fortune et l'excentricité occupaient tout Paris.

Le calme revint aussitôt dans la cour d'honneur ; les

curieux, infatigables, se dirigèrent alors vers la cour des
cuisines ; là régnait un mouvement extraordinaire, plus
bruyant que celui de l'autre côté. Les gens de service
étaient occupés à décharger des voitures, et s'interpellaient de curieuse façon en raison de la besogne à laquelle ils étaient employés.

— Eh ! de Verneuil, passe-moi cette malle.

— Madame de Montmorency, prenez-donc ce sac.

— Général, vous allez tomber... Faites donc attention ;
vous écrasez mes cartons.

— Eh ! comte, aide-moi à porter ces paquets.

— Marquise, votre malle s'ouvre.

Quelques niais, parmi les flâneurs, disaient bien :

— Ça ne fait rien, ils ne sont pas fiers, ceux-là.

Inutile de dire que ces gens s'interpellaient par le nom
sous lequel ils se connaissaient : celui de leur maître.
Puis, c'était une habitude prise par eux ; aussi la réponse
d'un valet de chambre inconnu de cette « *trèpe* » fut-elle
accueillie par les rires bruyants et dédaigneux de tous.

— Comment vous appelez-vous ?

— Geoffroy.

— Geoffroy de quoi ? de qui ? d'où ?

— De Paris, pardi !

— Ah ! ah ! c'est du panage...

— Geoffroy de *la Clef-d'Or*, quincaillerie, rue Saint-
Denis.

A cette réponse, la valetaille s'était regardée, et après
un haussement d'épaules on avait abandonné Geoffroy
de la Clef-d'Or à son malheureux sort ; il avait dû seul
décharger ses paquets, il était taré.

Bientôt les dames descendirent, on espérait être des
premiers à saluer le cher duc, mais le jour d'arrivée des
invités était réservé, ce jour on dînait en famille.

Une invitée que nous connaissons avait été mise au
courant de cet usage, et s'était décidée à rester toute la
journée chez elle. C'était la belle Hélène de Cantrel.

A peine était-elle installée dans son appartement, la
femme de chambre de la marquise entra.

— Madame la marquise veut-elle recevoir ? demanda-t-elle.

— Qui peut venir?

— Mme Renée du Teuil, qui a pu prolonger son séjour pour rester avec vous les huit jours que vous devez passer au château.

— La comtesse... bien, faites entrer.

La soubrette sortit et introduisit aussitôt une élégante jeune femme qui paraissait âgée de vingt-cinq ans. Un observateur attentif lui aurait donné cinq ou six ans de plus.

— Madame n'a pas besoin de moi? demanda la femme de chambre, impatiente d'aller s'installer à son tour.

— Non, non! laissez-nous.

Elle sortit, et les deux jeunes femmes s'embrassèrent joyeusement.

— Comment, Renée, tu restes huit jours encore...

— Mais oui, pour toi.

— Oh! que c'est aimable à toi.

— Ce n'est pas sans peine, sans bassesse, va; mais c'est la première fois que tu viens ici, et je n'ai pas voulu te laisser seule.

— Toujours bonne.

— Causons sérieusement.

— Si tu veux.

— Eh bien! nous avons donc rompu notre chaîne conjugale; les petits amours de la rue de Lille sont donc gelés?

— Rompu, non, ma chère Renée; c'est une leçon que je veux donner au marquis.

— Tu as bien fait, ma chère; tu n'as eu qu'un tort: te décider trop tard; depuis si longtemps que je te propose fêtes, bals, concerts, toujours des refus. Est-il possible que tu sois restée un tel temps enfermée chez toi, vivant en recluse dans ce grand hôtel glacial? Tu n'existais que pour ton monstre de mari; et l'ingrat, t'en savait-il gré?

— Ne parlons pas de ça.

— Que j'ai été heureuse et surprise en recevant ta lettre !
Et je me suis hâtée, craignant que tu ne changeasses
d'avis. Tu rompais ton ban, tu secouais tes chaînes. Et
tu verras comme c'est bon d'être aimée... comme ça
change d'un mari !

— Mais veux-tu te taire, folle !

— Je ne suis pas folle, ma chère Hélène, je suis raisonnable ; la raison n'est pas de se cloîtrer, de se déta-
cher du monde pour les caprices d'un homme qui ne se
donne seulement pas la peine de cacher qu'il ne vous
aime plus... ou qu'il en aime une autre.

— Qui t'a dit cela ? demanda Hélène confuse.

— Mais ma pauvre petite marquise aimée, toi seule ne
le savais pas, mais c'est tout le monde...

— Hélas ! fit la marquise songeuse.

— Tu vois bien !

Tout cela avait été débité gaiement, en riant même,
par la belle marquise Renée du Teuil... Tout à coup devenant sérieuse en voyant l'air songeur de son amie, elle
s'assit devant elle et la regardant bien en face, lui prenant les deux mains, elle lui dit :

— Allons, Hélène, il y a eu quelque chose de grave,
chez toi... Conte cela à ta vieille amie... Ce n'est pas
pour rien qu'on change la vie menée depuis quinze ans...
Hélène, qu'as-tu ?

— Moi, rien ! répondit la marquise, dont les paupières
devinrent humides sous le regard sympathiquement in-
quisitorial de Renée.

— Est-ce si grave, si désespéré qu'il doive y avoir un
secret entre nous ?...

— Je t'en supplie, Renée, ma chère amie, ne m'interroge pas... je ne veux rien dire, tu sais ce que tu dois savoir... trop déjà...

— A ton aise, mais ne pleure pas... au moins ici...
passe devant moi... mais essuie vite tes yeux... oh ! si on
voyait ça !...

Hélène essaya un sourire, et Renée continua :

— Je suis ici ton amie, ton guide... pas d'enfantillage...

Je sais trop déjà... Je sais que tu es la plus adorable de
femmes, que tu as été la plus adorée et que tu es restée
toi, — jusqu'à la semaine passée au moins, — toujour
éprise du marquis ton mari... J'ai pensé, j'ai craint même
que le dépit de l'abandon... de la négligence de ton mar
eût fait place à une nouvelle passion que tu devais revoi
ici.

— Oh ! Renée...

— J'ai pensé aussi que, dans ta candeur, tu voulais
pour effrayer ton mari, avoir l'air de te lancer dans la vi
à grandes guides...

Renée observait; Hélène soupira; les paroles de so
amie lui rappelaient sa tentative mortifiante et infruc
tueuse; elle savait que tout rapprochement était désor
mais impossible avec le marquis. Les femmes du carac
tère d'Hélène pouvaient oublier une infidélité, mais ja
mais pardonner une injure.

Elle se tut.

— Décidément, dit Renée en faisant la moue, tu n
veux pas répondre à ton amie. Je ne t'en veux pas
ajouta-t-elle en l'embrassant, mais souviens-toi de ceci
si tu te trouves entraînée dans quelque... aventure, con
sulte-moi, je suis de bon conseil. Je t'épargnerai, à toi
novice dans cette société, bien des peines. Je connais tou
le monde ici, et je suis très-bien... le duc dit que j'ai les
plus belles épaules... il s'y connaît, tu verras... Tu as des
robes bien décolletées au moins... Ecoute bien ta petite
amie, Hélène ; je t'empêcherai de faire des sottises... ou
je les ferai avec toi... Au revoir...

Elle embrassa son amie.

— Tu me conteras le secret... ce qui a tout rompu.

— Oui... je te le promets... un de ces soirs...

— Je t'embrasse encore pour cette bonne réponse...
Tu verras quels précieux conseils je te donnerai. Il est
plus de quatre heures, je te laisse, il faut songer à nos
toilettes... Tu sais, simple ce soir, il faut se ménager...
il vient de si drôle de monde ici... au revoir, à tout à
l'heure.

Et la belle Renée se sauva.

Hélène resta quelques minutes près de la fenêtre, pensive, les yeux fixés sur le parc, ne voyant pas. Puis, sortant avec un soubresaut de sa rêverie, elle sonna.

— Que veut madame ? demanda la soubrette.

— Faites venir Lise, habillez-moi et coiffez-moi.

Le voyage avait-il surexcité la sensibilité nerveuse d'Hélène, ou la conversation avec son amie l'avait-elle impatientée ?... Ce qui était vrai, c'est qu'Anna, sa femme de chambre, n'avait jamais vu la marquise aussi sèche, aussi agacée, aussi difficile pour sa coiffure et ses ajustements...

— Heureusement, pensait la soubrette, nous ne sommes ici que pour huit jours...

Elle allait encore faire recommencer sa coiffure, les femmes de chambre furent sauvées par la belle comtesse Renée, qui, passant sa tête intelligente entre les tentures de la porte, lui dit :

— Eh bien ! Hélène, nous allons être en retard... vite, il faut descendre, tu es dix fois trop belle pour ces gens-là.

Et la comtesse entraîna son amie.

II

UNE GRANDE CHASSE.

Quatre jours après, après le bal, le théâtre et la promenade, c'était la chasse, car chaque journée, au Teuil, avait un programme nouveau.

Le rendez-vous avait été fixé au rond-point-royal ; on

se figure aisément un cirque immense, entouré de chênes
et de hêtres séculaires. Les troncs noueux semblaient de
hauts piliers, les branches tortueuses soutenaient comme
autant de cariatides le dôme feuillu des vieux arbres.
Glissant dans les feuilles rougies par l'automne, le soleil
se tamisait comme à travers les vitraux multicolores
d'une chapelle, venant dessiner sur la poussière mille
étranges et lumineuses arabesques.

Le bois avait *été fait* dès quatre heures du matin, par
le meilleur valet de limiers menant le chien favori ; la bête
était détournée. Une superbe bête avait été laissée dans
l'enceinte de la .chasse et, de crainte d'accident, par
mesure de précaution, une jeune bête avait également
été cernée.

A dix heures, la vénerie était à son poste, et c'était
déjà un curieux spectacle, sous le rouge soleil d'automne : les piqueurs à cheval vêtus de l'habit à la fran-
çaise, bleu, bordé de trois galons, deux d'or, un d'argent,
le chapeau lampion, également galonné, placé en bataille
sur la tête, la culotte et les bottes, à la ceinture or et
argent pendaient le fouet et le couteau de chasse ; quel-
ques-uns des piqueurs tenaient en laisse de superbes
relais — relais volants — de six à huit chiens biter, aux
côtes puissantes, narines larges, oreilles pendantes, et la
queue impatiente ; ils reniflaient du nez, mais étaient
muets, ce qui indiquait une bonne éducation, c'est-à-dire
de nombreux coups de fouet reçus. Les autres piqueurs
portaient la trompe en sautoir, et le soleil scintillait dans
les larges pavillons.

Les valets de chiens à pied portaient le même costume,
mais avec des bas montant au-dessus du genou et atta-
chés par des jarretières toujours à trois galons ; les valets
de limiers seuls portaient des guêtres.

Sur le flanc des chiens, un fer rouge avait marqué une
grande L, barrée par le milieu. Ce signe servait à reconnaître les traînards, qui souvent, après une grande chasse,
se trouvaient à trois ou quatre lieues du chenil.

Puis des valets à la livrée du duc, tenant en main des

chevaux de selle, et, se promenant, digne, grave, au milieu du rond-point, le premier piqueur de vénerie.

Tout ce monde était calme, patient, causant bas, riant d'avance des chasseurs d'occasion qu'ils allaient conduire. Tout à coup, chacun reprit hâtivement sa place. Ventre à terre, débouchant d'une route, un postillon arrivait, il s'arrêta net au milieu du rond-point, son cheval piqua des quatre pieds ; le corps rejeté en arrière, s'appuyant sur ses étriers, le postillon dit :

— Monsieur le duc !

Les sonneurs formèrent un demi-cercle et donnèrent du cor-fanfare d'appel que répétaient les échos.

On entendait au loin le bruit des grelots et des roues — les chiens impatients donnèrent de la voix, et les fouets claquant firent mêler à ce vacarme le hurlement des pauvres bêtes.

La famille du duc occupait la première voiture ; toutes celles qui suivaient se vidèrent rapidement... On causa quelques instants... une minute après, tout le monde était à cheval.

Les invités se mirent en marche groupés autour du duc ; puis en arrière venait le groupe d'invités revêtus de costumes de fantaisie.

Le premier piqueur ayant fait son rapport, la belle comtesse Renée du Teuil donna le signal, le lancé fut sonné... la chasse commençait.

Les chiens découplés firent retentir la forêt de leurs aboiements soutenus, en se précipitant sous bois.

Parmi les femmes qui suivaient la chasse, on avait remarqué près de la belle comtesse Renée, une jeune amazone admirablement belle. Le duc lui avait dit qu'il était heureux de l'avoir parmi ses invités. Cette gracieuse amazone, que chacune regardait avec envie, était la marquise Hélène de Cantrel.

A ses côtés était venu se placer un cavalier accompli, le comte Tarand de Montrose, amené chez le duc par un ami de la maison ; c'était, avait dit ce dernier en le présentant au duc, un riche personnage, voulant s'occuper d'affaires; il désirait obtenir une concession de terrains appartenant au duc. Il était, du reste, parfaitement inconnu de tout le monde. Il est inutile de dire que l'ami avait obtenu la promesse d'un poste supérieur si l'affaire réussissait.

Hélène, le jour de son arrivée, avait été placée, au dîner, en face du comte Tarand de Montrose. Et depuis quatre jours, chaque fois qu'elle avait levé les yeux, elle avait trouvé attaché sur les siens le regard enflammé du comte, et ce regard magnétique troublait la marquise; à cette heure, galopant près d'elle, la belle Hélène se trouvait gênée, et cependant heureuse.

Tarand de Montrose parlait rarement à la jeune femme : les conversations sont difficiles au galop; mais chaque fois qu'il lui adressait la parole, sa voix douce, persuasive, lui allait au cœur, et Hélène se sentait troublée plus qu'elle ne voulait se l'avouer.

On courait sous les grands arbres depuis une heure environ, la marquise, un peu fatiguée, mit son cheval au pas; Tarand de Montrose fit prendre cette allure à sa monture.

Ils furent alors rejoints par l'ami qui avait présenté le comte; celui-ci dut le suivre quelque temps.

Hélène s'était rangée de côté, sous bois.

Lorsque Montrose revint après avoir quitté son compagnon, la marquise avait disparu. Montrose se dressa sur ses étriers, cherchant au plus loin où portait son regard, essayant de percer l'épaisseur des taillis. Rien !

Tout à coup il lui sembla voir passer dans les feuilles le voile bleue de la belle marquise... Il partit au galop.

Le cheval de la marquise de Cantrel s'était emporté, pris de peur en voyant déboucher subitement le cerf suivi de la meute hurlante; il filait rapidement, s'emballant; Hélène était impuissante à maîtriser la course folle de sa bête, course activée de minute en minute par les branches des basses futaies qui fouaillaient au passage l'animal furieux.

Hélène se raidit dans un mouvement nerveux; la douleur qu'imprima le mors ne servit qu'à augmenter les fureurs du cheval, qui fit un saut prodigieux. Les branches, basses en cet endroit, pouvaient frapper mortellement Mᵐᵉ de Cantrel; impuissante à se diriger, affolée de terreur, elle fit un dernier effort, et prête à s'évanouir elle ferma les yeux.

Son cheval s'arrêta net, en donnant une forte secousse, et cependant elle se sentit alors doucement enlevée et posée à terre. Le comte Tarand de Montrose était à côté d'elle, lui mouillant les tempes d'un baume qu'il portait sur lui.

Pour sauver la belle marquise, le comte s'était jeté au-devant du cheval emporté, et l'avait vigoureusement saisi par les naseaux. C'était une action qui prouvait à la fois une force, une adresse et un courage peu communs.

La marquise de Cantrel s'était évanouie; mais elle reprit vite connaissance; et quand le comte lui demanda :

— Vous sentez-vous mieux, madame? N'avez-vous pas été blessée?

Elle répondit :

— Je suis mieux... Dieu ! que j'ai eu peur !

— Vous sentez-vous assez forte pour reprendre la chasse ?

Hélène ne sembla pas comprendre et elle jeta un regard effrayé sur son cheval.

— Il est calme et dompté, dit en souriant le comte, et au reste je suis là.

— C'est vrai, monsieur, et je ne vous ai pas remercié... Cependant je vous dois la vie.

Le comte ne répondit pas, son regard se fixa sur celui d'Hélène, et la jeune femme rougissante baissa les yeux et dit vivement :

— Monsieur, hâtons-nous, il faut que nous rejoignions la chasse.

— Je suis à vos ordres, madame.

Aidée par le comte, elle remonta sur son cheval. Tarand était sauté en selle, penchant la tête, tendant l'oreille pour savoir de quel côté se trouvait la chasse.

— Veuillez, madame, vous approcher de moi, nous devons nous diriger à travers bois.

Hélène obéit ; Tarand tendait son bras devant elle pour écarter les branches ; deux ou trois fois ils se trouvèrent serrés l'un près de l'autre, et à chaque frôlement, la belle marquise avait un tressaillement involontaire, ses joues s'empourpraient et son regard se voilait.

En quelques minutes, ils furent aux grands étangs.

Le cerf se débattait avec peine au milieu de l'eau. Les chiens acharnés le faisaient presque disparaître sous eux ; la tête seule apparaissait dominant la meute grouillante.

— Ils vont le noyer, dit Montrose en haussant les épaules, au lieu d'une chasse, nous allons assister à une pêche.

Un garde passa une carabine au premier veneur... le premier veneur tira, et le cerf fut manqué... Tarand de Montrose eut encore un haussement d'épaules. Les chiens redoublèrent de rage ; ce ne fut plus qu'à de rares instants que le cerf apparaissait encore. L'ami qui pilotait le comte vint près de lui :

— Mon cher comte, vous à qui j'ai vu faire des merveilles comme tireur, tuez-nous donc cette maudite bête.

— Mais je ne le puis ici.

— Que si !

On alla demander l'assentiment du duc, qui acquiesça de la tête, un piqueur passa une carabine à Montrose, un valet vint tenir son cheval pour qu'il descendît.

— C'est inutile.

Il prit l'arme, la visita d'un coup d'œil, il visa rapidement, le coup partit. La balle, pénétrant par l'œil, était restée dans le crâne. L'animal ne bougea plus. La mort fut sonnée. Les piqueurs et les valets sortirent la bête de l'eau, pendant qu'on rattachait les chiens.

Un déjeuner magnifique attendait les chasseurs ; une immense table entourée de pliants était dressée sous les grands arbres ; Tarand de Montrose se trouva placé près de la marquise. Personne, quoique Mme de Cantrel fût admirablement belle, n'avait cherché à occuper le pliant resté vide à côté d'elle.

Tarand de Montrose avait en quelque sorte pris possession d'elle ; du reste, nous l'avons dit, comme Tarand, la marquise était inconnue au Teuil. Leur retour ensemble lorsqu'ils étaient revenus aux Étangs avait été remarqué ; et chacun avait conclu que ces deux personnes, — qui s'étaient à peine vues la veille, — vivaient dans la plus parfaite intelligence. C'est ainsi souvent que se portent les plus graves jugements.

Le déjeuner terminé, on revint vers la ville. La marquise était pensive ; sous son voile, on ne pouvait heureusement voir l'éclat étrange de son regard, l'animation de ses traits... C'est qu'un monde de pensées nouvelles envahissait son cerveau... ou peut-être un rêve longtemps caressé se réalisait.

III

LA CURÉE AUX FLAMBEAUX.

Montrose avait abandonné près d'Hélène sa première attitude, ses yeux ardents d'amour étaient suppliants ; il avait dompté le côté farouche de sa nature, et, souple et obséquieux auprès de la marquise, il cherchait à prévenir ses moindres désirs.

Le soir, il y avait au château grand dîner de cent couverts. La salle à manger présentait un spectacle merveilleux. Le service, tout en vermeil, resplendissait à l'éclat des bougies, des candélabres et des lustres ; les cristaux et les porcelaines montées étincelaient ; les verres, grou-

pés par six devant chaque convive, étaient de mousseline
et vibraient aux moindres chocs ; dorés et chiffrés à l'ini-
tiale du duc surmontée d'une couronne, ils formaient
une longue ligne d'or sur la nappe longue et lustrée. Les
corbeilles, pleines de fleurs aux parfums doux, jetaient
de douces senteurs dans la vaste salle. Les fumées des
plats, la senteur âpre des écrevisses se mêlaient aux fraî-
cheurs du parfum des fleurs.

Les femmes, décolletées bas, montraient leurs épaules
blanches et leurs cous gracieux où scintillaient la nacre
des perles et les facettes des diamants. Les hommes en
uniforme — pour la plupart — entrant dans la salle à
manger, eurent une explosion de satisfaction... il faisait
gai et *faim* dans la grande salle. Quand tout le monde
eut trouvé son nom écrit sur le revers de la carte du me-
nu, il y eut un grand froufrou de soie, et un grand bruit
de chaises. Chacun s'assit. Les épaules nues encadrées de
dentelles, scintillantes de diamants, les lourdes épaulettes
d'or, les habits noirs tout constellés d'ordres de cheva-
lerie, formaient autour de la grande table une étincelante
ceinture. En même temps que le service commençait,
au milieu des petits rires, des chuchotements des hommes, une musique douce, placée dans une pièce voisine,
se fit entendre.

Une malice ou le hasard avait placé la marquise de
Cantrel à côté du comte Tarand de Montrose, et près de
lui Renée du Teuil, l'amie de la marquise, qui se faisait
un malin plaisir d'occuper presque exclusivement le
comte. Cet or, ces parfums, ce bruissement, cette musique, montaient au cerveau d'Hélène, qui se sentait
comme prise de fièvre.

Les convives étaient trop nombreux pour que la conversation pût devenir générale... Au reste, tout le monde
était occupé du service.

Des maîtres d'hôtel, placés de distance en distance,
surveillaient le service, graves comme des diplomates,
dirigeant à chaque entrée et à chaque relevé le changement des vins. Chaque plat enlevé de la table était porté

aux deux extrémités de la salle, où il était découpé ; des
valets de pied gantés, faisaient doucement le tour de la
table, le mets découpé, porté dans un plat de vermeil,
l'offrant bas par son nom... Et malgré la musique, le
bruit dominant était celui du cliquetis des fourchettes et
des couteaux sur les assiettes.

Hélène venait d'adresser pour la seconde fois la parole
à Montrose et celui-ci ne paraissait pas l'avoir entendue,
occupé qu'il était à répondre à Mme Renée du Teuil. Hélène parut froissée. Renée s'en aperçut.

— Mais répondez donc à Mme de Cantrel, dit-elle en
riant, ou vous allez me brouiller avec elle.

Montrose, pour se faire pardonner, s'excusa et redevint
galant avec la jeune marquise, dont le front se rasséréna
aussitôt.

Hélène et Montrose, sans le savoir, ou du moins sans
avoir paru s'en douter, avaient éveillé la curiosité des
invités, la plupart habitués de la cour.

On avait interrogé. Renée, amie intime de plusieurs
hauts personnages du château, s'était portée marraine
d'Hélène ; c'est elle qui l'avait fait inviter. Toutes les cu-
riosités s'étaient alors reportées sur le comte Tarand de
Montrose, qu'un moment on avait vu causer particulièrement avec l'empereur.

— Mais ce comte de Montrose ? avait-on demandé à
Renée.

Ne sachant rien, elle n'avait pu répondre, au grand dé-
sappointement des curieux. On avait remarqué — que ne
remarque-t-on pas dans le monde ? — l'apparente inti-
mité qui paraissait exister entre Hélène et le comte ;
aussi avait-on été surpris du silence de Renée, que l'on
savait déjà être l'amie intime de la marquise.

On s'était rejeté sur le fonctionnaire ; il devait savoir
quelque chose. Il avait été assailli de questions : D'où
vient Montrose, qu'est Montrose ? Que fait Montrose ?...

— Le comte Tarand de Montrose, c'est un homme riche, répondit-il, très-riche ; il arrive d'Amérique, il n'est
pas encore chez lui, il occupe encore un somptueux ap-

8

partement du Grand-Hôtel... en attendant que l'hôtel
qu'il fait construire avenue de l'Impératrice soit habita-
ble ; il a des chevaux magnifiques, et je le crois capable
d'avoir plusieurs millions de rente.

— Sur quoi basez-vous cette supposition ?

— Il y a trois jours, au cercle, il a perdu presque cent
mille francs, sans sourciller.

On s'était tu... Il avait de suffisants titres de noblesse :
ses titres de rentes.

Un homme perdant cent mille francs devait être un
grand personnage ; on n'avait plus questionné autrement
le haut fonctionnaire, qui, du reste, n'en savait pas davantage.

Le dîner était terminé. Tout le monde se leva ; les valets de pied reculèrent les chaises et les invités se dirigèrent vers un salon donnant sur la cour d'honneur.

Montrose, pour regagner le salon où l'on devait servir
le café, avait pris délicatement les doigts de la marquise
pour poser sa main sur son bras. La pression des doigts
lui fit lever les yeux, leurs regards se croisèrent et la
jeune femme se sentit troublée ; elle subissait malgré elle
l'influence d'un homme qu'elle connaissait à peine depuis
quatre jours.

— Quelle puissance a donc cet homme ? pensait-elle ;
son regard me trouble... Est-ce cette chasse, ce bruit, qui
me rendent si impressionnable ? A peine les invités étaient-
ils réunis dans le salon qu'une fanfare se fit entendre.
Montrose conduisait Mme de Cantrel vers une fenêtre, à
l'extrémité du salon, perdue dans l'ombre de grands rideaux. Là, au milieu de cent personnes, ils se trouvaient
presque isolés. Hélène se recula, et, s'accoudant sur la
rampe de la fenêtre, elle parut se livrer tout entière à la
contemplation du spectacle qui s'étalait devant elle.

La cour d'honneur présentait à cette heure un coup-
d'œil féerique : quatre-vingts laquais, en grande livrée,
tête nue, tenaient à la main des torchères dans lesquelles
brûlaient de la résine et de l'esprit-de-vin, ces flambeaux
répandaient une clarté bleuâtre qui illuminait toute la

cour. Ces quatre-vingts candélabres vivants formaient un fer à cheval, dont l'ouverture se trouvait vers la grille.

Une vingtaine de sonneurs de trompe, rangés en ligne, attaquèrent un air vigoureux. Un peu en avant des sonneurs, toute la meute, libre maintenant, seulement maintenue par des valets de chiens dont les fouets vigilants rappelaient à l'ordre les imprudents, voulait s'élancer.

Au pied du perron, le premier piqueur, ayant à ses côtés deux sous-piqueurs et en arrière un valet de chiens, masquant le cerf tué le matin dont on voyait passer les perches. Le piqueur agita la tête de l'animal, en donnant une apparence de vie à ses dépouilles, alors tous les chiens se mirent à crier avec fureur. Une joyeuse fanfare retentit, les chiens s'élancèrent et vinrent frôler le cerf, puis ils se replièrent en donnant de la voix vers la grille.

Quelques jeunes chiens, emportés par la fougue, ne rentrèrent pas assez vite dans les rangs et furent fouaillés d'importance. Trois fois, au même signal, ils avancèrent ainsi.

A la troisième fois, à un coup frappé à terre par un sous-piqueur, toute la meute s'élança, pêle-mêle, hurlante, sur les débris du cerf recouverts par la peau, qui avait été brusquement enlevée par le premier piqueur tenant la tête et le valet de chiens tenant la queue. La curée ne fut pas longue.

Une nouvelle sonnerie se fit entendre : le bonsoir; et les chiens se retirèrent, échangeant entre eux quelques coups de crocs.

La foule de curieux qui avait envahi la cour s'écoula lentement, et bientôt le plus profond silence régna.

A la fenêtre, le comte, près de la marquise accoudée, lui avait tendrement parlé, et Hélène avait écouté sans qu'un mot la fâchât, mais avec le silence, l'embarras de sa situation lui revint; elle voulut rentrer dans le salon. Le comte lui prit la main; dans un mouvement qu'elle fit pour soulever le rideau, elle baissa la tête, et sentit sur son front l'haleine tiède de Montrose; il lui sembla même qu'il avait baisé ses cheveux. Elle se dégagea vite, interdite, et s'éloigna toute palpitante.

Montrose resta près de la fenêtre, le front plissé, il murmura inquiet :

— Ne viens-je pas de faire une folie... et est-ce bien là le moyen de me faire aimer d'une telle femme?... Oui! il faut brusquer... c'est l'heure qu'il faut choisir...

Il réfléchit longuement; dans la nuit, son œil fauve avait d'étranges lueurs... Se parlant à lui-même, il disait :

— Il faut aller vite... brusquer tout... qui sait si je peux dire : à demain?...

Il rentra dans le salon, chercha Hélène... la jeune femme avait disparu.

Hélène s'était enfuie, toute tremblante d'émotion et presque de honte; elle était certaine que le comte avait embrassé ses cheveux, ce baiser la brûlait et faisait monter le rouge à son front... Pourquoi ne s'était-elle pas fâchée?... pourquoi n'avait-elle pas d'un mot écrasé l'impertinent? Elle n'y comprenait rien...

Elle arriva dans son appartement sans savoir quel chemin elle avait suivi; son cœur battait vite, ses yeux troublés voyaient à peine... Elle avait honte de sa journée. Elle se laissa tomber dans un fauteuil et elle fondit en larmes; puis, cette crise nerveuse un peu calmée, la tête appuyée sur sa main recourbée, elle se prit à réfléchir.

Sa conduite avait-elle été légère? Hélène avait beau chercher... rien dans ses souvenirs, rien ne se présentait à sa mémoire qui autorisât la façon d'agir de Montrose. Elle se souvint cependant qu'elle lui devait presque la vie... et cela pouvait autoriser certaine privauté... Puis elle pensa à son mari, et cette fois, ce fut un sourire méchant qui vint sur ses lèvres... et, par une transition rapide, sans qu'il y eût un choc dans sa pensée, elle dit en parlant de Montrose :

— C'est un homme singulier... Ce regard étrange..

S'il m'aimait vraiment? Tout à l'heure, sans avoir une
seule fois prononcé les mots, il m'a dit vingt fois : Je
t'aime... Drôle de mot! il y a si longtemps qu'il n'est venu
à mon oreille.

Et penchant la tête comme pour mieux entendre un
chant qui plaît, elle répéta :

— Je vous aime!... je vous aime!... Je t'aime!...

Et souriant à ses pensées, elle resta plongée dans une
longue rêverie.

La marquise fut tirée de sa méditation par des pas lé-
gers, on marchait chez elle avec précaution.

— C'est vous, Anna? demanda-t-elle.

On ne répondit pas. Hélène était femme, le grand silence qui succéda au tapage de la soirée l'effrayait, elle
eut peur, et ayant une seconde fois demandé :

— Anna... est-ce vous?

Elle se leva rapidement et courut vers la sonnette; elle
allait appeler, lorsque tout à coup un homme se plaça
devant elle, lui prit la main déjà levée pour sonner, et
pour arrêter sur ses lèvres le cri d'effroi qui s'en échappait, il lui dit doucement et d'une voix suppliante :

— N'appelez pas, madame... ne craignez rien.

Hélène, effrayée d'abord, se recula, et, hautaine et sé-
wère, elle dit aussitôt :

— Comment! vous ici, monsieur?... Vous! De quel
droit osez-vous venir à cette heure chez moi? Monsieur,
cette visite, cette poursuite sont indignes d'un galant
homme.

— Je mérite cette sévérité; pardonnez-moi.

— Vous venez me prier de pardonner l'outrage que
vous m'avez fait subir? mais, monsieur, vous l'augmentez
par votre visite à cette heure... Retirez-vous, monsieur...
retirez-vous, ou j'appelle.

Tarand de Montrose garda son attitude suppliante;
mais il resta impassible.

Hélène, d'un geste hautain, lui montra la porte. Montrose, les yeux baissés, refusait de voir et ne semblait pas
comprendre.

8.

— Sortez, dit enfin sèchement la marquise, sortez, monsieur, je vous l'ordonne.

Le comte releva les yeux, son regard se fixa sur la jeune femme, qui vainement chercha à en supporter la flamme, puis il dit :

— Sortir, non, madame... Vous me demandez l'explication de ma conduite, et vous avez pensé que je venais vous faire des excuses... non, madame, vous vous trompiez.

Hélène eut un mouvement, elle regarda le comte, étourdie de l'étrange façon dont il osait lui parler...Peut-être ces procédés farouches avaient-ils pour la marquise l'âpre saveur de l'inconnu.

— Non, madame, je ne viens pas vous demander pardon... continua Montrose avec feu, on ne peut s'excuser que d'une faute consciencieusement commise, mais près de vous, je n'ai plus mon libre arbitre... je ne sais quelle folie consume mon cerveau... Je vous ai vue, je vous ai admirée, je vous ai parlé et je vous ai aimée... Un instant, tout à l'heure, je me suis trouvé près de vous, vos cheveux, que la brise du soir soulevait, caressaient mon visage, leur parfum enivrait mon cerveau, et mes lèvres se tendaient à leurs caresses... Oh! madame, si vous saviez de quelle joie, de quelle ivresse mon âme a été remplie, lorsque j'ai senti que vous trembliez... Je n'étais plus un indifférent pour vous... j'avais commis une faute, vous ne me l'avez pas reprochée... vous aviez deviné que je vous aimais... vous ne me l'avez pas défendu... il est impossible qu'à cette heure, vous me chassiez comme un laquais.

Cette fois, Hélène sentit courir dans son corps un froid glacial, elle eut véritablement peur. La façon claire, audacieuse, et galamment brutale avec laquelle le comte s'expliquait, lui fit craindre d'avoir été trop légère pendant ces quatre jours. Elle fit un effort pour cacher son trouble, et riant elle dit :

— Monsieur le comte, votre façon de vous défendre, de vous excuser... est presque une nouvelle attaque...

une coquette dirait une nouvelle impertinence....

— Madame, il est un mot que vous ne pouvez vous refuser d'entendre, un mot qui brûle mes lèvres...madame,
je vous aime... je vous aime!...

Et en disant ces mots Montrose tombait à ses genoux,
et se traînait aux pieds de la marquise, qui, émue, interdite, se taisait, stupéfaite de la brutalité de la déclaration
et cherchait vainement à grimacer un rire... mais le rire
s'éteignait dans sa gorge, elle suffoquait et ne pouvait
dissimuler l'émotion véritable qu'elle éprouvait à cette
voix, que quelques minutes avant, dans ses rêves, elle
entendait comme un chant sublime répéter les mêmes mots... Montrose se traînait sur le tapis, suppliant :

— Madame, je suis un rustre, peu habitué au langage
composé de ceux qui vous entourent... je suis farouche,
brutal, incapable de supporter une résistance, et près de
vous, ma nature abrupte s'assouplit, je suis sans volonté...
prêt à obéir à la vôtre.

La marquise tenait sur son visage ses petites mains
fines, cachant le trouble que révélait le soulèvement précipité de son sein.

On l'aimait et cette douce chanson de l'amour entendue lorsqu'elle avait seize ans, cette chanson mélodieuse
revenait à ses oreilles, alors que tous ses sens développés
vibraient à chaque note. La belle marquise, nous l'avons
dit, n'avait eu qu'un amour dans sa vie, elle n'avait aimé
que son mari. Son éducation avait fait de son amour une
chose sainte, sacrée, qui vivait d'elle et devait mourir
avec elle. Cette affection sainte, son mari l'avait mépri-
sée, souillée... la reconnaissance au vœu de fidélité rempli avait été l'injure... Alors qu'elle se sentait belle, jeune
encore, qu'elle sentait en elle courir cette vigueur fou-
gueuse de la femme qui a passé la trentaine et dont la
beauté a vingt-cinq ans à peine, elle était abandonnée,
ridiculisée... Elle était belle, on ne le voyait plus; elle
voulait aimer, elle faisait rire... et son passé pur, sa vie
exemplaire, son nom respecté, faisaient d'elle une ma-

donc sainte !... et la marquise Hélène de Cantrel voulait être aimée.

Elle se trouvait sans force, sans volonté, devant l'amour brutal, passionné, d'un homme admirablement beau... d'un farouche, qui devenait doux devant elle... d'un timide — elle le croyait — qui devenait audacieux... Elle était heureuse du trouble que son regard avait apporté dans la nature d'un homme...

Le comte se traînant à ses genoux avait pris ses mains et les couvrait de baisers, répétant ses mots brûlants... elle avait peine déjà à retirer ses doigts fins des mains chaudes de Montrose... elle fit un effort, se recula vivement et dit d'un ton fâché...

— Relevez-vous, monsieur... relevez-vous... on peut venir... vous voir, vous entendre... je serais perdue...

— Moins que celui qui aurait ce malheur... car je le tuerais demain.

— Et croyez-vous qu'ainsi, je serais moins compromise?... Relevez-vous, monsieur, je le veux... je le veux !

Il y eut un silence de quelques minutes pendant lequel le comte, docile, se releva, semblant attendre un ordre de se retirer.

— Commandez, madame, j'obéirai.

— Je vous prie, monsieur, de vous retirer...

— Je me retire, madame. Et vous n'avez pas un mot d'espoir... pas un mot...

— Je vous répète, monsieur, ce que je vous ai dit... J'ai peur à chaque minute, je redoute que quelqu'un ne vous voie ici... Je suis sortie si précipitamment du salon, que je crains de voir arriver Mme du Teuil prendre de mes nouvelles.

— Je vous obéis, madame.

Et saluant obséquieusement, il se retirait à reculons. Il dit encore :

— Pas un mot ?

La marquise, tout heureuse de sa soumission, souriait; elle lui tendit la main, le comte la porta à ses lèvres et la baisa chaleureusement. Puis, la tête penchée, l'air suppliant, il attendait.

Hélène lui pressa la main et lui dit :

— A demain, au jour, nous reprendrons cet entre-tien.

— Merci !... je vous aime !... dit le comte, qui, après avoir envoyé un baiser à la belle marquise, disparut dans les longs couloirs, étouffant dans les tapis le bruit de ses pas.

Hélène, fiévreuse, troublée, rentra dans sa chambre; là, elle ferma les yeux, prit à deux mains sa poitrine et après un gros soupir, elle dit :

— Je suis perdue !

Puis un sourire s'étendit sur ses lèvres... Et vite, de ses doigts enfiévrés elle dégrafa sa robe, détacha ses jupes, et se glissa dans son lit...

Elle avait oublié de pousser le verrou de sa chambre, elle allait appeler sa femme de chambre... lorsqu'elle entendit le froufrou d'une robe de soie traînant sur le tapis dans le couloir silencieux, puis une petite quinte de toux très-faible, mais qui obligeait cependant la personne à s'arrêter discrètement à la porte avant de frapper.

Hélène reconnut son amie et murmura :

— Il était temps !

On frappa. D'une voix maladive, Hélène répondit :

— Entrez, Anna.

Mme Renée du Teuil entra en même temps qu'elle frappait... et voyant son amie au lit :

— Ah ! mon Dieu !... qu'as-tu donc, Hélène ?

— Une migraine atroce...

— Pauvre aimée... Je te laisse alors... et viendrai ha-biller demain... dors.

Et la gentille Mme du Teuil sortit... Dans le couloir, elle sait :

— Il sortait de chez elle... c'est bien grave... Pauvre irius !... Après tout, c'est sa faute !

Lorsque minuit sonna, la femme de chambre entra

doucement sur la pointe des pieds, pour préparer le cou
cher de la marquise. Elle fut étonnée en voyant Hélèn
déjà au lit; toute craintive, elle l'attendait. Elle vint de
mander les ordres, craignant d'être grondée... Il n'en fu
rien ; c'est d'une voix douce que la marquise de Cantr
lui dit :

— Anna, vous pouvez vous retirer... Fermez bien l
portes.

— Bon, pensa la soubrette, madame si sévère d'hab
tude, si douce ce soir!... Elle aura bientôt besoin de m
services.

IV

UN HOMME A LA MER.

Une nouvelle à sensation, qui avait jeté l'étonneme
dans le monde aristocratique et de laquelle on ava
voulu douter, courait depuis quelques jours les salons
les cercles :

Marius, le marquis de Cantrel, le sportsman élégan
allait se lancer dans l'industrie; il allait entreprendre d
affaires.

Quoi! ce brillant viveur, cet aristocrate au suprêm
degré, cet insouciant sceptique, ce marquis superb
allait faire une enseigne de son blason, il allait de s
doigts griffonner sur des papiers à timbre la signatu
sociale, faire du commerce enfin. La chose était impo
sible... et l'on parlait de mines.

Marius mineur! pourquoi pas charbonnier? Sur s
factures mettrait-il sa devise dans la jarretière entoura
les échantillons de ses produits : « Cœur pur, âme bla

che », avait dit un de ces messieurs du Jockey, ami du marquis.

Tout étrange que parût la nouvelle au tout Paris, elle était cependant vraie, une catastrophe avait seule pu réduire Marius à cette extrémité.

Marius avait perdu son père tout enfant encore, il était resté avec sa mère, noble et sainte femme d'une exquise douceur, dont le cœur aimant avait reporté tous les trésors de son affection sur ce fils unique ; et toute sa vie, il devait se ressentir de cette éducation féminine, qui rend l'homme faible et irrésolu.

Marius atteignait sa vingtième année, lorsque, se sentant attaquée par une maladie mortelle, elle recommanda se bien-aimé à son frère, le vieux marquis... et elle mourut dans les bras de son fils.

Marius, pendant quelques mois, ne voulut voir personne ; la présence seule de sa charmante cousine, qui devait être sa femme, apportait quelque calme à sa douleur profonde. Hélène, par de douces paroles, cherchait consoler Marius. On s'inquiéta de cette réclusion ; c'est alors que le vieux marquis permit à son neveu d'épouser sa cousine.

Hélène résolut d'apaiser la douleur qui minait son mari... et ce fut rapide : l'amour, à grands coups d'aile, écarta les longs voiles de deuil dont la demeure des jeunes époux était encore tendue.

Nous avons déjà raconté la naissance du fils d'Hélène ; la mort du vieux marquis dans l'hôtel de la rue de Lille... après un voyage en Italie, le jeune marquis songea à installer dignement sa femme dans le vieil hôtel. L'ameublement moderne, le choix des chevaux, des équipages... toute cette vie nouvelle le jeta dans un perpétuel mouvement.

Le jeune couple était de toutes les fêtes. Le marquis fut trouvé charmant par les femmes et un peu hautain sur les hommes ; Hélène fut entourée de nombreux adorateurs, mais son amour profond pour son mari la préservait de toute séduction ; aussi les femmes n'ayant pas

à redouter une rivale se mirent-elles à l'aimer réel
ment. Les jeunes mariés étaient parfaitement heureu

Dix mois après son mariage, la comtesse était deven
mère, ce qui avait été une grande joie pour Marius et
grand chagrin pour la jeune femme qui, coquette, cr
gnait de voir sombrer dans la maternité l'admiral
beauté qui la faisait la reine de toutes les fêtes.

L'enfant mourut, et la marquise n'aimait pas qu'on
rappelât qu'elle avait été mère.

Mais la vie commune avait rapidement amené la satié
et n'ayant plus entre eux le lien sacré : l'enfant, les de
époux se détachèrent. Le marquis laissa sa femme all
seule dans le monde et vécut avec ses amis. C'est alc
que la jeune marquise regretta son enfant, puis se repr
cha presque sa mort. Que n'aurait-elle pas donné po
être mère une seconde fois ! De quelle affection elle a
rait entouré son enfant ! Elle l'aurait élevé elle-mêm
Cette joie lui était refusée ; et la jeune femme voyait bi
que c'était le désir ardent de son mari ; elle sentait q
cela seul à cette heure ramènerait dans le ménage l'in
mité disparue.

Marius s'ennuyant chez lui, se laissa entraîner au ce
cle, il y soupa... puis il découcha ; Hélène chercha do
cement à le ramener, mais ce fut en vain... le marqui
pour se faire pardonner ses écarts, et pour dissimuler s
pertes, rapportait à sa femme un bijou, une parure.
cette vie dévorante, peu à peu les rentes furent insuff
santes, et des prêts onéreux obligèrent le marquis à en
tamer le capital.

L'intendant du marquis, homme d'une probité rare, os
faire quelques remontrances qui ne furent pas écoutées
il s'adressa timidement à la marquise et ne resta pas pe
stupéfait de cette réponse :

— Puissions-nous être bientôt ruinés !

Il y avait dix ans de cela, à l'époque où nous sommes
c'est-à-dire à l'heure où le bruit se répandit que le mar
quis de Cantrel allait se lancer dans l'industrie.

Un matin, Marius s'était réveillé la tête lourde, il avai

passé la nuit au cercle, — c'était quelque temps après sa rupture avec la marquise, — il avait joué, et il avait perdu, follement perdu presque cent mille francs, sur parole, et il n'avait pas cinquante louis chez lui.

Quelques jours avant, ayant subi une perte, moins considérable cependant, il s'était adressé à son notaire, et celui-ci lui avait dit :

— Monsieur le marquis, permettez-moi de vous donner un conseil : je suis un vieil ami de votre famille, vous le savez... eh bien ! je vous en prie, il en est temps encore, retirez-vous dans vos terres, vendez vos chevaux, votre hôtel, vendez tout, et vous pourrez alors être sauvé...

Marius avait pivoté sur ses talons, sans vouloir en entendre davantage, et répétait dans l'escalier la phrase de Frédérick Lemaître dans *Trente ans ou la Vie d'un Joueur :*

— Bah ! la fortune n'est pas toujours inconstante.

Ce matin, le marquis sonna son valet de chambre, il se fit habiller et commanda sa voiture ; bientôt prêt, il descendit et jeta au valet de pied l'adresse :

— Rue Saint-Honoré, numéro...

Les chevaux filèrent rapidement. Marius, pensif, mordait ses lèvres et tordait ses moustaches ; il semblait ennuyé de la course qu'il faisait. Les chevaux s'arrêtèrent devant une maison de modeste apparence. Marius entra, jeta un nom au concierge, qui répondit :

— Il y est, et mon épouse fait le ménage.

Le marquis monta lentement quatre étages, il frappa à une petite porte au fond d'un couloir obscur ; une vieille femme lui ouvrit aussitôt et le fit asseoir dans un cabinet-salon... pendant qu'elle allait prévenir M. Martin, qui se rasait dans la chambre voisine : les deux pièces et l'entrée composaient tout l'appartement.

La femme de ménage remit la carte du visiteur à celui qu'elle appelait M. Martin ; celui-ci, tout barbouillé de savon, posa le rasoir sur la table et plaça son binocle sur son nez ; il eut comme un soubresaut en lisant le nom du marquis, et se hâtant de se plonger la tête dans sa cuvette, quoique rasé d'un seul côté, il s'essuya bien vite, et enveloppé d'une robe de chambre sur laquelle l'usage avait largement mordu, il se précipita dans le cabinet au-devant de son visiteur.

— Monsieur le marquis, excusez-moi, je vous prie, l'heure matinale à laquelle vous me surprenez... je suis tout confus de ce négligé... et du désordre du salon... j'ai travaillé tard hier...

Le marquis eut un sourire et dit :

— Monsieur Martin de Chêne, j'ai à vous parler de choses sérieuses... Veuillez donc renvoyer votre bonne...

La femme du concierge, en entendant le nom de marquis, avait eu un tressaillement et son plumeau usé râtissait les cartons du *salon*. Sans l'intervention de Martin de Chêne, elle eût probablement épousseté le chapeau que le marquis avait placé sur le bureau. Congédiée par son locataire, elle se hâtait de descendre en disant :

— Un noble dans la maison... un noble, il faut que je le fasse voir à Gustave...

Contre l'usage, ce fut Marius qui, s'asseyant, indiqua un siége à Martin de Chêne ; celui-ci s'assit à son tour et attendit, attentif, que le marquis de Cantrel lui parlât.

Marius était embarrassé et ne savait comment commencer. Enfin, empoignant le taureau par les cornes, il dit vivement :

— Monsieur de Chêne, je viens voir si vous avez un résultat pour l'affaire que vous m'avez proposée... J'ai besoin d'argent... d'une somme énorme et qu'il me faut aujourd'hui... C'est assez de billets, je voudrais toucher sur l'affaire...

— Aujourd'hui, monsieur le marquis, vous seriez décidé à conclure cette affaire ?...

— A peu près, si je reçois la somme dont j'ai besoin.

— Et vous signeriez... pour le comité directeur ?...

— Je ferai... ce qu'il faudra..., dit Marius, ennuyé de ces demandes... Le point principal n'est pas là... J'ai besoin, ce soir, d'une somme assez forte... en acceptant ce que vous m'avez proposé...

— Je ne sais pas si je pourrai...

Marius eut un regard dédaigneux et reprit avec intention :

— Monsieur de Chêne, je vous demande si *les gens* qui vous ont chargé de me faire cette proposition peuvent me donner ce que je demande...

Martin de Chêne se mordit les lèvres et dit :

— Monsieur le marquis, il faudrait que je sache la somme.

— Cinq cent mille francs, dit négligemment Marius.

Assurément un ressort placé dans le coussin du siége occupé par Martin de Chêne ne l'aurait pas plus rapidement fait sauter que le chiffre qui était si doucement tombé des lèvres du marquis de Cantrel.

— Cinq cent mille francs!... répétait-il... et il fut obligé de passer la main sur ses yeux pour écarter les myriades de cercles multicolores qui l'éblouissaient.

— Eh bien ! qu'avez-vous?... Vous êtes venu me trouver... j'ai refusé de vous entendre; vous m'avez tant poursuivi, harcelé, que las j'ai consenti à écouter. Voici ce que l'on envoyait me proposer : mettre en actions une exploitation de mines de fer dans les propriétés que j'ai en Savoie. Ces propriétés, je vous ai éclairé à leur sujet, dix lieues de terrains montagneux, sol abrupte couvert de bruyères, improductif, pendant plusieurs mois couvert de neige... mauvais pour la culture, exécrable pour la chasse, — à part quelques ours, — sans rapport... Vous prétendez, ou du moins les gens qui vous ont envoyé vers moi assurent que les sources qui coulent dans ces terrains sont ferrugineuses, et de là ils concluent qu'il y a des gisements superbes... je n'ai rien nié... rien assuré... On me propose une Société au capital de vingt millions... je fais mon apport en terrain... aujourd'hui je suis prêt à accepter... mais montrez-moi que l'affaire que vous me proposez est sérieuse et faites-moi toucher aujourd'hui dessus...

— Cinq cent mille francs?... interrogea encore Martin de Chêne.

— Non, quatre-vingt mille francs ce soir, le reste en dix jours.

Martin de Chêne resta dans le même état... Quand le marquis avait dit : Quatre... comme il parlait lentement, il avait relevé la tête, espérant qu'il allait demander pour le jour même quatre mille francs... et du papier pour le reste... Oh! du papier, Martin de Chêne n'était pas embarrassé! Il faisait habituellement des affaires dans lesquelles, après avoir signé cent mille francs de valeurs, le souscripteur lui disait :

— Voilà tes cent mille francs; donne-moi cent sous pour aller dîner.

Et, cette fois, c'est sérieusement que le marquis disait ce chiffre, qu'il n'avait jamais rêvé autrement que sur le papier :

Cinq cent mille francs!

— Renoncez-vous à l'affaire? demanda Marius inquiet.

— Non! non! du moment où vous acceptez.

— J'accepte... oui! mais je ne garantis rien. S'il n'y a pas de minerai...

— Oh! cela n'est pas une affaire, dit tranquillement Martin de Chêne... S'il n'y en pas, on en mettra... ce qui est plus sûr et ce qui n'est utile qu'au commencement de l'exploitation, c'est-à-dire au lancement des actions...

Marius était stupéfait du calme avec lequel il expliquait sa *légale* friponnerie... mais sa nature honnête se révoltait :

— Finissons, dit-il; vous... et ces messieurs feront ce qu'ils voudront, je cède les terrains que vous prétendez exploitables... à la condition d'avoir ce que je vous demande, partie ce soir... et partie d'ici huit jours... est-ce possible?...

— Sous la condition de votre signature... pour le comité... pour le lancement...

— Comment cela?

— Oui... Ces messieurs... Nous devons faire publier l'affaire dans les feuilles à grand tirage... et votre nom... les nôtres...

Marius n'en entendit pas davantage ; il se leva et dit :

— Cher monsieur Martin, c'est de l'argent trop cher...

Et il sortit furieux.

Martin de Chêne cligna de l'œil, et se dit :

— Il reviendra ce soir... Je vais vivement finir ma toilette et prévenir Tarand... Mais pourra-t-il avancer quatre-vingt mille francs ?... Nous verrons bien... Monsieur le marquis, vous avez été sévère avec moi, nous verrons celui qui dansera le plus tôt... C'est ce soir qu'il faudra sauter, marquis !

Et le faiseur alla se barbouiller la figure et terminer sa barbe devant la petite glace fêlée qui pendait à l'espagnolette de sa fenêtre.

Marius avait regagné lentement sa voiture ; son orgueil s'était révolté, mais il ne savait comment il parviendrait à payer le soir les quatre-vingt mille francs qu'il devait à son cercle. C'est de fort mauvaise humeur qu'il revint à l'hôtel. A peine rentré, son valet de chambre lui remit un billet parfumé. L'écriture bien connue fit tressaillir Marius ; il ouvrit rapidement la lettre. Un billet de la femme aimée, c'est la consolation suprême aux heures cruelles de la vie. Ce billet n'avait que deux lignes :

« Cher marquis,

» J'ai votre image toujours présente à la mémoire, ne me présentez donc plus votre personne... Je me range...

» MARTINGALE. »

Marius froissa le papier avec découragement.

— On connaît ma débâcle ! pensa-t-il.

A cette pensée, il se redressa, le rouge lui monta au front... S'il ne payait pas le soir, c'était le déshonneur... tandis que l'affaire des mines, c'était la vie... Que pourrait-on lui reprocher à lui, si l'affaire ne réussissait pas ?... Rien ! Il apportait ses terrains... on l'assurait qu'ils étaient exploitables, il s'était abandonné aux spécialistes... On n'avait rien à lui reprocher... Et voulant se tromper lui-même, comme ses aïeux avaient dit un siècle avant : Après nous, la fin du monde! il dit :

— Bah ! les affaires sont les affaires.

A quatre heures, le marquis fit atteler, et se rendit rue Saint-Honoré, Martin de Chêne le reçut et lui dit qu'il avait parlé de l'affaire à ses associés.

Marius fit la grimace. Martin de Chêne ajouta :

— Monsieur le marquis peut se présenter entre quatre et cinq heures, rue Montmartre, *au siége de la Société des mines savoyardes,* et contre son acceptation et sa signature, il lui sera remis la somme qu'il demande...

Marius eut un soupir de soulagement, et dans sa satisfaction, il tendit la main à Martin de Chêne, qui, la prenant avec effusion, le reconduisit jusqu'à sa voiture.

V

LA RÉSURRECTION D'OCTAVE.

Le marquis de Cantrel s'était présenté au siége de la Société, et avait touché les quatre-vingt mille francs dont il avait besoin. Il avait fait face au payement qu'il devait effectuer le soir à son cercle, et la chance lui revenant, il s'était refait la nuit même. Lorsqu'il se présenta, au bout de huit jours, pour toucher le solde de la somme promise, ayant vu sur tous les murs et lu dans tous les journaux l'annonce de ses mines savoyardes, il ne put rencontrer le directeur... Après trois visites infructueuses, il allait tout à fait se fâcher, lorsqu'il trouva chez lui un avis pressant qui le priait de se rendre le soir même au Contentieux des Familles, pour affaires très-graves... Il eut quelques inquiétudes, mais, nous l'avons dit, la chance était revenue, et Marius ne se trouvait plus aussi embarrassé.

La marquise était de retour à Paris, décidée à continuer les relations nouées au Teuil, relations qui s'étaient tout à coup arrêtées sur le conseil de Mme du Teuil, et pour éviter le scandale que certaines indiscrétions n'allaient pas manquer d'amener. Ainsi qu'il arrive souvent à la femme près de sa chute, Hélène voulait se rapprocher de son mari ; Marius, évincé par Martingale, regrettait à cette heure la sévérité avec laquelle il avait reçu les plaintes trop justes de la marquise, et désirait également un rapprochement... Aussi, les deux époux, le jour même où Marius avait reçu l'avis qui l'appelait le soir au Contentieux, se trouvaient-ils à déjeuner ensemble... et causaient-ils comme s'ils s'étaient vus la veille, semblant tous les deux avoir oublié le passé. Marius, heureux au jeu depuis quelques jours, était gai et galant ; la marquise, qui avait certains torts à cacher, était avenante, aimable... si bien qu'à la fin du repas, Marius tenait dans ses mains les doigts fins de la marquise, et celle-ci tendait la tête pour recevoir le baiser de paix, et Marius disait :

— Hélène, nous devrions être toujours ainsi.

— Est-ce ma faute ? disait la jeune femme, vous n'êtes jamais à l'hôtel...

— C'est vrai... La maison est vide... Ah ! la maison sans enfants...

Et tous deux parlèrent du pauvre petit mort oublié dans un coin de la Nièvre, la marquise pleura. Le soir, les habitués du bois ne furent pas peu étonnés de voir ensemble le marquis et la marquise de Cantrel.

Marius ramena la marquise à l'hôtel et se fit conduire rue Montmartre, au Contentieux des Familles. Hélène, en rentrant dans sa chambre, s'enferma, lut un petit billet et écrivit deux lignes de réponse, elle les glissa sous enveloppe et sortit.

Lorsqu'elle fut arrivée rue du Bac, elle prit un fiacre,

s'étant fait conduire au Palais-Royal, elle remit la lettre à un commissionnaire, qu'elle paya et qui partit aussitôt la porter à son adresse. Puis, remontant en voiture, elle se fit mener chez son amie Renée du Teuil, avec laquelle elle devait passer la soirée.

Lorsque le mari arriva au Contentieux des Familles, Chadi l'introduisit dans le cabinet particulier du directeur ; celui-ci vint au-devant du marquis, le fit asseoir et prit place lui-même devant son bureau. Marius n'était pas peu étonné : il faisait encore jour dehors et dans la pièce où on l'avait introduit, les rideaux étaient hermétiquement tirés et une lampe couverte d'un abat-jour mal d'aplomb éclairait la chambre. Nous disons que l'abat-jour était penché d'un côté, laissant la moitié du cabinet dans l'ombre et jetant la lumière sur celui qu'on plaçait en face du bureau.

L'homme qui reçut Marius paraissait avoir de cinquante à soixante ans ; il était un peu voûté, sous sa calotte de tapisserie passaient les quelques mèches grises qui couronnaient son crâne chauve, il avait la barbe rouge, et ses yeux étaient cachés par de larges lunettes à branches d'or ; proprement vêtu d'effets trop larges, cependant, il était enfoui dans un grand fauteuil, accablé comme s'il était tenu par de douloureuses infirmités. Le marquis, après avoir jeté un regard autour de lui, puis ayant pendant quelques secondes fixé le petit vieillard, lui dit :

— Monsieur, j'ai reçu de vous une invitation à me rendre ici pour affaires graves m'intéressant. De quelles affaires avez-vous à m'entretenir ?

— Monsieur le marquis, si vous voulez me faire l'honneur de m'écouter quelques minutes, vous serez renseigné. Mais je désirerais vous dire d'abord le mobile qui me fait agir.

Marius regardait le petit homme, cherchant à deviner ce qu'il voulait lui dire.

— Je vous écoute, monsieur.

— Monsieur, l'en-tête de ma lettre a dû vous surprendre : Contentieux des Familles. Voici le but de notre maison : nous recherchons sans cesse tout ce qui peut intéresser telle ou telle famille... un parent perdu, une succession sans héritiers... Nous nous adressons alors aux familles.

— Je comprends, monsieur, dit Marius avec une certaine hauteur, mais je ne sais pas en quoi j'y puis être intéressé.

— Vous saisissez, néanmoins, dit le chef du contentieux, sans paraître s'apercevoir du ton peu engageant du marquis, les rouages que nous faisons agir ; vous comprenez l'utilité d'une maison discrète qui, en dehors des magistrats ou des fonctionnaires publics, vient vous apporter des affaires à peu près faites.

— Je vous demande l'affaire pour laquelle vous m'avez appelé.

— Voici, monsieur : le comte Origny de Cantrel, mort à Florence il y a deux ans, a laissé une fortune de quatre millions...

— Je le sais, monsieur.

— Son testament dit que la fortune entière appartiendra à celui de ses neveux, Hercule de Cantrel, Origny Marius de Cantrel qui aura un héritier mâle dans les deux ans ; ce délai expire dans dix jours.

— Mon Dieu ! monsieur, dit Marius souriant et haussant les épaules, si c'est pour cette affaire que vous m'avez appelé, vous n'avez pas eu beaucoup de peine à la connaître, c'est le secret de Polichinelle... Mon grand-oncle, duc d'Origny, comte de Cantrel, laisse sa fortune aux hospices de Paris, de Genève et de Florence, ou à celui de ses neveux ayant un héritier portant son nom... Vous devez savoir aussi que mon cousin Hercule est mort, il y a un an, sans postérité, et que moi, le dernier descendant des Cantrel-d'Origny, j'ai eu la douleur de perdre mon fils unique il y a presque vingt ans... Or, vous disiez, ce qui est vrai, que le délai expire dans dix jours... Je n'ai donc rien à espérer, si ce n'est un legs insignifiant, de la fortune de mon oncle...

Le marquis allait se lever... Le petit homme, les deux

9.

bras sur son bureau, la tête sur ses mains, regardait à travers ses lunettes le marquis dédaigneux... Au moment où ce dernier se levait, il dit d'une voix étrange :

— Monsieur le marquis, combien donneriez-vous à ceux qui vous feraient hériter des quatre millions de feu votre oncle, le duc d'Origny?

— Hein ? fit Marius retombant dans le fauteuil... que me dites-vous là ?

— Je vous dis : Combien nous donnerez-vous? Et dans deux jours vous pourrez réclamer l'héritage, et avant un mois vous entrerez en possession.

Le marquis plaça son chapeau sur une chaise et sa canne dans un angle; il retira ses gants et passa deux fois la main sur son front; le petit homme ne bougeait pas.

— Vous dites, monsieur, demanda Marius, que vous avez en main... ou que vous connaissez un testament me rendant légataire universel de mon oncle?

— Non, monsieur le marquis, je n'ai pas dit cela.

— Que dites-vous?

— Je dis : j'ai la possibilité de vous faire hériter de ces quatre millions... presque cinq même, dit-on... Comment? ceci me regarde ; je ne pourrai vous le dire que lorsque vous aurez pris avec moi un engagement...

— Mon Dieu, monsieur, je dois vous dire que... ces affaires obscures répugnent à ma loyauté... Je voudrais voir clair... dans ce que vous proposez...

— Si je vous comprends bien, monsieur le marquis, vous craignez que ce ne soit par des procédés déloyaux, indignes d'un honnête homme, que je veux vous faire rentrer en possession de cet héritage?...

— C'est absolument ce que je voulais dire.

— Monsieur le marquis, je n'ai rien à faire, vous n'avez pas à agir... je viens vous révéler un secret qui vous donne immédiatement tous droits... C'est, au contraire, une action honnête, juste, loyale que je viens vous proposer.

— Vous m'intriguez au dernier point.

— Je vais plus loin... Monsieur le marquis, excusez-moi, mais il est nécessaire que vous sachiez que je ne suis pas un homme léger, parlant d'affaires en enfant... je connais ceux auxquels je m'adresse...

— Que voulez-vous dire?

— Je sais que vous vous trouvez dans une situation cruelle, que votre passé, votre nom cachent en ce moment...

— Monsieur...

— Monsieur le marquis, personne ne nous entend... Vous êtes ruiné... Vous avez ces jours-ci vendu votre nom et des terrains absolument sans valeur pour y exploiter des mines qui ne sont que dans l'imagination de ceux qui vous ont obligé à faire l'affaire.

— Monsieur, je ne permettrai pas...

— Je vous en supplie, monsieur, écoutez-moi. Je suis très-bien renseigné et je viens en sauveur...

Le marquis, visiblement contrarié, se levait.

— Finissons-en, dit-il; que voulez-vous enfin?

— Monsieur de Cantrel, je vous en prie, asseyez-vous. L'affaire dont je vous parle est sérieuse. Si elle est fausse, je m'engage à vous donner cent mille francs.

Marius releva la tête.

— Vous m'assurez que j'hériterai...

— Je l'affirme...

— Sans lutte... sans procès?...

— Absolument.

Marius de Cantrel, dont le visage s'éclairait à cette douce perspective, réfléchit une seconde et demanda :

— Et enfin, pour me faire rentrer en possession de cet héritage — ce sont vos termes — que voulez-vous?

— Mon Dieu! monsieur le marquis, je vais être sincère... Le secret que je vais vous livrer vous fait riche... et heureux... heureux surtout... Cela vaut cher... Je vous demande, car je ne suis pas seul... je vous demande la moitié...

— Deux millions! exclama le marquis.

— Juste!

— Mais c'est de la folie.

— Ah! pardon, monsieur le marquis, la folie, ce serait de ne pas accepter... il ne nous reste que dix jours... et la vie des gens tient à si peu de chose... je pourrais mourir à cette heure, et vous resteriez... sans rien savoir...

— Deux millions! répéta le marquis.

— Mais, reprit en souriant le petit homme, ce que je vous demande de me donner est à moi... Aujourd'hui... sans moi, vous n'avez rien...

Marius pensa quelques minutes, puis, convaincu que ce qu'on lui offrait n'offrait pas une grande valeur, que nombre de gens font le métier de vous découvrir des successions qu'on ne peut jamais toucher, il répondit :

— Eh bien! j'accepte...

— A la bonne heure!...

— Je vous donnerai ces deux millions, si vous me faites avoir la succession de mon oncle le duc d'Origny. Dites-moi maintenant ce que vous savez...

— Pardon, monsieur le marquis... il faut faire les affaires en règle : voici les actes, signez-les.

Marius, stupéfait, lut les papiers qu'on lui présentait.

— Quoi! fit-il, vous étiez bien certain que je souscrirais à vos conditions !

— Je sais que monsieur le marquis est intelligent, et quel homme intelligent refuserait pareille somme?

Ayant studieusement lu les papiers, certain qu'il ne prenait que l'engagement qu'on lui demandait, il signa.

— Voici, monsieur... est-ce cela?... dit le marquis.

— Parfaitement! répondit le petit homme, ayant regardé le papier par dessous ses lunettes, avant de le serrer précieusement dans le tiroir de son bureau.

— Et maintenant, puis-je savoir... quelle est la cause qui modifie la volonté du feu duc ?

Le petit homme, les deux mains appuyées sur son bureau, la tête tendue en avant, dit :

— Monsieur le marquis de Cantrel, vous avez un fils...

— Moi? fit le marquis sursautant.

— Marius Octave de Cantrel, né en dix-huit cent cinquante-et-un. Octave de Cantrel, que vous croyiez mort à Cacogne à la fin de cinquante-deux... est vivant.

Le marquis était devenu pâle ; il éprouvait une sensation singulière, ses yeux ne voyaient plus ; sous une action indéfinissable il sentait ses membres trembler... Il fut obligé de s'appuyer sur la table pour ne pas tomber, et il répétait.

— Vivant ! Octave !... mon fils... mon fils !

Et, nous devons le dire, l'émotion qui étreignait Marius ne venait point de l'héritage qu'il allait avoir, mais de la joie d'être père, d'avoir un fils... la chair de sa chair.

Il demanda — tremblant qu'une explication détruisît le bonheur qu'il venait d'éprouver en une minute :

— Vous avez les preuves de ce que vous dites ?

— Je les ai...

— Puis-je les voir ?

— Lisez, dit le petit homme en tendant une lettre au marquis.

Celui-ci regarda le timbre, qui portait : Mairie de Cacogne, et tremblant d'émotion, de bonheur, il lut :

« Monsieur,

» Je vous envoie ci-joint l'acte demandé, et, répondant votre demande, j'affirme que c'est le fils de Burdin, Louis-Georges, qui est mort le 2 décembre 1852... la femme Burdin est partie du pays avec son nourrisson, Octave de Cantrel.

» Agréez, etc. »

Marius se laissa tomber dans le fauteuil... Puis, remis de sa douce émotion, il demanda :

— Et vous savez où je pourrai retrouver l'enfant ?

— Je le sais.

— Parlez !

— La femme Burdin, la nourrice, est, paraît-il, devenue folle, et a envoyé l'enfant à son mari alors proscrit. Celui-ci fit élever l'enfant le croyant le sien... Votre fils

se nomme Georges Burdin. Où est-il? Voilà ce qu'il fau
savoir. Mais nous sommes certains qu'il vit.

A ce moment, on entendit comme un cri d'exclama
tion dans la pièce voisine. Les deux hommes se regardè
rent. Le petit homme se leva, ouvrit la porte, et deman
à Chadi, qui travaillait assis devant son bureau :

— Qu'est-ce que ce cri?

— Un cri? fit Chadi; je n'ai rien entendu. Ah ! c'e
moi... Je vous demande pardon, bourgeois, c'est moi qu
ai bâillé.

Le petit homme haussa les épaules et rentra, Mariu
était levé... il était tout agité, tout nerveux, il dit :

— Monsieur, je vous reverrai demain, vous me guide
rez dans la marche à suivre, mais j'ai hâte de rentrer che
moi...

— Je suis à vos ordres... Mais, il faut nous hâter...

— Ne craignez rien... J'emporte ces papiers?

— Ils sont à vous...

Le petit homme reconduisit le marquis jusqu'à l'esca
lier. Marius se hâta de sauter dans sa voiture, il étai
heureux... A cette heure, Martingale n'existait plus
le cercle était oublié, il ne pensait qu'à la famille et i
disait :

— Pauvre Hélène! va-t-elle être heureuse!... Puis
comme s'il s'écoutait chanter, il répétait : Un fils! un
fils!... Mon fils !

Et sa voiture l'entraîna vers la rue de Lille.

Quand Chadi avait vu son patron reconduire le mar
quis, il prit sous son buvard une lettre qu'il venait de co
pier — deux lignes à peine — en imitant l'écriture de la
lettre, il porta la copie dans la poche d'un paletot accro
ché dans une armoire, et enfouit dans ses poches la let
tre originale. Il se remit à son bureau, il était temps, l
bourgeois rentrait. La porte fermée, le petit homme
voûté se redressa et d'une voix que nous connaissons.
il dit :

— Vite, Chadi, aide-moi à me rhabiller.

Il retira sa perruque, sa barbe, effaça avec du cold

cream le teint bistreux de son visage, jeta les vêtements
qu'il portait, endossa ceux que lui présentait Chadi, et
transformé, redevenu le superbe Tarand, il partit en disant à Chadi :

— Ferme la maison... tu peux partir...

Chadi, en entendant la porte se refermer, releva la
tête. Le visage animé, l'œil plein d'éclairs et montrant le
poing, il dit :

— Ah! coquins... vous croyez que vous allez encore
faire le malheur de ces gens-là... je vous veille moi... et
je vous tiens... et nous verrons si votre bande de coquins
peut triompher d'un honnête homme.

VI

UN GROS PAQUET DE LETTRES.

Chadi, resté seul, fouilla dans les dossiers, et ayant
pris quelques papiers, il sortit en disant :

— Il n'y a plus à reculer, l'heure est venue d'agir, sans
cela tout est perdu; il faut que je voie ce soir M. Georges; je vais aller faire le guet rue Byron.

Moins d'une heure après, Chadi arrivait rue Byron et
se postait au coin de la rue. Il y était à peine depuis un
quart d'heure lorsqu'il vit descendre Georges Burdin. Celui-ci, ennuyé de le rencontrer, lui dit :

— Que diable fais-tu à cette heure par ici?

— Monsieur Georges, je vous attendais.

— Hein! fit celui-ci stupéfait... Comment sais-tu que je
suis ici?

— Monsieur Georges, vous savez que je suis un ami,
moi... eh bien! ne vous offensez pas de ça; mais il y a

longtemps que je sais que vous venez dans cette maiso
Je ne connais pas la personne chez laquelle vous alle
mais je sais qui elle est...

Georges fronça le sourcil.

— Mon cher Chadi, l'amitié est surtout estimable lo
quelle est discrète.

— Je le sais, et il faut que la situation soit bien gra
pour que je risque ainsi de vous fâcher.

— Bien grave?... interrogea le jeune homme.

— Oui... et c'est long et surtout difficile à dire... Vo
lez-vous causer avec moi sérieusement?... Voulez-vo
me promettre de ne pas vous fâcher au début?

— Mais tu m'inquiètes à la fin... Il se passe quelq
chose que j'ai besoin de savoir, entrons là...

Georges désignait un café dans lequel ils entrèrent.

Ayant choisi une table éloignée, ils y prirent place
sur l'invitation de Georges, Chadi commença.

— Monsieur Georges, je ne suis pas un espion, je
vous ai jamais suivi ici... et c'est autrement que j'ai
vos relations avec la Martingale.

— Que dis-tu! Martingale?...

— Ah! oui, vous ne connaissez pas ce nom... ne vo
fâchez pas... Je connais vos relations du jour où elles o
commencé à Nevers...

— Hein! exclama Georges, qui devint tout rouge.

Et profitant du moment de confusion du jeune homm
Chadi s'empressa de dire :

— Permettez-moi de remonter un peu plus loin
Étant sans place, je rencontrai un jour M. Tarand, qu
fondant une agence, m'offrit une place d'employé...
ne m'inquiétai pas de ce que faisait l'agence; tous l
jours on reçoit une correspondance volumineuse, je
dépouille et la classe... Voilà tout. Quand j'ai vu, il y
un mois, le but étrange de la maison dans laquelle j'étai
je résolus de chercher une autre place... mais alors, .
vous connus... par les correspondances de la maison.
puis, vous savez comment?... et c'est à cause de vo
que je me décidai à rester...

— A cause de moi?... Il était donc question de moi dans ces correspondances! demanda le jeune homme vivement étonné et dont la curiosité inquiète était éveillée.

— Laissez-moi vous dire ce qu'est la maison d'abord. C'est une agence dirigée par un individu sous un nom et sous un costume d'emprunt... derrière cet homme, se trouve une bande d'individus qui centralisent chacun des agents inconscients.

Georges ouvrait de grands yeux, cherchant à comprendre ce que Chadi lui racontait. Celui-ci continua :

— Ces individus collectionnent tous les papiers qu'ils trouvent dans les cafés, dans les bureaux. Ils les font ramasser dans les magasins particuliers par les employés, leur achetant à un prix relativement élevé tout ce qui est papier à lettre déjà griffonné, pour une nouvelle industrie, disent-ils... Ces papiers sont lus soigneusement et tout ce qui présente un petit intérêt, un petit détail de famille, une révélation d'affaire, un aveu compromettant, tout cela est immédiatement dirigé sur l'agence et aussitôt classé puis mis en ordre par lettre alphabétique... Une piste étant découverte, on met tous les gens que vous connaissez en campagne et l'on fait chanter celui qui est compromis...

— Oh! mais c'est épouvantable! fit Georges avec stupéfaction.

— C'est vrai... et ils sont forts, croyez-le...

— Et c'est là que tu as trouvé des renseignements sur moi?

Chadi tira son portefeuille, en sortit un petit papier froissé qu'il présenta au jeune homme en disant :

— Voici ce qui fut cause de notre connaissance.

Georges Burdin devint rouge, puis pâle en reconnaissant son écriture et en lisant :

« Je vous en supplie, mademoiselle, fixez-moi un jour une heure, où je puisse vous parler. Le sentiment qui m'entraîne vers vous est pur. Un mot, je vous en prie.

» Celui qui ne vit que pour vous.

» GEORGES BURDIN. »

Et en marge, sur le coin de la lettre, ces mots d'une autre écriture :

« Rue Barbette, Louis Burdin et son fils Georges, renseignements généraux; savoir les relations et les amours du fils Georges. Il faut ces renseignements très-complets demain matin. »

Georges ne trouvait pas un mot à dire; il regardait Chadi, puis le papier et hochait la tête.

— Et dans quel but ces renseignements complets?

— C'est ce que je vais vous dire... Vous comprenez ce qui fait agir... Maintenant, je veux vous éclairer sur ceux qu'on emploie... Savez-vous qui nous donne sur vous les renseignements les plus complets ?...

— Parle! fit curieusement le jeune homme...

— Avant tout, monsieur Georges, il faut de la raison... il faut être fort... et c'est le but que je poursuis qui me donne le courage de ma cruauté...

Et il lui présenta une carte de visite sur laquelle il lut :

Alice Loyal... rue Byron.

— Eh bien? demanda Georges.

— Tournez la carte.

Georges Burdin tourna la carte et devint livide en lisant :

« Nevers.

» Je tiens le jeune Georges. C'est fait, il est pris.

» Bon baiser.

» ALICE MARTINGALE. »

Le pauvre garçon laissa tomber la carte, et deux grosses larmes perlèrent dans ses yeux. Était-ce bien l'amour déçu qui tourmentait Georges ou plutôt n'était-ce pas le ridicule qui amenait ces regrets amers?

Il reconnaissait l'écriture d'Alice, mais il était encore tout chaud de ses baisers, tout grisé de ses parfums, et il se refusait à croire à la réalité.

Chadi voulut persuader Georges; il lui fallut lui assurer que non-seulement cette femme agissait sur lui pour le diriger, mais encore lui déclarer que celui qui était aimé de Martingale n'était pas plus lui que celui qui avait reçu cette lettre, mais une troisième personne nommée Ile Saint-Mards. Georges n'osait plus dire qu'on calomniait sa maîtresse, mais il eut un geste de dénégation auquel Chadi répondit :

— Monsieur Georges, ce soir je vous le prouverai.

— Fais cela, et tu me sauveras, dit-il avec désespoir.

— Je sauverai surtout Mlle Claire.

— Es-tu fou?

— Pourquoi cela?

— Mais tu ne sais donc pas que c'est pour détruire entièrement en moi l'amour que j'avais pour elle que je me suis livré tout entier à Alice?... Claire est ma sœur...

Chadi se pencha vers Georges et dit :

— Encore une histoire que mes petits papiers m'assurent n'être pas vraie...

— Que dis-tu?

— La vérité.

— Claire n'est pas la fille de Jeannie Burdin?

— Certainement si! et ça j'en réponds, car j'ai les actes, les vrais, dit Chadi, fouillant toujours dans son volumineux portefeuille.

Georges les regarda et dit :

— Tu vois bien, Claire est la fille de Burdin.

— Oui.

— C'est ma sœur !

— Non ! voilà l'erreur !...

Georges fronça les sourcils, regarda Chadi en disant:

— Quelle erreur ? Explique-toi.

— Monsieur Georges, vous n'êtes pas le fils de M. Louis Burdin... Vous vous nommez Octave de Cantrel...

Georges eut un soubresaut, et, passant la main sur so
front, il dit à Chadi :

— Chadi, tu deviens fou!..

— Point du tout, monsieur Georges, et si je viens
vous, vous raconter tout cela, c'est parce qu'il faut s
hâter de prévenir M. Burdin, qui serait capable d'en mo
rir, s'il l'apprenait brutalement... Vous hochez la tête?.

— Je hoche la tête, parce que je me refuse à croire
ce que tu dis.

— Eh bien! alors, lisez cette lettre, dit Chadi, qui l
donna la lettre adressée par d'Eragny et dont, on se
rappelle, il avait pris copie. Georges lut :

« J'ai fidèlement suivi tes instructions et j'ai complét
ment réussi ; je te dirai de vive voix les singulières trou
vailles que j'ai faites. Voici la chose en deux mots : le fi
Burdin (Georges) est mort pendant que le père était e
exil. La mère lui a envoyé un enfant qui n'est pas le sie
Quel est cet enfant? c'est ce qu'il faut savoir. »

Le reste du papier était raturé et illisible.

— Et, dit Georges, ce sont toujours ces coquins qui o
fait prendre ces renseignements ?

— Naturellement!...

— Mais ils ont donc contre nous une haine...

— Non... ils savent que M. Burdin est archi-million
naire... voilà tout...

— Je deviens fou!...

— Écoutez-moi vingt minutes avec calme et nous avi
serons.

— Je t'écoute.

Alors Chadi raconta tout ce qu'il avait entendu le soi
même. Furieux, plein de rage, Georges se leva en di
sant :

— Je n'ai qu'un père, entends-tu, Chadi, celui qui m'
élevé, celui qui m'a fait ce que je suis. Allons! debout
mon ami, il faut agir dès ce soir...

— C'est justement ce que je vous proposais...

— Viens dîner avec moi... chez nous... En route, nou
causerons de ce que nous devrons faire...

— C'est cela... mais à dix heures, nous serons ici.

— Pourquoi faire ?..

— Pour vous édifier sur Mlle Martingale... il faut que vous étouffiez cet amour-là.

— C'est fait !

— Allons donc !... ce soir vous me direz ça.

Et ils sortirent du café, montèrent en voiture et se firent conduire rue Barbette.

VII

LES LOUPS VEULENT SE MANGER ENTRE EUX.

Le lendemain soir, le petit salon du cercle du boulevard Haussmann était éclairé et chauffé. Le même domestique qui, au commencement de cette histoire, introduisait les membres du club de la Crécelle, sur l'invitation de Tarand, ouvrait la porte du petit salon aux membres du club des Coquins.

La réunion des gredins était complète, il n'y manquait que son chef, lorsque Saint-Mards demanda la parole. Depuis une demi-heure qu'ils étaient réunis, les associés, divisés par petits groupes, causaient entre eux. Au ton, aux gestes, il était aisé de voir qu'un mécontentement général se manifestait dans chaque conversation.

Lorsque Saint-Mards demanda la parole, tout le monde se tut, et pendant que l'amant délaissé de Martingale s'adossait à la cheminée, les membres du club s'assirent autour de lui, attentifs. Saint-Mards commença :

— Messieurs, six mois environ se sont écoulés depuis que, réunis ici par Tarand, nous avons fondé le club... ou plutôt la société du Contentieux des Familles. Tarand s'engageait, si nous acceptions ses propositions, à nous donner les moyens de vivre largement jusqu'à l'heure prochaine où une grande affaire connue de lui seul nous enrichirait tous. Il voulait que nous fussions obéissants et aveugles, nous le fûmes. Quelle que soit la tâche confiée, elle a été aussitôt exécutée, nous avons enfin tous rempli nos engagements. Toi, Martin, tu as fait des affaires dont la liquidation prochaine sera terrible...

— Les mines savoyardes?... J'ai agi sur son ordre.

— Je le sais. Manfredi a joué un jeu d'enfer... avec les cartes qu'il te donnait, dans des parties qu'il organisait, et qui t'ont tout à fait compromis... puisque tu as été — sans esclandre, mais sur avis discret — prié de ne plus reparaître au cercle... où tu jouais trop heureusement avec un marquis de Cantrel.

— J'ai obéi à Tarand... je n'ai rien touché... je suis compromis et le marquis a payé...

— Cela valait mieux. Il prétend avoir évité le scandale, car un membre du cercle, feignant de se tromper de pardessus, avait pris le tien et a trouvé dans les poches des cartes singulières.

— J'ai agi sur l'ordre de Tarand... Il m'avait présenté au cercle, fourni les jeux et désigné le marquis...

— Je le sais ; c'est lui... toujours.

— D'Eragny a falsifié les papiers de l'état civil... déchiré des pages.

— J'ai obéi.

— Je le sais... Un garçon nommé Romond a été plus loin, lui ; il a été pris et condamné à cause de Tarand; il est au bagne depuis un mois...

Il y eut un frémissement dans l'assemblée.

— Je ne parle pas de ce que j'ai fait moi-même, continua de Saint-Mards, enfin tous nous avons rempli les engagements pris. Aujourd'hui, où en sommes-nous de la grande affaire? Tarand refuse tout renseignement; nous avons, depuis six mois, à peine touché un millier de francs chacun... et pendant ce temps ce Tarand, devenu

M. de Montrose, vit comme un homme qui a deux cent mille livres de rente : il a chevaux, voitures, grand train de maison ; il ne s'est compromis en rien ; d'un mot, il peut nous envoyer au bagne... et lui vit, choyé, estimé, aimé, aimé même de la marquise de Cantrel, sur laquelle il a envoyé Manfredi... En somme, savez-vous quelle est l'affaire sur laquelle il bâtit notre fortune?

— Non ! non ! le sais-tu ?

Dirent ensemble les associés.

— Je vais vous la conter.

Tous se penchèrent et écoutèrent attentifs.

— Un brave homme, qui depuis une dizaine d'années a fait une fortune de trois ou quatre millions, ignore que celui qu'il croit son fils et qui vit avec lui est un enfant perdu. Tarand a jeté cet enfant dans les bras d'une femme dont je ne veux pas dire le nom... il va perdre cet enfant de dettes ; puis il arrivera, la preuve en main, lui révéler sa naissance, il vendra son silence le prix qu'il voudra... et fera peut-être du fils le voleur de son père.

— Eh ! eh ! firent en se regardant entre eux les gredins; mais c'est très-adroit, ça.

— Adroit, oui, si on avait autrement mené l'affaire... aujourd'hui, elle est perdue... Le père va tout savoir et reconnaîtra l'enfant.

— Alors pourquoi ne nous prévient-il pas et pour quelles raisons les affaires qu'on me fait faire avec le Cantrel ?

— Ça, c'est l'autre affaire... Un vieux parent du Cantrel a laissé à revenir au marquis une fortune de dix à douze millions, s'il avait un enfant mâle... sinon, s'il reste sans postérité, les douze millions seront partagés entre vingt-huit héritiers.

Il y eut encore un : Oh ! admiratif au chiffre de douze millions ; Saint-Mards, sans s'émouvoir, continua :

— Si cette affaire était entre des mains habiles, on pourrait encore arriver à quelque chose ; mais Tarand n'existe plus. Tout entier à ses aristocratiques amours, il se soucie bien de ceux qui l'aident ; il attend, au contraire, une plainte de nous pour rompre ; maintenant

qu'il a les papiers, les actes, qu'il a compromis le mar
quis, il nous abandonnerait et continuerait pour so:
compte ce que nous avons si péniblement commencé.

— Oh ! oh ! mais ça ne se passera pas comme ça, fit l
capitaine Manfredi... Je ne romps que si ma part m'es
garantie.

— C'est absolument à cette condition que je consenti
rai à rompre.

— Il me serait si facile de rendre nul ce que j'ai fai
dit d'Eragny, que je n'hésiterais pas si Tarand me joua
ce tour de coquin.

— Eh ! mon Dieu ! tout cela ne nous avance en rie:
nous n'avons pas à rompre ; nous avons à diriger nou:
mêmes les affaires ; c'est dans ce but que je vous ai fa
appeler. Tarand se passe de nous, passons-nous de lu
Assurément, dans les nombreuses correspondances qu
nous avons envoyées au Contentieux des Familles, il a d
trouver quelques affaires dont il a profité seul. C'est av
cela qu'il soutient le train de maison que nous l
voyons... et nous restons toujours là, niaisement, l
goussets vides. Finissons-en, messieurs... Voulez-vo
vous passer de lui, désormais ? sans esclandre, sa
brouille ?

— Je suis de cet avis, dit d'Eragny ; depuis deux mo
il ne vient jamais à nos réunions... et ma liquidation e
prochaine. Je ne peux attendre.

— Il est clair, dit Martin de Chêne, que Tarand ne s'o
cupe plus de nous.

— Eh ! pardieu ! passons-nous de lui ! exclama Ma
fredi, j'ai assez de ses grands airs.

— C'est votre avis à tous ? demanda Saint-Mards... No
allons nous-mêmes diriger nos affaires.

— Oui !... firent unanimement les associés.

— De ce jour, messieurs, c'est...

— Pardon, messieurs mes coquins... Je demande la
role, dit tout à coup une voix connue des membres
club, qui se retournèrent aussitôt en écartant leu
sièges.

Ils restèrent muets d'étonnnement, cloués à leur place, en voyant Tarand apparaître, le sourire aux lèvres, dans l'encadrement de tapisserie d'une porte du fond.

— Mais, fit-il en s'avançant vers eux, décidément vous êtes donc des imbéciles... reprenez vos siéges.

Ceux-ci, interdits, obéirent.

Tarand se plaça devant la cheminée, et adossé sur le marbre, railleur, méprisant ; il s'adressa à Saint-Mards et lui dit :

— Martin, tu seras donc toujours le même, ingrat et traître ? J'ai tout entendu ! Tu mentais en disant que pour ta part tu avais reçu à peine un millier de francs depuis que nous avons fondé l'association. Je t'ai avancé déjà, sur les gains que nous n'avons pas eus, plus de dix mille francs, tu les as joués et tu les as perdus ; seul ici tu devrais te taire.

— Je ne me suis plaint que d'une chose : les résultats promis n'arrivent pas, les affaires commencées sont compromises.

— Qu'en sais-tu ?

Tous les associés regardaient Saint-Mards, embarrassé sous le regard sévère de son chef. Tous les mécontents semblaient déjà prêts à revenir.

— J'ai dit enfin, reprit Saint-Mards, qui comprit que sa situation allait lui échapper, j'ai dit la vérité. Je sais que l'affaire entreprise n'a profité qu'à toi, et que tout entier à tes affaires personnelles, tu ne te souciais plus de l'impatience avec laquelle nous attendions la réussite. En somme, ou en es-tu ?

Tarand fit tomber la cendre de son cigare avec l'ongle de l'annulaire de la même main qui le tenait, et dédaigneux, insolent, clignant des yeux en regardant Saint-Mards des pieds aux cheveux, il dit :

— Est-ce que le jour où je t'ai acheté pour les cent louis que tu avais perdus aux courses, je me suis engagé à te faire juge des affaires que je voulais entreprendre ? est-ce que je t'ai jamais demandé un conseil qui te permît de supposer que je faisais cas de ta niaiserie ?...

10

Pour mener à bien l'affaire que je conduis, il faut ui
tête sérieuse et non le cerveau creux qui doit to
à son coiffeur; tu as trop souci de ta raie et de t
col pour permettre à la pensée de se cacher sous t
front.

Tarand se tourna vers les autres et leur demanda :

— Ainsi, vous avez cru aux contes bleus qu'il vous
faits, à ses histoires de millions sur la tête d'un enfa
problématique. Tout cela est faux et bête... Notre affai
est en marche, vous en tenez chacun un fil, sans savc
comment il agit... Que vous importe! avant un mo
nous aurons terminé... et vous recevrez ce que je vou
ai promis.

Il y eut un mouvement de satisfaction dans l'asser
blée. Martin de Chêne, secouant la lourde chaîne e
doublé qui lui battait l'abdomen, dit :

— J'ai toujours été sans inquiétude sur notre affaire.

— Mais pour cela, continua Tarand, il faut une obéi
sance prompte et muette, il faut ne pas faire ce que t
me reproches et que tu fais, Martin...

— Moi?

— Depuis que Martingale t'a fermé sa porte, ton temp
s'est passé à essayer de renouer cette relation.

Saint-Mards devint rouge.

— Je t'avais commandé d'aller chez la Florentin et d
la faire agir sur une personne que je t'avais désignée
tu n'as rien fait de cela... Je t'avais dit de t'attacher Virgini
d'Hell... tu ne l'as pas fait... Et c'est toi qui, n'obéissan
à rien, viens te plaindre de tout!... Je veux en finir un
fois pour toutes avec la guerre sourde que tu me fais..
Je veux en finir avec toute rébellion... Celui qui n'agir
pas selon mon gré sera exclu immédiatement, san
aucune part de bénéfices passés ou futurs... Je veu
l'obéissance sans phrase... Vous entendez?...

On allait protester : Saint-Mards surtout se redressait
haussant les épaules. Tarand s'avança vers lui et di
sèchement :

— Marius, j'ai entre les mains quinze mille francs d

faux que j'ai payés pour toi, et que je puis envoyer demain au procureur impérial; il n'est pas un de vous dont je ne tienne, sinon la vie, la liberté.

Il paraît que Tarand disait vrai, car il n'y eut pas une protestation. Il y eut un silence de quelques minutes, pendant lequel les associés, écrasés par leur chef, se regardaient entre eux... Tarand, voyant les regards échangés, comprit leur but, car il dit aussitôt :

— N'essayez rien : pas un de vous ne me connaît, pas un de vous ne sait mon nom, pas un de vous n'a une ligne de moi, pas un de vous enfin ne me reconnaîtrait sous mon véritable visage...

Ce fut avec stupéfaction, cette fois, que les associés se regardèrent ; les coquins sentirent bien qu'ils avaient un maître.

— Finissons-en ! Que ceux qui veulent abandonner la société le disent...

On se tut.

— Ah ! ah ! vous comprenez mieux la situation... Allons, que chacun retourne à son œuvre et s'y dévoue... Martin, il faut que Cantrel t'appartienne tout entier, que le marchand de fer soit compromis... C'est par toi que le dénouement va commencer... Toi, Saint-Mards, en revoyant Alice, tu comprendras que tu as été cause des retards survenus dans nos affaires.

— Mais nous sommes prêts, Tarand. Seulement, nous sommes sans argent.

— Demain, à cinq heures, passez ou envoyez au Contentieux, vous recevrez ce dont vous avez besoin.

Ces paroles amenèrent un murmure de satisfaction.

— Il n'y a plus de réclamations, plus de mécontents ? demanda Tarand.

On se tut.

— Retirons-nous, messieurs, et à l'œuvre.

Ayant regardé l'heure à sa montre, il pressa la main de ses associés et se retira.

Ceux-ci partirent aussitôt.

Dans sa voiture, Saint-Mards rageant maugréait :

— Oh! je te vaudrai ça... Je saurai bien qui tu es. Tu verras si la tête à coiffeur est sans cervelle.

VIII

OU L'HORIZON SE REMBRUNIT.

Le soir où Georges Burdin apprenait la conspiration tramée contre lui et sa famille, il résolut d'aller au-devant de ses ennemis inconnus ; en sortant du café des Champs-Elysées, il emmena Chadi pour dîner avec lui rue Barbette.

Attristé par ce qu'il avait appris sur sa belle maîtresse, obligé de reconnaître qu'il avait été la dupe d'une intrigue, il pensait à Claire et était plein d'espoir dans la révélation que Chadi lui avait faite... Si Claire pouvait être sa femme, il se sentait assez fort pour oublier la courtisane, et c'est tout pensif qu'il retournait chez lui. Le long de la route, il ne répondit pas à Chadi qui cherchait à le rendre plus gai... Mais Georges était triste : était-ce de ce qu'il avait appris sur Martingale... était-ce des tourments qui menaçaient celui qu'il voulait toujours considérer comme son père ?... Georges avait le cœur serré, il était oppressé et il répondit à Chadi, qui, ennuyé de le voir ainsi, lui disait :

— Mais qu'avez-vous donc, monsieur Georges ? nous sommes là, il n'y a rien à craindre !...

— J'ai... j'ai, Chadi... j'ai comme un pressentiment... Il y a du malheur dans l'air.

Les deux hommes arrivèrent bientôt. La servante leur annonça que M. Burdin avait reçu une lettre pressée, qu'il avait dû sortir aussitôt et qu'il avait dit qu'ignorant l'heure de son retour, il priait qu'on l'excusât et qu'on ne l'attendît pas pour dîner...

Cela était tout naturel, et cependant Georges en fut ennuyé...

— Allons, Chadi, à table, dit-il.

Trois couverts étaient dressés : Chadi prit la place de Burdin et Georges fit prévenir Mlle Claire.

La bonne répondit que quelques minutes avant, elle était montée chez elle et qu'on ne lui avait pas répondu...

— Mademoiselle, ajouta-t-elle, est sortie, mais elle va bientôt rentrer...

Georges fronça le sourcil... Il était tard, ils attendirent cependant. Le jeune homme impatient se promenait dans la chambre. Un grand quart d'heure s'écoula dans l'attente ; inquiet, tourmenté, Georges dit :

— Peut-être Claire s'est-elle endormie, et on n'aura pas frappé assez fort... Je vais monter moi-même.

Et Georges grimpa l'escalier... il frappa violemment à la porte et dit :

— Claire... Claire es-tu là ?

On ne répondit pas.

Georges revint tristement en disant :

— C'est étrange !... Ce n'est pas à cette heure-ci qu'elle devait s'absenter...

Il alla s'informer près de la vieille servante : celle-ci lui dit que tout s'était passé comme d'habitude dans la maison... Lorsqu'on avait apporté la lettre à M. Burdin, Mlle Claire était là. M. Burdin avait paru contrarié, puis il avait dit comme un homme qui prend une décision :

— C'est ennuyeux ; mais l'affaire est trop sérieuse, il faut que je m'y trouve à l'heure. On dînera sans moi... Claire, tu m'excuseras... Ne m'attendez pas...

Et M. Burdin était parti. Mlle Claire était restée au bureau quelque temps. A la fermeture du magasin elle était encore dans les bureaux, car c'est à elle qu'on avait remis les clefs.

10.

— C'est bien singulier ! répétait Georges, le front soucieux et véritablement inquiet.

Chadi dit alors :

— Mais si mademoiselle n'est pas là, où est sa femme
de chambre ?...

— Elles sont sorties ensemble pour faire une commission dans le quartier...

— Cela se pourrait... Au reste, mademoiselle m'a paru
toute malade dans la journée.

— Voici la chose, dit Chadi, elle sera allée au bain
avec sa femme de chambre... Comme on ne savait si
vous deviez rentrer dîner, elle ne se gêne pas.

— Cela est bien possible, dit la bonne.

— C'est bien singulier, répéta Georges...

— Monsieur Georges, il faut vous mettre à table...
mon dîner ne sera plus bon...

— Oui ! dit familièrement Chadi... monsieur Georges,
on dit que de commencer, ça fait venir les gens.

— Servez alors, fit Georges en se mettant à table
tout soucieux... On servit ; en mangeant le potage, il dit

— Rien ne me semble triste comme un couvert vide...

— Voyons, monsieur Georges, vous n'allez pas vous
tourmenter comme ça... ce sont des enfantillages.

Tout à coup, il sembla à Georges qu'il entendait une
voix de femme, il pencha la tête, tendant l'oreille, et
reconnaissant la voix il s'écria :

— Ah ! ce sont-elles, je reconnais la voix de Justine...

Comme il ne la vit pas entrer, il se leva pour aller au
devant d'elle et, ouvrant la porte de la salle à manger, il
se trouva en face de la femme de chambre.

— Eh bien, Justine... où est mademoiselle ?

— Mais c'est ce que je viens de dire à Marie, mademoiselle m'avait donné congé jusqu'à ce soir. Je suis
partie d'ici à deux heures... et je reviens tôt parce que
mademoiselle me paraissait indisposée.

— Il se passe ici quelque chose d'extraordinaire
exclama Georges... Il y a un malheur...

— Eh! mon Dieu, que craignez-vous! demanda Chadi.

— Est-ce que je sais, moi! tout et rien... Peut-être ces gens ont-ils écrit à Claire et...

— Non! non! ce n'est pas cela...

— Mon Dieu! mon Dieu... est-ce que la pauvre enfant nous aurait abandonnés?...

— Ce n'est pas probable!... Ah! s'écria Chadi!... peut-être est-elle allée flâner chez la femme où elle travaillait, en face... j'y grimpe.

Et aussitôt le brave garçon traversa la rue et se précipita dans l'escalier. Tandis que Georges allait voir dans le bureau s'il n'y avait pas à sa place une lettre pour lui... Rien encore.

Chadi descendit et dit que Claire n'avait pas été chez la mère... et que celle-ci, il y avait moins d'une heure, avait vu Claire, par sa fenêtre, dans sa chambre.

— Elle était malade, aujourd'hui, indisposée... exclama Georges, et peut-être la pauvre amie s'est-elle trouvée mal dans sa chambre... Vite, Chadi, cours dans le magasin, prends un marteau et un ciseau...

— Vous avez raison! fit Chadi obéissant.

La femme de chambre, Justine, prit une lampe et précéda les deux hommes, tandis que la vieille cuisinière les suivait, toute bouleversée, en répétant :

— Ah! mon Dieu! la chère enfant, pourvu qu'elle ne soit pas malade!

Arrivé devant la porte de la chambre, Georges frappa fortement en appelant :

— Claire! Claire! es-tu là?

On ne répondit pas; Chadi avait essayé d'introduire un crochet dans la serrure; n'y réussissant pas, il dit :

— La clef est en dedans...

— Ah! mon Dieu! exclama-t-on.

— Vite! vite! Chadi, fais sauter la serrure.

Chadi, obéissant, glissa son ciseau au-dedans du pène et fit une violente pesée; il y eut un craquement, la porte s'ouvrit.

IX

CE QUI S'ÉTAIT PASSÉ DANS LA CHAMBRE DE CLAIRE.

Lorsque Claire avait vu celui qu'elle aimait la recher-
cher moins depuis qu'elle était venue vivre chez le père
Burdin, elle avait cruellement souffert, mais elle s'étai
tue, espérant que le calme dans l'espérance atténuerai
l'expression des sentiments que Georges ressentait tou
jours. Lorsque, après avoir passé de longues heures d'in
somnie, elle avait vu son fiancé rentrer le matin, il lu
avait semblé qu'on lui arrachait le cœur... Se dominan
encore, elle s'était cachée pour pleurer... et elle s'étai
dit que c'est une malheureuse coutume chez les homme
de s'amuser avant leur mariage pour terminer ce qu'il
appellent la vie de garçon. Mais elle était certaine qu
bientôt le mariage lui donnerait la consolation suprême
car elle avait l'amour de celui qu'elle aimait, et dans ce
espoir, la pauvre belle enfant vivait, pleurant souvent
puis souriant aussitôt aux grondements de la vieill
Marie.

.C'est que la pauvre enfant avait toujours vécu san
affection, elle n'avait jamais connu les soins ni les ca
resses d'une mère, elle avait vécu de la vie triste de
pauvres isolés, devant presque à la charité ce qu'ell
savait et ce qu'elle était.

Lorsque l'amour était venu, il avait été pour elle un
souffrance, car, aimant Georges, elle refusait de l'entendre, de le voir, jugeant que sa situation ne lui permettai
pas d'être son épouse, et la nature pure et honnête de
Claire se refusant à être sa maîtresse.

Un jour, cependant, elle avait pensé mourir de bonheur, de joie, lorsque Georges l'avait amenée chez son père; lorsque le père Burdin lui avait dit :

— Claire, tu es la fiancée de mon fils, et tu resteras ici pour t'habituer à la maison.

Enfin la pauvre abandonnée allait avoir une famille, quelqu'un à aimer, on penserait à elle, des amis partageraient ses douleurs et ses joies. Elle était femme, enfin, et l'avenir, pour elle, c'était le jour où, rayonnante dans sa robe de mariée, la main de Georges dans la sienne, elle irait dire le oui éternel.

La froideur, l'indifférence de Georges la navrait, mais le jour du mariage était proche et elle reprenait courage... il rentrait tard et s'amusait au dehors. Elle pleurait, mais elle courait à ses rubans, elle regardait la toilette de mariée qu'on préparait et elle essuyait ses yeux, elle avait un gros soupir et elle disait :

— Encore quelques jours et il ne pensera plus qu'à moi...

C'est alors qu'arriva la révélation terrible du père Burdin... Georges était son frère, et elle devait étouffer l'amour qui l'embrasait.

Cela, elle le sentait, c'était trop demander ; il y avait en elle un sentiment de révolte à cette idée. Il lui paraissait impossible que Georges fût son frère. A cette idée, sa nature se révoltait... Mais, devant l'évidence cependant, elle dut se taire... et, se sentant incapable d'arracher de son cœur l'amour coupable qui l'occupait, toutes les idées les plus folles se heurtèrent dans son cerveau. Elle avait trop souffert dans sa vie, elle avait vu le bonheur de trop près, pour avoir la force nécessaire pour supporter encore cette terrible épreuve. Après avoir longuement pensé au moyen d'en finir avec cette situation, sentant son cœur se briser chaque fois qu'elle voyait Georges et que celui-ci, posant ses lèvres sur son front, lui disait :

— Bonsoir, petite sœur.

Souffrant les mille morts en le voyant plus ardent au plaisir pour oublier, et ne se donnant plus la peine de se cacher de sa « petite sœur », une jalousie féroce la dévorait, un mal de langueur la pâlit... et, ayant vainement essayé de se faire une raison, ne pouvant se vaincre, elle pensa à fuir... Mais, quitter la maison, c'était chercher à ajouter le malheur physique au malheur moral; c'était mal reconnaître la bonté de Burdin, en déshonorant ce nom qu'il était si heureux de lui voir porter! Elle pensa à la mort! D'abord elle repoussa bien vite cette lugubre idée; puis peu à peu, presque abandonnée par celui pour lequel elle avait vécu, le voyant presque satisfait de la vie nouvelle qui faisait d'elle sa sœur et lui permettait d'aller chercher au dehors d'autres amours... et n'osant avouer à personne la passion qui la dévorait, et qui, depuis la révélation, lui semblait monstrueuse, se sentant incapable de renoncer à cet incestueux amour... elle résolut d'en finir.

La veille, Georges n'était pas rentré. Etant sortie avec son père, leur voiture avait croisé celle de Georges assis aux côtés de Martingale. Burdin avait vu Georges, il avait cligné de l'œil et avait parlé à Claire pour détourner son attention, ne voulant pas, par raison de pudeur, qu'elle vît son frère avec une lorette, — comme il disait. — Claire avait détourné la tête, mais elle avait vu!

En rentrant chez elle, elle avait pris une décision : mourir!

Une lettre était arrivée obligeant Burdin à sortir; elle se dit que le moment était propice, elle renvoya sa femme de chambre et descendit commander le dîner à la vieille Marie... Celle-ci étant sortie à son tour, seule enfin dans la maison, elle se souvint du suicide commun des petites ouvrières : le charbon. Elle monta du charbon dans sa chambre, s'enferma hermétiquement, alluma son fourneau et revêtit avec coquetterie le costume de mariée, accroché dans son armoire... Lorsqu'elle fut vêtue, déjà elle ressentit des douleurs de tête et se mit vivement à sa table, craignant de n'avoir pas le temps d'écrire.

Elle écrivit :

« Mon père, mon frère,

» Pardonnez-moi. Je meurs pour en finir d'un mal sans remède, et avec la douleur de ne pouvoir vous dire la cause de ma mort. Pardonnez-moi et ne m'accusez pas. Je vous aime, adieu et pardon.

» Adieu, mon père ; adieu, Georges, adieu.

» CLAIRE. »

Elle se leva. Déjà sa tête était lourde, son regard vague. Elle fut obligée de se soutenir aux meubles pour aller jusqu'à son lit. Là, elle s'étendit sur sa couche. Au bout de quelques minutes, elle ne distinguait plus les objets ; il lui semblait qu'on lui frappait la tête avec un marteau et que le feu dévorait sa gorge ; elle gémit.

— Seigneur, pardon !... faites-moi mourir... C'est horrible de souffrir ainsi..,

Puis sa voix s'éteignit, ses traits se crispèrent, elle eut deux ou trois soubresauts comme si elle voulait se jeter au bas du lit et appeler au secours pour échapper aux souffrances cruelles qui la martyrisaient et la laissaient vivre. Elle eut encore une contraction, ses yeux se fermè ret et elle ne bougea plus.

Alors, il y eut en elle une étrange hallucination. Il lui sembla que son cerveau éclatait, que de son corps déchiré ressortait un autre être, une toute petite fille : c'était elle.

Elle avait quatre ou cinq ans ; elle se trouvait dans un grand bâtiment aux murs hauts, avec d'autres enfants de son âge, conduites par des sœurs austères ; on n'osait ni parler ni rire ; on défilait en rang, silencieusement, par les grands couloirs tristes pour aller à la chapelle, où, sur un signal, toutes s'agenouillaient ; on était discipliné, on priait au commandement. Elle se voyait les yeux baissés, craintive sous le regard de la *mère* Ursule. Elle tremblait, dans sa robe de pauvre, avec un ruban vert qui attachait sur sa poitrine une croix de cuivre. Elle revoyait la grande chapelle froide, les lourds bancs de bois où elles allaient s'asseoir; de l'autre côté de la chapelle, se trouvaient les vieillards et les infirmes qualifiés incurables. Sur les dalles jaunes, la symétrie se trouvait parfois bouleversée par des pierres tombales sur lesquelles les petites de son âge n'osaient marcher, car on disait qu'il y avait des morts dessous. Elle voyait, au bout du long corridor que formait la séparation des bancs, l'autel où le prêtre officiait.

Elle le voyait, le vieux prêtre, il n'était plus le même à l'autel qu'à l'école. A l'autel, sa face rouge, son nez trognonnant, son œil couvert par les paupières et dont le regard semblait éteint, sa bouche dont les lèvres étaient si serrées qu'elles paraissaient minces, tout cela noyé dans l'allure écrasée et suppliante de l'officiant, ne prêtait point à rire. Mais, au contraire, lorsqu'il rencontrait les enfants dans les longs couloirs, sa face réjouie était pleine de sourires, la lèvre épaisse pendait lourde, le regard était plein d'éclairs. Il prenait de sa main courte et grasse le menton des petites filles, qui rougissaient en entendant ses compliments.

Elle voyait le prêtre noyé dans un rayon de soleil, jouant en passant à travers le vitrail, et le crâne qui n'avait plus besoin de tonsure sous ce soleil semblait être de cuivre poli; elle le voyait au milieu des losanges multicolores que la lumière jetait à travers les vitraux sur les dalles de l'autel, dans son grand surplis blanc, avec sa chasuble brodée de gros épis dorés; elle voyait ses mains potelées lever vers le ciel le vase sacré; il lui semblait entendre la sonnette, et les vieilles femmes et les petites filles cachant leur tête derrière le dossier des bancs; les thuriféraires jetaient l'encens, et dans les nuages de fumée la chapelle disparaissait. Elle se voyait le jour où, au parloir, on la faisait venir pour la confier à Mᵐᵉ veuve Vadet qui cherchait une apprentie; le soir même, elle partait avec la veuve, et c'est le vieux curé qui, lorsqu'elle partit, dit : « Madame, vous emmenez notre beau sourire. » On l'avait toujours appelée ainsi.

La mère Vadet l'avait menée au chemin de fer... elle se

voyait dans le wagon, tenant sur ses genoux son petit paquet, regardant par les fenêtres des portières et voyant tout fuir ; elle eut peur d'abord ; mais la mère Vadet la consolait, l'embrassait... et la pauvre petite Claire n'avait guère été embrassée... c'était la première fois qu'on lui disait : Je t'aimerai... Elle revoyait le petit intérieur où elle avait vécu, se levant matin pour travailler et veiller tard... puis un jour la mère Vadet était morte... la chambre vide... le lit froid... et la misère, la misère... alors elle avait été travailler rue Barbette... et elle avait vu Georges... Elle le voyait tout près d'elle, il lui souriait, elle avançait la tête pour l'embrasser, et Georges, toujours souriant, se reculait, elle voulait s'élancer vers lui, et elle se sentait prise par des mains invisibles... et Georges s'éloignait... s'éloignait toujours en lui souriant... il l'appelait et elle ne pouvait courir, et elle était sans voix pour répondre... puis elle ne le vit plus.

Alors il lui sembla que ses pieds, ses jambes étaient glacés et pesaient lourds... il lui sembla qu'on lui arrachait le crâne, ce fut une horrible souffrance et elle perdit connaissance . . . .

. . . .

Georges, en voyant le fourneau allumé au milieu de la chambre, avait jeté un cri terrible et s'était élancé vers le lit... Chadi, plus pratique, s'était précipité vers la fenêtre et l'avait ouverte, puis il avait jeté le fourneau et le charbon dans la rue, et voyant les deux femmes et Georges empressés près de Claire, il dégringola les escaliers pour courir chercher un médecin, en disant :

— J'en étais certain, je flairais un malheur... Pourvu que nous soyons arrivés à temps...

Georges avait pris la jeune fille dans ses bras, et l'avait portée près de la fenêtre, où il l'avait assise dans un fauteuil : le corps sans force avait besoin d'être soutenu... Les deux femmes, en voyant la jeune fille inerte, sans regard, éclatèrent en sanglots, gémissant :

— Elle est morte ! mon Dieu ! mon Dieu !

— Ah ! la pauvre ange du bon Dieu... Morte ! C'est-Dieu possible !

Georges, épouvanté, était à genoux près du fauteuil soutenant Claire et la couvrant de baisers en criant :

— Claire ! Claire ! ma bien-aimée. C'est Georges, c'es ton fiancé qui revient vers toi. Claire, réponds-moi.

Et ses lèvres sur ses lèvres, il cherchait dans ses bai sers à lui rendre la vie. Mais, abandonné, sans mouve ment, le corps se pliait comme un fragile roseau, e serait tombé s'il n'avait point été retenu.

Le malheureux était désespéré ; deux grosses larme coulaient sur ses joues ; il jetait des cris inarticulés et n savait que faire pour la secourir.

La porte s'ouvrit et Chadi parut, amenant un médecin qui commanda d'étendre aussitôt la jeune fille sur l lit.

Le docteur ordonna qu'on fît vivement le sacrifice d la belle robe blanche, et les ciseaux accomplirent leu œuvre ; d'une main il prit le poignet de Claire, il plaç l'autre main sur son cœur, et, l'œil sans regard, il atten dait l'impression des pulsations. Georges, les yeux fixes la bouche ouverte, inquiet, anxieux, tremblant, attendai la fin de cette minute qui durait des siècles. Les femmes que la mollesse du corps et le froid des chairs avaien terrifiées, sanglotaient, redoutant la parole du docteur Chadi, au contraire, le front plissé, le regard fixe, cher chait à lire sur le visage du médecin le résultat de sor examen.

Tous étaient silencieux. Lorsque le docteur dit :

— Vite un seau d'eau glacée... et une cuvette !

Il y eut un brouhaha fou, on courut dans la chambre, on se heurtait aux meubles. Les visages étaient transfor més, et tous, remuant, répétaient la phrase :

— Elle vit ! elle vit !

C'était du bruit, mais non de l'action, on remuait, mais on n'agissait pas ; Chadi, toujours plus pratique, s'était précipité dans l'escalier, et avait tiré un seau d'eau au puits...

Quand il revint dans la chambre portant son seau, le docteur, pour la saigner, tenait le bras de Claire, la vieille Marie soutenait une cuvette, dans laquelle coulait le sang... et Georges défaillant était étendu dans le fauteuil, le teint livide, les traits bouleversés.

On lui avait arraché son col et la femme de chambre lui mouillait les tempes.

Chadi avait apporté son seau d'eau, il avait aussitôt retiré son paletot, avait retroussé ses manches, et il demandait au médecin :

— Que faut-il faire, docteur ? voici l'eau.

— Avec des linges, avec une éponge, mouillez-lui la tête.

Chadi redescendit à la cuisine, et en moins de dix secondes il apportait une éponge énorme ; sans s'occuper de son linge ordinaire, il la plongea dans l'eau et l'appliqua sur le front de la jeune fille... L'éponge ne faisant pas assez d'effet, il finit par verser lentement et comme une douche, le seau sur la tête de Claire.

Vingt minutes après, la jeune fille ouvrit les yeux et, d'une voix à peine perceptible, faute d'haleine et de râle, elle dit :

— Oh ! que je souffre... mon Dieu !

— Ça va bien ! cria Chadi.

— Elle est sauvée, dit le docteur.

Aussitôt Georges bondit sur son fauteuil, la phrase du docteur lui avait rendu ses forces.

Le lit avait été tiré au milieu de la chambre, et Georges, qui avait lu la lettre écrite par la pauvre Claire avant sa tentative, se précipita vers le lit, et pendant que le docteur bandait le bras pour arrêter la saignée, il soulevait la tête de son amie, toute ruisselante, il l'essuyait de ses mains brûlantes de fièvre, et traînant sur son visage ses lèvres ardentes, il disait :

— Claire... Claire, ma bien-aimée... nous serons unis... Claire, je ne suis point ton frère... Je suis ton époux... entends-moi, ma bien-aimée.

Est-ce cet aveu suprême ? est-ce les larmes tièdes de

Georges qui tombaient sur son visage? Claire ouvrit les yeux, un sourire embellit ses traits et ses lèvres se tendirent...

Ses lèvres, sur lesquelles celles de son fiancé se placèrent aussitôt... et en même temps, par tout le corps de la jeune fille une chaleur vivifiante se répandit, et le docteur souriant en replaçant le bras sur le lit, se tourna vers Chadi, qui, la face épanouie, l'œil brillant, regardait ébloui de joie les amoureux, et lui dit :

— Quel docteur que l'amour! il amène la mort, mais comme promptement il rend la vie!...

— Docteur, il n'y a que la moitié de la comparaison qui est vraie.

Le docteur regardait Chadi en souriant, semblant l'interroger ; mais Chadi éclata de rire en lui tendant affectueusement la main, il s'écria :

— La seconde moitié, docteur, est vraie, car c'est vous qui l'avez sauvée!...

Burdin entrait affolé à ce moment, exclamant :

— Ah! mon Dieu! mon Dieu! qu'y a-t-il?

Chadi courut aussitôt vers le brave homme et lui dit :

— Rien, monsieur Burdin... rien, c'est fini... commen avez-vous su ce qui se passait?

— Mais il y a un monde fou devant la porte. Est-ce vrai, un suicide...?

Et le père Burdin, les yeux mouillés, les traits bouleversés, courait vers le lit.

Claire, presque assise, était soutenue par Georges et la tête sur son épaule, retrouvait la vie à la chaleur d cette étreinte, de l'étreinte de l'être aimé; malgré se souffrances, elle souriait pour accueillir son père...

— Comment! gémissait le père Burdin en pleurant toi, ma Claire, tu as voulu te tuer... Tu ne nous aime donc pas... toi, ma fille... toi!... Docteur?...

Et comme suppliant, il s'était tourné vers le médecin celui-ci lui répondit :

— Elle est sauvée...

— Oui, père, oui, dit joyeusement Georges en prenan

Claire dans ses bras, et en l'embrassant, oui, ma chère petite femme... ma Claire est sauvée,

— Hein! exclama le père Burdin stupéfait..., ta femme!...

— Ma fiancée! rectifia Georges en embrassant Claire.

Le père Burdin jeta un regard autour de lui, interrogeant chacun ; c'est Chadi qui lui dit :

— Oui! oui, monsieur Burdin, sa fiancée!

— Vous êtes fous !

— Mais non... Georges sera votre gendre !

C'était trop ! l'émotion et les étranges affirmations qu'il entendait bouleversèrent le père Burdin, qui se laissa tomber dans un fauteuil en disant :

— Ils sont fous ! ils sont fous.

X

UN FILS !

Chadi voyait le danger qui menaçait ses amis ; il voyait chaque jour s'étendre sur eux la longue trame dans laquelle Tarand les enveloppait ; il était temps d'agir pour les sauver, et il n'hésita pas. Il prépara une contre-mine, c'est-à-dire qu'il organisa tout contre Tarand. Il lui répugnait de rester dans la maison du Contentieux, d'être l'employé de celui-ci, mais c'était la seule condition pour lui de pouvoir surveiller ses agissements. C'est par des lettres que tous ces gens étaient perdus, c'est par des lettres qu'il voulait les sauver. Et, sans hésiter, il se mit à l'œuvre.

A l'hôtel de la rue de Lille il s'était passé des faits

extraordinaires, et les vieux domestiques en parlaient entre eux, cherchant à éclaircir ce mystère. Les façons, les allures du marquis n'étaient plus les mêmes, sa vie ordinaire était bouleversée. La belle Martingale était absolument oubliée, et la vie commune entre le marquis et la marquise était toujours rompue. Cependant Marius semblait plus gai et plus jeune ; à son maintien froid, ennuyé, avait succédé tout à coup une ardeur toute juvénile. Sans s'occuper d'Hélène plus que si elle n'existait pas, un matin il avait dit à son valet de chambre qu'il allait faire un voyage de quelques jours, qu'il eût à disposer, pour le soir, ses malles ; il l'emmenait seul, avec lui. Le valet en avait parlé à Julie, la femme de chambre de madame, et c'est par celle-ci qu'Hélène avait appris — avec joie — qu'elle était libre pour quelques jours.

Renée, l'amie de la marquise, était venue la voir le même jour, et Hélène avait fait dire qu'elle était en visite ; elle redoutait le bavardage de son amie, ou peut-être elle avait peur d'elle-même et ne voulait point révéler à personne l'état de ses pensées.

Le marquis, on devine facilement les causes qui avaient amené ce changement, avait appris que son fils n'était pas mort, son enfant vivait... On le lui ferait connaître, mais avant toute chose, avant d'en parler à sa femme, il voulait être bien assuré par lui-même qu'on ne l'avait pas trompé et il se rendait à Cacogne.

Malheureux au jeu, c'est avec peine qu'il était sorti de la situation où la malechance l'avait jeté, et il cherchait à se persuader qu'il avait absolument rompu avec ses coûteuses habitudes. Il croyait à l'affaire dans laquelle on l'avait lancé ; et puis, las de la Martingale, il se trouvait bien niais d'être aussi sévère avec la marquise, qui n'avait eu avec lui qu'un tort, celui de l'aimer assez pour être jalouse.

Cette rupture était absurde, il le comprenait mieux, surtout depuis qu'il avait appris que leur enfant vivait.

Il s'était surpris seul chez lui, parlant tout haut et

répétant ce seul mot, comme pour s'habituer à son harmonie :

— Mon fils! mon fils!

Et à la louange du viveur dépravé, il faut le dire, l'idée que la succession Cantrel lui revenait tout entière par cet enfant, n'occupait pas son cerveau. C'est le sentiment paternel qui dominait en lui, qui le remplissait de joie. Sa vie, monotone, triste, s'éclairait ; il vivrait pour quelqu'un, et, ce rapprochement de sa femme par ce fils, allait ramener la vie calme du foyer ; il avait hâte d'être à Cacogne et de prendre, *visu et auditu,* les renseignements.

Le soir où il partit, la marquise le regarda monter en voiture en soulevant faiblement le rideau de la fenêtre de sa chambre ; elle semblait émue et heureuse.

Marius était accompagné par son valet de chambre. Il prit l'express de huit heures du soir et arrivait au milieu de la nuit à Nevers ; il se fit conduire au même hôtel où presque à vingt ans de là il était descendu par une nuit de neige. Il demanda la même chambre. Il eut une douce émotion en revoyant toujours à la même place les vieux meubles. Il s'assit dans un vaste fauteuil, et, accoudé, regardant autour de lui, il lui sembla que le passé revivait.

Vingt ans! que de changements depuis cette époque ! Alors il faisait froid, et la coquette Hélène, la petite mère de dix-huit ans, était toute transie, toute glacée, ses petites dents se choquaient, il l'avait prise dans ses bras et l'avait montée dans la chambre ; là, devant la vaste cheminée bourrée de bois qui brûlait d'un feu clair, il s'était assis et l'avait assise sur ses genoux ; elle tendait à la chaleur ses pieds mignons, auxquels il avait arraché les petits souliers, et toute pelotonnée sur lui, à mesure que la chaleur ramenait le sourire sur les lèvres, elle lui disait :

— Oh ! petit mari, que votre Hélène vous aime ! Et sa bouche souriante avait offert à ses lèvres un baiser qu'il avait rendu.

Pendant que la petite marquise se mettait au lit, il avait fait envoyer à Cacogne un messager qui devait ramener la nourrice et son fils. Il voulait que la petite mère eût pour bonjour le baiser du petit Octave. Et il s'était couché à son tour. Ils avaient dormi avec cet espoir. Le lendemain, il avait entendu frapper à sa porte. Comme sa femme était au lit, il s'était levé, et avait été ouvrir, croyant qu'on amenait l'enfant.

Il avait vu un homme couvert de neige qui lui avait dit :

— Monsieur, j'arrive de Cacogne ; il est arrivé un malheur.

— Quoi donc ?

— Le petit est mort... J'ai ses affaires dans ma voiture.

Ah !... il se rappelait le coup qu'il avait ressenti... et, tout tremblant, il avait fermé la porte, ne sachant comment apprendre la nouvelle à sa femme, évitant de faire du bruit pour ne pas l'éveiller.

Mais Hélène était éveillée ; il lui semblait à cette heure la voir encore dans le fond de l'alcôve du grand lit... La jolie petite marquise avait tiré ses couvertures jusque sous son menton, ses cheveux inondaient les draps blancs.... et sa tête fraîche et rose, ses yeux étonnés et curieux, ses belles lèvres rouges, tout cela avec ce rire frileux où les dents claquent, c'était charmant.

Il vint vers elle, la prit dans ses bras et lui dit :

— Hélène, ma pauvre amie... nous n'avons plus d'enfant...

— Octave ?

— Octave est mort.

Elle avait eu de gros sanglots longtemps ; puis, effrayée par l'idée de la mort, elle avait voulu partir le matin même.

Et ils étaient partis, sans pousser jusqu'à Cacogne ; c'était le devoir cependant. Que de choses évitées s'ils y avaient été ! Il y avait vingt ans de cela !

Marius resta longtemps rêvant au passé ; puis, se levant enfin, il dit :

— Si c'était vrai, si mon fils était vivant, oh! je rachèterai tout cela par ma vie nouvelle, pauvre Hélène. La
vie n'est-elle pas assez triste pour elle ainsi, sans l'augmenter de ce supplice éternel, l'ennui! Pourquoi s'abandonner, quand l'un et l'autre on a tant besoin de se soutenir!

Il était las et se mit au lit; mais son esprit préoccupé
le fit s'éveiller de bonne heure. Il avait, en arrivant, commandé une voiture pour le lendemain; il la trouva en
descendant, et il partit aussitôt.

Son premier soin fut de se rendre à la mairie. On ne
fut pas tonné des demandes qu'il fit, car les correspondances echangées depuis quelques jours, à ce propos,
expliquaient la nécessité d'une constatation *de visu*.

C'était vrai!... absolument vrai... Son fils vivait. L'enfant mort, c'était celui de Burdin, de la nourrice... Il
avait un fils!... Il y avait pour lui tout un monde dans
cette phrase. Il demanda au maire de vouloir bien lui
faire copier une lettre attestant que son fils vivait, que
l'enfant mort à Cacogne, et enterré dans le petit cimetière, le 2 décembre 1852, était le fils du père nourricier.
C'est ce dernier moyen que le maire accepta.

Marius voulait savoir comment cette erreur avait pu
être commise. Ce à quoi le maire répliqua qu'il était bien
singulier que des parents, apprenant la mort de leur enfant, n'aient pas cru devoir demander au maire l'acte de
décès et s'informer au moins s'il avait une sépulture.

Marius se tut; l'égoïsme des jeunes années lui fit monter le rouge au visage.

Pour avoir quelques renseignements, on lui conseillait
de voir un cabaretier qui avait été l'ami des Burdin. Marius se retira en serrant précieusement la lettre. Il se
sentait tout autre à cette pensée : — J'ai un fils!

Il se rendit au cabaret qu'on lui avait désigné, chez
Jean Houchard, un ancien charron qui avait travaillé
chez Burdin, et qui, enfant du pays, lorsque son père était
mort avait repris son cabaret...

Marius avait faim. Parti le matin de très-bonne heure

11.

de Nevers, il n'avait pas pensé à déjeuner, et l'appétit le tourmentait. Joseph, son domestique, pâle, le visage fatigué, le regardait d'un air lamentable ; le pauvre garçon, obligé de préparer les malles, avait mangé hâtivement la veille, et, à cette heure, ainsi qu'il le disait, « il avait l'estomac dans les talons... » En voyant les gros yeux ronds de son domestique sans cesse fixés sur lui, Marius finit par lui demander ce qu'il avait.

— Ah ! monsieur le marquis... je meurs de faim.

— Moi de même, dit Marius en riant.

Ce qui surprit Joseph, son maître ne riait guère ordinairement.

— Joseph, nous n'avons pas le choix... il faut entrer là et tâcher de nous faire servir à déjeuner.

Et il désignait le cabaret. Joseph, radieux, dit aussitôt :

— Monsieur le marquis peut être tranquille. S'il le faut, je ferai la cuisine.

Ils entrèrent... Marius regarda curieusement le cabaret de village, mais Joseph, qui s'y connaissait, eut un heureux sourire, les préventions du marquis ne se justifiaient pas.

C'était une vieille et bonne auberge qu'on appelait le cabaret de Jean Houchard, devant lequel n'oubliaient jamais de s'arrêter les rouliers...

Une grosse servante brune, fauve d'œil et de peau, aux lèvres rouges, une belle fille plantureuse, aux bras forts, aux larges mains, vint avec un large sourire qui montrait des dents superbes offrir une table... Joseph lui dit :

— Je vais vous aider, la belle enfant... C'est moi qui vais commander...

— Joseph, dit le marquis, mets-toi à la table en face, là... et mange vite... ici on va nous servir...

— Quand monsieur le marquis sera servi.

En entendant ces mots, la jeune fille devint rouge, et les quelques buveurs qui étaient à des tables plus loin s'éloignèrent respectueusement et regardant curieusement en dessous celui qu'on appelait le marquis.

Dix minutes après, les pieds sous la table, Marius se

trouvait heureux dans la salle d'auberge... Devant lui,
une bouteille de petit rosé frais et piquant à boire, deux
côtelettes appétissantes, de la faïence à coq multicolore,
des verres brillants, tout ça sur une nappe bien blanche,
en face une immense cheminée... dans la vaste salle un
peu enfumée, à plafond zébré de solives, et le tout éclairé
par deux hautes fenêtres à petites vitres que le soleil em-
brase et traverse pour venir caresser le cuivre rouge des
chaudrons, en jetant de la gaieté plein l'auberge... Comme
il était bien là, Marius, qu'il avait faim, soif!... Qu'il
était heureux! il avait de la gaieté plein lui.

Quand la servante vint en souriant lui apporter le second plat, il lui demanda :

— Est-ce que M. Houchard est là?

— Monsieur, il est dans son jardin.

— Allez le chercher, ma belle enfant. Je voudrais lui
parler.

Quelques minutes après, Houchard entrait dans la
salle; il avait son tablier de travail devant lui; il retira en
entrant sa calotte de drap, et vint en souriant vers Marius.
Houchard paraissait avoir une cinquantaine d'années.

— Vous m'avez demandé... Je suis bien votre serviteur, monsieur... Qu'est-ce qu'il y a pour votre service?

— Monsieur Houchard, voulez-vous me faire le plaisir
de m'accorder quelques minutes d'entretien ?

— Je suis à vos ordres, monsieur.

— D'abord, je dois vous dire que je fais un excellent
déjeuner ; tout ça est très-bon... Vous devez avoir dans
votre cave de bon vieux vin...

— Ma foi, oui, monsieur. J'ai du vin, du vrai : il faut
être connaisseur pour l'apprécier...

— Vous devez être ce connaisseur-là.

— Ma foi, un peu, monsieur. Je ne m'en cache pas. Il
est un peu cher, sans ça j'y toucherais souvent.

— Eh bien! Houchard, si vous voulez me faire le plaisir
d'en accepter un verre, je vous demanderai une bouteille
de cet excellent vin.

— C'est pas de refus, monsieur.

Mais, en disant cela, son regard semblait demander à quel propos on lui faisait cette offre.

— Faites-nous servir cette bouteille, et nous causerons. J'ai quelques renseignements à vous demander, fit Marius, qui avait compris le regard.

— Oh! ce vin-là, il n'y a que moi qui y touche. Je vais le chercher.

Le père Houchard sortit pour reparaître bientôt portant avec précaution une bouteille couverte de la lèpre des caves, qu'il vint poser avec religion sur la table. Joseph, qui avait terminé son déjeuner, se levait tout étonné des familiarités de son maître.

Le cabaretier avait été chercher dans le fond d'une armoire deux verres fins comme de la mousseline, et il les avait placés sur la table, puis, sans remuer la bouteille, il avait, avec le foret, arraché le bouchon, et avait doucement, doucement empli les verres.

Le vin était d'une belle couleur pelure d'oignon, qui réjouissait l'œil.

Le père Houchard, l'œil émerveillé, dit :

— Tenez, monsieur, goûtez-moi ça.

Marius avait pris son verre, après avoir trinqué, buvait. Houchard avait levé le sien jusqu'à la hauteur de son nez, il le promenait sous ses narines, reniflant fortement; puis il but lentement et à petites gorgées. Quand il eut fini, il reposa son verre, s'assit en face de Marius, se campa la main sur ses genoux, et il demanda :

— Vous me disiez, monsieur, que vous aviez quelques renseignements à me demander.

— Oui, monsieur; je voulais vous parler d'un nommé Burdin... Vous l'avez connu ?

— Burdin! mon ancien patron... je l'ai connu, pardi!... et je le connais encore; pas plus tard qu'il y a une huitaine, il était ici à la table où vous êtes.

— Ah! très-bien... Voici les renseignements que je viens vous demander... Reste-t-il dans le pays?

— Burdin! oh bien ouiche! il a fait fortune, c'est un grand négociant à Paris.

— A Paris, et sa femme?

— Oh! la pauvre Jeannie, il y a beaux jours qu'elle est morte...

— Savez-vous l'adresse de Burdin à Paris?

— Ça, non! Je ne la lui ai pas demandée...

— Au reste, vous pouvez me donner déjà les renseignements que je cherche.

— Si ça se peut, je suis à votre service, monsieur.

— Monsieur Houchard, il y a vingt ans, vous étiez au pays chez Burdin?

— Il y a vingt ans, j'étais au pays, oui, mais je n'étais plus chez Burdin, car lui n'y était pas...

— Si; il y a vingt ans, Burdin était maréchal-ferrant et sa femme nourrissait.

— Oui, mais il y a une petite erreur : poursuivi pour affaires politiques, Burdin avait été obligé de se sauver; sa femme était restée seule, presque sans ressources; elle nourrissait, et pour vivre, la pauvre femme, elle prit même un nourrisson.

— Parfaitement, c'est bien cela; les renseignements que je vous demande concernent le nourrisson.

— Ah! autant que je peux me rappeler, c'était un petit Parisien... le fils de gens très comme il faut, mais qui ne paraissaient pas beaucoup l'aimer, à ce que disait la Jeannie...

— Que devint cet enfant?...

— Cet enfant... je ne sais pas... C'est curieux, quand Burdin est venu, il m'a questionné comme vous... Seulement, lorsque je l'ai interrogé sur les raisons pour lesquelles il me demandait tout ça, il n'a rien voulu dire... il m'a dit seulement : C'est relativement à ma fille!...

— Mais il avait donc aussi une fille?

— Oui, mais celle-là, nous ne l'avons pas connue... elle est venue au monde après que la Jeannie avait quitté le pays...

— Mais je croyais que la Jeannie était morte ici?

— Pas du tout!...

— En deux mots, monsieur Houchard, voici ce que je

tiens à savoir... les parents du nourrisson de Mme Burdin, sur sa déclaration à elle, croyaient leur enfant mort et enterré ici...

— Oui, Burdin m'a parlé de quelque chose comme ça...

— Et c'est absolument faux... j'ai vu les actes...

— Pardi! si vous avez vu l'acte... vous avez vu mon nom. C'est moi qui me suis occupé de tout, elle n'avait plus sa connaissance la pauvre femme...

— Monsieur Houchard, veuillez me rendre le service de me raconter absolument ce qui s'est passé.

— Oui, c'est bien plus simple... La Jeannie, Mme Burdin, avait donc son petit et un nourrisson... et dame, elle n'était pas heureuse, la pauvrette, vous savez, quand le mari n'est pas là, le buffet n'est pas toujours garni... Un jour, je m'en souviens comme d'aujourd'hui, son petit, qui toussait depuis une huitaine, mourut en toussant... il faisait un temps, un temps! de la neige haut comme ça... Pour lors, voilà cette femme qui sort dans la rue, qui crie, qui gémit. Par ce temps-là, je cours, je la fais rentrer, les voisines viennent la garder, elle était comme hébétée.

Je vais à la messe, à l'église, nous faisons une quête entre nous pour enterrer le petit... bien! Après la messe, le petit enterré, nous voyons tout à coup la Jeannie déboucher au cimetière, et c'étaient des cris, des sanglots! Ah mon Dieu! ça vous déchirait le cœur... Nous la ramenons chez elle, et puis, le lendemain, la pauvre femme était comme folle, comme hébétée, elle racontait des choses à ne pas dire... qui étaient des machines de son imagination... et elle disait que l'autre petit c'était le sien... enfin, elle est partie après avoir tout fait vendre... et depuis, nous avons appris qu'elle était morte à Nevers, en donnant le jour à une petite fille... parce que, des fois, quand Burdin rôdait dans le bois, il venait coucher la nuit chez lui.

— Mais enfin, l'enfant, le petit Octave vivait?

— Tiens! c'est bien ça, vous venez de dire son nom... Oui, oui, il vivait.

— Et vous ne savez pas ce qu'il est devenu?

— Non; nous croyions tous, au pays, que les parents l'avaient repris, le pauvre petit.

— Et ce Burdin, croyez-vous qu'il sache quelque chose à ce sujet?

— Oh! ce n'est pas probable, puisqu'à ce moment il était à l'étranger.

— Enfin, vous ne savez pas à qui la femme Burdin avait confié l'enfant?

— Non, monsieur; vous ne pourriez savoir ça qu'à Nevers... et il vous faudrait trouver les employés de cette époque à l'hôpital, et dame c'est bien vieux.

— Il ne reste pas, dans ce pays, une personne ayant connu cette famille?...

— Certainement si, monsieur, mais comme moi — c'est-à-dire que l'on sait bien ce que je vous affirme là, que la Jeannie perdit son enfant à elle, qu'elle resta avec l'enfant placé en nourrice chez elle, mais c'est tout. Quand Burdin est venu ici, il n'y est pas resté une demi-journée, et il a vu deux ou trois personnes... mais aucune ne s'est informée de lui... Il faut bien vous dire la vérité. Vous savez, dans nos pays, un condamné est toujours un condamné; on a oublié la cause... les gendarmes le cherchaient, et ceux qui avaient quatorze ou quinze ans cette époque, en ont trente-cinq aujourd'hui; il ne leur reste de Burdin qu'un souvenir peu sympathique; c'est malheureux. Lui qui a senti ça... il s'est hâté de quitter le pays...

Marius termina son repas, et, malgré ce qu'on lui avait dit, il essaya, par les vieilles femmes, d'avoir d'autres renseignements, où il cherchait l'espoir. Au contraire, il fut découragé, car quelques-unes lui dirent que le petit était chétif, et qu'elles croyaient qu'il était mort jeune..., Ennuyé, et tout aussi perplexe, il retourna à Nevers, sans avoir rien appris. Lorsqu'il fut de retour à l'hôtel, il vit le maître d'hôtel appeler son domestique pour lui demander le nom de son voyageur; la vue du livre lui donna la même idée qu'avait eue Georges Burdin lorsqu'il

était venu quelques semaines avant... Tous les voyageur
sont obligés de déclarer leurs noms et leur qualité sur l
livre d'hôtel... Il fit ensuite demander à inscrire son non
lui-même, et il dit au garçon de monter le livre dans s
chambre. Le hasard le favoriserait peut-être ; il y a d
nombreux hôtels à Nevers... mais les gens aisés fréquen
tent ordinairement les mêmes maisons, et puis, s'il n
trouvait pas le nom qu'il cherchait, il ferait demande
dans tous les hôtels importants si M. Burdin était pass
quelques jours avant... c'était la chose la plus naturell
du monde. Il savait que Burdin était venu.

Seul, dans sa chambre, il feuilleta le livre, et trouv
presque aussitôt ce qu'il cherchait, — seulement le livr
ne portait pas d'adresse, il sut seulement que Burdi
était à Paris, — sa qualité de négociant n'était suivi
d'aucune adresse... Il fit alors ce qu'avait fait égalemen
Georges lors de son passage à Nevers. Ayant signé sur l
livre, il sonna le garçon et, en lui remettant le registre
il lui demanda l'almanach des cent mille adresses.

Dix minutes après, il savait enfin que Burdin restait
Paris, rue Barbette... Il haussa les épaules, de n'avoi
pas pensé plus tôt à ce moyen si simple d'être renseigné
Le soir même, plein d'espoir, il repartait pour Paris.

En arrivant, il trouva deux lettres, l'une du *Contentieu*
des Familles, qui lui fit regretter tous ses désagréments
— On l'invitait à passer à l'agence, pour avoir le nom
l'adresse de son... fils !!!

A la lecture de la seconde lettre, il fronça les sourcil
et s'écria :

— Que veut dire ceci?... quelque infamie...

Le jour baissait, il s'avança près de la fenêtre, pou
mieux lire. A mesure qu'il lisait, le marquis devenai
pâle... il dit sourdement :

— C'est une infamie. . j'irai... mais, l'auteur la paier
de sa vie.

Et sombre, il s'accouda sur l'espagnolette de la fenêtre
oubliant son voyage, la recherche de son enfant... pou
ne penser qu'à la révélation qu'il venait de lire.

XI

UN PEU DE LUMIÈRE SUR NOTRE DRAME
ET SUR NOS ACTEURS.

Au milieu de la trame épaisse ourdie par Tarand, le but semble perdu. En poursuivant la belle marquise, il n'obéissait pas à la passion qui l'entraînait vers elle, son cœur n'était presque pour rien dans l'affaire. Il était de notoriété publique que le marquis et la marquise faisaient le plus mauvais ménage. Les domestiques bavards disaient que l'on ne continuait la vie à deux, que parce que la liquidation qu'entraînerait une séparation les laisserait tous les deux absolument ruinés ; ils disaient aussi que la marquise, lassée de la conduite scandaleuse de son mari, n'attendait qu'une occasion pour l'imiter. Dans le ménage, l'inconduite de l'un, l'abandon de l'autre avaient amené la perte du sens moral. L'un voulait de l'argent à tout prix, l'autre, sans s'avouer à elle-même ce qu'elle voulait, avait de folles idées lorsqu'on lui parlait d'aventures galantes, de femmes à la mode.

C'est cette situation que le président du Club des Coquins, le beau Tarand, le faux comte de Montrose, voulait exploiter.

Au nom de la société, il avait agi relativement à l'héritage que devait ramener au marquis de Cantrel l'existence de son fils Octave ; au nom de la société, il avait fait cette longue escroquerie qui s'appelait les Mines savoyardes, derrière, un chiffre de faux assez rond avait permis de faire les avances à Marius.

Mais là ce n'était que le côté grossier de son plan. Sans qu'il s'en doutât, le marquis était absolument compromis dans l'affaire des Mines, alors que le conseil de carton qui la dirigeait serait menacé, tous disparaîtraient, lui resterait. Et les affaires avaient été assez adroitement arrangées pour qu'il ne pût s'en tirer. Si bas qu'il fût tombé, devant le déshonneur le marquis ne voudrait pas vivre. C'est sur cette catastrophe préparée que Tarand comptait.

Le jour où le marquis et la marquise rentreraient en possession de l'héritage du vieil oncle de Cantrel-Origny, un avis anonyme devait dénoncer à deux ou trois sous-cripteurs ce qu'était la Société des mines savoyardes, ceux-ci couraient à la police ; — devant la menace d'arres-tation, le marquis se tuerait... A cette heure, Tarand aurait assez compromis la marquise pour que celle-ci, devant la catastrophe qui la faisait veuve, si misérable-ment, si indignement, qui lui faisait dans le monde une situation insoutenable, n'hésitât pas à abandonner aux créanciers le vieil hôtel et à fuir avec son amant.

De ce plan, la plus grande partie était exécutée. Marius de Cantrel était pris, il était bel et bien compromis et il ne pouvait plus s'arracher de la situation ; un jour ou l'autre, c'était la justice qui devait finir son jeu. L'héri-tage allait revenir aux Cantrel. Car, le Contentieux des Familles avait déjà officieusement informé, au nom de Marius, les exécuteurs testamentaires du feu duc de la situation de l'héritier.

En engageant le marquis à aller dans la Nièvre, pren-dre sur place des renseignements qu'il pouvait lui don-ner, il ne songeait qu'à l'éloigner de Paris, afin de rendre quelques jours de liberté entière à la belle Hélène de Cantrel, et de précipiter dans ces quelques jours la chute de la jeune femme.

Tarand avait été servi à souhait ; le jour même du départ du marquis, il avait reçu d'Hélène une lettre lui disant que, cédant à sa demande, elle se rendrait le soir chez lui.

Cette fois, il était bien certain que la belle marquise était à lui.

C'est la copie de cette lettre que Marius avait trouvée chez lui, avec une petite lettre qui expliquait les relations jusqu'alors platoniques du comte de Montrose et de sa femme. La lettre ne laissait aucun doute sur la nature de ces relations. Cependant, on déclarait n'avoir pu en avoir que la copie, et il pouvait être la victime d'une infâme dénonciation. Voici cette lettre :

« Il y a des entraînements contre lesquels on ne résiste pas... je vais faire une folie, je le sens ; mais, je dis : Oui, oui, ce soir j'irai chez vous. Je crois en vous, Félix ; tout mon passé honnête, je l'abandonne à un honnête gentilhomme. Vous m'aimerez toujours, n'est-ce pas?... Vous me ferez oublier la faute. Je vous aime tant ! Mon mari, d'ordinaire, ne nous gêne guère ; mais, cependant, sa présence peut-être m'aurait retenue. Je suis seule, et votre souvenir est sans cesse autour de moi. Ce soir, à dix heures. Félix, je vous aime. Soyez seul, éloignez vos domestiques... A ce soir.

» HÉLÈNE. »

Cette lettre était si folle, si sotte, si insensée, que Marius se refusait à y croire. Mais quel est celui qui n'a toujours l'oreille ouverte à semblable dénonciation?

— Si c'est une infamie, oh ! j'en connaîtrai l'auteur.

Il appela son domestique et lui dit de s'informer si madame était là. Il revint lui dire que madame était sortie. Il commanda, si elle revenait, de ne pas lui annoncer son retour. En entendant cet ordre, les gens se regardèrent assez surpris; mais Marius n'en était plus à dissimuler chez lui les relations peu affables de son ménage.

Il ne put dîner, poursuivi sans cesse par la fatale lettre... Il voulait vainement se persuader qu'il était dupe.

Alors, il relisait la lettre accompagnant la copie, elle était si explicite, les renseignements qui y étaient donnés se rapportaient si bien avec ce qu'il savait, que le doute devenait impossible. Agité, furieux, il se promenait dans sa chambre. A neuf heures, il s'informa si la marquise était rentrée, on lui dit que non et que madame ne devait pas rentrer tôt, car elle avait donné congé à ses femmes.

Ces derniers mots lui assuraient que la lettre était vraie. Il se disposa à sortir. Qu'allait-il faire? Il l'ignorait. Il se rendait chez le comte de Montrose; et s'il y trouvait la marquise...

Il congédia son domestique, entra dans le salon, décrocha un revolver, en visita les cartouches, le glissa dans sa poche et sortit en disant :

— Est-ce que j'aime ma femme maintenant? Est-ce que je deviens jaloux? Non, certainement non. Mais je ne veux pas qu'on l'aime... Et si la lettre est vraie... oh! je les tue tous les deux.

A la même heure, Tarand se jetait dans une voiture et se faisait conduire chez lui, répondant à Martingale, qui lui demandait où il allait si brillant et si gai :

— Je vais te venger et nous gagner des millions !

On pense si Alice resta stupéfaite.

Nous arrivons à la partie la plus cruelle de cette longue histoire, et nous devons nous excuser des tableaux un peu crus que nous avons dû montrer, que nous serons, malgré leur dureté, obligé d'étaler devant les yeux du lecteur.

L'histoire vraie, absolument vraie, que nous racontons, nous oblige à peindre les personnages tels qu'ils sont, avec leur cynisme, leur audace et leur mépris du code et de la société. L'histoire, malgré ses détails un peu vifs, est absolument morale. C'est l'attaque d'un vice par sa description, c'est la faute elle-même qui trouve son châtiment.

Dans les lieux où nous avons mené et où nous devons conduire encore le lecteur, nous avons été souvent criard de couleurs, cependant nous n'avons pas dépassé le vrai. Où l'on a pu croire que nous cherchions le cynisme, nous ne visions que la vérité. Nous croyons qu'en roman, il faut agir comme le médecin avec son sujet : la société a

ses maux, ses infirmités ; pour voir l'étendue du mal
et chercher les remèdes propres à guérir, il ne faut point
regarder la plaie qui ronge avec un verre de couleur qui
fera voir rose, il ne faut pas l'oindre d'huile parfumée...
Il faut montrer le vif, il faut écarter la plaie pour en bien
mesurer l'étendue, il faut y plonger la sonde pour en
sentir la profondeur, il faut la presser pour savoir le degré de sensibilité amené par la douleur, il faut voir juste,
vrai enfin. C'est ce que nous cherchons, c'est le travail
aride de cette histoire...

Nous le répétons, notre roman n'est point un conte,
nous avons changé les noms, les lieux, les dates, et pour
le prouver nous citerons partie du fait en lui-même, tel
qu'il parut dans les journaux ; on verra que nous n'avons
pas employé le même moyen de reconnaissance, ce n'est
pas la seule chose que nous ayons transformée.

« ... La nourrice eut alors la pensée de substituer les
enfants, et elle écrivit à la première famille que c'était
leur fils qui était mort.

» Ces braves gens pleurèrent leur enfant et la riche
famille continua ses largesses envers la nourrice.

» Vingt ans se sont écoulés depuis cette époque, et aujourd'hui que l'enfant est devenu un beau garçon, habitué à la vie heureuse, aimant ceux qu'il croit ses père et
mère, dont il est adoré comme s'il en était réllement le
fils, il apprend tout à coup le secret de sa naissance. La
nourrice, poursuivie par le remords et sentant approcher
son heure dernière, avait fait appeler un prêtre auquel
elle avait tout avoué.

» Le prêtre a fait venir des témoins qui ont pris acte
de la déclaration *in extremis* de la malheureuse nourrice.

» L'affaire, dit-on, sera appelée devant les tribunaux,
car les vrais parents, qui croyaient avoir perdu leur
enfant, veulent qu'il leur soit rendu. »

Nous copions sur le journal. On voit que nous avons
peu modifié le sujet, vrai absolument, que nous racontons.

Cela dit, nous reprenons notre récit à l'heure où le

marquis se dirigeait à la recherche de sa femme chez Tarand de Montrose.

La vie étrange que menait Tarand l'avait obligé à chercher la solitude; l'appartement, si luxueux qu'il fût dans une maison de commerce, n'offrait pas assez de sécurité à sa prudence. Il ne se méprenait pas sur ses entreprises, et il savait parfaitement que si elles n'étaient pas suivies d'une réussite complète, c'est la police qui viendrait prendre la suite de ses affaires. Or, il n'était pas homme à se rendre facilement. Il allait audacieusement vers son but; mais, en connaissant les dangers, il se préparait à les éviter; c'est plein de cette idée qu'il avait loué dans les quartiers nouveaux un petit hôtel charmant, composé d'un pavillon isolé, sur le devant duquel était un petit jardin dont les plantations masquaient le rez-de-chaussée, jardin plein de fleurs, demeure ombreuse et discrète.

La grille toute dorée s'ouvrait sur le jardin, dont un massif épais masquait le pavillon : en suivant l'allée et en tournant autour d'une pelouse, on se trouvait devant le perron, abrité par une marquise sous laquelle s'ouvrait le vestibule.

Élégant de construction, le pavillon se dressait bien blanc, tout scintillant du luxe de ses rampes dorées à chaque fenêtre. Le petit hôtel avait trois sorties différentes, ce qui avait particulièrement plu à Tarand. Dans le quartier, il n'était pas connu sous ce dernier nom : on l'appelait le comte de Montrose, et naturellement il courait sur lui les bruits les plus extravagants; il avait une fortune princière, c'était l'agent secret d'une puissance ennemie de la France, il était reçu à la cour... Et c'était, quoique l'hôtel fût toujours fermé, toujours silencieux, la petite maison d'un viveur. Le comte, disait-on, avait un hôtel plus important dans le quartier Saint-Germain. C'est là qu'il vivait le plus souvent, c'est pourquoi, à peine deux fois la semaine, on le voyait dans le petit hôtel.

Il n'avait que deux domestiques, qui ne parlaient ja-

mais à personne, une cuisinière et un valet de chambre... Il est vrai que Tarand avait plusieurs résidences
dans Paris, nos lecteurs l'ont vu; mais le petit hôtel était
sa demeure favorite... et, de plus, secrète... Chadi, qui
voulait absolument tout savoir sur le coquin qui l'occupait, connaissait le petit hôtel.

C'est là que vers neuf heures Tarand sauta de voiture;
il était attendu; on vint aussitôt lui ouvrir. Ayant franchi
le perron, il donna quelques ordres à la cuisinière, qui
s'occupait de tous les détails d'intérieur; puis, entré
dans son appartement pendant que son valet de chambre
l'aidait à changer de vêtements, il lui dit:

— Justin, tu vas descendre te placer près de la grille,
que tu laisseras entre-bâillée; tu veilleras, une dame doit
venir.

— Bien, monsieur.

— Il faut qu'elle entre discrètement, sans avoir besoin
de sonner.

— Oui, monsieur.

— Tu fermeras la porte derrière elle, et n'importe qui
viendrait, je n'y suis pour personne.

— J'ai compris, monsieur.

— Il faut que cette personne n'ait pas besoin de parler; tu la dirigeras immédiatement et silencieusement
vers le salon... affectant toujours de ne point la remarquer.

— Oh! monsieur peut-être tranquille.

— Tu vas tout de suite voir si les recommandations
que j'ai faites à Christine sont observées:

Les persiennes fermées et les rideaux soigneusement
tirés.

Va, et aussitôt place-toi à ton poste.

Le valet de chambre sortit, obéissant, et Tarand, se
laissant tomber dans un vaste canapé, s'accouda, et, la
tête dans ses mains, souriant à ses pensées, dit:

— Nous sommes bien près du but, le beau Félix...
sans deux jours, le mois m'aura fait millionnaire. Ce
soir, madame la marquise, la visite que vous me rendez

va vous engager encore bien plus que les papiers signés
par le marquis... Après, c'est la police qui me débarras-
sera du reste... La police! et c'est moi qui m'en servi-
rai... Allez donc reconnaître Félix le beau Nîmois... De
tous ces imbéciles, il n'y en a qu'un à redouter... c'est
Saint-Mards; c'est par celui-là qu'il faudra commencer..

Croyant avoir entendu marcher dans le jardin, il se
leva vivement, composa son visage et alla au-devant de
celle qu'il attendait, disant bas :

— Déjà!

Mais il se trompait; c'était Christine qui venait lui dire
que ses ordres étaient exécutés. Il se dirigea alors vers
son appartement, éclairé par une douce lumière.

XII

UN SINGULIER HÉRITIER DES CANTREL-ORIGNY.

Pendant que Tarand rêvait tenir déjà les millions du
vieux duc Origny de Cantrel, un des membres actifs du
Club des Coquins suivait discrètement et pour son compte
personnel une autre piste... Pour éclairer le lecteur, nous
allons le conduire dans la même forêt où, quelques mois
avant, nous avons vu Tarand suivant la belle marquise
Hélène. A quelques pas seulement de l'endroit où la marquise fut si providentiellement enlevée de son cheval par
M. de Montrose, dans la clairière à laquelle aboutissait
un petit chemin couvert et un sentier, était un campe-
ment de saltimbanques. Des raisons sérieuses avaient probablement obligé les bohémiens à éviter les villages; ils
campaient sous bois. — Et c'était un tableau tout à fait

original que celui de ces gens costumés, l'un en pail-
asse, l'autre en pître, une jeune fille en danseuse et une
vieille femme en marquise, au milieu de la forêt, n'ayant
pour tout bagage que les instruments qui leur servaient à
faire la parade, une grosse caisse, un trombone et des
cymbales ; comme linge, quelques chiffons que les femmes venaient de laver à une source et qui séchaient sur
es branches... Tous ces costumes bizarres aux couleurs
criardes, aux ornements de clinquant, perdus dans le vert
des feuilles, formaient un amusant tableau. N'en voulant
pleurer, ils riaient de leur misère, ils plaisantaient leur
famine, ils riaient en montrant des dents aiguës qui
voulaient mordre. Ils se mentaient pour se consoler. Le
pître sortait de dessous le chemin couvert... En le voyant,
les deux femmes et l'homme, celui qui paraissait être
le directeur de la petite troupe, et qui était couvert
du costume de Bilboquet, s'élancèrent vers lui et demandèrent :

— Eh bien?...

— Rien, répondit le jeune homme avec découragement... rien !

— Tu n'as rien trouvé... rien vu?... demanda encore le
paillasse.

— Rien, patron... absolument rien.

— Eh bien ! nous sommes gentils, exclama la grosse
femme habillée en marquise, pas de vivres, plus de vêtements... qu'allons-nous faire ?

— Oui, qu'allons-nous faire ? répétèrent les trois autres, pendant que le paillasse, les bras croisés et le menton dans une main, réfléchissait.

— Silence ! le recueillement est propre à l'étude; qu'on
étudie.

— Pour cela, il faut manger d'abord... reprit la grosse
femme.

— Bourgeonnette, vous avez toujours eu des vices...
ne pouvez-vous, en face de la nature... de la grande...
de la superbe nature... revenir à des goûts simples, qu'ont
seules les âmes d'élite ?

— Mon âme est d'élite, elle ne réclame pas... C'est le corps...

— Fi que c'est laid! une artiste! n'aimez-vous pas votre art?... Qui aime bien, pâtit bien... Regardez Finot.

— Moi, patron, mon silence est tout approbatif pour Mme Bourgeonnette...

— Eh! niais, ne pouvais-tu apporter le dîner du soir...

— Dans un bois?

— On trouve des escargots... des grenouilles.

— Oui, oui, fit en riant Finot, vous savez faire sauter la grenouille.

— Seul, vous me voyez calme... je reste artiste, moi, planant au-dessus de vous, vivant de l'art, par l'art et pour l'art... me moquant des misérables besoins de la vie.

— Mon petit, je vais vous parler franchement : ce que vous me dites là ne m'étonne pas du tout.

— Cela ne vous étonne pas?

— Pas le moins du monde... Quand nous allons de ville en ville... travaillant toujours... qui est-ce qui a la caisse ?

— C'est moi! fit le paillasse avec dignité.

— Qui est-ce qui, dans les jours difficiles, oubliait les autres et se soignait bien, lui?

— Moi, et vous n'avez pas compris que c'était dans votre intérêt à tous.

— Comment! exclama la jeune fille, qui jusqu'alors s'était occupée des loques et n'avait pas parlé ; comment, dans notre intérêt?

— Qu'est-ce qu'il dit? protesta Bourgeonnette, dans notre intérêt?

— Écoutez, mes enfants..., raisonnons un peu : quel est celui sur lequel les regards sont sans cesse dirigés?

— Moi, pardi, fit le clown avec conviction, et en montrant fièrement la plantureuse poitrine qui devait être cause de cette curiosité.

Le patron se contenta de hausser les épaules et il continua :

— Quel est celui duquel chacun s'occupe?... quel est celui qui vous représente? moi, moi, toujours moi, c'est pour vous mieux représenter que je me soignais..., c'est pour mieux défendre vos intérêts que je cherchais à attirer l'envie et non la pitié.

— Tout cela, c'était bon à entendre quand la marmite était pleine ; aujourd'hui les poches sont vides, les malles saisies, les estomacs creux, les vêtements... indiscrets... il faut en finir.

— Oui, approuvèrent Finot et la jeune fille, il faut en finir.

— Qu'entendez-vous par ces mots? demanda le paillasse inquiet.

La grosse femme qu'on appelait Bourgeonnette, à cause de son nez trognonnant, se campa sur ses hanches, et dit gravement :

— Nous entendons par ces mots qu'il faut nous séparer et gagner chacun de son côté le village le plus proche.

— Malheureux ! y pensez-vous? et si vous tombez sur des gendarmes?...

— Les gendarmes!... Je n'ai jamais été mal avec eux... Vous l'avez dit, c'est vous, chef de troupe, notre patron, qui êtes notre directeur seul responsable..., et c'est justement pour ça qu'il vaut mieux vous laisser là...

— Non, mes enfants, non, je ne veux pas me séparer de vous... J'ai eu vos jours de joie, vous devez avoir mes jours de peine...

— Alors, trouvez un moyen...

— Je ne tiens pas absolument à un dîner complet, dit Finot, mais au moins un plat...

Le paillasse sembla réfléchir longuement, puis il reprit : .

— Ecoutez-moi, mes enfants.

— Nous écoutons.

— Ceux qui me quitteraient risqueraient à cette heure, dans ce bois sombre, de rencontrer quelques vauriens qui leur manqueraient...

— Ça, je m'en fiche! exclama Bourgeonnette.

— Bourgeonnette, vous avez du charme..., vous avez
du courage... C'est très-bien! il n'y a que chez les ar
tistes que l'on trouve encore des gens prêts à de tel
sacrifices... Je reprends, mes enfants : ayant plusieurs
fois, dans les villes que nous honorons de nos exercices
reçu la recette et oublié de donner la représentation... à
cause d'indisposition... ayant fait entendre partout notre
crâne devise...

— « Sauvez la caisse! » hurla Finot.

— C'est ça... nous avons trois fois été arrêtés..., trois
fois nous avons trouvé des sauveurs !... La police obstinée
se mêla comme toujours à nos exercices... elle nous
saisit, nous nous débattons et lui passons le pied, elle
trébuche..., et nous revenons toujours au milieu de ces
peuples admirateurs sincères des véritables artistes. La
dernière fois enfin, Bourgeonnette, dite le *Rosier de Dijon*,
vous deviez avaler deux sabres... la foule montrait peu
d'enthousiasme, nous annonçâmes que vous avaleriez
un fusil ; on commença à s'intéresser, mais la caisse
n'était pas envahie. J'annonçai alors que le fusil serait
chargé et qu'au commandement : feu! donné par M. le
maire, on ferait partir l'arme dans l'estomac du *Rosier de
Dijon*.

Cette fois la foule se précipita... Elle fut bientôt suivie
par les agents, car, pris d'une subite indisposition, nous
avions dû nous porter dans une autre ville... et le commissaire, savez-vous comment il qualifia cet accident ?...
Escroquerie! et, mes enfants, on condamne à la prison
pour ces choses-là dans notre belle France... Le moins,
c'est deux ans... Evidemment on nous cherche, voulez-
vous encore risquer de tomber entre les mains des
agents?... Vous savez le chemin que nous avons dû
prendre pour échapper à ceux qui nous poursuivaient ?

— La fenêtre.

— Evidemment on nous cherche ; voulez-vous encore
risquer de tomber entre les mains des autorités ?

— Oh! non... certainement non!

— Mais enfin, reprit Bourgeonnette, il faut vivre... et avec quoi?

Le patron était un cynique, il avait la plaisanterie féroce, il dit :

—Geneviève de Brabant n'en avait pas plus que vous... et vous savez qu'elle vécut, en élevant même des animaux.

— En voilà une malheureuse tournée...

— Voici la nuit qui tombe, si encore nous connaissions les chemins... n'ayant pas la ressource des villes, nous pourrions nous adresser à des particuliers... pour avoir un gîte...

— Et n'importe quoi à se mettre sous la dent.

— Nous sommes quatre, dit le paillasse, et sur quatre pas un de nous n'a, dans les environs, un ami, ou tout au moins l'ami de l'ami d'un ami... ou d'un parent dans les environs...

— Nous ne savons pas seulement où nous sommes...

— Vous êtes ici à quelques lieues... de Pantin et de Poissy, dans la forêt du Teuil... bois très-recherché.

— Oui, par ceux qui aiment la solitude !

Finot, qui préparait les loques pour le départ, s'écria joyeusement :

— Voici du monde... Nous sommes sauvés...

Le paillasse bondit au contraire et exclama épouvanté :

— Nous sommes perdus, mes enfants... ce sont les autorités...

— Mon miroir ? où est mon miroir ? s'exclama Bourgeonnette... Chérie... où est mon miroir ?... Si c'est M. le maire, je ne veux pas être surprise ainsi...

— Allons, mes enfants, de la prudence. Bourgeonnette, en route ; vite, Finot, Chérie... en route, mes enfants.

Ecoutant les conseils prudents du patron, les saltimbanques se hâtèrent de ramasser les épaves de leur bagage. Le paillasse prit la grosse caisse ; Finot, le tambour et les cymbales ; Bourgeonnette le trombone ; la

12.

jeune fille, qu'on appelait Chérie, avait en hâte décroché les loques qui pendaient aux arbres.

Ils partaient, lorsque le patron, ayant jeté un regard inquiet sur le danger signalé par Finot, s'écria :

— Mais les agents de l'autorité se composent d'un seul homme... Quel singulier uniforme !

— C'est un gâte-sauce, ça...

Tous s'arrêtèrent ; le patron dit même impudemment : ,

— Ne nous pressons pas, mes amis, les gens qui nous poursuivaient hier, reconnaissant leur erreur, nous envoient notre dîner...

— Peut-être, fit Bourgeonnette, avons-nous oublié quelque chose...

— De payer la carte ! dit Chérie craintive.

— Ces gens sont au-dessus de ces détails avec les artistes.

C'était effectivement un marmiton, un enfant d'une quinzaine d'années qui courait en se dirigeant vers eux, il tranchait de la blancheur de son costume sur le vert des arbres, assombri par la nuit tombante ; il arriva, la face rouge comme une pivoine dans la crème, devant le paillasse.

— Monsieur, fit-il, on vous demande à la maison.

Reconnaissant le fils de l'aubergiste chez lequel il était descendu la veille, le patron demeura surpris.

— Qui me demande ?...

— Un monsieur... très-bien mis, un Parisien... il a payé la note à papa... et il a offert ce qu'on voudrait si on vous trouvait... Moi, j'ai raconté que je vous avais vus tantôt dans le bois... et alors il m'a donné quarante sous pour venir vous chercher... Surtout, a-t-il dit, qu'ils viennent tous.

— Eh bien... mes enfants, fit orgueilleusement le paillasse, eh bien ! insultez-vous encore votre patron ? A qui devez-vous cette aubaine ?... Un noble étranger qui vient sans doute vous faire de brillantes propositions,...

Le patron prit à part le jeune marmiton, et le regard

constamment fixé sur le sien, il lui fit prudemment subir un minutieux interrogatoire, ne voulant pas être la dupe de l'hôtelier, qui les ferait ainsi revenir pour les livrer aux autorités... Puis il termina philosophiquement en se disant :

— Après tout,,. quand on nous prendrait... nous aurions un gîte, au moins.

Les quatre saltimbanques ne se firent pas prier, et ils suivirent le marmiton. Il faisait tout à fait nuit lorsqu'ils arrivèrent au village, et entrèrent dans la première auberge, au *Lion d'or.* C'était la vieille auberge des entrées de village, à haute porte, à grande cour, toute pleine de fumier, sur lequel picoraient des poules et se vautrait le porc ; des cuisines s'exhalait l'embaumante odeur de la broche, dont la flambée illuminait tout... Pour entrer dans la salle de l'auberge, il fallait monter quatre marches, et au-dessus de la porte grinçait, sur sa tringle rouillée, la vieille enseigne où se voyait le lion ensoleillé.

Quand les *artistes* entrèrent, la grande salle était vide, et le maître de l'auberge, le sourire sur les lèvres, s'avança vers eux et dit :

— Monsieur, on a remis vos malles dans vos chambres ; voulez-vous y monter avant de prendre place à la table où ce monsieur vous attend ? Vous m'auriez prévenu hier, j'aurais attendu un jour. Il faut excuser ma rudesse ; nous sommes si souvent trompés...

Les quatre saltimbanques se regardaient ébahis. Ce fut Bourgeonnette qui revint le plus tôt à la douce réalité en disant :

— Nous monterons dans les chambres après le dîner ; mangeons d'abord... Puis je brûle de connaître ce généreux étranger.

— Que l'on monte ces bagages avec les autres, commanda le patron, en montrant les paquets de loques et ses instruments.

Vivement alors les deux femmes réparèrent leurs coiffures, lissèrent leurs bandeaux, pendant que les deux hommes se secouaient.

Ils entrèrent dans la salle à manger, saluant avec obsé-
quiosité, les femmes faisant des révérences et montrant
dans un large sourire leurs dents affamées. Un homme
jeune encore, très-élégamment vêtu, vint au devant
d'eux et dit :

— C'est vous qu'on appelle Nib-de-Naz ?

— C'est le sobriquet sous lequel je suis connu... Vous
savez, c'est l'habitude des artistes ; on a des familles à
ménager.

— Monsieur s'appelle Finot ?...

— Il cache sous ce pseudonyme un grand nom.

L'homme continua :

— Mademoiselle Bourgeonnette ?...

— Un sobriquet ridicule que je subis, fit-elle d'une
mine boudeuse. Je me nomme Ange de Saint-Phar.

L'homme sourit et reprit :

— Et vous, La Chérie ?...

— Oui, monsieur. Moi, c'est l'abréviatif de Pulchérie.

— Mesdames et messieurs, moi, je me nomme le
comte de Saint-Mards.

Tous saluèrent avec empressement. Bourgeonnette mi-
naudait en répétant :

— Enchantée de faire connaissance avec vous, monsieur le comte.

— Maintenant que nous savons qui nous sommes, si
vous le voulez, nous allons nous mettre à table et nous
causerons après le dîner.

— Voilà qui est parlé, monsieur de Saint-Mards, dit
Nib-de-Naz.

— Que ces gentilshommes ont d'esprit ! fit Bourgeonnette en s'asseyant près de lui.

Saint-Mards fit servir aussitôt. Véritablement c'était
une curieuse chose à voir que ce dîner. On put craindre
un instant que les plats ne suivissent ce qu'ils avaient
contenu. La servante et les marmitons qui servaient
échangeaient des regards épouvantés, c'était le quatrième
pain qu'ils apportaient, c'était le cinquième plat qu'ils
mettaient sur la table, et tout avait disparu... Nib-de-Naz

essuyait sa bouche, et se penchant négligemment vers le marmiton, disait :

— Continuez le service... ne faites pas d'arrêt, ça dérange l'appétit.

Penché sur sa chaise, Saint-Mards, qui, depuis longtemps, touchait à peine au plat qu'on lui présentait, admirait ces appétits infinis... Dans la cuisine, le maître de l'auberge se demandait s'il n'était pas prudent de garnir à nouveau la longue broche. Seulement, une heure après l'arrivée de la troupe de Nib-de-Naz au *Lion d'or*, il aurait fallu se contenter de plaindre le malheureux voyageur qui serait venu, affamé, demander une bouchée de pain... Il ne restait plus que des poules au poulailler ; les ragoûts, les sauces, les rôtis, les crèmes, les desserts... tout avait été englouti.

Ces derniers étaient, il est vrai, dans les poches des dames, ce qui revenait absolument au même.

Le dîner achevé, les artistes attendaient curieusement que Saint-Mards leur donnât le motif de ses libéralités.

Il se taisait, et ce fut Nib-de-Naz qui, prenant le cigare qu'il lui offrait, dit :

— Ne vous gênez pas, monsieur le comte, ces dames fument, vous pouvez leur en offrir... et en fumant, vous nous conterez en quoi nous pouvons vous montrer la reconnaissance que nous avons pour la délicieuse soirée que vous nous faites passer.

— C'est simple, je cherche un abandonné... et il hésita... Vous pourriez peut-être me donner des renseignements sur lui...

— Expliquez-vous, monsieur le comte, firent à la fois le saltimbanque et Bourgeonnette. Chérie, indifférente, grignotait toujours son dessert.

Finot avait regardé Saint-Mards, et aussitôt ses yeux s'étaient baissés, sa tête s'était penchée...

Saint-Mards le regardait toujours, le voyant embarrassé, son but atteint sans doute, il ramena la conversation au comique... en disant à Nib-de-Naz :

— Vous devez avoir dans votre vie un abandon à vous reprocher, peut-être?

— Je vous devine... il y a là-dessous un héritage.

— Peut-être, fit en riant Saint-Mards.

— Si c'était vrai! dit en ouvrant démesurément ses grands yeux Bourgeonnette, à qui la perspective de la fortune fit perdre toute retenue au point qu'elle dit : Antonin, raconte vite ta vie à M. le comte!...

— Bourgeonnette! exclama vivement Nib-de-Naz, ennuyé de ce cri du cœur qui avait révélé des relations qu'ils s'acharnaient à croire inconnues de tous. Personne ne sembla avoir entendu, si ce n'est Mlle Chérie, qui pinça ses lèvres pour ne pas éclater de rire.

— Écoutez-moi, monsieur, et si vous avez des renseignements à me donner sur elle et sur lui...

— Je vous écoute, fit Saint-Mards, s'amusant de l'impudence de Nib-de-Naz.

— Dans ce temps-là, monsieur le comte, c'est moi qui, dans les fêtes, avais la plus belle baraque; j'avais cheval et voiture... Dans une baraque voisine de la mienne, à la vogue de Saint-Rambert, était une femme superbe, une Africaine... une fille du désert, comme disait son maître; elle était naïve comme l'enfant qui vient de naître; je lui apportais des sucreries, des petits couteaux qui se fermaient, des bracelets de verre, des miroirs enrichis de pierres fausses; enfin, tout ce que je trouvais de plus beau dans les boutiques de la foire. J'étais épris d'elle, elle s'éprit de moi...

— Pour raconter ces choses-là, vous devriez faire sortir les dames, interrompit Bourgeonnette piquée.

Nib-de-Naz se contenta de hausser les épaules et il continua :

— Elle abandonna tout pour partager mon existence. Elle s'était mise à avaler des sabres, de l'étoupe enflammée et autres objets précieux. On l'appelait souvent en ville pour donner des séances particulières. Au retour, elle me rapportait fidèlement ce qu'elle avait gagné, ayant conservé soigneusement dans son estomac, avec

sollicitude, tabatières en or, poignées de sabres ser-
ties de diamants...

— Vous me faites faire le même métier, maugréa
Bourgeonnette.

— Écoutez donc, fit Chérie, rongeant des amandes.

— Un jour, hélas ! elle partit, pour ne plus revenir...
et ce jour-là, je venais de devenir père... Elle me laissa
l'enfant et ma douleur... et ne revint plus. Ne voulant
avoir aucun souvenir de l'ingrate, j'abandonnai mon fils...
et c'est mon éternel remords.

— Et vous ne sûtes jamais ce qu'elle était devenue ?
demanda Saint-Mards pour parler...

— Elle s'était enrôlée dans une bande de comédiens...
Ah ! monsieur le comte, moi qui ai si souvent désiré
avoir une famille, est-ce de lui que vous venez me parler ?...

— Non ! ce n'est pas cela...

— Hélas !... c'est bien cruel ! seul ! sans enfants...

— Il me semble que ça dépend de vous, dit Bourgeonnette...

Cette fois il se fâcha tout rouge ; la soirée allait se
gâter, et Saint-Mards dit :

— Monsieur Nib-de-Naz, c'est à M. Finot que j'ai
maintenant à parler... Seulement nous serions désireux
de le parler seuls...

— Quoi ! monsieur, ce serait Finot ?

Les deux femmes le regardaient, étonnées ; lui, toujours la tête baissée, attendait.

— Nous nous retirons, monsieur le comte, et si vous
ne vous êtes pas trompé, si c'est bien Finot qui hérite...
notre camarade se souviendra de ses camarades.

— Bonne chance, Marius, lui dit tout bas Chérie en
lui serrant la main ; tu viendras me dire ce qu'il t'aura
dit.

Et ayant salué Saint-Mards, après s'être souhaité une
bonne nuit, elles gagnèrent leurs chambres.

Dès qu'il fut seul avec Finot, Saint-Mards s'assit près
de lui en disant :

— Je ne me suis pas trompé, n'est-ce pas, monsieu
Finot, vous vous nommez Marius Burdin, et vous ave
été élevé dans un petit pays des environs de Nevers?

— Oui, monsieur.

— Eh bien! monsieur Marius, si vous voulez m'y aide
avant dix jours vous serez millionnaire... ou plutôt nou
serons millionnaires ..

— Que me dites-vous là? exclama Finot étourdi.

— Je vous dis la vérité, l'absolue vérité !

— J'hérite de millions, moi?

— Je vous ferai hériter.

— Mais, monsieur, ma famille et tous les miens étaien
fort malheureux...

— Je ne vous ai pas dit que vous héritiez de votre fa
mille.

— C'est un legs qui m'est fait?

— Point du tout.

— Alors, je ne vous comprends plus...

— Il y a quelque part des millions cherchant un héri
tier... Il faut devenir cet héritier.

— Mais, monsieur, vous m'effrayez... mais c'est un
escroquerie, un vol, que vous me proposez là?...

— C'est tout au plus... une adresse... une substitutio
facile à faire, par rapport à votre nom et à votre lieu d
naissance... De cela je me charge...

— Mais pourquoi est-ce moi que vous avez choisi pou
semblable chose?

Saint-Mards fronça le sourcil et répondit :

— Parce que vous portez le nom qu'il faut, je vous l'a
déjà dit.

— Ceci ne vous autorise pas à me proposer une escro·
querie...

— Mais, monsieur Burdin, lorsque je vous regardais,
pourquoi baissiez-vous la tête?

— Votre regard me gênait... et puis vous aviez prononcé mon nom tout bas...

— Et une date...celle de votre condamnation, laquelle
m'autorisait à croire qu'en vous proposant l'affaire et en

nodifiant seulement votre nom... sans danger aucun,
vous seriez plus accommodant.

— Je ne comprends pas ce que vous voulez dire... en
me parlant de modifier mon nom.

— Pour que vous compreniez cela, il faut que je vous
en raconte long. Êtes-vous prêt à m'entendre? Acceptez-
vous?

— C'est sans danger !

— Absolument.

— Mais votre but, en me faisant hériter?

— Votre demande est naïve. Je vous fais hériter, et
quelle que soit la somme, nous partagerons.

— Je veux bien. Parlez !

Après s'être assuré qu'ils étaient bien seuls, Saint-
Mards avança sa chaise devant la haute cheminée,
ancienne cheminée à crémaillère où on tient debout, en
faisant signe à Finot d'en faire autant, ils se placèrent
sous le manteau. Saint-Mards dit :

— Ici la voix se perd... Écoutez-moi.

Il parla une grande heure, puis ils se serrèrent la
main et gagnèrent chacun leur chambre...

Saint-Mards s'était trompé. La chambre de Mlle Chérie
se trouvait au-dessus de la pièce, et comme la jeune fille
était peureuse, avant de se coucher, elle regardait toujours sous son lit et dans la cheminée. Elle le faisait,
selon son habitude... elle entendit parler... Elle était
femme, elle écouta, jusqu'au bout, et quand les deux
hommes se quittaient, elle se blottit rapidement dans son
lit en disant :

— C'est un joli coquin que monsieur le comte.

XIII

PAUVRE GARÇON !

Pour décider Finot, Saint-Mards avait dit qu'il connaissait son histoire, et, pour le lui prouver, il avait tiré de sa poche un journal et lui avait montré un article écrit sur son affaire qui avait eu un certain retentissement. C'est le meilleur croquis de notre personnage. Voici l'article : il avait pour titre : *Pauvre garçon!*

Nous avons deux livres qui jouissent d'une réputation bien au-dessus de leur valeur. Je parle de l'*Évangile* et de la *Morale en action*. Dans une société aussi corrompue que la nôtre, l'exemple de la vertu récompensée et la promesse du pardon à toute faute, entretiennent tout simplement les vices contre lesquels l'*Évangile* et la *Morale en action* ont été écrits.

Tout en laissant dans l'éducation sommaire ces deux livres, il serait peut-être utile de leur donner, comme pendant, l'exemple du vice puni et la promesse de la condamnation à toute faute.

L'assurance que l'homme qui s'agenouille au tribunal de Dieu reçoit l'absolution des crimes qu'il a commis entretient dans notre société la culture de tous les crimes et délits qui nous permettent de coloniser Cayenne ou Lambessa.

Je crois donc que la lecture suivie de la *Gazette des Tribunaux* a cela de bon, qu'elle dit chaque fois à l'homme qui la consulte : Après la faute, le châtiment.

Et je crois qu'on ferait bien de faire un livre brutal qui apprendrait à nos enfants que la loi inflexible ne pardonne jamais : un livre qui serait pour eux la grammaire de la vie.

De ce long préambule voici la cause :

Un crime commis par un honnête homme, par un homme auquel on aurait pu, avant sa faute, appliquer le mot de Jean-Jacques Rousseau : « Que quelqu'un, s'il l'ose, dise : Je fus meilleur que cet homme-là », a été jugé hier. Je coupe dans le compte-rendu du jugement :

« Un jeune homme de vingt-deux ans, Marius Burdin, issu d'une honnête famille, dont les antécédents sont irréprochables, a commis un détournement de 35,000 francs au préjudice de ses patrons, parce qu'il a eu le malheur de rencontrer un soir, dans la rue, sa co-accusée, qui l'a reçu chez elle, qui s'est livrée à lui, avec laquelle il a eu le tort de continuer des relations, et dont l'influence et les mauvais conseils l'ont conduit à commettre le crime qui lui est reproché.

» L'attitude de cet accusé inspire l'intérêt. Il a, dès le principe, tout déclaré, tout avoué, et il est encore sous l'impression des remords que lui inspire la mauvaise action qu'il a commise. »

Il est évident que, si cet accusé, ayant pu choisir son tribunal, s'était présenté au tribunal de la pénitence, cette dernière partie du compte rendu l'aurait fait sortir de la maison de Dieu, aussi pur que la cire brûlée sur l'autel.

Hélas ! il n'en est pas de même de la maison de Thémis, car voici la fin de l'audience.

« Le verdict est affirmatif sur toutes les questions ; les deux accusés ont obtenu des circonstances atténuantes, et ils sont condamnés, la fille Virginie Daile, dite d'Hell, à cinq années d'emprisonnement et Burdin à deux années de la même peine. »

Notez bien que je ne le défends pas, que je ne crie pas à l'injustice : la faute est faite, la faute doit être punie. Je cherche donc simplement les causes de la faute et les moyens de détruire les causes, puisque nous nous trouvons en face d'un honnête homme.

Il a vingt-deux ans, c'est presque un enfant; il est employé dans une maison de banque au prix de quatre-vingt-quinze francs par mois.

Oui, quatre-vingt-quinze francs par mois, vous avez bien lu; dans une maison de banque où l'on remue des millions, où les chefs de maison comptent leurs bénéfices par des centaines de mille francs, il avait, lui qui trempait les mains dans des flots d'or, quatre-vingt-quinze francs par mois! Trois francs seize centimes par jour pour vivre, se vêtir; et vous comprenez qu'on exigeait de lui d'être au moins proprement vêtu.

Cet enfant, il voyait l'or luire autour de lui, et il lui était défendu d'en avoir.

Il est jeune, il a l'âge pubère où les sens commandent... et il était forcé de commander à ses sens... Il avait reçu l'éducation nécessaire à son emploi et il était obligé de vivre plus mal que l'ouvrier manuel.

Il vivait avec des gens qui avaient le mépris de l'or, lui qui n'avait que du cuivre...

Et lui qui, quelquefois, n'avait que les sous nécessaires à l'achat d'un fruit ou d'un petit pain, on l'envoyait toucher 35,000 francs.

Voyez-vous cette fièvre du pauvre, qui porte une fortune dans sa poche?

C'est le supplice de Tantale... Trois francs seize centimes par jour et 35,000 francs dans la poche!

Eh bien! non, il était honnête, et jamais la pensée de s'approprier ce qui n'était pas à lui ne lui serait venue.

Quand le corps frissonne au contact ou au frôlement d'une robe... quand le cerveau brûle à la voix d'une femme... quand des regards veloutés vous rendent fous...

L'homme est plein de désirs furieux... il faut que jeunesse se passe... Eh bien, non! La destinée implacable veut que la misère tienne ce malheureux à la gorge; il a trois francs seize centimes par jour. Il n'aura pas d'amour, ou il ne devra le connaître qu'infamant, n'ayant de brillant que certaines écailles consacrées. S'il va droitement, honnêtement, il sera chassé.

Il passera les nuits en mordant de rage son oreiller dur; il se tordra, enfiévré, brûlé par des désirs défendus. Le sang lui parle... et trois francs seize centimes par jour!

Ce jeune homme, qui a vécu en imposant à sa vie, à sa jeunesse, toutes les privations, croyez-vous que l'homme un jour ne reprendra pas le dessus? Croyez-vous qu'il pourra, lui qui ne connaît de la vie que la misère, résister aux premiers regards hardis qui lui feront monter le rouge au front?

Je laisse encore parler l'accusation :

« La seconde accusée est la fille Daile, dite Virginie d'Hell, qui aura vingt ans dans quelques jours, et qui a déjà été condamnée pour vol. Elle est brune, comme il convient à une femme originaire du Gers, et elle est assez jolie pour expliquer l'influence qu'elle a pu exercer sur l'esprit de Marius Burdin.

» Voilà la misérable sur laquelle le pauvre garçon est tombé.

» Burdin n'a cessé de persister dans ses premiers aveux; il a expliqué qu'il avait été entraîné au crime par la fille Daile... Il l'avait connue en juin, et un jour, comme il racontait devant elle qu'il avait été toucher de l'argent pour son patron, celle-ci lui aurait dit :

» — Une autre fois, apporte ici ce que tu auras touché et tu diras que tu l'as perdu. »

» Le 31 janvier, porteur du chèque de 35,000 fr., Burdin serait allé chez la fille Daile, et le lui aurait montré. Celle-ci était alors venue l'attendre non loin des bureaux de sa maison.

» Il lui avait abandonné la somme touchée, puis était rentré chez ses patrons.

» Quant à la fille Daile..., elle persiste à soutenir que Burdin lui a apporté chez elle les 35,000 francs, en lui disant qu'il les avait trouvés dans la rue, et elle prétend ne mi avoir jamais donné de mauvais conseils. Mais l'ensemble des circonstances rapportées plus haut ne permet pas un seul instant de croire aux déclarations de cette fille, qui est signalée par ses mauvaises mœurs.

» On se demande le mobile du vol : était-ce pou
lui? Non ; et la preuve, la voici encore dans l'accusa
tion.

» Des 35,000 francs il n'a pas, lui, distrait un sou ; il ;
tout, tout donné à la fille.

» L'accusé, qui avait été l'objet d'une surveillance in-
cessante, fut arrêtée avec la fille Daile.

» Burdin avoua qu'il avait détourné cette somme e
qu'il l'avait mise aux mains de la fille Daile.

» Une perquisition eut lieu chez elle.

» Elle prétendit d'abord n'avoir reçu de Burdin aucune
valeur ; puis elle fut amenée à remettre au commissaire
de police vingt billets de 1,000 francs, et ensuite un coffret contenant 13,810 francs, et elle avoua, après des dé-
négations et des réticences, que Burdin avait déposé entre ses mains ces 35,000 francs. »

Ainsi, voilà une vie perdue.

L'avenir n'a plus de mystère pour Marius Burdin.
Comme Jean Valjean, sa condamnation subie, de chaque
maison où il frappera il sera chassé. Et quel est son
crime?

Trop enfant et trop malheureux pour avoir pu jeter
aux amours passagères les premières illusions des jeunes,
il n'a pu choisir l'objet de son amour ; il a donné son
cœur à la première venue ; il a aimé enfin ; il a même
obéi à l'Evangile :

> Dans le saint livre des apôtres,
> Jeanne, l'on dit, rappelle-t'en :
> Aimez-vous bien les uns les autres,
> Aimons-nous bien, Dieu nous entend.

Elle, quand elle sortira de prison, à la fin d'un souper
dans un cabinet de chez Brébant, vous verrez comme
elle fera rire « les messieurs » en leur racontant son histoire avec son petit Marius.

Elle se moque bien des larmes de cette honorable famille, de ce père, de cette mère. Que lui importe tout

cela? Elle ne dit qu'une chose : c'est qu'elle a été bête de
ne pas mieux cacher l'argent.

Trois francs seize centimes par jour !

Si cet homme avait gagné de quoi vivre, croyez-vous
qu'il aurait succombé? *Non! non!* N'est-ce pas qu'en lisant
ce récit on n'a pas le courage de condamner le malheureux?

N'est-ce pas qu'on n'a qu'un mot aux lèvres :

— Pauvre garçon !

Et c'était cette vieille histoire — c'était ce passé qui
servait encore à Saint-Mards, pour rejeter dans le crime
ce passé, ce repentir.

XIV

LES PETITES COMÉDIES DE CHADI.

Depuis la tentative de suicide de Claire, le calme était
revenu dans la maison de la rue Barbette, excepté pour
le père Burdin, qui se refusait absolument à croire que
c'était là simplement une erreur de l'état civil. Aussi
était-il fort ennuyé de l'affection peu fraternelle des deux
jeunes gens. Georges lui avait bien dit :

— Je suis certain que je ne suis pas ton fils, ma Claire
est ta fille, et c'est par elle que je reprends le titre que
tu me donnais... Mon père est celui qui m'a fait ce que je
suis; c'est toi... Ainsi, tu n'as donc pas à te tourmenter,
tes enfants restent avec toi.

Certainement, cela satisfaisait le père Burdin, mais cela
ne le rassurait pas...

Chadi, en dehors des quelques heures qu'il passait aux

bureaux de la rue Montmartre, surveillant les agissements de Tarand, passait tout son temps avec Georges,
et le tenait au courant de ce qui se tramait. Lorsqu'il lui
dit que l'heure était venue de perdre tout à fait Tarand,
et que, pour y arriver, il avait envoyé au marquis de
Cantrel, de retour de Nevers, la copie de la lettre dans
laquelle la marquise acceptait le rendez-vous du faux
comte de Montrose, dans sa petite maison, toute l'honnêteté de Georges se révolta.

— Comment! malheureux... qu'as-tu fait?... Toi, toi,
Chadi... tu as pu commettre une semblable action!

Chadi était étourdi, il croyait avoir été très-adroit en
lançant l'un sur l'autre les deux hommes qui tourmen-
taient ses amis, et il estimait qu'avec l'ennemi tous les
moyens sont bons.

— Toi! Chadi, exclamait Georges, toi, tu tends un piége
à une femme?

— Mais puisque tant que ces gens-là seront bien ensemble votre tranquillité sera menacée.

— Chadi, la marquise de Cantrel est ma mère! tu le
sais comme moi, nous n'en pouvons douter; et tu crois
que si je n'ai pas pour elle l'affection d'un fils, je n'ai pas
au moins le respect d'un homme pour une femme? Qui
pousse cette femme à sa chute? Tarand! Qui a intérêt à
la perte de cette femme? Tarand! L'ennemi, c'est Tarand.
C'est contre lui qu'il faut se liguer, et non l'aider contre
ses victimes.

Chadi était tout déconfit. Georges reprit :

— Il faut la sauver!

— Comment? fit Chadi; il est trop tard; c'est ce soir...

— Ce soir! Allons, viens vite.

— Où voulez-vous aller?

— A l'hôtel de Cantrel!

— Mais, à cette heure, elle est partie?...

— Allons chez Tarand, alors...

— Chez Tarand? se récria Chadi.

— Refuses-tu?

— Oh non! monsieur Georges. J'irai où vous voudrez,

et vous pouvez commander : vous avez un appui sérieux...
Mais qu'allez-vous faire ?

— Est-ce que je le sais, moi ?... Je vais sauver la marquise !

— Allons, alors !

Ils sautèrent en voiture, et Chadi donna l'adresse au
cocher.

— Mais qu'allez-vous faire ? demandait-il.

— Il n'y a plus à reculer : il faut se placer en face de
l'attaque, il faut en finir ; je veux détruire les machina-
tions de Tarand ; et je veux, au premier scandale, à la
première résistance, le livrer à la police !...

— Aujourd'hui, alors, je brûle mes vaisseaux.

— Oui, nous sommes suffisamment renseignés, nous
pouvons agir ; de ce jour tu ne retourneras plus dans leur
caverne.

— Ça me va ! Nous allons taper sur la bande. Je suis votre
homme, commandez... Mais, ce soir, qu'allons-nous
faire ?...

— Est-ce que je sais ?... Nous allons aller chez Tarand,
tu diras ton nom pour être reçu, tu parleras d'affaires
excessivement graves, nous entrons tous les deux... Je
vais à la marquise, et je lui dis : Partez, madame, votre
mari vous guette...

Chadi faisait la moue ; il trouvait le plan du jeune
homme bien naïf.

— A ça, il y a une difficulté, c'est que je suis censé
ignorer la demeure de Tarand et son nom de Montrose ;
or, on ne m'ouvrira pas... Si on me recevait, ce serait à
la porte, et il n'y aurait pas moyen de se jeter dans les
appartements pour trouver la marquise.

— Eh bien ! nous dirons directement à Tarand : Faites
sauver la marquise, M. de Cantrel sait tout, il la guette...

— Mais Tarand sera le plus heureux des hommes ! Ce
qu'il cherche, c'est un scandale qui force le marquis à
quitter sa femme, de laquelle il devient l'amant, et il la
fait plaider pour obtenir sa part de dot, l'héritage du
fils, etc., scandale qui amènerait, avec le caractère qu'on

13.

lui connaît, le suicide du marquis, c'est-à-dire la fortune de Tarand.

Georges haussait les épaules :

— Il faut sauver la marquise; il le faut, entends-tu? Je ne la connais pas, je n'ai pour elle aucun sentiment filial, mais je sais qu'elle est ma mère, et cela me suffit pour ne point vouloir qu'elle soit la victime de ce bandit, pour ne point vouloir qu'elle faillisse ! Il faut trouver un moyen.

— Nous verrons cela quand nous y serons, dit Chadi. Et il pressa le cocher.

Un quart d'heure après, il faisait arrêter la voiture à cent pas de la maison, une voiture stationnait une vingtaine de pas en avant, et Chadi vit une tête paraître une seconde à la portière...

— Il est là, dit-il bas à Georges, elle n'est pas encore arrivée...

— Stationnons...

Ayant payé le cocher, ils descendirent.

— Monsieur Georges, voici ce qu'il faut faire... Vous allez vous poster là... moi là... dès que nous la verrons paraître... si elle vient à pied, vous irez sur elle; si elle vient en voiture, nous ferons signe au cocher... comme si sa voiture était vide... vous montez et vous lui dites d'un mot la situation... Pouvez-vous faire cela?

— Assurément!... mais la reconnaîtras-tu?

— Ce serait difficile... Je ne l'ai jamais vue... Mais d'abord, le quartier n'est pas absolument fréquenté, les passants sont rares, les femmes seules surtout... et puis, les femmes, pour ce genre d'excursion ont un costume spécial... Vous les connaîtriez qu'il serait bien difficile de les reconnaître, leur premier soin étant de cacher leur visage... Maintenant, j'ai une idée; pour donner le change au marquis il faut qu'il vienne une femme à ce rendez-vous.

— Pourquoi ?

— Parce qu'il verra qu'on s'est moqué de lui... Mais il n'aura plus le moindre doute sur sa femme!... Tandis que s'il ne voit personne paraître, il se dira : on l'a prévenue et je n'ai pu la surprendre ! Or, il faut qu'il parte d'ici bien convaincu qu'on lui a fait une plaisanterie. Et il faut qu'il parte. Ne voyant venir personne, il serait capable d'attendre jusqu'au jour. Vous savez comme c'est tenace les maris... trompés.

Une voiture montait au pas, et le cocher semblait chercher les numéros. Chadi s'interrompit et dit :

— Ne bougez pas, je vais voir.

Il courut au devant de la voiture, sans bruit, se glissant le long des maisons ; il jeta un coup d'œil et revint bien vite, il avait vu dans l'angle du fiacre, une femme, la tête couverte de l'épais voile traditionnel.

— C'est elle, fit-il, allez... attendez...

Ils étaient blottis tous les deux dans le cadre d'une porte cochère... Chadi sonna.

— Que fais-tu ?

— Le marquis est à la portière de la voiture, il regarde, attention... on va ouvrir, j'entre et ferme bruyamment la porte, vous avez l'air de sortir de la maison... Vous hélez le cocher, il va au pas, vous faites comme s'il était à vide, vous montez en lui disant à mi-voix : Retournez maintenant, c'est moi qu'on attendait.

Marius effectivement, entendant une voiture, regardait, se dissimulant dans l'angle de sa voiture. La porte s'était ouverte ; le fiacre passait, au pas, nous l'avons dit, le cocher cherchait le numéro devant lequel il devait s'arrêter. Chadi entra en disant à Georges :

— Allez... et il poussa vigoureusement la porte.

Georges sembla sortir de la maison ; il fit signe au cocher, qui ne lui répondit pas ; il ouvrit la portière, le cocher allait protester... Il lui dit à mi-voix :

— C'est moi qu'on venait chercher, retournez... et il entra dans le fiacre.

Le cocher, n'entendant pas protester, obéit, il fit tourner ses chevaux et partit.

Marius n'avait pas perdu un détail de la scène ; il avait vu un homme sortir d'une maison, héler le cocher d'une voiture vide... il avait donné son adresse en montant, et le fiacre était parti. Tout cela était absolument naturel.

Il se jeta dans le fond de sa voiture, regarda l'heure à sa montre et dit avec une nerveuse impatience :

— Il est l'heure, cependant.

Chadi était dans la maison devant laquelle ils étaient cachés, et il avait été demander au concierge :

— Monsieur de Cantrel, s'il vous plaît?

Le concierge avait naturellement répondu :

— Ce n'est pas ici... et je ne connais pas ce nom dans le quartier.

— Je vous remercie, monsieur... Excusez-moi... on se sera trompé d'adresse. Au revoir, monsieur.

Le concierge avait tiré le cordon, et Chadi était sorti juste assez à temps pour voir le fiacre qui venait de changer de direction, repartir du côté par lequel il était venu.

— Enlevez, fit-il, c'est pesé... Si on n'était pas gentil, on vous laisserait poser là jusqu'à demain matin, monsieur le marquis ; un petit pied de grue de cinq ou six heures, ça vous donnerait à réfléchir sur la vertu humaine... Mais j'aime mieux mon petit plan... D'abord il est amusant... Je vois d'ici la tête de Tarand !

Et à cette pensée, Chadi éclata de rire. Il descendit la rue et entra dans le premier petit café qu'il trouva sur son chemin. Il se fit servir une consommation et demanda de quoi écrire. Lorsqu'on lui eut apporté ce qu'il demandait, il prit la plume en disant :

— Maintenant, il s'agit d'écrire ça de façon à ce qu'il s'y trompe lui-même... écriture et style.

Et il écrivit :

« Mignonne,

» Vite, vite !... Pas de temps à perdre à ta toilette ; accours aussitôt que tu auras ce mot ; je t'attends. Affaire de la plus haute gravité... Prends une voiture et viens.

» Je t'embrasse et t'aime.   » Félix T.

» *N. B.* — A la petite maison que tu sais. »

— Là! fit-il en souriant, ma parole! je m'y tromperais moi-même. C'est que ces coquins-là m'ont rendu fort en écriture... c'est impossible... Il est bien juste qu'ils s'en aperçoivent.

Ayant mis la lettre sous enveloppe, il écrivit l'adresse et sortit pour chercher un commissionnaire; il lui donna la lettre et le paya largement en lui disant de se hâter et de dire à la personne que c'était très, très-pressé.

— Maintenant, je veux voir ma petite comédie, dit-il en riant.

Il monta vers le petit hôtel; en route, il retira son paletot, et le retournant, il le plaça devant lui comme un tablier, rattachant par derrière les deux manches au moyen d'une épingle. Dans la nuit, la doublure grise rendait assez bien l'effet qu'il cherchait. En bras de chemise, son tablier devant lui, il alla se placer devant une porte entre le petit hôtel de Tarand et la voiture du marquis; il roula une cigarette et alla même demander du feu au cocher de Marius, puis il revint devant la porte et il s'y accota négligemment: on l'eût pris pour le portier de la maison, respirant la fraîcheur du soir avant d'aller ronfler dans sa loge.

Une grande demi-heure après, une voiture arrivait au grand galop et s'arrêtait devant la porte de l'hôtel de Tarand. La grille de l'hôtel s'ouvrait discrètement, et une femme emmitouflée dans un long châle de dentelle qui lui couvrait le visage sautait légèrement sur le trottoir.

Marius sautait en même temps de sa voiture, courait vers l'hôtel, et au moment où la jeune femme allait entrer, se plaçant devant elle, menaçant, les bras croisés, il lui dit:

— C'était donc vrai! Que venez-vous faire ici, madame?

La jeune femme stupéfaite, eut peur en voyant tout à coup un homme se dresser devant elle; elle jeta un cri, qui fit sortir le domestique. Celui-ci, en entendant la phrase de l'homme, courut prévenir son maître.

La femme, relevant la tête, se remit aussitôt. En reconnaissant celui qui lui parlait, elle éclata de rire, et dit :

— Ah! c'est trop bête! Vous pouvez vous flatter de m'en avoir fait une peur! Mais, dites donc, vous savez, vos scènes de jalousie sont en retard. Je vous serais obligée de ne pas m'espionner... Je suis libre, Dieu merci! et je crois vous avoir écrit que je me considérais comme telle... Vous me ferez donc le plaisir, mon bon... de regagner votre voiture, de me dispenser de vos scènes... et me laisser aller où bon me semble.

Marius ne bronchait pas, ses bras étaient tombés le long de son corps, aux premiers mots que lui avait dits la jeune femme. Il était comme hébété; il ne trouvait pas un mot à dire. Il était tout rouge de honte, en entendant marcher précipitamment dans le jardin, en entendant une voix qui disait :

— Qu'est-ce que cela signifie?... Qui se permet, chez moi?...

Marius, voulant éviter le ridicule, se hâta de regagner sa voiture. Il s'y précipita et dit à son cocher :

— Vite! vite! à l'hôtel...

La voiture partit rapidement.

Tarand, l'air insolent, ouvrait la grille, prenait la main de la jeune femme, cherchant celui qui lui avait barré le passage, disant :

— Qui se permet, chez moi?... ou...

La femme l'entraîna dans le jardin.

— Non! non! tais-toi! Ne fais pas de scandale... Rentrons...

A son tour, ce fut Tarand qui resta stupéfait en reconnaissant à la voix celle qui lui parlait :

— Toi! Ah çà, qu'est-ce que tu viens faire ici?

— Comment!... ce que je viens faire?... Ce mot que je viens de recevoir... de toi...

— De moi? fit Tarand, étourdi. Mais rentrons. Ferme la grille, dit-il au domestique.

Et, dirigeant la jeune femme, ils rentrèrent dans les appartements. Arrivés au salon, Tarand dit encore :

— Ah ça, comment se fait-il que tu viennes ici à cette heure ?

— Tu ne m'attendais pas ?...

— Moi ?

— Tu m'as écrit...

— Moi ?

— Cette lettre.

Et en disant ces mots elle cherchait dans ses poches.

— Ah ça, Martingale, quelle histoire me racontes-tu là ?...

— C'est toi qui vas me l'expliquer... Voici la lettre.

Tarand fut stupéfait.

— C'est bien ton écriture ?

— C'est mon écriture... mais ce n'est pas moi qui ai écrit cette lettre...

— Hein ?

— Est-ce que tu connais la personne qui t'a insultée à ma porte...

— Insultée ! pas du tout, il m'a parlé sévèrement... Je le connais très-bien... C'est le marquis...

— Le marquis de Cantrel, exclama Tarand.

— Oui !... et quand il m'a reconnue, il est resté comme toi... tout abruti... Ah ça ! dans quelle comédie me fais-tu jouer ?

— De qui se joue-t-on ici ? se disait Tarand, sombre...

Martingale continuait.

— Dis donc, Félix, tu me reçois mal... Si je suis gênante, c'est une affaire entendue, je pars... Mais, tu n'es [pas galant.

Après avoir pensé une minute, Tarand se secoua comme s'il voulait se débarrasser de ses soucis... et il dit :

— Non, Alice, reste... nous allons aller souper... Je ne tiens pas à rester ici... cette nuit, nous irons à l'appartement de l'entresol...

— Où tu voudras... Dis donc, tu as oublié de m'embrasser.

— C'est vrai.

Ils s'embrassèrent...Et ils se disposèrent à aller sou
per. En partant, Tarand pensait :

— Il se trame quelque chose autour de moi... il fau
veiller !

XV

L'HISTOIRE D'UN MORT.

Avant de suivre Georges, assis aux côtés de la marquise de Cantrel, nous devons retourner à l'auberge du
Lion d'or.

Chérie, qui avait entendu la longue conversation de
Finot et du *protecteur* des artistes, s'était couchée en at
tendant le premier.

Saint-Mards se dirigeait vers sa chambre, lorsqu'il
trouva devant lui un fantôme qui le fit reculer ; dans le
corridor sombre semblait se promener à cette heure l'ombre de Paillasse !...

— Qui est là ? cria Saint-Mards, projetant de sa main
la lumière de sa bougie sur l'ombre qu'il avait vue dans
le couloir.

— Monseigneur ! répondit-on, c'est moi, Nib-de-Naz.
Vous cherchez un homme... peut-être pourrions-nous
nous entendre...

Saint-Mards, qui avait été ennuyé, en rencontrant
quelqu'un, sourit en voyant celui qui l'attendait, et, se
dirigeant vers lui, il lui dit :

— Je cherche un homme. C'est vrai... et vous croyez
être celui-là ?...

Nib-de-Naz répondit d'une voix basse :

— Je suis toujours l'homme que l'on cherche ; on ne se
figure pas la souplesse de ma nature...

Saint-Mards releva sa bougie, la plaça devant le visage
du saltimbanque et le regarda fixement... Nib-de-Naz
soutint le regard en souriant, puis, après un grand moment de silencieuse observation, il dit :

— Eh bien ?...

— Entrez, répondit Saint-Mards en ouvrant la porte de
sa chambre.

Le saltimbanque entra, la porte était à peine fermée
qu'il disait :

— Monsieur le comte, veuillez vous asseoir et m'écouter... Moi aussi, j'ai une histoire à vous raconter... et qui
tient un peu de celle que vous savez sur Finot.

Saint-Mards se mordit les lèvres.

— Ah ! vous avez entendu ?

— Peut-être ! fit Nib-de-Naz.

— Ah !

Saint-Mards regarda encore plus attentivement le paillasse ; celui-ci reprit :

— Monsieur le comte, je serai très-long... mais je suis
certain que vous vous servirez de mon histoire...

— C'est une histoire que vous voulez me conter ?...

— Une histoire vraie !

— Qui intéressera Burdin-Finot ?

— Qui peut passer pour la suite... ou peut-être le commencement.

Saint-Mards était très-intrigué ; il regarda celui qui lui
parlait en clignant de l'œil, mais Nib-de-Naz était toujours dans son rôle, le visage était gai, et toujours il pail-
lassonnait dans ses mouvements, dans ses gestes.

— Je vous écoute, dit Saint-Mards.

— Monsieur le comte, je serai long...

— Que voulez-vous dire ?

— Je voudrais que vous nous fissiez servir quelque consommation... que nous nous mettions près de la cheminée
et que vous... et je vous raconterais mon roman...

— Un roman !

— J'ai des gens à ménager, et je dore le plomb des souvenirs de ma jeunesse : je fais des romans sur mon histoire.

L'étrangeté de Nib-de-Naz plaisait à Saint-Mards. Il fit apporter du champagne et, les verres emplis, ayant fermé la porte sur le garçon, il lui dit :

— Maintenant, monsieur, parlez.

— Pardon ! je vais lire.

— Lire !

— Oui, écoutez !

Et il tira de ses poches un manuscrit obèse et gras.

Sur un mouvement d'étonnement de Saint-Mards il dit :

— Il y a des choses qu'on ne sait dire et qu'on écrit... ou qu'on est obligé de conter en lisant ses notes.

— Et cela est sur Finot ?...

— Un peu ! Devinez, en l'écoutant...

Et il dit lentement, avec les accents d'un lecteur :

— Avez-vous lu Shakespeare ?

Saint-Mards, étonné du début, le regardait, Nib-de-Naz se contenta de dire :

— Tant pis ! monsieur le comte, tant pis ! Eh bien ! monsieur le comte, c'était la première fois qu'après l'avoir lu je voyais vivre l'œuvre immense de Shakespeare : *Macbeth*, je sortais de l'Odéon... Le spectre de Banco était toujours devant moi ; il m'accompagnait en côtoyant la Seine, je l'avais toujours devant les yeux, avec sa grande figure pâle, sanglante... et il était minuit... il sonnait même, juste au moment où je passais devant la Morgue... En y pensant, j'en ai froid aux moelles.

Quand j'arrivai chez moi, quelqu'un m'avait devancé.

C'était un vieux docteur monomane qui demeurait depuis deux jours à l'étage au-dessous du mien. Il cherchait la vie dans la mort. m'avait-on dit. J'avais vu, le matin, rentrer chez lui un long colis dont la sombre forme m'avait révélé le contenu. A cette heure, la vue du docteur me glaça.

J'habitais une vieille maison dans l'île Saint-Louis ; c'était un ancien hôtel, toutes les chambres étaient

louées meublées. La mienne, haute de plafond, zébrée de
longues solives noires à son ciel, avait deux fenêtres immenses qui donnaient sur le quai. Le mur, couvert d'un
sombre papier, servait le jour à faire ressortir les plâtres
qui y étaient accrochés, et semblait la nuit voilé d'un
drap funèbre. Il était minuit, la chambre n'était éclairée
que par le feu de la cheminée, et quelques pâles éclairs,
s'échappant du foyer, illuminaient d'un feu sinistre les
moulages qui pendaient au mur.

La longue figure du vieux docteur, enfouie dans le
coussin du fauteuil, donnait à mon logis un air plus que
lugubre ; et, malgré moi, je regardai si, dans les rideaux
de mon lit, un pâle spectre ne venait pas me disputer à
mon tour... mon oreiller !

— Mon cher enfant, dit le vieux docteur, je suis content de vous voir ; je ne peux dormir ; le feu est encore
allumé. Nous allons causer.

— A votre souhait, dis-je, assez étonné du sans-gêne
avec lequel il expliquait ou plutôt n'expliquait pas sa présence chez moi à pareille heure. Je pris un siége, et, l'a-
vançant près de la cheminée, je m'assis. J'étais arrivé à
temps, car j'entendis la grêle frapper mes vitres.

— Depuis deux jours que je reste en cette maison, reprit le vieux docteur, j'ai su que vous étiez un jeune
homme sérieux et bien pensant, faisant de l'étude la base
de sa vie !... La chose est tellement surprenante à votre
âge, que je dois vous féliciter.

Le compliment me flatta.

— Je suis vieux... mais j'aime la jeunesse. Je comprends qu'elle doit s'amuser, le plaisir est son plus puissant mobile. Mais qu'est-ce que le plaisir ?... L'un le
trouve dans l'ivresse, l'autre dans la luxure, l'autre dans
la paresse ! peu dans la science, et cependant vous êtes
de ces derniers. C'est bien, jeune homme... L'on m'a dit
que vous étudiiez la médecine, c'est-à-dire la science de
conserver la vie !... Moi j'ai été au-delà... Je rends la vie
à la mort !

Je bondis sur ma chaise. Je regardais si le vieux doc-

teur ne se moquait pas de moi. Son visage était con
vaincu. Je sentis le froid se glisser dans mes veines, mai
j'écoutai !... Cet homme me faisait peur, et cependant j
désirais l'entendre jusqu'au bout.

— Vous doutez? me demanda-t-il.

— Je l'avoue.

— Je n'ai fait encore qu'une cure... et j'ai complète
ment réussi !

— Vous avez fait revivre un mort?...

— Oui !

— Bien mort?...

— Depuis quatre jours.

— En léthargie?...

— Non pas, noyé !

— Noyé, quatre jours ! Vous l'avez fait revivre? Une se
conde... Par l'électricité, vous l'avez fait se dresser et
grimacer.

— Je l'ai fait parler deux heures.

— Deux heures !

— Oui ! Il m'a raconté son histoire.

— L'histoire d'un mort... dis-je, essuyant la sueur qui
perlait à la racine de mes cheveux.

— Je vais vous la redire à mon tour, et vous verrez
qu'il pensait... et agissait.

Je me renfonçai dans ma chaise, la voix s'était éteinte
dans ma gorge, et, n'osant regarder autour de moi, mes
yeux se rivèrent au dernier tison qui s'éteignait lentement dans le foyer.

« Ce matin, commença le vieux docteur en tisonnant,
l'on m'apporta un corps ; quand je l'eus préparé d'après
mon système, je lui injectai le baume qui rend la vie ; il
resta froid quelques minutes encore, puis peu à peu le
sang circula, une sueur abondante fit disparaître les
souillures limoneuses de l'eau, et le rose de la vie reparut
sur sa chair, tandis que ses yeux s'ouvrirent comme s'il
venait de s'éveiller. Il posa la main sur son front... il se
souvenait.

— Laissez-moi, dit-il, ne pas vous remercier de vos

soins : ils seront nuls bientôt. Je me suis suicidé ; les raisons qui m'ont fait agir il y a quatre jours, me feront recommencer demain.

— Comment ?

— Vous aviez pensé sans doute que, plein de reconnaissance pour votre œuvre, j'allais vous bénir ? Erreur !
D'abord, ce que vous avez fait ne servira pas... Je ne veux
pas vivre ! Ensuite, la reconnaissance ne se doit qu'à celui qui fraternellement agit dans votre intérêt... Or, c'est
dans le vôtre et non dans le mien, que vous avez agi.

— Je ne comprends pas, fis-je, embarrassé.

— Vous me comprenez parfaitement ; le monde n'est
peuplé que d'égoïstes, à bien peu d'exceptions près ; en
me faisant vivre, vous n'avez pas cherché mon bien ; non,
vous avez cherché en moi un sujet propre à une expérience. Qu'importe si votre ouvrage cause le malheur de
dix individus ! Mais ne vous blessez pas, vous n'êtes ni
meilleur ni plus mauvais qu'un autre : l'homme qui a une
femme, l'aime pour le plaisir qu'il se procure... celui qui
oblige un ami, sème son argent pour qu'il lui rapporte ;
celui qui sauve son semblable, le sauve parce que la mort
déchire le cœur de celui qui la voit venir... enfin, nous
sommes frères... Aimons-nous les uns les autres, voilà ce
que l'on dit et ce que l'on crie !... Mais chacun pour soi,
Dieu pour personne ! voilà ce que l'on pense.

Bref, vous m'avez fait renaître, et, bon gré malgré, je
vous dois la vie... en échange de quoi vous voulez le récit
de ma mort. Le voici. »

Le vieux docteur se recueillit quelques instants, faisant
craquer ses doigts en les tirant les uns après les autres :
au *dixième*, il continua sa singulière histoire.

« Mon frère mourut lorsque j'atteignais trente ans. Il
laissait un fils de dix-sept ans, mauvaise nature de laquelle
il n'avait jamais rien pu faire, quoique d'une intelligence
rare... peut-être à cause de cela ! L'herbe d'un grand gé-
nie ou d'un grand fripon ; le monde devait lui tracer son
chemin.

Je le mis au collége... il s'en fit renvoyer. Je voulus finir moi-même son éducation... il se sauva de chez moi.

Je ne le revis qu'il y a deux ans, il était majeur et venait réclamer l'héritage de son père, environ cent mille francs. Orphelin de bonne heure, ne m'étant jamais marié, lorsque je perdis mon pauvre frère, j'avais rejeté sur Aylic toute mon affection.

— Songe, Aylic, que tu es un homme; il est temps sinon de cesser, du moins de modérer une vie dans laquelle tu perdras ta fortune et ta santé. Je n'ai plus que toi en ce monde pour famille, reviens à la maison; tu sais bien que toutes les libertés te seront accordées.

— Je viens, dit-il, chercher de l'argent et non de la morale.

Je n'insistai pas, et désespéré je lui rendis ses comptes.

Moins d'un an après il était criblé de dettes et n'avait plus un sou vaillant. Je bénis presque ce désastre.

— Quelle leçon ! pensais-je. Il restera chez moi maintenant.

Je le fis venir, je connaissais les besoins de son âge, et lui laissant toutes les libertés, je me privai un peu afin qu'il eût assez pour cette orageuse saison qu'on nomme jeunesse.

— Dès qu'il aura trente ans, pensai-je, nous rattraperons cela par nos économies.

Mais les besoins qu'il se créait s'étendirent si largement que je dus lui faire sentir que je ne pouvais donner plus d'argent.

— Aylic, ajoutai-je, tu dessines magnifiquement, que ne passes-tu une partie de la journée à cette occupation? C'est ton inactivité qui te nécessite ces dépenses extravagantes.

Il m'approuva, j'en fus heureux.

Il partait le matin, rentrait le soir, et me laissait croire qu'il allait à quelques lieues de Paris faire du paysage. Il avait loué une chambre pour coucher, quand il serait en retard. J'étais content et tranquille. Il lui était déjà arrivé de ne pas rentrer pendant deux ou trois jours, et je ne m'en étais pas inquiété. Une fois, il fut cinq jours absent; je ne savais que penser. Il ne m'avait donné son adresse qu'en l'air, et je ne m'en souvenais plus. J'allai trouver un de ses amis ; je demandai de ses nouvelles. Il me répondit l'avoir vu la veille, comme tous les jours.

— Comment! tous les jours?

— Certainement, au bois.

— Ah! vous allez là-bas dessiner avec lui?

— Dessiner?

— Certainement, à Buron, au-dessus de Fontainebleau?

— Mais pas du tout, au bois de Boulogne... sur son cheval.

— Comment! sur son cheval?

— Sur son cheval ou dans la voiture d'Antonia.

— Mais où prend-il de l'argent?

— Comment, vous ne savez pas... il vous a caché son héritage d'il y a quinze jours?

— Ah! si... oui, oui, vous avez raison, dis-je.

Et je partis vivement, de crainte qu'il ne vît le rouge qui me montait au visage, non de mon mensonge, mais parce que, cherchant par quel moyen il avait pu se procurer de l'argent, je pensais à cette phrase de mon ami : « Ou dans la voiture d'Antonia. »

Ce vice incorrigible m'exaspéra. Mon affection pour lui s'altérait ; je me décidai à cesser une libéralité sans profits, qui, ne le rendant pas meilleur, me rendait plus malheureux.

L'argent de Mlle Antonia le couvrait d'écailles infâmes... Je résolus de le chasser. J'allai, à cet effet, chercher dans mon secrétaire une dizaine de mille francs avec lesquels je voulais le prier d'aller tenter fortune loin de moi.

Je cherchai mes valeurs et je vis... Oh! l'infâme! le monstre! le fils de mon frère!... il m'avait volé vingt-cinq mille francs!

Quand je le chassai, le monstre, il n'eut même pas un mot de remords. Ce dernier coup m'avait profondément atteint.

Les dettes payées, l'argent donné et ces vingt-cinq mille francs firent à ma fortune une brèche qui m'obligea de remplacer mes domestiques par une femme de ménage.

Et je restai seul! seul avec cette pensée : je n'ai qu'un parent, mon neveu, et c'est... c'est un voleur!

Un soir que je promenais ma tristesse le long du quai, sur lequel j'habitais, je vis, près du pont Saint-Michel, une jeune fille sortir en pleurant d'une porte au-dessus de laquelle pendait la lanterne d'un hôtel garni.

Je m'avançai vers elle pour la consoler. Par un mouvement qui me plut, — se trompant sur le motif qui me faisait agir, — elle se recula. Je la rassurai et lui demandai la cause de ses larmes. La pauvre enfant, arrivée à Paris avec peu d'argent, l'avait dépensé sans avoir encore pu trouver d'ouvrage... elle devait deux nuits et on la mettait à la porte.

Je priai la jeune fille d'accepter l'argent qui lui était nécessaire pour payer son gîte, et je l'engageai à venir chez moi le lendemain. Elle accepta, je la quittai.

— Elle est sans place, me dis-je ; au lieu d'une femme de ménage, je prendrai cette jeune fille ; ma maison sera plus gaie, et il ne m'en coûtera pas beaucoup plus.

Voilà ce que je pensais en rentrant, heureux... car j'avais besoin de reporter sur quelqu'un l'affection dont mon neveu n'était plus digne.

Le lendemain, je venais à peine de me lever lorsqu'on sonna chez moi.

C'était la pauvrette de la veille. Assez grande et bien prise, de beaux cheveux blonds encadraient son visage blanc et frais ; ses yeux, d'un beau bleu, semblaient plus foncés sous les cils bruns qui les ombraient ; elle paraissait avoir environ vingt ans.

— Excusez-moi, me dit-elle, de venir vous importuner si tôt, mais j'avais hâte de vous remercier.

— Vous ne me devez nul remerciement, mon enfant ; je vous ai priée de venir, et voici pourquoi : vous êtes sans place, et j'ai besoin chez moi d'une personne qui soigne mon ménage, d'une personne de confiance qui s'occupe de tout, qui ramène, par sa jeunesse et par son sourire, la gaieté, que de profonds chagrins ont chassée de ma demeure. Voulez-vous être cette personne ?

— Mais, vous me connaissez à peine !

— Je lis dans vos yeux ce que vous êtes. Voulez-vous ?

— Oh ! certainement, monsieur.

— Eh bien ! commencez, mon enfant. Vous êtes chez vous... Faites de ma demeure ce que vous feriez de la vôtre... J'ai quarante-cinq ans d'âge, et j'en ai soixante le cœur pour un misérable qui fait la honte de ma vie et qui ne vaut pas les soucis qu'il m'a donnés.

Un beau sourire qui dévoila tout un chapelet de nacre fut sa réponse. Je la mis au courant de ma petite maison, et en moins de quelques jours elle en changea l'aspect.

Elle avait retrouvé dans le grenier deux jardinières abandonnées, elle y mit des fleurs... Plus libre avec moi, elle chantait presque toute la journée. Je vivais enfin !

Un soir qu'elle arrosait ses fleurs, je me surpris à dire : qu'elle est belle ! Elle vint vers moi et ses grands yeux rencontrèrent les miens. Ce regard pénétra comme une lame jusqu'au fond de mon cœur.

En quelques jours je m'aperçus de l'état de mon âme... j'aimais la pauvre enfant ! J'aimais Virginie. Je n'hésitai pas un seul instant, et, un matin, nous achevions de déjeuner, — car je l'avais voulu ainsi, nous déjeunions ensemble, — je pris sa main... son beau regard se fixa sur moi.

— Virginie, êtes-vous heureuse, mon enfant ?

— Plus que dans mes rêves !

— Vous êtes heureuse, et peut-être va-t-il falloir briser ce qui fait votre bonheur !

— Que dites-vous ?

— Virginie, il va falloir que vous partiez de chez moi.

— Pourquoi donc ?

— Pourquoi ! dois-je vous le dire ?

14

— Oh! j'y tiens, monsieur, car si cela dépend de moi je me corrigerai... Qu'ai-je pu faire?

— Rien! tout est là!

Et je me frappai le cœur.

— Je ne comprends pas.

— Virginie, je vous aime!

La belle enfant se leva, essuya deux grosses larmes qui coulaient le long de ses joues, et dit dans un sanglot :

— Vous avez raison, monsieur, je dois partir.

— Partir! tu ne trouves pas d'autre issue à l'aveu que je viens de te faire?

— C'est vous-même qui l'avez dit!

— Oh! c'est que je n'ose te demander ce que je rêve... Je suis seul au monde, seul, entends-tu... Je n'ai qu'une amie, et cette amie c'est toi... Tu es jeune, belle, toi!.. tu as rêvé un époux qui répondît une à une aux beautés que tu lui apporteras... et je serais ridicule en aspirant à ce bonheur.

Sa belle tête s'était levée radieuse. A travers ses larmes errait un sourire. La fin de la pluie d'orage quand le soleil fait scintiller l'eau.

— Oh! comme vous êtes bon! dit-elle, et comme je vous aime!

Je la pressai entre mes bras et ne laissai pas sur son front une place où je ne misse un baiser.

Qu'elle était belle! ou plutôt que j'étais bête!!!

Je me mariais avec Virginie trois semaines après... *De profundis !*

Quelques mois plus tard, je reçus une lettre. Mon neveu, sans gîte et mourant, me suppliait de le recevoir.

Je prévins Virginie... et je courus. Le pauvre enfant, pâle, sans voix, ruiné par la débauche et la misère, était étendu sur un triste lit d'hôtel ; si je n'étais point venu, on l'emportait à l'hôpital.

Il avait à peine la force d'articuler le mot pardon !

Je l'embrassai et réchauffai ses mains, qui me semblaient glacées. Sur l'assurance d'un docteur, qu'on pouvait sans danger le transporter, je le fis porter chez moi, ne le quittant que lorsqu'il fut installé.

Un mois de soins le rendit à la santé, et, pendant ce mois, Virginie veillait à son chevet.

Un changement heureux, que je remarquai alors, s'était opéré en lui.

Il avait en horreur les plaisirs qui, jadis, l'entraînaient le plus.

Ne sortant plus de la journée, presque tous les soirs il restait près de nous. Rien ne pourrait exprimer la joie qui m'enivrait... J'étais heureux... j'avais une famille !

Celui qui, jeune, a vu la mort faucher ceux qui l'entouraient, celui-là comprendra ce que contiennent ces mots : une famille...

Nous étions aux plus beaux jours du printemps, il y a maintenant six mois environ, nous achevions tous les trois notre souper.

La soirée était douce comme au mois de juin ; aussi prolongions-nous le dessert par une longue causerie. La fenêtre était ouverte ; j'habitais sur le quai, et l'âcre parfum de l'eau venait se mêler aux lilas qui embaumaient la chambre. La nuit commençait à venir, et nous attendions, pour allumer, qu'elle fût tout à fait tombée.

Je coupais une orange... mon couteau me glissa des mains et tomba, je me baissai vite espérant le rattraper...

Mais je me relevai bondissant... Sous la table, je venais de voir la jambe d'Aylic enlaçant celle de Virginie.

— Sortez, malheureux !... sortez ! criai-je.

— Mais qu'avez-vous donc ?

— Pas un mot, misérable !... sors !... Et je te croyais capable d'être un honnête homme... toi !... un fripon, un voleur, un infâme !

— Vous n'êtes pas beau en colère, mon oncle, dit le monstre en ricanant, et il sortit.

Alors je tombai accablé, n'osant pas regarder Virginie, et cherchant quel parti prendre avec elle.

Je l'entendais pleurer ; tout à coup, je sentis sa tête sur ma main, elle était à genoux.

— Oh! pardon! mon ami, dit-elle.

— Les misérables! murmurai-je.

— Mais je ne suis pas coupable, mon ami... je le hais cet homme! Il me poursuivait sans cesse; à chaque repas, ses genoux pressaient les miens; dès que j'étais seule, il m'accablait de protestations d'amour!... rien n'y faisait. En vain je lui démontrais son indignité, il savait que je n'oserais jamais rien te dire, craignant une autre interprétation à ce que je dirais... C'était ton neveu... Ah! maintenant que tu l'as chassé sans que j'aie parlé, oh! je suis bien heureuse.

Ces mots tombèrent sur mon âme comme une rosée sur les fleurs.

Je relevai Virginie et, l'embrassant, je lui dis:

— Oh! j'aurais donné ma vie pour ce que tu viens de me dire... Je t'aime...

Mais cette scène m'avait tellement impressionné que je tombai assez gravement malade pour que le médecin me forçât à ne plus quitter le lit.

Virginie, constamment près de moi... c'était encore le bonheur, car j'adorais ma femme.

Une fièvre cérébrale se déclara. Plusieurs fois, revenant à moi après quelques heures de délire, je cherchais vainement ma compagne, la chambre était déserte, et j'attribuais à la fièvre la perception d'un bruit de voix rieuses dans la pièce voisine...

Un jour, abattu par le mal, j'écoutai... la même chose se renouvela, je crus reconnaître la voix de Virginie... elle riait... J'étais au plus bas, c'était impossible!... Un doute horrible traversa mon esprit... j'essayai de me lever... Efforts inutiles!... Je glissai de mon lit et, me cramponnant aux meubles, me traînant sur le tapis... six fois m'arrêtant, prêt à rendre l'âme, j'arrivai cependant jusqu'à la porte et je vis... je vis... Virginie sur les genoux d'Aylic la main dans la main, les lèvres assemblées!!!

— Maudit! criai-je, et je tombai foudroyé.

Quand je revins à moi... j'étais couché. Une veilleuse brûlait sur la table de nuit. Je levai la tête et je vis, pen-

ché sur mon chevet, me regardant d'un méchant sourire,
Aylic... Je voulus parler, mais je n'en avais plus la force,
la mort m'envahissait... Je voyais agir et parler, mais je
ne pouvais plus agir, je ne pouvais plus parler.

— Ah! ah! tu reviens toujours, dit avec son rire infer-
nal Aylic, en se penchant sur moi, petit bonhomme vit
encore! profitons-en pour régler nos comptes... Mon cher
oncle, il fut un temps où vous m'avez bien aimé, n'est-ce
pas? Mais vous êtes bien changé depuis, et votre haine a
de beaucoup surpassé votre amour! Je suis un vaurien,
moi; tous les vices, j'ai le bonheur de les avoir, une seule
chose pouvait les atténuer, l'amour!

Or, voyez comme le hasard a quelquefois de singuliers
rapprochements. Il m'a fait retrouver chez vous la seule
femme que j'aie aimée, celle que j'aime et que j'aimerai
toujours... et c'est justement la vôtre...

Je n'ai plus que des dettes, vous avez de la fortune...
Cette fortune, je le sais, ne doit pas me revenir, mais elle
reviendra à Virginie... et Virginie, cher oncle, c'est un
second moi-même. Voyez comme vous êtes raisonnable:
il me fallait votre femme, il nous fallait votre fortune,
nous étions décidés à nous débarrasser de vous, et comprenant la chose, vous vous empressez de partir. Maintenant aucune force humaine ne peut nous arracher tout
cela... Un testament: vous ne pouvez ni écrire, ni dic-
ter; vous guérir, je suis là pour l'empêcher, ne serait-ce
que par de tendres entretiens comme celui-ci... Il n'y a
qu'une chose, chose impossible: la disparition de votre
corps... on ne pourrait disposer de vos biens qu'après
certain nombre d'années; hypothèse irréalisable, vous le
voyez...

Mais soyez rassuré, cher oncle, nous ne gaspillerons
pas ce que vous nous laissez... Vous m'avez refusé de
l'argent... j'en sais la valeur maintenant... nous ne le jet-
terons pas, croyez-le!... Mourez, mon oncle! et, toujours
économes, nous n'aurons pas la sotte vanité de donner à
votre dépouille le chêne et le plomb, les voitures pana-
chées, les pleureurs, les croque-morts gantés. Allons !

14.

donc! nous laisserons faire l'indigence... Vous m'avez
quelquefois refusé de l'argent, vivant, je vous en refuse-
rai, mort. Et puis, cher oncle, quelle joie pour vous de
partir, sachant que vous ne laissez aucune larme derrière vous, et que la mort, ce malheur, fait notre bonheur!...

Meurs donc! Tu m'as mis à la porte de la maison, je te
mets à la porte de la vie!... *De profundis...*

Virginie était absente. La sonnette venait de tinter, annonçant un visiteur; le monstre, ricanant, me laissa terrifié pour aller ouvrir.

Le docteur entra, précédant Aylic : pour moi, que l'on
tuait vivant, c'était du secours. Par un effort surhumain,
je me dressai sur ma couche et, retrouvant toutes mes
forces, je m'écriai devant Aylic terrifié :

— A moi, docteur! on m'assassine! A moi! l'infâme
qui est derrière vous s'est tout à l'heure penché sur moi
pour m'insulter, il refuse à mon corps une sépulture, à
mon âme une prière, il m'a dit qu'il prendrait mon bien
comme il m'avait pris ma femme. A moi, docteur! ne
m'abandonnez pas! chassez-le!

Et crispant mes mains sur mes draps pour me soutenir
j'attendais sa réponse.

Le docteur se tourna vers Aylic et lui dit à mi-voix :

— Il est pénible pour vous d'entendre pareille chose!
hélas! c'est ainsi que le délire fait payer aux malades les
soins pieux de leur famille.

La figure d'Aylic se rasséréna, et je tombai atterré!.,.

J'entendis le docteur dire :

— Il est perdu!

Onze heures sonnèrent, Virginie rentra.

J'étais perdu, avait dit le médecin, on ne se gênait plus
avec moi, la porte de ma chambre resta ouverte et j'entendis :

— Eh bien?

— C'est arrêté, nous pourrons emménager avant une
quinzaine. C'est près de Courbevoie... Quand penses-tu
que l'on y pourra aller?

— Le docteur m'a dit qu'il ne passerait pas cette nuit!

— Bien! comme nous aurons les dérangements, la vente, c'est l'affaire de huit jours... Nous irons ensemble demain... veux-tu?

— Oui. As-tu dîné?

— Non.

— Allons dîner dehors.

— Oh! oui, j'aime mieux cela; je ne tiens pas à être là quand il va finir.

Et ils partirent.

Si je n'étais pas fou, assurément j'étais bien près de l'être. La sueur m'inondait.

Une réaction s'opéra en moi, je me sentis fort. Je me levai et d'un élan je descendis l'étage, je traversai le quai... et, me rappelant ces paroles : « Il n'y a qu'une chose, chose impossible! la disparition de votre corps, qui puisse empêcher la disposition de vos biens! » j'enjambai le parapet et me précipitai dans l'eau.

J'entendis crier : « Au secours! un homme se noie! » Ce fut tout.

Je remontai me débattant; si résolu que je fusse à la mort, l'instinct vital se réveilla en moi dès que je vis que la mort ne pouvait plus me pardonner.

Je reçus un choc à la tête, je tendis mes mains et je saisis en les crispant un croc que l'on me tendait... J'avais pris le fer et je me cramponnais à la pointe, sans sentir qu'elle m'entrait dans les chairs; on me criait :

— Tenez bien!

Lorsque vous rêvez, un monde positif, marchant, parsant, agissant passe devant vos yeux. Ce monde, en quoi diffère-t-il du monde réel? En rien.

La mort, c'est le rêve; le lendemain, vous vous réveillez et vous dites à cette famille qu'il vous semble avoir toujours connue :

— Cette nuit, j'ai rêvé que je me noyais.

Je revis le ciel étoilé, c'était la vie...

Mais le croc cassa, j'enfonçai, et j'allai terminer mon agonie sur le sable et les pierres limoneuses, desquelles s'échappèrent soudain quelques poissons dont je venais de violer la retraite.

« La mort est un secret, je le saurai bientôt, » a dit un grand criminel.

Qu'est-ce que la mort? Un rêve! oui, un rêve.

Je suis ainsi, je vis avec un monde qu'il me semble avoir toujours connu, et ce n'est que votre *baume* qui m'a rendu la conscience de *mes* deux existences.

La même nuit où je quittai la vie, un bateau passant au-dessus de moi accrocha ma chemise de son gouvernail et me descendit jusqu'à Courbevoie.

Là, le bateau à vapeur, battant l'eau de ses roues, me détacha, et ses vagues poussèrent mon corps inerte le long de l'île, où je restai presque à fleur d'eau au milieu d'herbes aquatiques.

Nous étions au lendemain, et lorsque vint la nuit, j'entendis un bruit de pas sur la rive. Je craignis que l'on ne me trouvât.

J'entendis le bruit d'un baiser, ce n'étaient que deux amoureux; ils s'assirent au bord de l'eau, la jeune femme caressant avec sa gracieuse bottine les herbes qui me couvraient... et prenant quelquefois mes cheveux pour de l'herbe.

— L'amour! pensai-je, belle chose, écoutons-les... Voilà qui me fera peut-être oublier l'affreux côté par lequel j'ai dû juger la société.

La jeune femme commença :

« — Dois-tu m'aimer toujours ainsi, et plus tard ne me quitteras-tu pas, me laissant le remords du crime que nous avons commis? Car c'est un crime !

» — Ne plus t'aimer! peux-tu le croire? Ne parle donc plus de lui, il est mort... bien mort! laissant contre son gré de quoi faire notre bonheur... car heureusement on l'a reconnu, lorsque, dans un accès de délire, il s'est jeté à l'eau! De la considération, nous en avons... C'est moi qui ai tendu le croc pour le sauver, il m'a glissé des mains et j'ai plongé tout habillé!... N'est-ce pas là ce que doit un neveu à son oncle?...

» — Quand penses-tu que l'on fera la vente ?

» — Les ventes après décès se font vite.

» — Tant mieux ! j'ai hâte de quitter la maison, j'ai toujours peur.

» — Folle ! je crains plus les vivants que les morts... Ma foi, je serais curieux de le revoir, il doit faire une drôle de grimace. »

Un pêcheur, qui passait dans son bateau, battit l'eau de ses avirons ; une lame souleva mon corps et le poussa jusqu'à leurs pieds.

On entendit deux cris.

Virginie tomba morte ! Aylic était fou !

Les deux heures étaient expirées... le corps se roidit, et, reprenant sa teinte livide, il s'immobilisa, ajouta le vieux docteur pour clore son épouvantable histoire.

J'étais sous la pénible impression de son récit, mais voyant le petit jour qui commençait à venir, je me hasardai à lui demander :

— Mais ce corps, qu'en avez-vous fait ?

— Je l'ai là, dit-il, et il montrait mon lit, dont les rideaux étaient fermés.

— Comment, là ! Et mes cheveux se dressèrent sur ma tête.

— Venez voir. Et m'arrachant du fauteuil où j'étais blotti, il m'entraîna vers le lit, sur lequel, épouvanté, je vis le cadavre d'un malheureux.

A ce moment, la porte s'ouvrit avec fracas : trois hommes à casquettes d'uniforme et en habits à boutons de cuivre argenté, se précipitèrent sur le vieux docteur, et l'un d'eux s'écria :

— Ah ! enfin, le voilà !

Le vieux docteur souriait toujours. Je m'interposai :

— Messieurs, que signifie cette violence chez moi ?

— D'abord vous n'êtes pas chez vous, et monsieur est un fou monomane qui s'est échappé de la maison depuis trois jours.

— Comment, fou ! mais... et je montrais le cadavre.

— Ah ! oui, dit en riant un des hommes, il vous a conté

son histoire de mort qui parle... c'est sa monomanie.
Seulement, c'est son histoire qu'il lui fait raconter.

— Son histoire! fis-je, oh! le malheureux!

— Son histoire un peu plus sombre qu'elle ne l'e
réellement.

Les employés de l'hospice emmenèrent le malheureu
Et moi, je restai là, hébété d'avoir pris au sérieux c
homme qui m'avait dit la chose la plus folle du mond

Le jour était tout à fait venu, je relevai la tête et re
tai tout surpris en regardant la chambre où j'étais. C'
tait le même aménagement, la même disposition, mais
n'étaient pas mes meubles.

Je compris...

Je m'étais trompé d'étage.

Nib-de-Naz avait fini. Il regarda Saint-Mards ; celui-c
qui avait religieusement écouté, lui dit :

— Qu'est-ce que ce roman, que vous venez de me r
conter, et en quoi se rattache-t-il à ce que je viens che
cher ici?

Nib-de-Naz tenait précieusement son manuscrit, e
sans s'étonner du ton de Saint-Mards, il répondit :

— Monsieur le comte, je vous ai dit : Moi aussi j'ai ur
histoire à vous raconter, qui vous intéressera peu
être.

— Enfin, qu'est votre lugubre histoire?

— Voici, monsieur le comte. Celui qui l'a écrite e
véritablement devenu fou... à la suite des atrocités con
mises par son neveu.

— En quoi voulez-vous que cela m'intéresse?

— Mais parce que vous connaissez les véritables nor
de ces gens-là.

Saint-Mards regarda fixement Nib-de-Naz :

— Il est tard, monsieur; nous n'avons pas de temps
perdre. Voulez-vous me donner le mot de cette énigme

— C'est curieux, monsieur le comte, que vous ne d
viniez pas... Tenez, je vais vous dire à quoi se rattacl
mon histoire, et pourquoi je vous l'ai racontée tout
l'heure... Il y a deux heures, vous alliez allumer votre c

gare, vous teniez une allumette qui s'éteignit, une autre qui s'éteignit encore.

Saint-Mards regardait le saltimbanque, se disant qu'il avait affaire à un fou ; celui-ci continuait avec le plus grand calme.

— Impatienté, vous avez pris votre portefeuille, vous y avez fouillé et tiré une vieille lettre. Après avoir jeté un coup d'œil dessus, vous y mettiez le feu, allumiez votre cigare avec et vous jetiez le restant, sur lequel je mettais le pied. Je ramassai le morceau de papier à moitié consumé et je lus.

— Vous fîtes cela, monsieur ? fit Saint-Mards furieux.

— Mais vous allez voir que j'ai bien fait. Voici le papier...

Nib-de-Naz tendit le fragment que la flamme n'avait pas atteint. Saint-Mards le prit vivement et lut : c'étaient des notes prises pour la réunion à laquelle nous avons assisté et dans laquelle Saint-Mards voulait devenir le chef du Club des Coquins ; il lut les lignes et haussa les épaules.

— Quel rapport, je vous le demande encore, cela a-t-il avec votre fantasque histoire ?...

Nib-de-Naz reprit son fragment de papier et lut ces quelques lignes :

« Or, de ceci il résulte que Tarand est l'ennemi commun, qu'il faut s'en débarrasser, diriger nos affaires nous-mêmes... Ce qu'il faut, c'est un prétexte pour s'en défaire... Moi je suis prêt à tout ; si vous hésitez, j'agirai... »

— C'est tout ce qui reste... de ce côté... Je tourne et je vois en note des adresses, les voici : rue Godot-de-Mauroy, il se nomme Félix Tarand... rue de Rome, il se nomme Tarand de Montrose...

— Eh bien ! demanda Saint-Mards vivement intrigué par là persistance du saltimbanque.

— Eh bien ? dans l'histoire vraie... que je vous ai lue, il y a un homme qui se nomme Aylic, et qui se nomme aussi Félix... qui se nommait enfin Félix Aylic Tarand...

— Ce misérable!...

— Justement, vous commencez à comprendre... Un a
après, non la mort, mais la folie de mon oncle, il assassi
nait... Il était connu alors sous le nom de Félix le bea
Nîmois ; condamné à vingt ans de travaux forcés... il s'é
vadait du bagne deux ans après... et celui qui avait ét
condamné sous le nom de Félix le Nîmois... reprenait,
Paris, le nom de Félix Tarand ; il vint à la maison d
fous dans laquelle était son oncle... Le vieillard en eu
une telle secousse, qu'il tomba malade et mourut quinz
jours après.

— Et vous êtes certain de tout cela?...

— Mon Dieu! après tout ce que je viens de vous dire
je crois que monsieur le comte ne peut pas se passer d
moi... et je suis prêt...

— A me suivre?

— Absolument...

— Et à m'aider à prouver tout cela?...

— Je suis prêt...

Nib-de-Naz but un grand verre, et reprit :

— Monsieur le comte, laissez-moi ajouter que ma curiosité va très loin... Je lis les papiers qu'on jette, et j'é-
coute aussi aux portes...

— Ce qui veut dire? fit Saint-Mards en fronçant les
sourcils.

— Ce qui veut dire que vous avez besoin d'un homme
s'appelant Burdin, qui ait élevé Finot...

— Tu serais cet homme?

— C'est-à-dire que je crois presque que c'est vrai.

— Burdin, des environs de Nevers?

— Il me semble que je n'ai vécu que dans ce pays, dit
effrontément le paillasse.

— Tu avais raison... tu es vraiment l'homme que je
cherchais.

— Je vous le disais, monsieur le comte, il s'agissait de
s'entendre... Mais vous verrez quel superbe campa-
gnard je peux faire... un ancien père nourricier admirable.

Saint-Mards souriait de l'aplomb et de l'audace du paillasse.

— Et que demandes-tu pour cela?

— Je m'en rapporte absolument à vous. Utilisez-moi, je m'attache à vous. Ah! si vous saviez avec quelle facilité nous pouvons jouer tous les rôles dans notre vie!

— Eh bien! c'est entendu! fit Saint-Mards.

— J'attends vos ordres.

— Il ne faut pas que vous changiez votre existence.

— Oh! monsieur le comte! exclama Nib-de-Naz, vous ne voulez pas nous condamner à mourir de faim? Si vous saviez combien est étrange ce mot ainsi employé : existence! Mais nous n'existons pas, nous vivons de la mort!...

— Ce n'est pas ce que je veux dire. Vous restez ce que vous êtes, c'est-à-dire des saltimbanques.

— La troupe des artistes de la Provence, rectifia Nib-de-Naz.

— Oui, vous allez installer votre tente à Paris.

— Notre tente, monsieur le comte, nous l'avons confiée à un aubergiste de Narbonne; on étouffait dans le travail dessous.

— Je ferai le nécessaire pour vous avoir...

— Permettez, monsieur le comte, j'ai compris : je vous cède la direction de la troupe, j'en reste le régisseur.

— C'est cela, dit Saint-Mards en riant.

— Corps et âme, nous vous appartenons... Restant ce que nous sommes, nous ne paraissons suspects à personne, et si un jour, l'un ou l'autre joue un rôle dans le divertissement que vous montez... le soir, le rôle est introuvable; celui qui le jouait est à l'abri, sous le maillot étincelant des artistes de la Provence, et sous le masque de l'histrion...

— C'est bien cela!

— Eh bien! monsieur le comte, avec une tente nous serions mal. Ne reculez pas devant les frais. Soyez de ce règne. Faites grand, monseigneur. Achetez un *entre-sort* et un bon petit cheval.

— Qu'est cela ?

— Une voiture à laquelle, pour les représentations, on adapte une petite toile ; on met des marches au-dessus des roues... et la baraque est montée. Le public monte, *entre* et *sort*, de là le nom... La représentation finie, la toile sert de rideaux pour séparer les chambres. La cuisine se fait dehors... la vaisselle, c'est le pouce... les couverts ceux que Dieu nous met après les mains. On attelle le cheval, et pendant qu'on dort, un seul dirige le char... vers le lieu où l'on doit donner des représentations nouvelles. De cette façon, pas d'hôteliers, pas d'indiscrets, on est où on veut, sans avoir besoin d'écrire son nom sur un livre d'hôtel. Et il se fait ainsi qu'on cherche les gens à Mantes lorsqu'ils sont depuis la veille à Rouen.

Saint-Mards avait écouté très-attentivement ; il ne répondit rien, réfléchit quelques secondes, et lui donnant deux louis, il lui dit :

— Tu es l'homme qu'il me fallait... Demain matin partez ; voici pour le voyage... Il faut que nous causions longuement ; traite avec les autres, c'est déjà fait avec Finot... et, demain soir, où te verrai-je ?

— Monsieur le comte, à Paris, nous descendons toujours, moi et ma troupe, à la *Carotte filandreuse*, rue de la Chopinette. Nous y serons demain à sept heures du soir. Faut-il vous attendre pour dîner ?

— Non ! fit en riant Saint-Mards... attends-moi à neuf heures.

— A neuf heures, monsieur le comte...

Et ayant fait un salut long et réglé comme une passe d'armes, Nib-de-Naz se retira... puis la porte s'entre-bâilla et la tête du paillasse reparut.

— Pardon, monsieur le comte, vous soldez tout ici ?...

— Oui ! oui !

— Et... l'arriéré ?...

— Tout sera payé... Vous pouvez partir au jour...

— Merci...

Et Saint-Mards éclata de rire en l'entendant déclamer :

...Mon lion superbe et généreux !

Seul, Saint-Mards, un bras croisé sur sa poitrine, tenant le coude de l'autre bras, le menton dans la main, pensa longuement, un mauvais rire s'étalait sur son visage.

— Ah! pensait-il, je te tiens à mon tour, superbe Tarand! C'est moi qui aurai les millions, pendant que tu retourneras au bagne... Un forçat!... Il faut que je sache par ce singulier bonhomme tout ce qu'il y a dans ses étranges histoires. Il n'en a dit qu'assez pour me convaincre. C'est un roué qui veut de l'argent pour tout dire. J'aurai l'argent demain, et je saurai. Ah! Tarand, je te tiens donc enfin! Tu verras ce qu'il sait faire, le cerveau de la tête à coiffeur!

Il sonna le garçon. Celui-ci vint aussitôt en bâillant. Saint-Mards avait dit qu'il partait le soir et qu'on l'attendît.

— La voiture est attelée?

— Oh! depuis deux heures, monsieur.

— Bien! mon compte?

— Le voici... avec celui de la bande... de la troupe...

— Bien... On a réglé, ainsi que je l'avais dit, avec le repas du matin?

— Oui, monsieur, c'est compris.

Saint-Mards paya et monta aussitôt en voiture. La voiture était partie, le garçon fermait la porte, lorsque Nib-de-Naz passa en costume de nuit, un bougeoir à la main.

— Garçon!

Le garçon tressauta.

— Ah! bon sens, vous m'avez fait une jolie peur, vous!

— Dites-moi, mon ami, nous n'avons pas dîné à tant par tête, n'est-ce pas?

— Non, monsieur.

— On avait commandé le dîner par pièce.

— Oui, monsieur.

— Et les plats mangés entièrement comme ceux qui ne l'étaient qu'à moitié ont été intégralement payés?

— Oui, monsieur, répondit le garçon, cherchant vainement le motif de ces questions.

— Donc, les restes sont absolument à nous...

— Si vous le voulez, monsieur.

— Comment ! si je veux ! Mais je l'affirme... Or, mon ami, vous allez mettre ces restes dans ma chambre.. j'ai quelquefois des fringales la nuit... et j'aime à m'endormir aux parfums des victuailles.

— C'est bien, monsieur. Mais je ne peux pas monter de couverts.

Nib-de-Naz le regarda en clignant de l'œil, cherchant s'il y avait une intention dans ces paroles, mais le garçon continua :

— Tous les soirs le patron monte l'argenterie.

— S'il n'y a pas de couverts, on s'en passera. Nous savons nous plier aux exigences des situations.

Lorsque le garçon eut encombré la table de Nib-de-Naz, celui-ci lui fit monter quelques bouteilles et le congédia en lui disant :

— Vous savez, cela n'empêche pas le déjeuner.

— Il est commandé et payé.

— Très-bien ! Mon ami, les artistes se lèvent tard ; éveillez-nous vers le déjeuner... le déjeuner pour onze heures ; nous prendrons le train de trois heures, pour être vers cinq heures à Paris. Allez...

Et d'un noble geste il congédia le garçon. Seul, Nib-de-Naz rangea les assiettes ; puis, admirant, il s'écria :

— Que c'est beau ! et que Dieu est grand !

Tout dormait dans l'hôtel ; il se dirigea vers la chambre de Bourgeonnette et la secoua doucement.

— Ah ! je me demandais si vous viendriez ce soir ?

— Bourgeonnette, mon enfant, lève-toi... Ce soir, on soupe, et nous avons à parler de grandes choses...

Bourgeonnette, les cheveux ébouriffés sous sa marmotte, se dressa sur son séant, et sauta vivement du lit en disant :

— On soupe ! on soupe !

Après avoir allumé sa bougie, Nib-de-Naz alla éveiller

Finot et Chérie par la même phrase, et dix minutes après, les quatre bohémiens étaient autour de la table, mangeant les restes du dîner et dévorant les paroles de Nib-de-Naz, qui leur racontait ce qui venait d'être arrêté avec Saint-Mards.

XVI

LES SUITES D'UNE PROMENADE EN FIACRE.

Nous avons laissé Georges Burdin au moment où, semblant sortir de la maison que Chadi avait fait ouvrir, il faisait signe au cocher d'arrêter. Celui-ci obéit. On lui avait dit de marcher au pas, et il supposa que c'était afin de retrouver celui au-devant duquel on allait... Georges ouvrit la portière de la voiture en lui disant :

— C'est moi qu'on venait chercher... retournez maintenant.

Et il entra dans la voiture. Hélène, surprise et effrayée, se jeta dans le coin en jetant un petit cri. Georges avait refermé la portière et la voiture retournait. La jeune femme, revenue de son étonnement, avait regardé celui qui était si singulièrement venu se placer devant elle... elle avait cru d'abord que c'était Tarand qui, guettant son arrivée, venait ainsi au-devant d'elle; mais ne reconnaissant pas le jeune homme, elle exclama aussitôt :

— Mais, monsieur, que faites-vous?... que voulez-vous?...

— Madame la marquise, répondit doucement Georges, taisez-vous, je vous en prie; je vous sauve... pas un mot...

Et comme Hélène, absolument effrayée, se levait pour baisser les châssis de la portière et faire arrêter le cocher, Georges lui prit le bras et dit sévèrement :

— Au nom de Dieu, madame ! ne bougez pas ! M. le marquis de Cantrel est là, à vingt pas d'ici, devant la demeure de Tarand ; il vous guette...

Cette fois, la jeune femme ne protesta pas, elle se laissa retomber sur la banquette, et s'enveloppa vivement le visage dans le châle de dentelle qui la couvrait.

Il y eut une minute de silence, pendant laquelle Hélène, regardant par l'angle de la vitre, put voir la tête du marquis qui sortait de la voiture, éclairée par le réverbère qui se trouvait à côté de la maison de Tarand. A la pensée de la scène qui aurait pu avoir lieu, elle eut un frisson ; puis, relevant ses regards, elle chercha à voir dans la demi-obscurité de la voiture le visage de celui qui s'était si singulièrement présenté à elle.

La situation était fort embarrassante ; la timidité naturelle de Georges avait pu disparaître un instant, en raison du danger, et alors il s'était jeté hardiment dans l'aventure ; mais, à cette heure, cette timidité revenait tout entière, augmentée du caractère particulier de celle avec laquelle il se trouvait et dont malgré lui il subissait l'influence. De son côté, Hélène était fort embarrassée en apprenant et constatant la scène scandaleuse à laquelle elle venait d'échapper, elle avait senti sourdre en elle une énergie passagère ; le danger passé, elle était retombée faible sur la banquette ; ennuyée de trouver devant elle un homme aussi jeune qui connaissait son secret, elle avait honte. Lorsqu'il lui avait dit : « M. le marquis de Cantrel est à vingt pas d'ici, il vous guette », elle était devenue pâle... et maintenant, le danger passé, elle sentait le rouge lui brûler le visage. Ce fut Hélène qui se décida à rompre cet embarrassant silence.

— Monsieur, qui vous a envoyé vers moi... me prévenir ?

— Personne, madame.

— Comment ! personne ! c'est M. de Montrose.

— Non, madame, c'est moi qui ai appris — que vous importe comment? — que la noble et pure marquise de Cantrel était presque devenue folle, qu'un misérable allait abuser de cette folie.

— Monsieur, je vous prie de ne pas oublier à qui vous parlez.

— En faisant ce que je fais, madame, je lui donne la plus grande preuve de mon respect pour elle.

— Vous me paraissez bien jeune, monsieur, pour vous dévouer à semblable sauvetage.

— Je savais que tout cela était combiné ; je savais que cet amour auquel vous croyez, madame, n'est qu'une affreuse comédie, de laquelle vous deviez être la dupe et la victime. A l'heure où vous receviez le billet qui vous disait qu'on vous attendait dans la petite maison, votre mari arrivait secrètement de Nevers ; il défendait à l'hôtel de vous prévenir de son retour, car il avait reçu la copie de la lettre que vous aviez envoyée à celui que vous appelez Montrose.

— Que me dites-vous là?

— Je vous dis la vérité... Vous voyez que je sais tout.

— Eh ! monsieur, fit la marquise, toute rouge de honte, j'en suis absolument indignée ; je ne m'explique pas que semblable chose ne soit pas plus respectée. Qui vous a initié ainsi?

— Madame, je ne puis vous le dire aujourd'hui ; mais assurément la faute en est tout entière à celui que vous vouliez honorer de votre... affection.

Il y eut un silence, pendant lequel la marquise, honteuse, confuse, et surtout révoltée de la légèreté avec laquelle celui qu'elle croyait un galant homme abandonnait au premier venu sa réputation, se mordait les lèvres et déchirait ses gants, pour satisfaire sa rage.

Au bout de quelques instants elle reprit :

— Mais enfin, monsieur, toute chose en ce monde a un but; quel est celui qui vous a dirigé pour vous occuper de moi?

— Faire le bien, madame, dit simplement Georges.

— Ah !... Vous connaissez M. de Montrose ?

— Je ne l'ai jamais vu, madame...

— Mais enfin, par qui avez-vous appris ce que vous savez ?...

— Je ne puis vous le dire aujourd'hui.

— Monsieur, je ne vous connais pas, vous me refusez tout renseignement, je ne puis vous obliger à être moins réservé, puisque je vous dois de n'être pas tombée dans l'indigne guet-apens qui m'était tendu. Vous savez une chose de laquelle mon honneur dépend... Si vous m'avez sauvée aujourd'hui, j'espère, monsieur, que ce n'est point pour me perdre demain...

— Je vous ai sauvée aujourd'hui, madame, et s'il le faut, vous me retrouverez demain... surtout contre cet homme.

— Cet homme, fit la marquise impatientée, vous le haïssez donc bien ?

— Eh quoi ! exclama le jeune homme stupéfait, à cette heure ne le méprisez-vous pas vous-même ?

— Qu'est-il enfin ?... Vous m'avez dit ne pas le connaître...

— Et j'en suis bien heureux, madame... Je ne le connais que par le mal qu'il fait. Cet homme, madame, est un misérable, s'attaquant à tout et à tous... Est-il noble, est-il riche, je ne le sais ; mais pour satisfaire à la vie luxueuse qu'il mène, il fait les affaires bâtardes des faiseurs ; il a dans un coin de Paris une maison louche dont le but est le chantage,

— Vous ne le connaissez pas, monsieur, je le vois.

— Mon Dieu, madame la marquise, que faut-il donc faire de plus que l'infamie dont vous avez failli être victime, pour que vous puissiez juger cet homme ?

— Est-ce lui qui vous a dit ?...

— Là ne serait pas le mal, car c'eût été pour vous sauver.

La marquise dépitée déchirait son mouchoir de ses petites dents pointues. Georges continua :

— Lorsqu'un galant homme est honoré de l'attention

d'une femme telle que vous, lorsque celle qui a été toute
sa vie belle, enviée et admirée, celle dont le nom est
synonyme de noblesse, de vertu..., se trouve un jour,
par une incroyable fatalité, prête à succomber...

— Qui vous dit cela, monsieur? fit fièrement la marquise.

— Et la lettre que vous lui avez écrite, madame!

— Vous avez vu cette lettre?

— Oui, madame! Qu'il l'ait montrée, ou qu'il ait été
assez léger pour ne point la mettre à l'abri des regards de
tous... n'est-ce pas dire assez de lui?

— Vous n'écoutez, monsieur, que le sentiment hai-
neux qui vous dirige contre M. de Montrose. Je ne puis
croire à ce que vous me dites.

— Il faut, madame, que j'aille jusqu'au bout.

Et, fouillant dans sa poche, Georges en tira la lettre et
se pencha vers les lanternes de la voiture; il lut:

« Il y a des entraînements contre lesquels on ne résiste
pas... Je vais faire une folie, je le sens; mais je dis: oui,
oui, ce soir j'irai chez vous. Je crois en vous, Félix; tout
mon passé honnête, je l'abandonne à un noble gentilhomme. Vous m'aimerez toujours, n'est-ce pas? Vous me
ferez oublier la faute. Je vous aime tant! Mon mari d'ordinaire ne nous gêne guère; mais cependant sa présence
peut-être m'aurait retenue. Je suis seule, et votre souvenir est sans cesse autour de moi. Ce soir, à dix heures...
Félix, je vous aime! Soyez seul, éloignez vos domestiques. A ce soir!

» HÉLÈNE. »

— Ah! le misérable! fit la marquise fondant en larmes
et cachant son visage dans ses mains. Georges ému dé-
chira vivement la copie que lui avait donné Chadi, et dit:

— Madame, puisque maintenant vous jugez l'homme
pour lequel vous alliez vous déshonorer... puisqu'il en
est temps encore, réagissez, redevenez la noble marquise
adorée de tous... Vous avez autour de vous des amis qui
veillent.

15.

La marquise s'arrêta tout à coup, et fixant son beau regard sur Georges, elle dit :

— Mais enfin, qui êtes-vous, pour vous dévouer ainsi à moi?

Et comme on était arrivé au boulevard, que l'intérieur de la voiture se trouvait absolument éclairé par les lumières des cafés et des devantures de boutiques, elle vit le jeune homme et resta un instant comme stupéfaite. Sous ce regard, Georges devint tout rouge; mais il ne baissa pas les yeux; il prit la main de la marquise et lui dit d'une voix qui la fit tressaillir :

— Je suis votre plus grand ami... prêt à vous donner mon sang et ma vie... et cela par respect pour vous!

Hélène baissa la tête et Georges l'entendit dire à mi-voix :

— Oh! c'est bien singulier.

Il y eut encore un long silence, pendant lequel Georges ne quitta pas la main d'Hélène; celle-ci n'était point gênée de cette affectueuse pression, au contraire. La main de cet enfant de vingt ans dans la sienne ne la troublait pas, ce serrement de main, elle le rendait avec bonheur, sentant qu'aucune mauvaise pensée n'en pouvait naître. Puis tout à coup elle releva encore les yeux, regarda longuement Georges, et lui dit :

— Eh bien! monsieur, puisque vous êtes mon sauveur, puisque vous m'offrez votre protection... que dois-je faire?

— Oublier M. de Montrose.

— Oh!... ceci c'est fait! fit-elle en secouant la tête...

— Bien. Maintenant vous allez descendre de voiture. Nous sommes presque à la place de la Concorde, vous allez vivement gagner à pied la rue de Lille... Vous vous arrangerez à n'être pas vue de vos gens et vous vous coucherez... Assurément, le marquis s'informera si vous êtes sortie dans la soirée; il faut donc à tout prix qu'on lui prouve que non, et si on le lui a dit, que l'on s'est trompé.

Georges fit arrêter la voiture; il sauta à terre et offrit

la main à la marquise, qui descendit sans dire un mot ;
il la reconduisit jusqu'à l'autre côté du pont. Là il lui dit :

— Maintenant, madame, pardonnez-moi tout le mal
que je vous ai fait en raison du mobile qui m'a dirigé.

— Au contraire, monsieur, jamais je n'oublierai ce
que je vous dois... et ne voulez-vous pas au moins me
dire votre nom... puisque je ne puis savoir ce qui m'a
mérité votre protection.

— Madame la marquise... j'aurais voulu me taire...
Mais tôt ou tard vous devrez savoir... Eh bien ! ce soir
peut-être, M. le marquis vous rendra visite, pour se bien
assurer qu'il a été la victime d'une indigne mystification... Sinon, vous le verrez au matin. Il faut redevenir
avec lui, madame, l'épouse aimante que vous étiez et
que vous êtes, l'heure de folie est passée... Demandez-lui
alors ce qu'il a été faire en voyage.

— Lui demander !... Mais cela n'est pas mon affaire...
Il pourrait me dire que cela ne me regarde pas.

— Non, madame, M. de Cantrel est trop galant homme
pour vous parler ainsi. Je crois, au contraire, qu'il sera
enchanté de votre curiosité et s'empressera de vous répondre.

— Vous affectez dans ce que vous dites un air mystérieux... que je voudrais m'expliquer.

Georges dit en souriant :

— Adieu, madame. Interrogez M. le marquis. Vous
me demandiez mon nom : Georges Burdin. Souvenez-
vous bien, madame : Georges Burdin.

Et saisissant vivement la main de la marquise, il la
porta à ses lèvres en disant d'une voix étranglée par
l'émotion :

— Adieu, madame, adieu !

La marquise était restée stupéfaite, ne pouvant dire un
mot et suivant du regard le jeune homme qui s'éloignait
rapidement pour rejoindre sa voiture.

— Quelle singulière ressemblance ! dit-elle enfin ; puis
elle répéta, pour se le bien graver dans la mémoire :
Georges Burdin !...

Elle se hâta de regagner le vieil hôtel. Suivant en tout point les recommandations de Georges, elle rentra par la petite porte, dont elle avait la clef ; elle passa par l'office pour gagner le jardin, où elle trouva la porte d'un petit escalier qui conduisait dans le boudoir précédant sa chambre. Elle se déshabilla vivement et se coucha, puis elle sonna... Quelques minutes après, la femme de chambre, à demi-vêtue, paraissait, un bougeoir à la main. En voyant sa maîtresse couchée, elle exclama :

— Madame la marquise est couchée ? Je croyais madame au théâtre...

— Je suis au lit depuis neuf heures. J'étais indisposée et vous ai sonnée, mais vous étiez sortie.

— Que madame m'excuse ; je suis restée à peine dix minutes dehors.

— Louise, je voudrais boire un verre d'eau sucrée.

La femme de chambre sortit, pour rentrer aussitôt, apportant le verre qu'on lui avait demandé. Ayant bien fait constater sa présence chez elle, et dit qu'elle y avait passé la soirée, la marquise essaya de s'endormir. Mais ce fut en vain. Ce n'était pas le guet-apens tendu par Tarand qui, l'effrayant encore à cette heure, occupait sa pensée, non. Sa pensée tout entière était sur ce jeune homme si beau, et dont une singulière ressemblance l'avait frappée. Vers minuit, elle entendit s'ouvrir et se fermer la grille de l'hôtel, puis elle entendit qu'on marchait dans les chambres voisines. C'était le marquis qui rentrait et qui envoyait son domestique s'informer près de la femme de chambre si madame était allée au théâtre le soir, et si elle était rentrée.

Le domestique était revenu près de son maître et lui avait dit :

— Lise m'a dit que Mme la marquise n'est pas sortie ce soir ; elle était indisposée et s'est couchée tôt ; tout à l'heure, elle a même appelé Lise...

— Comment ! elle est indisposée ? fit le marquis, ennuyé, et en même temps absolument heureux : dites à Lise d'annoncer mon retour à madame, et puisqu'elle est éveillée, je vais aller moi-même prendre de ses nouvelles.

Le valet de chambre sortit, et le marquis dit à mi-voix :

— Il faudra que je trouve le misérable auteur de cette infamie.

Lorsque le domestique revint, Marius se rendit près de sa femme. Celle-ci lui tendit la main, mais il se baissa et l'embrassa sur les lèvres ; leurs regards se rencontrèrent, et Hélène devint toute rouge. Elle était sur le bord de l'abîme, elle était perdue, et cela juste à l'heure où son mari paraissait redevenir l'aimable et galant gentilhomme qu'elle avait aimé.

— C'est bien à vous, et je vous en remercie, d'être venu aussitôt votre retour... vous intéressant à ma santé.

— N'est-ce pas naturel... et n'est-ce pas ainsi que ce devrait toujours être ?

— Est-ce moi qui échappe ? demanda en souriant la belle marquise.

Il l'embrassa encore, puis, s'asseyant près du lit, il dit :

— J'ai tenu à venir aussitôt, parce que j'ai une heureuse, bien heureuse nouvelle à vous apprendre.

— Ah !... d'abord, fit-elle, pour se conformer aux conseils qui lui avaient été donnés dans la soirée, et pour s'assurer si le jeune homme avait sûrement jugé : d'abord... qu'est-ce que ce voyage mystérieux ? D'où venez-vous ?

Elle demandait cela d'un air câlin, en lui tenant toujours la main, et il lui répondit en souriant :

— Hélène, je reviens de Cacogne...

— Cacogne ?

— Le pays où notre pauvre petit Octave était en nourrice...

— Ah ! qu'alliez-vous faire là ?...

— Chercher un enfant.

— Que me dites-vous là ? fit la marquise se dressant et se montrant superbe dans son négligé de nuit à son mari, qui la prit dans ses bras et lui dit penché à son oreille

— Hélène, je vais t'apprendre une chose incroyable le bonheur de notre maison.

La marquise tournait vers lui ses beaux yeux suppliants elle vit qu'il pleurait, et elle demanda :

— Parlez ! parlez !

— Hélène, nous avons un fils ; notre enfant est vivant

— Ah ! mon Dieu ! que me dis-tu là ?... Ah !...

Et les deux époux se tenaient étroitement serrés, pleurant comme des enfants.

Marius disait :

— Il faut être forte ; Hélène, c'est une joie.

— Et tu l'as vu ? demanda-t-elle.

— Non ! il est à Paris, il porte le nom de son père nourricier : Georges Burdin.

— Georges Burdin ! exclama la marquise, qui jeta un cri et perdit connaissance dans les bras de son mari.

— Hélène ! Hélène... sois donc forte ! Mon Dieu... Lise Lise... vite ! Madame se trouve mal.

Et Marius ayant étendu sa femme sur le lit, s'empressait autour d'elle, aidé par les gens de l'hôtel accourus ses cris.

XVII

OU TARAND S'OCCUPE DE Mlle BEAU-SOURIRE.

En sortant de chez lui le soir du rendez-vous, pendant que la marquise, revenue à la vérité de sa situation, apprenait de la bouche de son mari qu'elle avait un fils qu'elle perdait connaissance en constatant que c'était lu

qui venait de la sauver, Tarand conduisit Martingale chez
Brebant, tout plein de cette pensée : il se trame quelque
chose autour de moi, il faut veiller.

Lorsque s'étant fait dresser deux couverts et servir à
souper dans un cabinet, ils se trouvèrent seuls, Tarand
demanda à Martingale :

— Qui t'a apporté la lettre que tu m'as montrée?

— Un commissionnaire... Tu le vois, j'étais en toilette,
e revenais du Cirque, j'avais retiré mes gants, on me
proposait à souper. Céline est venue me dire qu'un commissionnaire apportant une lettre, insistait pour me la
remettre en main propre. Assez étonnée, j'allai prendre
a lettre, le commissionnaire me dit :

« Madame, on m'a dit de vous dire que c'était absolument pressé, qu'on vous attendait. »

Je lui demandai si j'avais une réponse à lui donner, il
me dit que non... Est-ce que cette lettre ne m'était pas
destinée?...

— Cette lettre n'est pas de moi.

— Comment cela? c'est bien ton écriture...

— C'est mon écriture, c'est vrai, mais la lettre n'est pas
de moi...

— Tiens! qu'est-ce que ça veut dire ça?...

— C'est ce que je cherche...

— Oh! toi, ça ne te regarde pas, fit tout à coup Martingale, c'est à moi que cela s'adresse ; tu conçois que ce
n'est pas pour toi qu'on avait également prévenu Marius.
Les gens qui ont fait ça croyaient que j'étais encore en
bons termes avec le marquis, et c'était pour nous fâcher... Ce doit être un tour de femme, ça.

Tarand avait beaucoup de raisons pour ne pas penser
comme Martingale, mais il n'en avait aucune pour le lui
dire... Il lui demanda :

— Y a-t-il longtemps que tu n'as vu Saint-Mards?

— Oui, très longtemps.

— Ne le crois-tu pas capable de ça?

— Dans quel but?... Je le vois peu, mais je ne suis
pas cependant fâchée à mort avec lui... et il sait parfai-

tement que je n'ai pas besoin d'exciter la jalousie
Marius.

Après avoir longuement réfléchi, Tarand renonça
trouver ce jour l'auteur de la lettre; mais il se pror
bien de s'en occuper dès le matin. Il reprit :

— Et maintenant, parlons d'affaires sérieuses. Où
es-tu avec le petit Georges?...

— Comme c'est agréable! dit Martingale piquée; je
çois un mot de toi, je quitte tout, je m'empresse de
nir; je me dis : Je vais revoir mon Félix; je suis as
mal reçue; mais tu rachètes cela aussitôt en me disan
Nous allons souper ensemble... Enfin, je me dis : Je
trouve, m'aimant encore un peu, celui que j'ai ta
aimé; nous arrivons ici, nous nous enfermons dans
cabinet... et tu ne cesses pas de me parler de mes...
l'amour des autres...

— Alice, tu es toujours enfant; nous avons une gro
affaire en jeu, c'est toi qui en diriges la principale part
Je te demande tout d'abord où cette affaire en est?...E
ce que je ne sais pas que l'amour n'est pour rien da
tout cela? Est-ce que je ne sais pas que ton cœur, c'
moi qui l'ai, et qui l'ai seul?

— C'est vrai... et, sur la promesse d'un retour ve
moi, tu me rendrais criminelle...

Tarand eut un sourire de satisfaction, et, se souv
nant de celle qu'il attendait, la comparant à celle qu
avait devant lui, il se dit qu'il lui eût été bien difficile
dire laquelle était la plus belle...

Martingale cependant était plus jeune.

— Alice! dis-moi en deux mots où tu en es avec lui,
nous n'en parlerons plus.

— Tu conçois que le grand dadais m'appartient cor
et âme; c'est un amour comme tu n'en as pas vu... Si j
voulais consentir, il serait capable de m'épouser...
suis venue juste à point pour le consoler d'un amour ma
heureux.

— Qui est-ce qui t'a dit ça?

— Lui!

— Il te raconte ses amours !

— Il me raconte tout ce que je veux. Je sais que son père est très-riche, qu'il devait se marier avec une jeune fille, une enfant trouvée. — Un roman, tu vas voir. — Or, cette enfant..., en allant chercher les papiers, on s'est aperçu que c'était sa sœur... et l'imbécile me dit naïvement qu'il a été bien heureux de ressentir pour moi une passion si vive, car, malgré ce qu'il avait appris, il sentait qu'il aimait toujours cette petite.

— Que me contes-tu là ?

— Ce qu'il me raconte.

— Qu'est-ce que cette sœur ?

— Il paraît qu'elle est très-jolie ; ce doit être une grande dinde, qui montre toujours ses dents pour sourire, car elle s'appelle Beau-Sourire.

Tarand avait bien une vague idée de tout cela, mais il n'avait plus rien de précis, il se souvenait cependant d'avoir chargé Chadi de se renseigner sur les amours du fils Burdin, et il ne se rappelait pas avoir reçu de note à cet égard. Il retint le nom de Beau-Sourire et il demanda :

— Et cette rivale se nomme véritablement...

— Elle se nomme Jeanne Claire...

— Tiens ! j'ignorais tout cela...

— Quand tu m'as envoyée à Nevers le trouver, tu ignorais cela ?...

— Oui !

— Enfin, j'ai fait ce que tu m'as dit... J'ai des engagements qui ne seront jamais payés... Je l'ai fait conseiller son père dans vos mines savoyardes...

— Tout cela a réussi.

— Tu es donc satisfaite de moi ? Viens-tu m'ordonner de rompre avec lui ?

— Pas encore ! Mais, c'est curieux, je ne me souviens pas avoir eu des renseignements sur cette Claire, et cependant j'ai vu et entendu ce nom : Claire, dite Beau-Sourire. Enfin je verrai ça.

Martingale s'était rapprochée de Tarand. Le souper

louchait à sa fin ; elle plaça son adorable visage près d
sien, et, l'œil ardent, la lèvre un peu pendante, elle lu
dit :

— Est-ce que tu perds la mémoire, mon Félix ?

— Pourquoi me demandes-tu cela ? fit celui-ci en lu
souriant.

— Te souviens-tu, à propos de ce Georges, de ce niai
aux caresses duquel tu m'as condamnée, ce que tu vin
me dire ?

— Je ne sais... peut-être... Dis toujours.

— Tu vins me dire : Alice, je connais un homme jeun
beau, qui ne connaît de l'amour que ce que les roman
lui en ont dit.

— Ah ! j'ignorais les amours de Mlle Beau-Sourir
Chadi m'a mal renseigné, nota Tarand, tout entier à se
plans. Martingale reprit :

— Tu ajoutas : Je viens t'ordonner de te faire ador
par cet homme... et de ne plus songer aux autres. De c
jour ta porte est fermée à Saint-Mards et au marquis..
Je le veux ! ajoutas-tu. Puis, comme je te demandais qu
serait le prix de mon obéissance, tu répondis : « Si tu m'o
béis, Alice, je t'aimerai. » Te souviens-tu de tout cela ?

— Oui, fit Tarand, passant sa main sur le cou de l
courtisane, et attirant en souriant sa tête vers la sienn
si près que leurs cheveux se mêlèrent, et ?...

— J'ai obéi, Félix... J'ai bien obéi !... M'aimes-tu ?

Tarand appliqua ses lèvres sur les lèvres lourdes d
Martingale, en lui disant :

— Oui, Alice, oui ; à cette heure, je t'aime comme au
trefois...

— Comme là-bas... à Saint-Rémy... fit-elle ardente
tendant par des mouvements souples son corps aux ca
resses du beau Félix.

— Oui, je t'aime !

Et ils répétèrent le même mot, car il sert à tout, à l'a
mour de l'âme, à l'amour de la chair, aux baisers de tous
des purs et des flétris.

A dix heures du matin, Tarand, vêtu comme un modeste

employé qui se rend à son bureau, arrivait au bureau du Contentieux des Familles. Il fut étonné et contrarié de voir que Chadi n'était pas à son poste. Par suite, le bureau était fermé. Il demanda la clef du bureau à la concierge; celle-ci ne l'avait pas.

— M. Chadi, dit-elle, l'emporte tous les soirs; mais soyez tranquille, monsieur, il ne va pas tarder à arriver. Je dois vous dire même que c'est la première fois qu'il est en retard. Tous les jours, il est là entre neuf et dix heures.

— Je vais attendre en fumant un cigare, dit Tarand.

— C'est ça, monsieur; d'ici quelques minutes il va venir.

Tarand sortit, il alluma un cigare, et, traversant la rue, il alla regarder les journaux illustrés à la vitrine d'un libraire. Au bout de quelques minutes, il se disposait à revenir voir si son employé était arrivé, lorsqu'il vit un fiacre s'arrêter devant la porte, un homme était sur le siége près du cocher, il sauta à terre aussitôt, ouvrit la portière, un homme assez bien vêtu en descendit, suivi de deux individus d'aspect crasseux.

Si, dans le mouvement qu'il fit en descendant de voiture, le pardessus du premier ne s'était relevé, laissant voir une écharpe tricolore, la mine et l'aspect des trois individus qui l'accompagnaient ne pouvaient laisser de doute. C'était le commissaire de police. Tarand n'attendit pas, il remonta précipitamment vers les boulevards, sauta en voiture et se fit conduire chez lui.

Il n'y avait pas à douter, la fausse lettre adressée la veille à Martingale, la descente de police au bureau du Contentieux, montraient que l'on était découvert; il fallait au plus tôt réussir et se mettre à l'abri. Tarand, nous l'avons dit, avait plusieurs domiciles dans Paris; il en avait un absolument inconnu et de ses amis et des employés du bureau, sis en haut des Batignolles, et c'est là qu'étaient les papiers les plus secrets, c'est là qu'étaient les divers costumes qu'il revêtait lorsqu'il était obligé de se travestir; c'est à ce domicile qu'il se fit conduire. As-

surément les agents allaient saisir tous les dossiers de l
gence. Heureusement, depuis quelques jours, spécial
ment occupé de l'affaire du fils du marquis de Cantr
tous les dossiers relatifs à cet objet avaient été port
chez lui aux Batignolles.

A cette heure, seul dans la voiture, Tarand n'était pl
le même : il était tout bouleversé à l'idée que si les agen
étaient venus quelques minutes plus tard, ou plus tôt,
était pris... Et il savait bien que le jour où la police me
trait la main sur lui, ce jour-là on aurait un long comp
à lui réclamer. Il se demandait par quelle circonstan
leur plan avait été découvert... Il ne pouvait y avoir
qu'une trahison... N'était-ce pas Saint-Mards ?... A cet
idée, ses dents se serrèrent. Depuis quelques jours, Sain
Mards n'était pas venu au club. Chaque fois que les ass
ciés avaient parlé du chef devant lui, il haussait les épa
les. Oui, ce devait être Saint-Mards. Aucun de ceux q
composaient le club des Coquins n'était en nom, dans
maison de la rue Montmartre.

C'était lui seul, Tarand, qui en était le propriétaire
le directeur ; or, les autres n'avaient rien à craindre, l
seul se trouvait, devant la police, obligé de donner d
renseignements sur le genre d'affaires que faisait la ma
son. Explications difficiles, surtout avec cette man
qu'ont les agents d'aller chercher des renseignements su
ceux qu'ils arrêtent jusque dans leur passé. Or, le pass
de Tarand était encore plus difficile à raconter.

Accroupi dans le fond de la voiture, il disait en s'es
suyant :

— Je l'ai échappé belle !

Puis, la tête dans ses mains, tourmentant son crâne d
ses ongles, il cherchait ce qu'il allait faire. Il fallait pen
ser, et son cerveau était rebelle... Il fallait, avant tout, s
mettre à l'abri, car les recherches ne devaient pas s'arrê
ter au seul bureau du Contentieux ; si, ainsi qu'il le pen
sait, Saint-Mards voulant faire seul le coup qu'il avai
préparé, il avait dû à la fois dénoncer les associés d
club, et raconter quelque chose. On allait probablemen

'aire une même descente au siége de la Société des mines
savoyardes, et là le danger n'était pas moins grand, les
écritures y étaient d'une fantaisie un peu large, et la
caisse avait le vide d'un abîme. Et cependant il ne restait
que quelques jours pour remplir les clauses du testament
du vieux duc Cantrel d'Origny.

De ce côté, depuis huit jours, et sans en avoir informé
le marquis, Tarand avait écrit à l'exécuteur testamen-
taire... Se trouvant traqué, qu'allait-il faire? Il fallait, au
contraire, mettre au plus vite en présence le père et le
fils, puis se retirer à l'étranger, où il se ferait envoyer les
valeurs... Tarand était fiévreux, agité... Est-ce que la déveine allait venir si près du but?... l'heure sonnait-elle où
la société, lasse de ses méfaits, allait lui en demander
compte, où ses dupes, ses victimes allaient demander la
réparation de ce qu'elles avaient souffert?...

Les pensées du coquin étaient sombres à cette heure,
le noir envahissait son cerveau. Ses yeux brillaient d'un
feu étrange, ses dents grinçaient et ses lèvres séchées
étaient gercées par la fièvre. A chaque détour de rue, il
regardait par la portière de la voiture, redoutant de voir
un agent faire signe au cocher de s'arrêter. Il avait hâte
d'être arrivé chez lui, et cependant son cerveau rebelle
ne s'arrêtait à aucun parti.

Il ne sentait en lui que de la rage, de la haine... il se
disait que c'était la société qui gênait sa vie, et sans s'a-
percevoir qu'il pensait tout haut, il disait :

— Alors, à compter de ce jour, c'est la lutte... A
l'heure où je crois ma vie assurée, où je me dis : Je vais
être un bourgeois tranquille, vivant de ses rentes, être
un bon, enfin, vous retombez sur moi, vous voulez m'é-
craser... Oh! ce ne sera pas sans lutte; je suis parvenu
presque à mon but... J'y arriverai.

Comment! c'est la seule fois où je pense au bien que
vous voulez me prendre!... Vous allez me dire que mon
passé est épouvantable, que j'ai été ceci, cela. Que vous
importe, c'est fait, il est trop tard... La fin justifie les
moyens, et, je vais devenir honnête... et vous voudriez

m'en empêcher! Ah! malheur à vous, malheur à tous! Et toi, Marius, toi, prends garde! Tarand, Félix, le beau Nîmois ne pardonne pas, il tue ceux qui lui font du mal. Sandiou! s'il le faut, j'ai vécu du mal, je ne changerai pas, j'en ai vécu, j'en vivrai ou j'en crèverai... Vous ne me tenez pas, Dieu merci!

Tarand était fou de rage à la pensée que c'était Saint-Mards qui l'avait dénoncé et qui avait failli le faire prendre, car à cette heure, il en était convaincu, c'était celui qu'il avait fait chasser de chez Martingale, celui qu'il avait outragé devant ses associés, celui qu'il avait menacé devant tous qui se vengeait, et incapable de penser raisonnablement dix minutes, attribuant ce qui lui arrivait à son action unique, c'est sur lui que toute sa rage retombait. L'âme pleine de haine, il continua :

— Ah! vous volez, vous escroquez les gens, vous êtes un pilier de maison centrale... vous rentrez dans une société pour la vendre... vous trompez la confiance qu'on avait en vous, oubliant ce que vous êtes, grisé par la fortune qu'on a fait briller à vos yeux, vous la voulez pour vous seul, et vous devenez l'aide des argousins... Vous êtes jaloux et vous voulez me perdre... Si cela devait être, je ne serais pas seul... Imbécile, lâche!... Ah! ah! tu vas voir... Tu mets le pied dans la délation, tu n'en sortiras pas, c'est l'ensevelissement, tu y crèveras... Sandiou! mais tu ne sais donc pas, niais, qui te fais mon ennemi, que je suis capable de tout, moi?... Je ne respecte rien, moi!

Je n'ai pas de femme que j'aime, moi... je n'ai pas d'amis, moi; je vis au milieu de vous, vous haïssant, vous méprisant tous, pour vous arracher ma vie, dût-elle coûter la vôtre... Je vis pour jouir de la vie, et non pour en faire jouir les autres... rien ne m'attache ici que mes caprices et mes haines... Celui qui se place devant moi, je le brise... Je suis un voleur, un escroc... tout... je prends à la société ma vie... Je tue pour l'avoir... Prends garde, imbécile, ni or ni argent ne te sauveront, tu veux rattacher ma chaîne... tu viens de forger la tienne...

Et la bouche moussue, baveuse comme celle du chien teint de la rage, après ce flot d'imprécations, il montra ın poing menaçant... et se rejeta dans le coin de la voi-re. Ce torrent d'injures et de cyniques menaces l'avait ı peu calmé.

Toujours prudent, il se fit descendre à cent mètres de ıez lui, il paya son cocher et s'étant assuré qu'il n'était ıs suivi, il se hâta de gagner son domicile. Lorsqu'il fut ınfermé chez lui, il s'occupa de mettre ses papiers en 'dre, jeta au feu tout ce qui était inutile, puis, ayant récieusement serré dans un portefeuille l'engagement ı marquis de Cantrel, il dit :

— Ça, c'est la fortune... et je l'aurai seul, niais !

Puis il continua ses recherches ; il trouva, dans le fond ə l'armoire, un petit portefeuille crasseux, soigneuse-ıent enveloppé ; il le prit et le regarda longuement ; as-ırément, ce petit paquet éveillait en lui tout un monde ə souvenirs. Il s'étendit sur un canapé, et, s'accoudant, ınant toujours le petit portefeuille, il pensa, il n'avait u'un mot :

— Qu'il y a longtemps de cela, beau Nîmois !

Emporté par le souvenir, son visage redevint calme ; il ɔuriait au tableau que ce petit paquet avait évoqué. Peu peu, l'idée de la scène du matin s'effaça : il était tout ntier à ses souvenirs.

— Qu'il faisait froid ! dit-il, comme frissonnant malgré ni.

Puis, lentement, il ouvrit les poches du portefeuille ; il ı tira trois papiers jaunis, il les déplia lentement.

— Pourquoi ai-je gardé ça ?... C'est bête, les souve-irs !... Qu'elle était jolie !... Que tout cela était singu-er... Ce sont ces papiers qui m'ont sauvé ; j'étais secouru ː caché par tous, tout le long de la route... Condamné ɔlitique. Je pourrai la refaire... Il y a plus de dix ans que ː n'ai touché à cela.

Il prit un des papiers, et le lut :

— Ça, c'est le certificat de mariage ː

Mairie de Cacogne.

« Je certifie que Louis Burdin, charron, demeurant à
Cacogne, et Jeannie Tavet, laveuse, ont été mariés devant nous, le 2 juin mil huit cent cinquante.

» Pour le maire, etc. »

Tarand lisait négligemment, mais en voyant le nom à
côté du nom du pays, il exclama aussitôt :

— Ah ! çà..., est-ce que je suis fou ?... Jamais je n'avais
pensé à cela... Mais c'est ce Burdin !... Oh !...

Et vite, il déplia l'autre papier : c'était une carte d'é-
lecteur.

RÉPUBLIQUE FRANÇAISE

LIBERTÉ — ÉGALITÉ — FRATERNITÉ

*Élection des représentants du peuple à l'Assemblée
nationale.*

Vote le .. mars 1848

Nom : BURDIN.
Prénoms : Louis-François.
Naissance : 1828.
Qualification : Charron.
Demeure : Cacogne.

Signature de l'Électeur :

Louis BURDIN.

Fait à Nevers.

— Mais c'est bien cela, c'est mon Burdin !

Et Tarand sourit, en se souvenant de la nuit passée à
Cacogne ; revenu à sa nature, il dit :

— Décidément, ce Burdin est la joie de ma vie, je lui
devrai tous les bonheurs. C'est grâce à ses papiers que le
beau Nîmois a pu gagner Paris ; et c'est grâce à lui que je
vais faire fortune.

Puis dépliant la lettre, il ajouta :

— Je me souviens : c'est la lettre qu'elle était en train
d'écrire lorsqu'elle fut prise de cet étrange sommeil ; je la

trouvai sur la table... L'ai-je lue seulement?... Je ne m'en souviens plus.

Il avait étendu la lettre sur le coussin du canapé ; il la lisait lorsque, tout à coup, il exclama :

— Ah ! mais..., si on avait pu douter, voici la preuve. Cette lettre suffit au marquis.

Voici ce que disait la lettre écrite par la malheureuse Jeannie :

« Mon pauvre homme,

» Le malheur ne se lasse pas de nous poursuivre : nous n'avons plus notre petit Geo ; avant-hier, à huit heures, il est mort dans mes bras ; il a expiré en toussant. Je croyais à une syncope, mais j'ai eu beau le soigner, je n'ai pu le faire revenir : il était mort !

» Oui, mon homme, nous n'avons plus d'enfant. Pauvre petit ! Si tu l'avais vu... ses lèvres à demi-ouvertes laissaient voir sa petite bouche fraîche... Je m'acharnais à l'embrasser pour lui jeter de ma vie dans sa poitrine... C'était fini ! Il n'a plus respiré, ses beaux yeux étaient tout grands ouverts. Il était pâle, vois-tu, si pâle, si froid, qu'on l'aurait cru en marbre, et j'en ai encore la lèvre qui me brûle de l'avoir embrassé... Pauvre ange !

» Nous sommes donc maudits, toi condamné, lui mort, sais-tu qu'il me faut du courage pour vivre, mon homme !

» C'est le froid qui l'a tué... il fait si froid chez nous depuis que tu n'es plus là !

» Rien ne m'a coûté, Louis ; j'ai fait tout ce qu'il fallait faire... il n'y avait plus rien chez nous hier, mais les voisins qui l'aimaient — il était si gentil ! — ont été à la mairie, et puis ils ont fait une quête pour me donner l'argent de l'enterrement. Toute la nuit je l'ai veillé, près de son petit berceau blanc... J'avais allumé un cierge... Si tu savais comme il était beau ! J'ai essuyé deux fois la mousse rose qui venait sur ses lèvres, je garde le mouchoir comme une relique.

» Au milieu de la nuit, les gendarmes sont encore ve-

nus ; ils avaient des ordres. On prétendait que tu étais
dans le pays, à cause de la maladie du petit ; je les ai
laissés faire, mais ils ont vu tout de suite qu'on les avait
trompés : ils ont cherché pour la forme. J'ai vu le brigadier qui s'en allait essuyant une larme, et j'ai entendu
qu'il disait aux autres :

» — Pauvres jeunes gens ! quand donc ça finira-t-il ?

» Tant que mon Geo a été devant moi dans son berceau, je n'ai pas trop pensé, mais maintenant qu'on est
venu le prendre, quand j'ai vu qu'on le clouait dans la
bière, j'ai pleuré, j'ai crié, j'ai battu les gens. Pardonne-
moi, mon homme, c'était trop, je n'ai plus eu de courage, je me suis trouvée mal, j'ai perdu connaissance...
On a emporté mon enfant pendant ce temps-là ! Quand
je suis revenue à moi, à moitié folle, j'ai couru au cimetière... »

Tarand ayant terminé sa lecture, heureux comme s'il
venait de lire la plus amusante lettre du monde, s'écria
joyeusement :

— Je l'aurais dictée, je n'aurais pas mieux fait...
Avec cela, plus de doute possible. Mettons ça avec les
pièces.

Et prenant le dossier relatif à l'affaire de Marius, il y
plaça la lettre, et il rangea le portefeuille. Puis, revenant
du dossier, il lut la correspondance que lui avait adressée
d'Eragny lorsqu'il l'avait envoyé aux renseignements.

Après ce qu'il venait de découvrir, Tarand était tout à
fait intéressé par la lecture des quelques pièces qui formaient le dossier de l'affaire Burdin-Cantrel. Il s'était
levé et était allé s'asseoir devant un petit bureau, pour
être plus à son aise, afin de revoir tous les papiers. Il lut
les lettres que d'Eragny lui avait adressées de Cacogne.
Puis, replaçant un peu d'ordre dans les faits et faisant
des efforts de mémoire, il pensa tout haut :

— Je me souviens : c'est dans la journée du 3 décembre que j'étais à Nevers. Oui, le 3 décembre 1852... Il
m'avait semblé que j'étais signalé et je me mis en route ;

j'arrivai à Cacogne, sans savoir où j'étais. Brrr! je m'en
souviens comme d'aujourd'hui, quel froid! de la neige,
de la neige, toujours de la neige. A la première maison
du pays, je m'arrêtai, décidé à m'abriter; je fis le tour
de la maison, cherchant un hangar, une grange pour
dormir, ne voulant rien demander, sachant bien le refus
qui m'attendait. Je me souviens : j'entrai dans une cave
qui avait une autre entrée. Le couteau dans les dents,
c'est-à-dire en cas de question, la réponse aux lèvres, je
franchis cette porte, et je me souviens de ça comme
maintenant. C'est étonnant! Il faut avouer que l'aventure était assez agréable pour en garder le souvenir. Je
n'ai qu'à mettre mes mains sur mes yeux, et je revois
tout cela : la vaste chambre bien haute, bien sombre, le
plafond zébré de solives, un grand lit profond, avec des
rideaux à fleurs rouges... un bon lit...

Et en disant cela, le misérable, le sourire aux lèvres,
avait des mouvements de corps comme s'il se roulait
dans les draps.

— Une grande cheminée, noire comme un four, sans
feu... une vraie cheminée, continua-t-il, dans laquelle
je me promettais de me cacher en cas d'alerte... En
face, la vraie armoire... Il me semble, à cette heure,
sentir encore la bonne odeur de lessive que je sentis en
l'ouvrant pour me revêtir... La petite table avec cette
lettre... Et cette grande superbe fille, quelle magnifique
créature? Elle était étendue, inerte, la tête basse, la
gorge haute, presque nue. Quand je la soulevai, il me
sembla que comme dans les féeries, on la déshabillait
pour moi; ses jupes glissèrent... Qu'elle était belle!
répéta-t-il.

Et s'accoudant sur la table, plaçant sa tête dans ses
deux mains, il resta quelques minutes silencieux, évo-
quant sans doute le tableau qu'il peignait avec ses souvenirs. Puis, se secouant comme pour se débarrasser des
impressions qu'il ressentait, il dit :

— Enfin!... Ainsi, c'était la nuit du 3 décembre ; et
Bardin, poursuivi, traqué, ne pouvait revenir... C'est la

veille que l'enfant était mort, la lettre l'indique : et c'est
à la douleur ressentie par cette perte, plus vive à l'heure
où, dans la maison vide, elle écrivait le malheur au père
exilé, que je dus de la trouver sans connaissance...
Pauvre belle!... Burdin était à Chambéry, et elle ne le
revit plus... Je fus le dernier époux! ajouta-t-il en riant.

Et il fouilla dans les papiers.

— Voici la lettre de d'Eragny :

« Je t'envoie d'abord les actes, tout cela est bien
embrouillé, car les Burdin avaient deux enfants : un fils,
qui est mort, dont tu trouveras ci-joint l'acte de naissance et l'acte de décès... et une fille, née à l'hospice de
Nevers, où la mère est morte en la mettant au monde.
J'aurai l'acte demain, et je te l'enverrai aussitôt, dans
une lettre plus détaillée, car jusqu'à cette heure je
n'ai pu avoir aucun renseignement. Depuis dix-neuf ans,
tous ces souvenirs sont effacés, et c'est à peine si deux
ou trois personnes se souviennent du nom. A demain
donc. Bien amicalement à toi.

» D'Eragny. »

— Comment cela?... une fille!... mais il paraîtrait
qu'elle s'est consolée du départ d'Ulysse... car Burdin ne
l'a jamais revue... Si j'avais eu des remords, ceci les
atténuerait... Ah! voici la lettre du lendemain.

Et il lut :

« Aujourd'hui, je puis te donner des renseignements
précis. Les époux Burdin étaient natifs de Cacogne; le
mari était charron; compromis lors du coup d'État du
Deux-Décembre, il fut obligé de quitter le pays, laissant
sa femme avec un enfant qu'elle allaitait, le petit Georges
Burdin, dont je t'ai adressé l'acte de naissance hier. Cette
femme se trouvant dans une situation peu aisée, à la
suite du départ de son mari, et ne pouvant travailler à
cause de l'enfant qu'elle nourrissait, se décida à prendre
un nourrisson. Ce nourrisson se nommait Octave de
Cantrel. Le 2 décembre 1852, presque un an après le
départ de son mari, son fils Georges mourut; la femme

en fut comme folle, ce qu'ils appellent ici une *innocente*. Après avoir tout vendu chez elle, elle partit avec le nourrisson. On suppose que le nourrisson Octave fut renvoyé à sa famille.

» Pour la femme Burdin, on la retrouva un matin tremblante de fièvre, couchée sur la tombe de son petit ; elle était folle. On croit que la malheureuse qui, depuis deux jours, courait les routes, devint la victime d'un misérable qui abusa de son état mental et de sa faiblesse — il paraît qu'elle était très-belle — car portée d'urgence à l'hospice de Nevers, on la soigna, elle guérit de la fièvre ; mais neuf mois après, le 26 août, elle mit au monde une fille, laquelle est inscrite sur les registres de l'état-civil sous le nom de Jeanne-Claire, fille légitime de Louis Burdin et de Jeannie Tavet, son épouse. Voilà tout ce que je sais ; si tu as besoin d'autres renseignements, j'attends une lettre ; hâte-toi, car si je n'ai plus d'affaire ici, je repartirai demain, après l'arrivée du courrier.

» Bien amicalement à toi,

» D'ERAGNY. »

Tarand, en lisant cette lettre, avait senti le sang lui monter au visage ; puis, lorsqu'il eut fini, ses bras tombèrent, la lettre glissa de ses mains, et s'adossant sur son fauteuil, il resta longtemps l'œil fixe, soupirant bruyamment comme s'il étouffait. Il était étourdi de ce qu'il venait d'apprendre. Au bout de quelques minutes, feuilletant les papiers, il reprit :

— Voyons, voyons, est-ce que je suis fou ? Quelle étrange impression j'ai ressentie à cette pensée ! Voyons donc. Je m'en souviens absolument, c'était la nuit du 3 décembre 1852... Depuis presque un an, et sa lettre l'affirme encore, elle vivait seule, ne voyant pas son mari. Or, l'enfant est née à la fin d'août...

Et alors, fiévreux, il compta sur ses doigts.

— Neuf, oui, neuf mois...

Et il se leva, il marcha dans la chambre, il arracha son col, car il ne pouvait respirer.

16.

— C'est absurde ! Je ne peux m'expliquer ce que j'é-
prouve. Je ne vois toujours que la phrase de cet imbécile :
« On croit que la malheureuse, qui depuis deux jours
courait les routes, devint la victime d'un misérable qui
abusa de son état mental et de sa faiblesse... car, portée
d'urgence à l'hospice de Nevers, on la soigna, elle guérit
de la fièvre, mais neuf mois après, le 26 août, elle mit au
monde une fille, laquelle est inscrite sur les registres de
l'état-civil sous les noms de Jeanne-Claire... »

Et il marchait dans la chambre, passant la main sur
son front moite de sueur... Tout bas il disait :

— C'est impossible... moi... moi père !... une fille...
Ah ! ça, quel singulier effet cela me fait !...

Il étouffait ; il retira son paletot, le jeta sur un siége,
essuya son front ruisselant et vint une minute respirer à
la fenêtre. Puis rentrant dans le logement, et revenant
vers les papiers, il reprit :

— Ainsi, cette enfant passe pour être la fille de Burdin
la sœur de Georges... Il doit le savoir, puisqu'il a été
prendre, lui aussi, des renseignements là-bas... et...

Il s'arrêta tout à coup ; un souvenir venait de traverser
sa pensée, il exclama :

— Ah ! mais, j'oubliais cela... ça m'explique tout...
Martingale me le disait hier... Oui, oui, c'est cela...

Et prenant son front dans ses mains, il le pressa
comme s'il devait ainsi en faire jaillir un souvenir ; il répéta du ton d'un homme qui lit ce que Martingale lui
avait dit la nuit même :

« Je suis venue juste à point pour le consoler d'un
amour malheureux... Je sais que son père est très-riche
qu'il devait se marier avec une jeune fille, une enfant
trouvée. Un vrai roman. En allant chercher les papiers
nécessaires aux publications du mariage, on s'est aperçu
que cette jeune fille était sa sœur. Elle était très-jolie
Une grande dinde, probablement, qui montre toujours
ses dents pour sourire, car on l'appelle Mlle Beau-Sourire
Elle se nomme Jeanne-Claire !

Je me souviens, c'est bien cela ; tout s'explique...

Il y eut un long silence pendant lequel le coquin arrêta dans son cerveau sa ligne de conduite nouvelle. Désormais, il était seul... et lui seul devait profiter de l'avenir... Il répétait : — Ma fille... ma fille, Claire Beau-Sourire... On est joli chez nous, c'est de race. On disait de moi, Félix, le beau Nîmois... Allons, il s'agit de marier ma fille avec le comte Octave de Cantrel. Sandiou, Tarand, tu te relèves, tu deviens aujourd'hui un honnête homme, poussé par l'amour paternel, qui ne recule devant aucun moyen pour faire la position de son enfant... Et riant encore, il dit :

— Ma fille, Claire Beau-Sourire... il faut que je connaisse mon enfant...

Changeant de ton, il ajouta :

— Tarand est mort... Il faut être prudent et devenir un autre homme...

Puis, riant encore, il dit :

— Comme la conscience du devoir change un homme ! Je ne veux plus être le même.

Et il tira d'un cabinet une malle pleine...

XVIII

LA CAROTTE FILANDREUSE.

Nous n'avons certainement pas l'idée de nous plaindre du Paris hygiénique que l'on nous a donné; certainement, on y est bien, l'air y est abondant, les rues sont bien propres, le corps enfin s'y trouve mieux !... Mais point l'âme ! Moi, j'en suis, de Paris ! et le trouvant superbe, mon œil s'ennuie dans ses symétries blanches, et

je regrette le Paris pittoresque dans lequel je promena
ma culotte fendue et mes gros brodequins durs... Je r
grette les vieux magasins du petit commerce, les allu
res des quartiers, les boutiques de marchands de vins
enseignes, avec des grilles devant les vitres et des rideau
en toile à paillasse rouge derrière, les boutiques d'herbe
ristes toutes enguirlandées de plantes aromatiques qu
jetaient leurs senteurs dans la rue... Le soir, en mên
temps que le serein tombait, toutes les voitures rentraien
et sur le devant des portes chacun sortait, les trottoi
étaient envahis, d'un bout à l'autre d'une rue on se cor
naissait... tout cela était certainement très-incommode,
mais c'était charmant.

La rue de la Chopinette, à l'époque où se passe notr
récit, avait encore conservé son caractère, et l'on pou
vait encore y trouver les grilles rouges à pommes de pi
noires, les rideaux à carreaux rouges, et l'enseigne d
vrai marchand de vin. Il s'en trouvait une à l'angle de l
rue, du côté de Ménilmontant, très-entraînante. A droi
du débit, se trouvait une petite porte ouvrant sur un jai
din rempli de tonnelles; sur un fronton vert, on lisait
« Entrée des berceaux et du salon de cent couverts. » E
manchettes on lisait : « Noces et repas de corps » e
« Chambres et pension bourgeoise. » Au-dessus de la pe
tite grille du marchand de vin on lisait en lettres immer
ses : « Baudinet, successeur de son père, marchand d
vins traiteur. » Au-dessus, coupant le panneau, entre le
deux fenêtres, un légume ruisselant de couleur avec ce
mots : « A la Carotte filandreuse. » C'était superbe !

> C'était un taudis enfumé,
> La devanture en était rouge;
> L'huis en était toujours fermé.
> Le bourgeois disait : « C'est un bouge! »
> Un buveur avait barbouillé,
> Pour payer son écot peut-être,
> Entre la porte et la fenêtre,
> L'enseigne...

Ce n'était pas une auberge, c'était un traiteur mar

chand de vins, ayant en cave un certain vin sans nom de
crû, très-connu des habitués, et que le Baudinet, maître
le l'établissement, tirait de chez son oncle Baudinet-Mi-
chel, de Savigny. Ce n'était pas du beaune, mais ça lui
ressemblait étonnamment. Il me faut dire, cependant,
que l'extérieur de la maison annonçait cela : on n'y faisait pas ce qu'on nomme, dans les « magasins de nourri-
ture » moderne, l'étalage... Non, et sans effort, vous
voyiez les vitres chassieuses, derrière lesquelles, abrités
par les rideaux à carreaux rouges, se vautraient les vo-
ailles verdâtres et les rognons noirs. En collant sa tête
entre les barreaux des grilles, dans l'intervalle des rideaux,
on apercevait Baudinet tassé sur son abdomen, roulé
dans sa veste et son tablier blancs, le toquet sur l'oreille,
le sang aux joues, la sueur au front, la cuiller à la main,
composant les mixtures qu'il appelait sa cuisine. Il était
magnifique dans ce milieu, au-dessous des panoplies de
casseroles de cuivre rouge, qui jetaient des scintille-
ments à chaque éclair des fourneaux, et si vous entriez,
ah ! c'était ruisselant de couleurs !
  La grande table de cuisine couverte d'un monde de
plats fumants, le comptoir à vin couvert de verres qui
tendent leurs bouches béantes aux bouteilles obèses,
quand le vin coule ou brille... un bon brouillard chaud
emplit la salle ; tous les aromates s'y mêlent ; et quel va-
et-vient autour du comptoir, où trône, dans un vaste
fauteuil, au-dessus de sa puissante poitrine et dans son
triple menton, le visage rose et avenant de Mme Baudinet,
calme dans ce milieu fougueux, n'ayant d'autre mission
que de ramener, de ses petites mains grasses, — à croire
que ses phalanges, comme les divisions d'une lorgnette,
entrent les unes dans les autres, — le produit des con-
sommations... et autour d'elle, les brocs, les bouteilles,
les verres avec des heurts qui vibraient... Toutes les minutes la tête du sommelier émergeait de la cave... toutes
les secondes, les joues gonflées et les yeux ronds de Baudinet scintillaient dans le nuage aromatisé des fourneaux,
lorsqu'il se tournait pour répondre d'une voix de basse :

— Servez! enlevez!

Et le chœur des buveurs continuait, et les solos de garçons criaient :

— Un litre! un!

— Une tête de veau! une!

— Deux gibelottes! deux!

— Un lardé-choux! un!

Et c'était un va-et-vient continuel de garçons et d servantes portant le vin et les victuailles.

C'était dans ce lieu que, la veille au soir, étaient des cendus Nib-de-Naz et ses compagnons. D'ordinaire c'est humble et piteux que se présentait le directeur d la troupe des artistes de la Provence ; et Baudinet, qu l'avait connu aux temps heureux, c'est-à-dire à l'époqu où Paris avait des fêtes dans toutes ses communes sub urbaines, lorsque le père Baudinet tenait la *Carotte-F landreuse* et que, gamin, il était heureux de voir chez eu les saltimbanques de la fête, Baudinet aimait Nib-de-Na et il le recevait à son retour à Paris : c'est chez lui qu les malheureux venaient se refaire, panser les blessure que la misère et la famine avaient faites à l'estomac. Le compagnons et le chef arrivaient pédestrement, portan dans un petit paquet ce qui leur restait de linge ; ils ar rivaient humbles, l'oreille basse, alors ; le patron de l *Carotte-Filandreuse* faisait faire des chambres dans l corps de bâtiment au fond du jardin, et ils vivaient l une quinzaine de jours tranquilles.

Oh! ils n'étaient pas fiers, et le lendemain de leur arr vée, on pouvait voir Nib-de-Naz et Finot, les bras retrou sés, rinçant les bouteilles, et ces dames épluchant les légi mes pour le repas du soir.

Nib-de-Naz disait que sa nature active l'obligeait s'occuper toujours ; il ne pouvait rester à rien faire.

Mais cette fois la troupe des artistes de la Provenc n'était pas arrivée comme de coutume ; le clic-clac d fouet avait retenti devant l'ancienne auberge, une vo ture s'était arrêtée devant la porte, une voiture chargé de colis, des malles pleines de costumes et des instru

ients, et le paquet de sabres qui servaient aux exercices
e Bourgeonnette. Aussi, Mme Baudinet, étourdie, avait-
lle quitté le comptoir pour s'assurer *de visu* de ce chan-
ement, et Baudinet, au risque de compromettre les
tranges combinaisons de sa cuisine, était-il venu, lui
ussi, recevoir Nib-de-Naz. Baudinet lui avait tendu la
tain, mais Nib-de-Naz avait ouvert ses bras, et il avait
mbrassé le maître de la maison.

On avait descendu les malles, et Nib-de-Naz avait offert
n apéritif à son hôte et au cocher; les dames avaient
ris du doux. Puis le directeur de la troupe avait fouillé
ans ses poches et avait jeté une pièce de monnaie sur le
omptoir en disant :

— Payez-vous, madame Isidore! — On appelait
^{me} Baudinet : madame Isidore, parce que, du vivant du
ère et de la mère, on distinguait ainsi les deux femmes.

- Payez-vous! avait dit Nib-de-Naz. Il n'y a pas besoin
e marquer cela sur la carte.

M. et Mme Baudinet s'étaient regardés stupéfaits. L'hôte
ît :

— Monsieur Nib-de-Naz se singularise!

Ça n'avait pas été la moindre stupéfaction de l'hôtelier.
ib-de-Naz avait dit qu'il désirait avoir une chambre
onvenable, car il attendait le soir même son comman-
taire; puis il avait demandé que la pension fût large...
u moins chacun son litre...

Et pendant qu'il donnait ses instructions, Bourgeon-
ette se passait déjà la langue sur les lèvres.

Quelques minutes après, le facteur apportait une lettre
our Nib-de-Naz. Tous les artistes se regardèrent en pâ-
ssant. Etait-ce que Saint-Mards les abandonnait? Nib-
e-Naz ouvrit la lettre et dit tout haut, de façon à être
ntendu de tous :

· — C'est du comte... Il s'excuse de ne pouvoir venir ce
oir et me prie de l'attendre demain... mesdames, il vous
aise les mains.

· — Oh! ces gentilshommes! fit Bourgeonnette, qui,
ans s'en apercevoir, offrit sa petite main grasse au vide.

Rassurés, les pauvres diables s'installèrent, et, sach
que l'addition serait payée, ils firent un copieux dîr
Nib-de-Naz, lorsqu'il était à la *Carotte-Filandreuse*
l'heure où les fourneaux étaient éteints, faisait la par
de piquet avec Baudinet, pendant que les dames faisai
des réussites. C'était une habitude de plus de dix ar
laquelle il ne manquait jamais. Or, le lendemain so
lorsque Baudinet se préparait à la partie, Nib-de-Naz
dit :

— Mon cher Isidore, ce soir, je ne puis jouer. J'
tends le comte, avec lequel je dois terminer de régler
dernières questions d'intérêt.

Ennuyé et surtout intrigué, Baudinet interrogea :

— Le comte ?

— Oui, fit négligemment Nib-de-Naz, un gentilhomn
ami des arts, qui, ayant un jour assisté à nos exercic
émerveillé, enthousiasmé, se prit d'une grande affecti
pour nous, et déplorant de voir des artistes de notre
leur si peu remarqués, en comprit la cause et voulu
remédier. C'est alors qu'il m'offrit de me commanditer
J'acceptai... je n'ai pas à faire de la fierté avec un gent
homme... et dans quelques jours, mon cher Isidore,
vous, ma toute gracieuse hôtesse, j'espère que vous vo
drez bien honorer de votre présence la représentati
d'inauguration.

— Vraiment! s'écria naïvement M. Baudinet, vo
avez trouvé quelqu'un ayant confiance en vous ?

Nib-de-Naz fit comme s'il n'avait pas entendu, et il r
conta alors des choses merveilleuses. C'étaient des son
mes folles que le comte mettait à sa disposition. Il disa
même que ce qui ne serait pas le moindre embarra
ce serait de trouver une caisse pouvant contenir c
sommes-là. La troupe devait avoir des chevaux, des vo
tures, des tentes... des costumes, or et soie... Auss
pendant les quelques jours qu'ils allaient passer à
Carotte Filandreuse, il voulait qu'on travaillât, il falla
des exercices nouveaux.

Mais il ne faut pas croire que le directeur de la trou

des artistes de la Provence mentait, non pas, le pauvre diable croyait bien à cela, il l'exagérait sans en avoir conscience. C'était son rêve et il croyait à sa réalisation.

On était à table, Chérie et Bourgeonnette avaient mis leurs plus beaux atours, M. le comte devait venir. Finot était triste. Il faut bien le dire, Saint-Mards lui faisait peur, cet homme savait sa vie, il ne pouvait refuser, il se sentait entraîné par lui dans une voie criminelle, mais comment résister ? la fortune était au bout. Une fois il avait failli ; si une protection efficace l'avait dirigé dans un milieu honnête, il serait assurément redevenu un honnête homme, mais abandonné après sa punition, repoussé par ceux qui avaient connu sa faute, la misère devait le rejeter dans le mal. Saint-Mards devait venir, et Finot était sombre. Au contraire, Nib-de-Naz était d'une folle gaieté. Et M. et Mᵐᵉ Baudinet ne s'étaient jamais tant amusés en l'écoutant.

Il était presque dix heures, et Bourgeonnette redemandait du dessert, lorsqu'un commissionnaire entra dans la boutique et s'adressa au garçon. Nib-de-Naz avait l'ouïe d'un Mohican. Il entendit son nom et dit :

— Isidore, vois donc ! je crois que c'est pour moi.

Nib-de-Naz, nous l'avons dit, avait connu Baudinet lorsque celui-ci était enfant et que le banquiste prenait pension chez le père ; il le tutoyait, mais Baudinet ne le tutoyait pas, et en disant ces mots son front se plissa, les femmes parurent inquiètes, seul Finot sembla plus gai. Le commissionnaire entra dans la salle.

— Monsieur Nib-de-Naz? demanda-t-il.

— C'est moi, fit celui-ci.

— Bien, monsieur ; il m'est absolument recommandé de vous remettre cette lettre à vous-même.

— Est-ce que vous attendez la réponse ?

— Non, monsieur, je dois seulement vous prier de me signer sur cette carte la réception de la lettre.

— Bien, mon ami. Et il signa. Le commissionnaire partit... Excepté Finot, les trois pauvres diables avaient une

17

piteuse allure : ils n'en doutaient plus, le comte renon-
çait à s'occuper d'eux...

Lentement Nib-de-Naz ouvrit la lettre. Lorsqu'elle fut
ouverte, avant même d'avoir lu, un sourire heureux illumina son visage, il tira de la lettre deux billets de
banque de *cent francs.*

Il y eut des éclairs dans les yeux des femmes, et un ah !
de satisfaction s'échappa de leurs lèvres.

Finot même, en regardant le papier à impression, eut
un tressaillement dans le corps, une flamme dans le regard.

Les époux Baudinet échangèrent un soupir de satisfaction... On pouvait faire largement les choses, Nib-de-Naz
n'avait pas menti. L'hôtelier, hochant la tête, reprit :

— Il se singularise.

— Mes enfants, dit le chef de la troupe, vous voyez que
notre commanditaire est un homme sérieux ; il faut être
dignes de lui. Voici ce qu'il m'écrit :

« Cher monsieur, mes occupations m'empêchent de
me rendre ce soir au rendez-vous que je vous avais donné.
Je vous prie de remettre cette entrevue à demain, à la
même heure. Nos conventions tiennent toujours. Excusez-moi. A demain. Croyez à l'assurance de mes sentiments.

» DE SAINT-MARDS. »

» *P. S.* — Ci-joint dix louis, au cas où vous en auriez
besoin. »

— Quel style ! mes enfants ! Cette dernière phrase,
quelle concision !

— Ces nobles ! fit Bourgeonnette, quel beau langage !

— Et quel beau papier ! Ils s'en servent pour buvard
sur leur lettre, dit en riant Mlle Chérie...

— Mais qu'as-tu donc, Finot ! tu es lugubre.

— C'est vrai, fit Baudinet. Voyons, monsieur Nib-de-
Naz, vous êtes en joie ; pour rendre plus gai le petit, en
débouchons-nous une ?

— Débouchons-en deux, Isidore, et je te les joue...

Mais, tu sais, deux vieilles, de ce vin d'un rouge jaune qui te vient de ton pauvre cher père...

— Gourmand, va !

L'hôtelier descendit lui-même à la cave pendant qu'on préparait les cartes... Bourgeonnette dit que puisque ces messieurs allaient se régaler, on pourrait bien en faire autant pour les dames, ce à quoi souscrivit aussitôt Nib-de-Naz, et elles demandèrent de la pâtisserie.

Pendant que chaque jour on l'attendait, Saint-Mards ne perdait pas son temps; pour faire ce qu'il entreprenait, il fallait d'abord de l'argent, c'est cela qu'il cherchait; ensuite, se débarrasser de Tarand.

Cela, il l'avait fait. Il était certain désormais de ne plus le voir devant lui.

Saint-Mards n'avait pas hésité. Trop lâche pour attaquer en face celui qu'il savait capable de tout, il avait chargé la police de l'en débarrasser. Tarand avait pensé juste, c'était Saint-Mards qui l'avait dénoncé. Non pas lui personnellement, car il avait trop besoin, de son côté, de prendre des précautions avec celle dont il se servait aujourd'hui pour se dégager. Il écrivit et fit écrire une dizaine de lettres demandant au procureur de la République protection contre un individu établi rue Montmartre dans un bureau appelé le Contentieux des Familles.

Cet homme, disaient les lettres, se livrait à un odieux chantage. Une lettre était d'une femme mariée menacée dans son honneur, dans le repos de son ménage, si elle ne donnait une certaine somme contre une lettre d'un amant que l'individu avait entre les mains. Une autre était d'une jeune fille; on la menaçait, si elle ne donnait également une somme assez ronde, de prouver, par une lettre, des relations qu'elle avait entretenues avec un ami de son fiancé. Une autre visait une affaire commerciale. Quelques lettres plus étendues disaient que le même homme qui tenait la maison de chantage de la rue Montmartre venait de créer une société, avec un capital fictif, sous le nom de Mines savoyardes. Une autre, enfin, disait avoir reconnu dans l'homme qui tenait le Contentieux un ancien forçat évadé du bagne de Toulon. Les indications, les délations étaient trop précises pour permettre d'hésiter. Des renseignements demandés au commissaire du quartier vinrent corroborer les plaintes. Un mandat d'amener fut lancé contre Tarand, Félix Aylic, dit le beau Nîmois, condamné à vingt ans de travaux forcés pour assassinat suivi de vol, échappé du bagne de Toulon la première année de sa peine. Une descente eut lieu au Contentieux des Familles, et tous les papiers si lentement, si péniblement amassés, si soigneusement collationnés, furent saisis. Une descente avait lieu en même temps au siége de la société des Mines savoyardes.

Martin de Chêne, qui était dans les bureaux à ce moment, en entendant le mot sacramentel : Au nom de la loi ! sauta par une fenêtre — c'était à l'entresol — et courut prévenir les membres du Club des Coquins. Il ne trouva ni Tarand, ni Saint-Mards. Tous ses regrets furent pour le premier, car, absolument confiant en lui, Martin était certain que Tarand les sauverait de là. Dans la caisse de la Société, fondée au capital de quarante millions, on trouva 1 franc 20 centimes.

Saint-Mards avait brûlé ses vaisseaux ; les maisons et les gens par lesquels il vivait n'existaient plus. Aussi n'était-ce pas sans difficultés qu'il cherchait de nouvelles ressources. Saint-Mards n'était pas scrupuleux ; il avait une réputation de joueur singulier ; chassé d'un cercle, il se glissait dans un autre. Joueur passionné, lorsque la déveine s'acharnait après lui, il savait, par des procédés particuliers, la faire changer de côté.

Sans ressources, et ayant absolument besoin d'une somme relativement considérable pour mener à bien ce qu'il appelait sa grande affaire, depuis trois jours, il tentait sans succès la fortune à son cercle ; mais, trop soigneusement surveillé, il n'avait pu encore corriger sa malechance. C'est à cause de cela que, deux fois, il avait manqué les rendez-vous donnés à Nib-de-Naz.

La dame de pique se refusait aux tendresses de son fidèle… il était nécessaire de brusquer la situation et de ramener la chance du côté utile ; c'est ce que fit l'honnête Saint-Mards. Si l'on savait par combien de gens semblables sont fréquentés les cercles des grandes villes, combien vite nos moralistes comprendraient qu'ils ont fait fausse route en supprimant les jeux… Ceux qu'un sang calme, une vie paisible ont habitués à la petite partie de biribi après le dîner sont les fougueux qui crient contre le jeu. Ils ne connaissent pas les tripots, les cercles, et ne peuvent leur comparer les maisons de jeu ; vieux puritains que l'âge cloue dans le fauteuil à triple coussin, près de l'âtre, que l'économie rend tristes, ils tempêtent encore contre le 113, revoyant la fameuse maison de jeu, dans la vapeur que la bouillotte de tisane leur jette sous le nez. Pauvres vieux, malgré leur haine contre l'immoralité du jeu, ils sont bien forcés de l'avouer cependant, l'expérience a démontré que ce qui servait à l'argumentation de M. de La Rochefoucault-Liancourt, pour la suppression des jeux en 1836, sert absolument aujourd'hui à démontrer le contraire. Il disait : « En supprimant les maisons de jeux publics, vous rendrez aux maisons de commerce ceux qui se ruinent aux maisons de jeu. » Ne peut-on pas dire aujourd'hui : « Ne supprimez pas les maisons de jeu, vous empêcherez les tripots, vous pourrez toujours surveiller les banques, et rendre aux maisons de commerce ceux qui se ruinent dans les tripots… » Dans cette même séance, on disait aussi : « On dit que si nous supprimons les maisons publiques, il s'élèvera des maisons de jeux clandestines… mais nous avons une police et des agents qui parviendront à détruire les maisons de jeux. » On a supprimé les maisons de jeux qui existaient à Paris sur cette belle assurance… Aujourd'hui, Paris compte plus de quinze cents cercles, tables d'hôtes, cafés et tripots où l'on joue sans surveillance… et surtout sans bénéfice pour l'Etat.

Saint-Mards les connaissait, les cercles, et il connaissait bien ses joueurs, et il savait que le jour où il en rencontrerait un sérieux, il pouvait braver toute surveillance, car il était d'une prodigieuse adresse, d'une adresse telle, que le même soir où il envoyait deux cents francs à Nib-de-Naz, en remettant au lendemain son rendez-vous, il trouvait au cercle le joueur qu'il cherchait... et, trois heures après, il quittait le cercle en souriant, ayant en poche quatorze billets de mille francs. Il faut dire cependant que s'il partit à cette heure-là du cercle, c'est que les joueurs, un peu surpris de sa chance persistante, refusaient de jouer avec lui... il y en avait même qui échangeaient tout bas des mots singuliers pour le qualifier. Mais Saint-Mards savait ne pas entendre; il sortit très-calme, et en se dirigeant chez lui il se disait :

— Avec cela, il s'agit de devenir millionnaire !

Le lendemain soir, Saint-Mards se présentait à la *Carotte Filandreuse;* il était chaleureusement reçu par les artistes de la Provence, et curieusement regardé par les époux Baudinet... C'est qu'Isidore aimait bien Nib-de-Naz. Mais il trouvait encore qu'avoir confiance en lui, c'était se singulariser. Aussi regardait-il Saint-Mards absolument comme un phénomène. En voyant son commanditaire, Nib-de-Naz s'avança joyeusement vers lui, Bourgeonnette et Chérie montrèrent leur plus gracieux sourire, et Finot fronça le sourcil.

— Monsieur le comte, permettez-moi de vous présenter le maître de la maison, une illustration culinaire méconnue. Je l'ai connu enfant, j'étais l'intime ami, le conseiller de son père, M. Baudinet; Mme Baudinet... ici, monsieur le comte, je suis en famille... C'est pourquoi je prends la permission de vous offrir un verre.

— Mais... fit Saint-Mards soucieux, nous avons à causer sérieusement et je suis très pressé.

— Je suis à vos ordres, dit Nib-de-Naz, qui commanda à un garçon de faire éclairer le salon...

Une heure après, Saint-Mards, seul avec le saltimbanque et Finot, finissait l'exposition de son plan.

— Je vais vous remettre l'argent nécessaire aux acqui-

sitions utiles ; vous établirez voitures et tentes sur l'em-
placement d'une fête ; choisissez un endroit peu éloigné,
pour que vous puissiez continuer à vivre ici, et nous
allons commencer...

— Alors, demanda Nib-de-Naz, je deviens le père
Burdin...

— Non pas, une comédie semblable ne supporterait
pas les premières investigations. Je vous répète que Finot
se nomme véritablement Marius Burdin.

— Oui !

— Il est orphelin... il a eu des désagréments... nous
ne parlons pas de tout ça ; le changement que nous faisons à son existence, le voici...

— Il me semble que mes oreilles grandissent, tant
j'écoute, dit Nib-de-Naz.

Finot, le front plissé, inquiet, regardait Saint-Mards,
qui continua :

— Vers le commençement de l'année 1852, un matin,
sur la route de Nevers à Cacogne, Nib-de-Naz conduisait
sa voiture, il faisait à peine jour ; tout à coup son cheval
s'arrêta, refusant d'avancer ; il eut beau le cingler de
coups de fouet, le cheval ne bougeait pas ; il frappait, il
criait, le cheval piaffait, se cabrait, mais il ne faisait pas
un pas. Les artistes qui étaient avec lui dans la voiture,
les femmes surtout criaient, folles de peur. Nib-de-Naz,
étonné qu'un cheval aussi souple fût si rebelle, une nature aussi pacifique si turbulente, sauta à terre, après
avoir préalablement pris sous la paille la clef de fer qui
servait à serrer les écrous de l'essieu.

— Pourquoi? demanda naïvement Nib-de-Naz.

— En cas d'attaque. Vous n'oubliez pas qu'il fait nuit,
le jour se lève à peine et vous êtes pressé d'arriver.

— C'est-à-dire que j'en suis à me demander si ça n'est
pas vrai ! Il me semble que je me souviens. Quel conteur
vous êtes ! monsieur le comte !

— Il marcha en avant et ne vit rien, il revint vers son
cheval, il sentit que la peau moite et fumante de l'animal frissonnait. Naturellement il se dit : « Il se passe

quelque chose d'extraordinaire, ma jument a chaud et
elle tremble. »

— Je vous assure, monsieur le comte, que je 'crois
bien que ça est arrivé, je le soutiendrais à n'importe
qui.

— Toutes les femmes dans la voiture disaient qu'il
fallait retourner à Nevers et attendre le grand jour. Mais
Nib-de-Naz est un homme qui a du sang et qui n'a pas
peur des choses qu'il ne s'explique pas.

— Comme c'est conté! s'écriait le saltimbanque avec
enthousiasme. C'est moi, monsieur le comte... c'est moi,
je me vois.

Saint-Mards, sans sourciller, continuait, marquant par
des intonations différentes les points dont on devait plus
spécialement se souvenir... et nous savons que Nib-de-
Naz était un homme intelligent qui comprenait à demi-
mot.

— Le saltimbanque Nib-de-Naz...

Celui-ci fit la grimace; mais Saint-Mards sembla n'a-
voir rien vu.

— Marcha alors un peu plus avant, puis, ne trouvant rien, il regarda sur les côtés de la route... Tout à
coup, il resta épouvanté, sans voix, un cadavre était
étendu presque dans l'ornière, plus effrayant à cause de
la clarté grise du jour naissant. Ce corps était presque
nu, c'était une femme, jeune encore, qui tenait un enfant
sur ses seins. Il se précipita; la femme était froide et
lui .parut morte : le pouls ne battait plus, mais l'enfant
vivait, et la malheureuse petite créature tétait le sein
glacé...

Ce qui ajoutait à l'horreur de ce spectacle, c'est que le
jour se levant peu à peu éclairait l'endroit où se trouvaient
les artistes; ils étaient dans un petit cimetière; les
femmes peureuses avaient hâte de partir. L'une d'elles dit
qu'on devait prendre l'enfant. Cette humaine pensée fut
acceptée par tout le monde. On prit l'enfant, un petit
garçon âgé d'environ douze ou treize mois. La femme
était morte et n'avait besoin de rien. La troupe était trop

pressée pour consentir à aller faire des déclarations qui
pouvaient l'obliger à rester. Nib-de-Naz fouilla les poches
de la femme, afin de constater l'identité du petit malheureux si cela était possible, et il trouva un acte de naissance de Maxime Burdin, né un an avant. L'enfant fut
élevé par lui sous le nom de Finot.

— Admirable! admirable! exclama Nib-de-Naz... admirable, simplement, du sentiment, du cœur et de la couleur... Ah! quel conteur vous êtes!... Je me vois, monsieur le comte... je la vois, cette nature artiste qui, toute
peureuse, refuse cependant de passer outre et veut qu'on
adopte l'enfant... Je la vois, cette voiture de bohêmes...
par un matin d'hiver... avec la nuit douteuse... puis le
jour qui salue la belle jeune femme étendue, presque
nue... et cet enfant suçant le sein tari... puis ce grand
effet, le cimetière... qui fait précipiter le départ. Monsieur le comte, c'est admirable!

Finot avait attentivement écouté et il se contenta de
dire :

— Mais pourquoi cette histoire... et quelle force donne-
t-elle à ce que nous allons soutenir... et pourquoi dites-
vous qu'il est nécessaire que Nib-de-Naz le sache et l'affirme?...

— Moi! s'écria Nib-de-Naz... je soutiens que c'est
arrivé... je m'en souviens... je t'y vois encore... puis
celle qui voulait te prendre, c'est cette pauvre Bianca,
morte il y a deux ans, ce qui est malheureux, car elle ne
peut pas affirmer ce que je dirai. Mais je m'en souviens.

— Je parle sérieusement, dit Finot; la chose est grave,
tous les conseils sont bons et je puis en donner; je sais
par expérience que les choses laissées dans le vague ont
plus de facilité de réussir, parce que ceux qui les écou-
tent les arrangent comme ils les aiment.

— Ce que vous dites, Finot, est plein de bon sens...
Dans une affaire, il ne faut rien apporter d'inutile, cela
gêne... Le but de cette histoire, le voici : Le fils du
marquis de Cantrel fut mis en nourrice à Cacogne... Je
vous ai raconté tout cela longuement tout à l'heure!...

— Oui, l'enfant est disparu ; on l'a fait passer pour mort, mais c'était l'enfant de la nourrice qui avait succombé ; il y a eu confusion, assurément, avez-vous ajouté, le nourrisson est mort également, car jamais on n'en entendit parler... la femme l'avait emmené en quittant Cacogne et on ne la retrouva que moins d'un an après, seule, et mourant à l'hôpital...

— Oui, mais voici ce que je ne vous avais pas dit :

Et Saint-Mards fouilla dans ses poches, y prit un portefeuille, en tira un papier et lut :

« Pour la femme Burdin, on la retrouva un matin tremblante de fièvre, couchée sur la tombe de son petit ; elle était folle. On croit que la malheureuse, qui, depuis deux jours, courait les routes, devint la victime d'un criminel, qui abusa de son état mental et de sa faiblesse, car, portée d'urgence à l'hôpital de Nevers, on la soigna, elle guérit de la fièvre, mais neuf mois après elle mourut en mettant au monde une fille..., etc. »

C'était un fragment de la lettre de d'Eragny.

— C'est admirable ! exclama Nib-de-Naz. Tu comprends maintenant comment tout est machiné ; tout y est, le cimetière...

— Oui, dit Finot en approuvant de la tête, je comprends, et les déductions sont justes.

— Finot... Marius... mon fils adoptif... viens dans mes bras... et n'oublie pas ton second père...

Nib-de-Naz se tournait vers Saint-Mards, une idée venait de traverser son cerveau. Il disait :

— Mais, monsieur le comte, père adoptif de Marius... je peux être ce misérable dont parle la lettre... et s'il y avait une affaire à faire, je reconnaîtrais cette enfant-là... la jeune fille née à l'hospice...

Il s'arrêta, les yeux grands ouverts, la bouche béante ; un tremblement convulsif agitait ses mains. Saint-Mards, qui avait ri en écoutant sa cynique proposition, avait remis la lettre dans son portefeuille, et il en tirait des billets de banque de 1,000 francs qu'il étalait sur la table, puis il comptait tout haut.

— Deux, quatre, six, huit et dix... Nib-de-Naz, est-ce suffisant?

— C'est pour... la troupe, la voiture, le cheval, la tente, balbutiait Nib-de-Naz, posant les mains sur les billets, et semblant éprouver, à leur froissement, des chocs électriques.

— Oui, c'est suffisant, n'est-ce pas?

Nib-de-Naz prit les billets et, se mettant à genoux, il baisa la main de Saint-Mards en disant sentencieusement :

— Comte! comte!... Dieu est grand! Saint-Mards est son prophète!

XIX

LES MINES SAVOYARDES.

Nous avons laissé Mlle Beau-Sourire au moment où, rappelée à la vie après sa tentative désespérée, les premiers mots qui saluaient sa vie nouvelle étaient les exclamations de Georges répétant :

— Claire, ma Claire bien-aimée, nous serons unis... Claire, je ne suis point ton frère... Je suis ton époux ; entends-moi, ma bien-aimée !

Et en entendant cet aveu, Claire avait ouvert les yeux, elle avait souri... Et les deux enfants, assurés de la pureté de leur amour, avaient dans un long baiser renoué l'amoureuse chaîne qui les unissait.

Burdin était arrivé à ce moment tout bouleversé ; du bout de la rue il avait vu un rassemblement de monde devant la porte, il était accouru tremblant, ne compre-

nant rien et redoutant tout... Que se passait-il chez lui ?
Le pauvre homme était déjà tout sens dessus dessous, de
ce qu'il avait appris dans la course qu'il venait de faire.
Une affaire, très-compromettante et très-onéreuse pour
lui, dont il ignorait les résultats... Il revenait triste,
maussade, l'esprit dans le noir ; et voilà qu'en arrivant
chez lui, à la porte du foyer, là où d'ordinaire tout était
sourire, espoir, consolation, le malheur semblait l'avoir
devancé... Du coin de la rue Vieille-du-Temple, il se mit
à courir...

Arrivé devant chez lui, essoufflé, les gens le reconnaissant s'écartaient respectueusement, hochant la tête pour
le plaindre.

— Qu'y a-t-il donc ? demanda-t-il anxieusement.

Et personne ne répondait... et il était plus effrayé, il
tournait la tête de tous côtés, cherchant, dans les regards,
à deviner ce qui se passait.

— Mais répondez-moi donc ! qu'est-ce qui est arrivé ?

Ce fut le concierge de la maison d'en face, celle où travaillait autrefois Claire, qui répondit :

— Un suicide, il paraît. Mˡˡᵉ Claire s'est asphyxiée.

— Ah ! mon Dieu ! mon Dieu ! exclama le pauvre
homme, levant les bras au ciel, et, se précipitant, il
monta d'une traite les deux étages qui ascendaient à la
chambre de Claire. Nous l'avons vu entrer, effrayé, s'é-
criant :

— Est-ce vrai ? un suicide !

Et sa voix tremblait, et ses yeux étaient inondés de
larmes ; il s'était précipité vers le lit, il avait vu Claire
vivante, il avait essayé de lui sourire dans ses pleurs, et
il balbutiait :

— Toi, ma Claire, toi ma fille, tu as voulu te tuer ; tu
ne nous aimes donc pas ?

Le docteur avait assuré qu'elle était sauvée, et Georges
avait joyeusement exclamé, sur cette assurance :

— Oui, père, oui, ma Claire, ma chère petite femme
est sauvée.

Sa femme ! on juge si le père Burdin était resté stupéfait.

— Ma fiancée ! avait insisté Georges, et Chadi appuyant, avait affirmé :

— Oui, monsieur Burdin, sa fiancée. Georges sera votre gendre.

Burdin, qui avait pleuré, qui avait ri, les joues mouillées, la bouche ouverte, le regard ahuri, les observait l'un et l'autre, sans pouvoir s'expliquer ce qu'il entendait...

Mais, ayant été en course pour une mauvaise, très-mauvaise affaire, ayant vu à son retour le monde assemblé devant sa porte, ayant appris la tentative étrange de sa fille, enfin se trouvant là et entendant son fils lui dire qu'il allait être son gendre et que sa sœur était sa fiancée... c'était trop, beaucoup trop pour la nature calme de Burdin... il se laissa tomber dans son fauteuil en disant :

— Décidément, ils sont fous... absolument fous...

On s'était empressé autour de la jeune fille et celle-ci allait mieux, disons même qu'elle allait bien, très-bien ; il fallut s'occuper du père Burdin, qui semblait prêt à défaillir. Chadi appela le docteur... et ce fut l'affaire de quelques minutes... au bout desquelles le père Burdin demanda :

— Enfin, qu'est-ce que tout cela veut dire ?

— Mon cher père, dit Georges, nous allons t'expliquer tout cela. Mais Claire a besoin d'être seule... et nous allons descendre en bas ; le temps de se vêtir, et elle nous rejoindra.

— Descendons vite, fit Burdin, car je vous crois fous, ou je crains de le devenir... Viens vite, Claire, nous t'attendons.

— Je vous en prie, mademoiselle Claire, insista Chadi ; vous savez que nous allions dîner... et, ma foi, j'avais faim, mais l'émotion m'a encore creusé !... Monsieur Burdin, vous n'avez pas dîné au moins ?

— Non, mais je t'assure que je n'ai pas faim... Voilà une journée qui comptera dans ma vie.

— Allez, monsieur Burdin, ce sont ces secousses-là q
font du bien.

— Décidément, il est vraiment fort, Chadi.

On se mit à table, et Georges donna à Burdin toutes l
explications possibles. Burdin déclara carrément qu
n'en croyait pas un mot; il parla de la *voix du sang* qu
assurait-il, se faisait entendre en lui. Alors, Chadi exhil
les actes, les renseignements, et comme tout cela co
cordait absolument avec ce qui lui avait été écrit par
maire de Cacogne, bien à regret il dut se rendre
l'évidence... et cela lui fut facile, car Georges souria
lui disait :

— Je ne suis pas ton fils. Mais tu resteras mon père
Ma Claire est ta fille, et c'est par elle que je reprends
titre que tu me donnais... Mon véritable père, c'est cel
qui m'a fait ce que je suis, c'est toi... Ainsi tout cela n
pas d'importance. Tu n'as pas à te tourmenter, tes e
fants t'aiment et ils restent avec toi.

Et comme Claire était descendue et qu'elle embrass
son père en lui disant de pardonner sa folie, comme d'u
autre côté, Georges imitait Mlle Beau-Sourire et prena
dans ses bras le père Burdin, celui-ci, tout ému, disai

— Je vous aime... vous êtes de braves enfants.

On dîna. Chadi et Georges étaient gais. Claire ne ma
gea guère. Elle s'obligeait à rester à table, mais elle sou
frait encore. Seul, le père Burdin était triste. Les jeun
gens attribuaient cela aux événements si rapidement su
venus, et ne s'en inquiétèrent pas. Tout semblait do
tranquille dans la maison Burdin.

Nous avons vu ce qu'avaient fait quelques jours apr
Chadi et Georges, en empêchant le rendez-vous de
marquise et de Tarand. Depuis ce moment, les de
jeunes gens ne se quittaient pas. Le lendemain, ve
midi, Chadi était arrivé tout bouleversé du bureau.
était dans un tel état, que Georges l'apercevant lui ava
demandé :

— Qu'y a-t-il encore de nouveau ?

— Il doit y avoir de graves choses... Je viens du bu

reau... Ce matin, la police y a fait une perquisition. Les scellés y sont.

— Ah diable !... As-tu pris des renseignements chez la concierge ?...

— Oui ; elle était sur la porte, la brave femme, et du plus loin qu'elle m'a vu, elle est venue au-devant de moi ; elle feignait d'aller chez le charcutier. Près de moi, elle m'a dit : Ne me parlez pas, retournez-vous ; la police est au bureau, et des agents sont aux aguets, vous seriez pris... pour l'autre.

— C'est très-bien de la part de cette femme.

— Oh ! elle a jugé le Tarand depuis longtemps.

Georges pensa que Chadi était joliment bien avec cette concierge ; mais il ne le remarqua pas.

— Je me suis aussitôt dirigé vers le boulevard ; la concierge est entrée chez le charcutier et a acheté je ne sais quoi... Puis elle m'a rejoint sur le boulevard. Nous avons marché un peu ensemble, et elle m'a dit : Ne viens pas aujour... Ne venez pas aujourd'hui. Ce matin, on a fait une perquisition ; ils ont un mandat d'amener contre M. Tarand, et des agents sont postés autour de la maison. Je ne sais vraiment pas comment il a pu échapper... Au moment où le commissaire est venu, il était en face de la porte.

— Tu ne vas pas retourner là ?... Le moins qui pourrait t'arriver, ce serait la prévention...

— Oui, et comme je n'ai pas besoin de ça...

— D'autant, fit Georges en souriant, que tu peux avoir facilement des renseignements, car tu me sembles au mieux avec ta concierge.

Chadi devint tout rouge ; mais il dit aussitôt pour changer la conversation :

— M. Burdin n'est pas là, monsieur Georges ?

— Non !... depuis cinq ou six jours, il sort pour une affaire qu'il me cache et que je crois très-désagréable ; il est triste, maussade, inquiet...

— Ce n'est pas au sujet de ce que nous savons... Maintenant il est prêt à tout...

— Oh! ce n'est pas cela... Je lui demandai hier enc[o]
le motif de son ennui, et il m'a dit aussitôt :

— Ne me demande rien, Geo ; oui, je suis très-ennuy[é]
je te conterai ça dans deux ou trois jours, si je ne p[uis]
échapper.

— Tiens ! fit Chadi. Qu'est-ce que ça veut dire?...

— Tu comprends que je n'ai pas insisté...

— Monsieur Georges, je reste avec vous à déjeuner?

— Je l'espère, au moins.

— Si vous voulez me laisser faire... je parlerai à M. B[o]u-
din.

— Certainement... car cela m'inquiète...

— Oui, je crains toujours un coup de chien — com[me]
on dit — de ce Tarand... On le poursuit, mais il n'est [pas]
encore pris, et il ne va pas manquer de risquer tout...

— Tu as raison... il faut se méfier.

— Il faut vous attendre d'un moment à l'autre à ê[tre]
appelé rue de Lille... surtout après ce qui s'est pas[sé]
hier... Car il doit y avoir eu au moins quelques m[ots]
d'explications échangés entre le marquis et la marquis[e]

— Mais, dans cette perquisition faite au Contentieu[x]
on doit avoir saisi tous les papiers, et par conséquent to[us]
les actes et tous les renseignements sur nous, sur m[oi]
sont en ce moment sous scellés... Nous n'avons plus ri[en]
à redouter de cet escroc...

— Ah! que vous le connaissez peu, monsieur George[s]
depuis longtemps ce dossier était chez lui, bien à l'ab[ri]
heureusement, j'avais copié un double, le jour où j'ai [su]
qu'il était question de vous.

— Il faudra que tu me donnes tout cela, Chadi, q[ue]
j'en fasse une étude approfondie... pour en finir au pl[us]
tôt avec toutes ces histoires, qui bouleversent mon pauv[re]
père.

— Dites donc, et Martingale? vous ne m'en parlez plus[.]

— Et je n'en veux plus parler. Tu vois que l'amour qu[e]
j'avais pour elle n'était pas bien sérieux, puisque le jo[ur]
où j'ai su que Claire était bien seulement ma fiancée, [je]
n'ai pas hésité à rompre...

— Et puis, c'est bien aussi un peu à cause des lettres qui vous ont éclairé sur l'amour de cette demoiselle...

— J'avoue qu'elles m'ont peu flatté, dit Georges en rougissant; mais, bah! jusqu'à plus ample informé, je ne la crois pas une mauvaise fille.

— Elle est donc bien jolie?...

— Tu ne l'as donc jamais vue?

— Jamais... Ces demoiselles-là ne sont pas faites pour moi...

— Elles sont pour tous ceux qui les veulent.

— Oui, ça dépend du prix... C'est justement à cause de ça que je dis: c'est trop cher pour moi...

Ils entendirent la porte du magasin qui se fermait: c'était M. Burdin qui rentrait, triste, ennuyé, s'essuyant le front; il se laissa tomber plutôt qu'il ne s'assit sur une chaise. Sa physionomie était si bouleversée, que Georges et Chadi s'empressèrent près de lui, et le premier lui demanda avec inquiétude:

— Père, qu'y a-t-il donc?

— Un bien grand malheur, mon enfant.

— Ah mon Dieu! quoi encore?

Et Chadi écoutait, anxieux.

— Chadi n'est pas de trop: il est presque de la famille. Mon enfant, j'ai compromis notre situation, c'est-à-dire la tienne. Tout le travail de quinze années est aujourd'hui à moitié perdu!

— Vous avez joué à la Bourse?

— Non, ce n'est pas cela.

— Eh! mon Dieu! si c'est une affaire d'argent... tant pis... Tu n'es pas vieux... Nous avons du temps devant nous; on se relèvera...

Burdin serra affectueusement la main de Georges; cette acceptation, sans reproche, sans observation, du fait accompli était pour le pauvre homme la meilleure consolation, et il dit:

— Je n'ai pas joué à la Bourse; seulement, j'ai mis de grosses sommes et j'ai pris des engagements dans une affaire montée par une bande de coquins... Aujourd'hui, je suis à moitié ruiné... et je suis compromis.

A ce mot : une bande de coquins, Chadi avait dressé l'oreille, comme le chien de chasse éventant le gibier, il dit aussitôt :

— Dites-moi quelle est l'affaire, monsieur Burdin...

— La Société des Mines savoyardes.

— Ah ! bon ! vous avez été placer de l'argent là-dedans ! et vous ne m'en avez pas parlé ! Mais je vous aurais éclairé tout de suite.

— Qu'est-ce donc? demanda Georges à Chadi.

— Toujours des mêmes.

— Ah ! bon ! exclama le jeune homme.

— C'est l'affaire qu'il avait montée, pour le marquis. Ce sont des terrains arides, sans minerai, sans valeur, sur lesquels on a prêté au marquis de Cantrel.

— Le marquis de Cantrel? C'est ça, dit Burdin ; il est du comité de surveillance. Et ce n'est pas bon, n'est-ce pas?

— Mais, c'est moins que mauvais. Ce n'est pas un bureau qu'a la Société, c'est une caverne. Mais, excepté le marquis, qui est une dupe, la première victime, tous les autres sont coquins, canailles et compagnie. Comité de surveillance, c'est comité de gens sous la surveillance qu'il faut dire. Mais où diable avez-vous été vous intéresser à ça, vous, un homme de commerce, un négociant notable ?

— Mon Dieu ! c'est bien simple... Nous avons les mines de l'Arly, qui maintenant n'existent guère que de nom; elles sont épuisées. Un monsieur est venu me trouver...

— Son nom ?...

— Martin de Chêne.

— Un fat, celui-là...

— Il m'a montré des échantillons de minerai tiré, c'était superbe...

— Je crois bien, il les ont achetés à des Russes, il y en avait trois caisses arrivant de la Sibérie...

— Les coquins!... Il m'a dit qu'il venait au nom des membres de la Société, presque tous des nobles, d'Eragny, de Sainte-Croix, de Montrose, de Cantrel... On venait à moi, notable commerçant, sachant que mes mines de l'Arly étaient épuisées, pour me proposer une fusion qui ferait bénéficier la société nouvelle de la réputation des anciennes mines de l'Arly. Quoi de plus honnête? Les échantillons étaient une fois plus beaux!... J'ai accepté, j'ai apporté les fonds nécessaires à la mise en œuvre que je connaissais...

— Et enfin?

— Enfin, on n'a rien commencé du tout. Ce matin, on a fait une descente de police au siége de la Société; on a trouvé la caisse vide, et tous les associés sont en fuite... C'est une ruine!... et encore si mon nom ne se trouve pas mêlé à cette déplorable affaire...

— Mais, père, tu n'es pas en nom, tu n'as pas donné ta signature.

— J'ai donné ma parole; j'ai autorisé à ce qu'on se servît des mines de l'Arly pour recommander les nouvelles mines.

— Tout cela n'a rien à craindre de la justice. C'est au contraire toi qui es en droit de réclamer un conseil. Mais Chadi va nous éclairer sur tout ça.

— Comment connaît-il ça, lui?

— Il était employé, le pauvre gars, chez ces coquins-là, et, comme toi, il s'est aperçu trop tard de ce que valaient ceux chez lesquels il travaillait.

— Qu'est-ce que c'est que ces gens-là?... Mais le monde n'est donc maintenant composé que de coquins?

— Dame! c'est le courant de l'époque. Ce genre d'affaires rentre dans la politique du jour. Voyons, Chadi, édifie-nous là-dessus.

Et en disant cela, Georges faisait signe à Chadi pour lui recommander de ne parler que des mines savoyardes.

— Et surtout, expliquez-moi pourquoi le marquis se trouve avec ces... gens.

— Je vais vous dire ça; c'est comme toutes les escro-

queries, la chose la plus simple du monde ; mais, monsieur Burdin, je tiens d'abord à vous rassurer... Vous
n'êtes pas du tout compromis. Il n'y a là pour vous qu'une
grosse perte d'argent... et encore, comme votre argent
était destiné au matériel d'exploitation, il se peut faire
que cela vous revienne...

Burdin eut un mouvement qui indiquait le peu de confiance qu'il avait en la rentrée de cet argent. Mais, assuré de n'être pas mêlé à ces gens, il se trouvait plus
tranquille, et Chadi put dire :

— Si vous le voulez, nous allons nous mettre à table, et
en déjeunant nous causerons.

— Je n'ai guère d'appétit.

— Ça viendra.

— Et Claire ?

— La voici.

Mlle Claire, toute rayonnante, entrait dans la grande
salle à manger, apportant son *beau sourire*. Georges alla
vivement au-devant d'elle et l'amena à son père, qui,
l'embrassant, lui dit :

— Et maintenant, ma Claire, toutes les vilaines pensées sont-elles envolées ?

— Maintenant, je suis bien heureuse !

On se mit à table, et Chadi commença...

— Un jour, un coquin se dit : J'ai besoin d'argent !...
Que fait-il ? il cherche autour de lui un individu volant
mieux que lui, se disant la même chose. C'est ainsi que
la Société des Mines savoyardes a commencé. Tarand,
sachant que le marquis se ruinait quelque part, puis
achevait cette ruine au jeu, se demanda ce qu'il pourrait
faire avec cet homme. Il s'informa : il apprit que le marquis était presque ruiné ; il lui restait un petit domaine
et un vaste terrain qu'on refusait d'hypothéquer ; toute
une montagne, en Savoie ; comme rapport : l'hiver, de la
neige ; l'été, du roc. Un autre aurait dit : Il n'y a rien à
faire avec ça !... Au contraire, Tarand dit : C'est la fortune ! Il envoya Martin de Chêne chez le marquis ; il lui
proposa de lui prêter des centaines de mille francs sur les

terrains, il lui expliqua ce qu'il comptait faire ; il montra les échantillons que l'on vous a montrés ; le marquis avait besoin d'argent, il ne demandait qu'à être persuadé. Pendant ce temps, à vous on tirait de l'argent, on en arrachait à d'autres et on donnait des à-compte au marquis, puis la société était lancée. Vous voyez ce qu'elle a rapporté... Voilà l'histoire des *Mines savoyardes*.

— Mais ces gens-là méritent les galères !

— C'est absolument ce que pense le parquet, puisque vous voyez qu'on vient de s'occuper d'eux...

— Eh bien ! demain... j'irai chez le procureur raconter ce que j'ai fait.

— Gardez-vous-en bien... monsieur Burdin... attendez...

— Père, écoute Chadi... il se charge de tout cela, il nous éclairera...

— Sais-tu celui qu'il serait peut-être utile de voir ?...

— Non !

— Le marquis de Cantrel !

Georges devint tout rouge... et ce fut Chadi qui répondit :

— Monsieur Burdin, je vous en prie, ne voyez personne, ne parlez à personne de cette affaire ; attendez.

Le déjeuner terminé, Mlle Claire donna le bras à son père pour aller prendre le café au salon... C'était depuis son arrivée dans la maison que l'on avait pris cet usage... Avant, le père et le fils prenaient le café sur la table où ils dînaient.

Aussi, le salon, jadis abandonné, avait-il pris tout à coup un autre aspect. Burdin l'avait, en quelques jours, encombré de tout ce qu'il avait trouvé à l'Hôtel des Ventes. Pris d'un vertige de bibelots, n'ayant aucune connaissance en art, l'ancien charron avait apporté là les choses les plus singulières. Et le mieux, c'est qu'il y avait pris goût, c'est qu'il discutait avec ses voisins à l'Hôtel des Ventes l'authenticité de certaines pièces avec le même aplomb, du reste, que ceux-ci.

C'est une mode, une rage, une frénésie ! Sitôt qu'un in-

dividu a gagné dans le commerce une fortune assez
ronde, il se dit :

— Enfin ! l'heure tant désirée est venue ; je vais donc
jouir de la vie !

— Eurêka ! ou plutôt, comme il a pour le grec le plus
profond mépris, il a dit :

— J'ai trouvé !

De ce jour son salon est envahi par des tessons de bouteilles, par des ferrailles, par des bahuts boiteux, par des
bronzes rococo, par des soieries rongées des vers, par des
cristaux fêlés.

Un jour, il trouve dans une fouille d'égout l'anse d'une
cruche de terre cuite, sur laquelle est le cachet du fabri-
cant à moitié effacé : « C.-J., C. Roquette, 100. » Cela
veut dire simplement « Cornillard (Jean), cour de la Roquette, n° 100. »

Lui ne veut pas lire ça ; il court chercher ses collègues
de l'Hôtel des ventes, et après deux heures de discussion
et trois heures de délibération, l'anse de la cruche est devenue la poignée de la coupe dans laquelle César but en
venant au monde, coupe spéciale et pétrie pour lui avec
l'argile et la lave de l'Etna, ainsi que l'indique le fragment d'inscription, qu'il faut lire ainsi :

César (Julius Caïus), — roc Etna, — cent ans avant Jésus-Christ.

C'est clair comme le jour ! Cette poignée vaut donc,
par son authenticité, 1,200 francs, prix marchand.

Voici pourquoi les murs sont couverts d'annonces de
ventes et pourquoi les vrais collectionneurs abandonnent
sur la place.

Nous ne voulons pas dire que la *collection* Burdin pouvait porter préjudice aux vivants — certainement, non ;
on ne pouvait pas se tromper plus largement. — La con-
trefaçon de ses objets d'art était si manifeste, si audacieuse, qu'un Belge aurait senti le rouge lui monter au
visage. C'était de l'imitation d'imitation ; rien ne peut
exprimer les débauches de couleur de ce que Burdin appelait des Delacroix...

Burdin, malgré ses tourments, promena autour de lui

an regard satisfait; il était dans sa *collection*, dans sa galerie.

Il s'agissait pour Georges d'aborder un sujet délicat. Il
prit Burdin sous le bras, l'obligea à s'asseoir près de lui
et il lui dit :

— Père, il faut que nous causions très-sérieusement.

— Encore ! fit celui-ci, et un pli soucieux traversa son
front.

— Nous ne pouvons pas rester ainsi... Je ne veux pas
te parler des mines savoyardes. Chadi est intelligent,
il est en situation d'avoir tous les renseignements nécessaires pour te tirer de là; de ce côté, tu peux être
tranquille. Maintenant, il faut s'occuper de moi.

— Comment, de toi?

— Oui, il faut rétablir mon état civil.

Burdin le regarda, étonné, puis à mesure qu'il parlait
deux grosses larmes perlaient dans ses gros bons yeux.

— Ton état civil?... C'est toi qui me demandes ça?...
Mon nom te pèse à porter. Le vieux Burdin, l'ancien
charron...

— Mais tu deviens fou ! fit aussitôt Georges, le prenant
dans ses bras et l'embrassant affectueusement. Mais je ne
dis rien de ça...

— Tu as hâte de changer mon nom, dit Burdin en
pleurant.

— Ton nom... ton nom, qui signifie probité, honneur,
travail... ton nom, mon vrai père... mais est-ce que je
connais, est-ce que j'aime un autre que toi?

— Eh bien ! alors ?

— Eh bien ! alors, il faut avoir la raison de juger la situation.

— Explique-toi, dit le père Burdin s'essuyant les yeux.
J'ai eu tant de tracas depuis deux ou trois jours, que je
ne te comprends pas bien.

Georges reprit plus bas :

— Écoute-moi bien, père. Tu sais aujourd'hui que
Claire est ta fille légitime; or, si je suis ton fils, tu vois
que je n'ai plus qu'une chose à faire : quitter la maison,

aller au loin et oublier l'amour qui me dévore. Au
contraire, je suis ton fils adoptif, ta fille est ma fiancée, et en nous mariant, tu deviens doublement mon
père.

— Oui, oui, nous ne nous quitterons pas...

— Oh! ça, rien ne pourrait me décider à le faire...

— Mais, reprit le vieux négociant, la maison après moi
ne portera plus mon nom !

— Et pourquoi donc ?

En disant ces mots, Burdin regardait Georges. C'est
que, pour lui, ce n'était pas le point le moins important.
L'ancien ouvrier avait, par un travail obstiné, créé sa
maison; son enseigne, c'était son blason, son titre de noblesse, c'était la qualification de notable commerçant, et
dame, ça avait été dur à gagner... Aussi ne pouvait-il se
faire à l'idée que ceux qu'il considérait comme ses enfants, celui qu'il avait élevé, pourraient abandonner ça.
Il fut rassuré en entendant Georges qui disait :

— Mais que m'importe, à moi, le nom que je vais porter... Je satisfais à la loi sociale; mais, mon véritable
nom, c'est celui que je porte depuis mon enfance... Et ne
vois-tu pas souvent des gens absolument inconnus sous
leur véritable nom ?...

— C'est vrai! Enfin, que veux-tu que je fasse ?

— Je veux, mon cher père, que tu ne t'occupes plus
des ennuyeuses affaires qui te rendent si triste. Je veux
que, après nous avoir donné tous les renseignements nécessaires, tu nous laisses, Chadi et moi, terminer tout ça.

— Je ne demande pas mieux, mes enfants, et vous me
rendez le plus grand service.

— Et je demande également que tu fasses toutes les
démarches nécessaires pour établir ma situation, puis
que tu t'occupes de hâter notre mariage...

Le père Burdin le regarda en souriant. Georges lui prit
affectueusement les mains et ajouta :

— Je veux, père, qu'aussitôt que tu auras rétabli ma
situation, c'est-à-dire brisé le lien qui m'attache à toi...
nous soudions immédiatement la chaîne brisée, par le

mariage qui me fait rentrer dans ta famille... Je veux ne plus pouvoir me dire : Je ne suis pas ton fils...

— Tu es un bon et brave enfant, mon Georges, dit le père Burdin avec émotion en l'embrassant.

Chadi, en acceptant sa tasse de café des mains de Claire, lui désignant les deux hommes du regard, dit :

— Je crois qu'on s'occupe de vous, mademoiselle Claire... puisqu'ils ont l'air heureux.

Claire rougit et sourit.

XX

UN BONHEUR QUI REND MALHEUREUX.

Lorsque la marquise de Cantrel, apprenant de son mari que son fils vivait, et qu'il se nommait Georges Burdin, était retombée défaillante dans les bras de Marius en s'exclamant :

— Georges Burdin !

Le marquis avait attribué à l'émotion ressentie l'évanouissement d'Hélène... Aidé des domestiques, qu'il avait rappelés rapidement, il s'était empressé autour de sa femme, sans inquiétude, en disant :

— La joie fait peur.

Et ça avait été au reste une défaillance de peu de durée. Marius trouvait cela tout naturel. Au milieu de la nuit, il se présentait chez sa femme, justement indisposée. Sans préparation aucune, il lui apprenait la chose la plus incroyable, il lui apprenait l'impossible. Quoi de plus simple que la jeune femme en ressentît aussitôt la plus vive impression ? Depuis quinze ans, le rêve du ménage

avait été un enfant. Ce désir n'avait jamais été réalisé, e
par cela avait amené une certaine scission dans la vi
conjugale. Désormais on en avait pris le parti.

C'était la maison sans enfants. Dans les heures de sou
venirs, de tristes pensées, on revoyait sans cesse l'époqu
de jeunesse où l'on gâchait sa vie; on avait l'enfant et
était un embarras, et on était forcé de s'avouer que l
nouvelle de sa mort avait plus surpris qu'attristé... O
était à l'époque des jeunes mariés, et on avait bien d'au
tres affections au cœur que celles de ce petit être qu'o
n'avait jamais vu depuis le jour où on l'avait confié à l
nourrice, c'est-à-dire le lendemain de sa naissance... en lu
envoyant chaque mois un peu plus qu'on ne devait don
ner, on trouvait qu'on était bon père et bonne mère.
c'était cela qu'on appelait aimer son enfant.

A cette heure! quels regrets amers se mêlaient à c
souvenir!... Ah! si on pouvait retourner en arrière, d
quels soins on aurait entouré l'enfant! comme on l'aura
disputé à la mort!... Et d'abord, on ne l'aurait jama
quitté, il serait resté dans le grand hôtel, protégé pa
tous... et quand le mal serait venu, on aurait eu les plu
grands praticiens pour le disputer, pour l'arracher à l
mort, car de cette mort ils étaient à un certain point cou
pables ; c'est parce que l'enfant était loin, bien loin d'eux
presque oublié dans ce petit pays sans ressources, qu'
avait été si rapidement enlevé.

Ces pensées, qui, pour le marquis et la marquise
avaient d'abord été un regret, étaient devenues un re
mords, un remords de chaque heure. Il n'y avait pas un
discussion, sans qu'aussitôt la pensée ne vînt à l'un et
l'autre que la présence d'un enfant l'aurait empêchée.

Or, il était tout naturel que Marius, voyant sa femm
s'évanouir à la nouvelle que son enfant vivait, ne s'e
étonnât pas... et puis c'était si incroyable !

Quand la marquise revint à elle, Marius était assis
son chevet et il tenait dans ses bras sa tête appuyée su
son épaule; en la voyant ouvrir les yeux, il l'embrassa e
lui disant :

— Oui, Hélène, oui, ce n'est pas un rêve, nous avons un fils, il vit.

Le regard fixe, Hélène, sans avoir conscience qu'elle parlait, répéta :

— Georges Burdin.

Marius pensa que sa femme répétait ce nom en se demandant pour quelle raison celui qui se nommait Octave de Cantrel s'appelait ainsi, et, la caressant, passant la main dans ses magnifiques cheveux, il lui dit :

— Pauvre chère belle, tu ne te souviens plus... il y a si longtemps, et cependant, à cette heure, il me semble que les ans se sont envolés, ma jeunesse est revenue...

Hélène leva vers lui ses grands yeux brillants. Marius s'aperçut qu'il n'était pas seul ; d'un signe il fit éloigner les gens et il reprit aussitôt :

— Tu ne te souviens pas que la nourrice qu'on nous avait recommandée demeurait à Cacogne, près Nevers, que son mari travaillait loin d'elle ?

— Oui.

— Cet homme était charron, il se nommait Burdin. Or quand l'enfant mourut, leur enfant à eux, le père était, paraît-il, à Chambéry. Sa femme, subitement devenue folle de la secousse reçue par cette douleur, se sauva du pays, en envoyant l'enfant qu'elle nourrissait à son mari... Cet enfant, c'était le nôtre. Le brave homme reçut l'enfant. Depuis, il n'eut plus de nouvelles de sa femme, il avait cru que c'était son fils qu'elle lui envoyait... il l'éleva comme son enfant, et aujourd'hui seulement nous savons la vérité...

Marius regardait sa femme, étonné de son mutisme ; celle-ci était retombée dans le même état, le regard fixe, semblant penser sans voir. Il l'entendait qui disait à mi-voix :

— Oui... oui... c'est lui ! Cela m'avait frappée...

— Que dis-tu ? fit le marquis inquiet. Que dis-tu ?

Hélène s'arrêta aussitôt et devint toute rouge. C'est qu'il était difficile d'expliquer ce qu'elle voulait dire. Il était impossible d'avouer qu'elle avait vu son fils le soir

même ; que c'était à celui qu'on appelait Georges Burdin
qu'elle devait d'être encore digne du bonheur qui survenait.

C'est le fils qui avait sauvé la mère !

Il était tard, la marquise attribua sa faiblesse à la fatigue et au malaise qui l'avait contrainte à se mettre au
lit de bonne heure.

— Ne parle pas, lui dit alors Marius, et écoute-moi.
Et dans tous les détails il raconta ce qu'il avait appris à
Cacogne. Et il reconstruisit les plans d'avenir qu'il avait
bâtis. Il parlait gaiement, il avait entre les phrases des
tendresses et des baisers pour Hélène, et la marquise,
tout en se félicitant de ce changement, en était embarrassée, comme si elle se trouvait indigne de ce renouveau
d'affection, d'amour. Marius était heureux, car il retrouvait à la fois sa femme, son fils et... la fortune.

— Dieu a jeté sur nous un regard miséricordieux... et
c'est grâce à toi, ma chère aimée, disait-il, grâce à toi,
qui, malgré mes erreurs, mes fautes, est restée la noble
et digne enfant que j'avais épousée. A cette heure, si tu
savais combien ma conduite envers toi m'emplit de remords...

Et Hélène, en entendant ces mots, comme un oiseau
frileux cachait sa tête sur la poitrine de son époux... elle
cachait son visage pour empêcher qu'il vît le rouge de la
honte qui lui mordait la peau... et, repenti, Marius continuait :

— Je passais à côté de toi, je vivais à côté de toi, sans
voir que tu étais le bonheur... Alors que j'avais là ten-
dresse, amour, beauté, j'étais aveugle... ou ingrat, si tu
veux... Ma chère petite marquise, ma chère petite maman, désormais, je rachèterai tout ça... C'est une jeunesse
nouvelle que nous allons retrouver... à l'heure où nous
sommes prêts à vivre l'un pour l'autre... Nous vivrons
bien unis, pour notre enfant! Si je ne craignais d'abaisser le sentiment dont je suis plein, je te dirais qu'en
même temps que cet enfant ressuscite pour nous, il ramène par cela la fortune que, par mon indigne conduite,

j'avais compromise... Mon Hélène! avant d'entrer dans la
vie nouvelle que notre enfant nous ouvre, Hélène! ma
chère épouse délaissée, je te demande pardon!

Et tout souriant, les yeux mouillés, il se laissa glisser à
genoux devant le lit. Hélène, toute confuse, gênée par
ces compliments dont elle se sentait indigne, voulait l'o-
bliger à rester debout; elle ne le put... Il était à genoux,
sa tête seule à la hauteur du lit en face de celle de la
marquise; celle-ci avança aussitôt ses lèvres, et le pardon
et l'oubli du passé se donna dans un long baiser.

Le marquis dit à Hélène que le lendemain de très-
bonne heure, il l'éveillerait; il ferait atteler, et l'on irait
aussitôt à la recherche d'Octave, chez M. Burdin.

A cette pensée de revoir le lendemain, en présence de
son mari, celui qui l'avait sauvée le soir même, à cette
pensée, un tressaillement secoua tout son corps.

Marius allait lui demander la raison de ce frisson, lorsqu'elle le vit tendre l'oreille en disant :

— Qu'est cela?

Elle releva la tête et écouta. La sonnette de l'hôtel
était violemment secouée et son bruit aigu était plus vi-
brant dans le silence de la nuit.

— Qui peut venir à cette heure?...

Hélène devint pâle... Les idées les plus folles traver-
saient son cerveau. Elle se disait que c'était Tarand de
Montrose qui, las de l'avoir attendue et ne la voyant pas
venir, croyant son mari absent, brusquant la situation,
venait au milieu de la nuit chez elle, cherchant le scandale... Elle justifiait ainsi ce que Georges Burdin lui avait
dit. En voyant son mari se disposer à aller s'informer de
ce qui se passait, elle lui dit d'un ton suppliant :

— Marius, reste près de moi : demain, tu sauras qui est
venu.

Mais Marius n'avait pas entendu. A lui aussi, une mé-
chante idée avait secoué le cerveau. On ne l'attendait pas
ce jour-là à Paris, on le croyait absent... et peut-être
allait-il chez lui trouver la preuve qu'il avait été chercher
quelques heures auparavant.

18.

— Je reviens... il faut que je sache quel est celui qui se permet pareil tapage à pareille heure, répondit Marius en sortant vivement.

Il était à peine sorti, que la marquise, sortant du lit affolée, courait à son prie-Dieu, et joignant les mains, s'écriait suppliante :

— Seigneur, pitié ! Vous ne m'avez pas si heureusement sauvée... pour me perdre.

Marius arrivait sur le palier du grand escalier, lorsque le concierge de l'hôtel montait réveiller son valet de chambre.

— Qu'y a-t-il ?... d'où vient ce tapage ?

— Monsieur le marquis... c'est une lettre pour vous, très-importante et très-pressée...

— Qu'on apporte à cette heure ?...

— Oui, monsieur le marquis... j'allais la porter à Joseph et le prier d'éveiller monsieur le marquis pour la lui remettre, car la personne qui me l'a remise m'a recommandé de la porter aussitôt.

— Donnez cette lettre...

Le concierge la lui donna ; il allait se retirer, Marius lui dit :

— Attendez une minute.

Il s'approcha de la lampe, qui toute la nuit éclairait le grand couloir, la décacheta et la lut rapidement. A peine eut-il lu quelques mots qu'il devint très-pâle.

Le concierge attendait, inquiet du changement survenu dans la physionomie du marquis.

C'est que la lettre était véritablement importante ; la voici :

« Monsieur,

» C'est un ami inconnu qui vous écrit ; dupe d'un misérable, vous êtes aujourd'hui gravement compromis ; cet avis vous parviendra, je l'espère, assez à temps pour que vous puissiez vous mettre à l'abri en attendant le résultat de l'enquête qui établira, je le sais (et c'est pour cela que je vous écris), votre parfaite bonne foi.

» Une descente de police a eu lieu au siége de la Société des Mines savoyardes, un mandat d'amener est
dressé contre chacun des membres du comité de surveillance — et vous êtes le premier en nom. — La saisie des
livres, l'ouverture de la caisse, et le rapport sur les terrains à exploiter, ont prouvé que la Société était montée
par des escrocs, que le capital n'avait jamais existé que
sur le papier et que son but était absolument chiméri-
que. C'est la banqueroute frauduleuse pour la Société, et
l'escroquerie pour les membres. Les mandats d'amener
sont lancés. Demain au point du jour doivent être exécu-
tées les arrestations.

» Une lettre anonyme ne vous inspirerait pas de confiance; dupé comme vous par ces misérables, je n'hésite
pas à signer :

» DE SAINT-MARDS. »

Le marquis avait entendu prononcer ce nom, mais sa
mémoire, rebelle à cette heure, ne pouvait lui représenter la personne de celui qui le portait.

Remis de la secousse que cette lecture lui avait donnée, il dit au concierge d'éveiller le cocher et de faire atteler; il était obligé de partir... Le concierge partit précipitamment, supposant qu'un accident imprévu obligeait le marquis à se rendre aussitôt près de celui qui
l'appelait... Et ce fut dans le vieil hôtel silencieux, au
bout de quelques minutes, un brouhaha, qui faisait
trembler dans sa chambre la jeune marquise.

Marius était atterré. Comment! juste au moment où le
bonheur, la fortune revenaient à lui, une semblable catastrophe venait le frapper! Que faire? Il n'y avait pas à
hésiter; il n'était pas coupable; mais, pour le prouver, il
fallait subir l'arrestation préventive, et c'est ce qu'il ne
woulait à aucun prix. Fort de son innocence, il se sou-
wenait cependant de cette parole d'un magistrat « On
m'accuserait d'avoir volé les tours Notre-Dame, je com-
mencerais par me sauver. » Notre code — que l'Europe
nous envie — est si sévère pour les innocents, qu'il n'y a
qu'eux qui le redoutent.

Il fit aussitôt ses dispositions pour partir, mais il fallait prévenir Hélène, et cela l'embarrassait. Il n'aurait su comment justifier l'extravagante entreprise dans laquelle il s'était compromis ; il entra chez lui et écrivit :

« Hélène,

» Compromis dans une affaire grave, je dois partir immédiatement pour me mettre à l'abri. Ne sois pas inquiète, cela est le résultat d'une erreur qui sera reconnue d'ici quelques jours. Tu auras bientôt de mes nouvelles. »

Il terminait ces quelques lignes, lorsque Joseph vint lui dire que la voiture était prête. Il partit aussitôt, recommandant de donner sa lettre immédiatement à sa femme, et si le lendemain l'on venait le demander, qu'il serait de retour dans six jours... Il allait chasser chez un ami. Et comme il avait recommandé de mettre dans la voiture son harnachement et ses armes de chasse, on ne parut pas étonné. Il avait fait souvent preuve d'excentricité.

Lorsque la voiture sortait de la cour, la femme de chambre remettait à Hélène la courte lettre que venait de lui écrire son mari.

Hélène fut terrifiée à cette lecture ; elle ne comprenait pas le sens de la lettre et elle voulut y voir une menace nouvelle. Assurément son mari partait à cette heure sur un nouvel indice. Il allait savoir... savoir qu'elle avait été sur le point de faillir, que si à cette heure elle était encore une honnête épouse, c'est à une circonstance fortuite qu'elle le devait. Et pour la pauvre femme, dont l'honnête nature avait repris le dessus, avoir manqué faillir, c'était presque avoir failli. Et à ce tourment se mêlait cette affreuse pensée qu'un homme savait tout cela ; un homme savait qu'oubliant ses devoirs, elle se rendait chez son amant, prête au sacrifice ; un homme avait entre les mains la lettre qu'elle avait écrite, et cet homme, c'était son fils !

Le seul être pour lequel elle aurait voulu être la digne épouse qu'elle avait été jusqu'alors, c'était celui-là qui, prêt à retrouver sa mère, rougirait en la reconnaissant.

Ces pensées la rendaient folle. Vainement elle voulut se reposer, le sommeil ne put venir. Elle voulut prier, et aucune prière ne vint à ses lèvres... Etait-ce déjà le châtiment?

La pauvre marquise, en se mettant au lit la veille, avait feint une indisposition, et le matin, lorsque la femme de chambre vint pour tirer les rideaux, elle trouva Hélène presque malade. Effrayée, elle voulut aller chercher le docteur; mais la marquise s'y opposa. Elle se sentait plus forte en voyant le jour... Avec le jour, ses pensées étaient moins sombres, et le sommeil ne serait plus rebelle. En quelques minutes, la marquise s'endormait.

XXI

LES ÉTONNEMENTS DE MARIUS.

La descente de police qui avait eu lieu au siége de la Société des Mines savoyardes avait fait quelque bruit, surtout dans les cercles où le marquis de Cantrel était connu. On s'étonnait qu'il eût couvert de son nom une semblable entreprise. Et cependant une chose singulière s'était passée, lorsque le marquis était parti en voiture de chez lui au milieu de la nuit, au reçu de la lettre de Saint-Mards.

La voiture allait tourner la rue de Lille, et Marius sonnait son cocher pour lui parler, la voiture s'arrêta, et au moment où il allait ouvrir le châssis, la portière s'ouvrit et un homme élégamment vêtu montait près du marquis stupéfait, en disant au cocher :

— A la Préfecture de police !

Marius sentit un frisson qui glaça ses moelles, il voulut parler et il ne trouva pas un mot ; sans force, il se laissa retomber en arrière ; il avait été si surpris, et il était si honteux d'être arrêté dans sa fuite, qu'il restait anéanti. L'homme qui était monté se plaça sur la banquette de devant, se faisant petit pour ne pas gêner le gentilhomme, et obséquieux pour éviter un accès de colère. Voyant le marquis stupéfié, il s'empressa de dire doucement :

— Monsieur le marquis, n'ayez aucune crainte, aucune inquiétude ; je ne viens pas vous arrêter ; je viens vous chercher, et ma mission est de vous amener près de mon chef, sans bruit, sans scandale, le plus secrètement enfin et avant le jour.

Marius s-était remis. Il dit :

— Et si je m'y refusais ? Vous êtes sans mandat...

— Oh ! monsieur le marquis, je n'ai pas l'ordre d'employer la violence, bien au contraire... Je dois vous prier de venir... et si vous refusiez, je vous dirais : C'est pour vous servir, c'est pour vous arracher d'une affaire dans laquelle vous êtes compromis.

Marius regarda l'agent et demanda :

— Vous venez me prier de me rendre dans le cabinet de votre chef ?

— Oui, monsieur le marquis, bien singulièrement... Aussi, je vous prie de recevoir mes excuses ; mais je n'avais pas le choix : vous partiez... depuis deux heures je guette et ne vous ai pas vu rentrer...

— Et si je vous disais : Vous allez descendre, je ne veux pas aller où vous me conduisez ?

— Je vous le répète, monsieur le marquis, je devrais vous obéir. Vous êtes libre, absolument libre... Je ne dois insister que par la prière en vous répétant que c'est dans votre intérêt absolument que nous agissons. Je ne sais pas la cause, j'ignore le résultat... mais on m'a paru exprimer qu'aux premiers mots, vous comprendriez de quoi il était question, et que vous vous empresseriez de venir.

— Vous ne savez rien ?

— Rien, monsieur.

— Allons !... fit le marquis s'abandonnant.

Et il tira un cigare de sa poche.

L'agent se tenait dans le coin, à peine assis sur le coussin, se faisant petit, se tenant raide, son chapeau entre ses genoux. En voyant Marius préparer son cigare pour fumer, il fouilla vivement dans ses poches, en tira une allumette, l'alluma sur son genou et offrit du feu au marquis, puis il se replaça raide dans son coin.

— Ainsi, dit Marius en fumant, nous allons à la Préfecture de police ?

— Oui, monsieur le marquis.

— Cela ressemble bien à une arrestation.

— Monsieur le marquis, mon chef m'a dit encore que si je devais entrer chez vous et vous trouver au milieu de votre famille, je pouvais vous prévenir que vous ne resterez pas plus d'une demi-heure absent, ce qui vous permettait de rassurer les inquiétudes.

— Ce n'est pas bien loin ? demanda Marius, qui, quoique Parisien, n'avait jamais eu l'occasion d'aller de ce côté...

— Avec des chevaux comme les vôtres, nous y serons dans cinq minutes.

Marius s'accouda à la portière, et en voyant les quais sombres, les ponts déserts, il se sentit pris d'une vague terreur. L'étrange façon d'agir employée avec lui l'embarrassait. Il était bien certain que cette quasi-arrestation était faite à propos de la Société des Mines savoyardes ; mais pourquoi ce mystère, alors que la chose était déjà connue ?... Il pensa qu'il avait affaire à un adroit policier qui, ayant l'ordre d'éviter le scandale, avait envoyé la lettre signée Saint-Mards, afin de le faire sortir de chez lui, et de le prendre ainsi plus facilement, évitant défense ou fuite. Il regarda l'agent avec un méprisable sourire ; il avait sur lui un revolver et il lui était facile de

se débarrasser de lui... Au cahot que subit la voiture, i
regarda par la portière. Il venait de passer sous la voûte
de la Conciergerie.

Il fut secoué par un frisson qui glissa dans son sang
Non pas qu'un seul instant Marius ait eu l'idée de fuir, i
était dans un état tel que la résistance était impossible.
L'agent, lorsque la voiture s'arrêta dans la cour, s'empressa de sauter à terre afin d'offrir son appui au marquis
pour descendre. Marius était très-embarrassé; son cocher
avait abandonné son siége et se plaçait devant lui, le
regard étonné, attendant les ordres. L'agent le vit, et il
dit à mi-voix à Marius :

— Monsieur le marquis, dites-lui de vous attendre.

Ces mots le rassurèrent, et il dit :

— Attendez!

— Si monsieur le marquis veut me suivre, reprit
l'agent en se dirigeant vers un escalier éclairé et tran-
chant de sa lumière dans la cour sombre.

Le marquis obéit; il suivit l'agent, qui le conduisit à
travers de longs couloirs à peine éclairés, devant une
porte sur laquelle on lisait : Sûreté — n° 7 ; l'agent lui
indiqua un siége le long du mur et lui dit :

— Permettez-moi, monsieur le marquis, de vous laisser seul une minute, je vais annoncer votre arrivée.

Et il entra. Marius seul hochait la tête, en demandant
comment toute cette mystérieuse affaire allait se terminer? Un instant l'idée lui vint que ses agissements peu
réguliers des derniers temps, ses compromis avec les fon-
dateurs des Mines savoyardes allaient être qualifiés là d'escroqueries, et que son nom serait mêlé à ceux des coquins
qui l'avaient exploité, lorsque le procès s'étalerait dans
la *Gazette des Tribunaux*. Le marquis glissa aussitôt sa
main sous son paletot, il s'assurait qu'il avait toujours
son revolver, et il se promit de ne point hésiter entre la
mort et la honte. Cinq minutes ne s'étaient pas écoulées,
que la porte s'ouvrait, et un homme ayant l'apparence
d'un bon bourgeois, disait en souriant et d'un ton aimable à Marius :

— Monsieur le marquis, donnez-vous la peine d'entrer.

Il obéit. Pendant que l'individu refermait la porte, il regarda autour de lui... l'agent qui l'avait conduit n'était plus là. La pièce dans laquelle on le faisait entrer était un cabinet carré, n'ayant qu'une fenêtre donnant sur une cour intérieure et une porte placée dans un angle. C'est par cette porte que l'agent s'était sans doute retiré. Le cabinet était meublé par deux chaises et un fauteuil, placés autour d'un vaste bureau, derrière lequel était appliqué le long du mur un grand casier rempli de cartons verts. Sur le bureau étaient de volumineux dossiers éclairés par une lampe à large abat-jour.

Le fauteuil dans lequel l'individu prit place, en offrant un siége près de lui à Marius, était très-haut, la chaise était basse, de façon que la lumière, sortant du dessous de la lampe, inondait le visage de celui qui était sur la chaise, laissant dans l'ombre la tête de celui qui occupait le fauteuil. Si Marius avait été observateur, il aurait remarqué que cette même distribution de lumière devait se produire le jour, car un grand store bouchait la moitié de la fenêtre.

Marius, ennuyé, embarrassé, attendait; l'homme lui dit d'un ton affable :

— Monsieur le marquis, je vous prie d'abord de m'excuser sur la façon cavalière avec laquelle vous avez été amené ici. Nous n'avions pas le choix. Vous le voyez, au reste, car ce n'est guère une heure où les bureaux sont occupés à la Préfecture ; mais l'affaire est excessivement grave, et d'heure en heure je reçois des nouvelles, et nous espérons tenir la bande entière demain matin.

— Quelle bande, monsieur? demanda le marquis.

— Le Club des Coquins...

Marius releva la tête, c'était un habitué de clubs... mais il se demandait si ce qualificatif s'appliquait à un de ceux dont il faisait partie... s'il était lui-même un de ces coquins.

— Je ne comprends pas, monsieur.

— Je le sais, monsieur le marquis, vous êtes une de leurs victimes... Monsieur de Cantrel, permettez-moi de vous dire d'abord que j'ai mission de vous protéger vous ne venez pas ici pour vous défendre, vous venez ici pour vous sauver.

— Me sauver, de quoi ?

— En deux mots, je vais vous dire ce dont il s'agit une bande d'escrocs, ayant chacun un passé qui les ferai qualifier plus sévèrement, ont fondé une société indus-trielle sous ce titre : *Les Mines savoyardes.* Vous avez été entraîné par ces misérables...

— J'ai vendu des terrains... dit le marquis, dont la peau brûlait sous le rouge de la honte.

— Oui, monsieur le marquis, vos terrains vous ont été achetés, vous avez reçu une somme assez forte même... A ces terrains on a attribué une valeur considérable, et ils n'en ont aucune ; puis on s'est servi de votre nom. Vous êtes un des principaux membres du conseil de sur-veillance...

— Mon nom seulement...

— Monsieur le marquis, excusez-moi de vous interrom-pre, nous savons tout cela. Ecoutez-moi. Des plaintes graves ont été reçues ici, la police a dû intervenir... et il en est résulté que les seuls fonds qu'ait eus la Société vous ont été donnés, à vous, pour obtenir votre consen-tement. C'est une vaste escroquerie, et celui qui la menait n'est autre qu'un forçat évadé qui se fait appeler Tarand de Montrose.

— Que me dites-vous là ? fit Marius effrayé.

— J'ajoute que tous les autres membres du comité de surveillance ne valent pas mieux que leur chef. Une action judiciaire est commencée : demain ces gens seront entre nos mains, et ils passeront bientôt devant la cour.

— Ah ! mon Dieu ! fit Marius, devenu livide, je vais être mêlé à ces coquins... Je serai jugé avec ces gueux...

— Monsieur le marquis, écoutez-moi... C'est juste-ment pour cela que j'ai pris la liberté de vous faire venir cette nuit, car demain tous les journaux parleront de cette affaire... et, je vous le répète, j'ai mission de vous protéger...

— De qui, monsieur? demanda le marquis inquiet.

— Longtemps, monsieur, vous avez boudé le gouvernement actuel; votre passé, votre famille le justifient pleinement... Avec plaisir, aux dernières fêtes, Mme la marquise de Cantrel a bien voulu paraître; on lui en sait gré, et espérant que vous voulez bien vous rallier, on a beaucoup regretté la légèreté avec laquelle vous vous êtes lancé dans une semblable affaire... On sait pertinemment que vous êtes dupe... et pour cela on veut vous sauver... c'est pour cela que je suis chargé de m'entendre avec vous.

— Et que devrais-je faire pour obéir à la sympathie qu'on me témoigne?

— Monsieur le marquis, voici ce qui peut être arrivé. Une bande d'aventuriers, dont chaque membre porte un nom d'emprunt, nom sonore, fait pour inspirer la confiance, conçoit un jour le plan de fonder une société industrielle sans argent, sans crédit; ils y réussirent, et voici comment : sachant qu'il existe en Savoie les mines de l'Arly, mines de fer admirables, et dont la réputation est universelle, que ces mines sont presque épuisées, sont même tout à fait épuisées, ils conçoivent l'idée de faire revivre ces mines. — Comment?... Ils cherchent à dix lieues à la ronde un terrain exploitable. Leur souhait se réalise. A quinze lieues des mines de l'Arly se trouvent des terrains incultes, rochers et bruyères l'été, neige l'hiver; terrains propres à la chose. Ces terrains font partie d'un domaine appartenant à M. le marquis de Cantrel. Ils s'informent de la situation du marquis, apprennent qu'il est momentanément très-gêné. C'est ce qu'ils désiraient. Ils savent parfaitement que le terrain est riche en schiste, en grès, mais en minerai, pauvre comme son sol. Ils font venir, ou plutôt ils achètent aux représentants d'une maison de fer les échantillons de minerais. Ils vont alors trouver le marquis, lui proposent d'acheter les terrains, puis, pour vaincre sa résistance, lui vantent l'exploitation, lui montrent les échantillons, en lui persuadant enfin, ce dont il était loin de se douter, que ces terrains arides, jusqu'alors sans profit, recélaient une fortune.

— Mon Dieu ! monsieur, c'est ainsi que cela s'est passé... ou à peu près.

— Je le sais, monsieur le marquis, Aussi est-ce bien parce que nous sommes persuadés que vous avez été dupe, que l'on veut que vous sortiez de cette affaire aussi pur que vous y êtes entré.

Le marquis eut un petit salut de la tête.

— Pour vous décider, on vous offre, à titre de prime, une certaine somme... Vous acceptâtes alors... Ces gens n'avaient pas d'argent ; avec votre acceptation, ils en trouvèrent ; ils firent rapidement imprimer les statuts de la Société ; ils mirent votre nom en tête du conseil d'administration... et ils allèrent trouver un riche négociant métallurgique, le principal propriétaire des anciennes mines d'Arly.

On lui parla de l'affaire... qui se trouvait à côté de celle qu'il avait si longtemps et si heureusement exploitée... Quoi de plus naturel... qu'un terrain soit si riche, puisqu'il était si près de l'autre... les filons s'étendaient jusque-là... Rassuré par le nom du noble marquis qui se trouvait à la tête de l'entreprise, il promit son concours et prêta les sommes demandées... C'est cet argent que vous avez reçu...

— Cette machination m'épouvante !...

— Ce n'est pas tout : la Société fut lancée, les actions se placèrent, et enfin la catastrophe arrive. Fatalement les membres de l'administration sont responsables.

— Que faire alors ?...

— Voici, monsieur le marquis. Vous avez été visiter vos propriétés en Savoie ; vous avez constaté que tout ce qui avait été dit est faux. Aucunes fouilles ne sont commencées ; vous avez fait sonder, et vous avez reconnu que vous étiez la dupe de ces gens. Vous avez aussitôt

envoyé votre démission. Vous allez l'écrire, et je la place
dans les papiers saisis au siége de la Société ; puis vous
vous êtes aussitôt rendu chez le procureur impérial,
et vous avez raconté tout... Alors votre situation se
transforme : c'est vous qui venez livrer les coupables à
la justice, vous hâtant de sauver les malheureux que les
promesses mensongères du prospectus pourraient entraîner... Et chacun félicitera celui qui aura, au mépris
de ses intérêts, su sacrifier une partie de sa fortune pour
ne pas compromettre son honneur.

Le marquis sentait bien le rouge lui monter au visage...
tout cela n'était pas d'une délicatesse absolue ; mais il
n'avait plus le moyen de reculer, et il était encore bien
heureux d'échapper ainsi. Il dit :

— Monsieur, c'eût été la conduite que j'aurais tenue,
si j'avais été éclairé sur les misérables qui abusaient ainsi
de mon nom... Dois-je vous écrire cette lettre ici ?

— Monsieur le marquis, cela est absolument nécessaire. Je dois, demain matin, en même temps que je
transmets les rapports, remettre au greffe toutes les
pièces saisies.

L'individu offrit une plume et prépara une feuille de
papier. Marius écrivit sa démission ; la lettre fut aussitôt
jointe au dossier placé sur le bureau.

— Monsieur le marquis, je vous demande la permission de vous adresser une question peut-être indiscrète.
Vous y répondrez si vous croyez devoir le faire...

— Que désirez-vous, monsieur ?

— L'agent chargé de vous amener dans mon cabinet,
sachant que vous rentrez ordinairement du cercle entre
deux ou trois heures du matin, était posté devant votre
hôtel depuis une heure... Vous étiez déjà chez vous ; il
vit un homme singulier sonner à l'hôtel, remettre une
lettre... et disparaître aussitôt... Puis, quelques minutes
après, vous faisiez atteler, vous quittiez l'hôtel...

— Vos renseignements sont exacts. Je pourrais vous
dire que je me rendais à la chasse, ainsi que je l'avais dit
chez moi, puisque, pour le faire croire, j'avais fait mettre

dans ma voiture, mes armes... Mais je veux vous dire la vérité. Je croyais que l'agent qui s'est si singulièrement présenté à moi...

— Excusez, monsieur le marquis, en raison de l'urgence...

— Oh ! ce n'est pas une plainte !... Je croyais, dis-je, que cet agent était le même homme qui m'avait apporté la lettre, et, jusqu'à ce moment, j'en étais persuadé : cette lettre m'attirait au dehors, lui permettant d'exécuter vos ordres, et elle m'apprenait tout ce que vous venez de me dire.

— Ce que je viens de vous dire ?...

— Ce n'est pas par vos ordres que cette lettre m'était remise ?

— Pas du tout, fit l'employé de la sûreté, ne dissimulant pas son étonnement. Cette lettre avait trait à la Société ?

— Cette lettre me dit de quitter au plus tôt l'hôtel, qu'un mandat d'amener est dirigé contre chacun des membres du comité d'administration de la Société des Mines savoyardes.

— Que me dites-vous là ?... Vous avez cette lettre ?...

Marius chercha dans ses poches et remit la lettre à son interlocuteur... Celui-ci la lut rapidement et parut stupéfié.

— Mais celui qui ose signer est un des membres de cette Société qu'ils ont audacieusement nommée le Club des Coquins... Ceci doit cacher quelque chose...

L'homme relisait attentivement la lettre... Tout à coup il fouille dans son dossier, prend une longue lettre sans signature et compare les deux écritures, et, comme se parlant à lui-même, il dit :

— C'est bien cela... c'est une vengeance... L'écriture est du même, c'est Martin qui nous les livre, celui qui se fait appeler Saint-Mards, celui-là n'est pas pressé d'aller en prison, il y a longtemps vécu. Monsieur le marquis, naturellement, vous ne connaissez pas cet homme ?

— Non, monsieur, fit vivement le marquis, blessé d'être protégé par un semblable monsieur.

— Il doit y avoir là-dessous quelque chose que je ne devine pas... Cet homme n'a aucune raison de vous servir; il en a plutôt de vous être hostile...

— A moi, pourquoi donc ?

— Nous savons tout, ici, monsieur le marquis... excusez-moi donc de ma réponse... Cet homme était, ainsi qu'il s'appelait, l'amant de cœur d'Alice Defresne, la belle Martingale, que vous avez un peu connue.

Cette fois encore le rouge monta au front du marquis, qui se mordit les lèvres ; l'homme reprit :

— Mais ce n'est pas de ce côté que nous devons chercher son but... Monsieur le marquis, vous allez retourner chez vous, sans être vu de vos gens, et je vous demanderai en grâce de me permettre de mettre dans votre hôtel quelques hommes à moi pendant la journée de demain.

— Chez moi des agents ?...

— Oh ! en surveillance, ils n'agiront pas... Le but évident de cette lettre est de vous éloigner. Que veut-on faire ? Je l'ignore. Mais, si vous voulez être assez bon pour me laisser agir, nous le saurons bientôt, et la capture de ce misérable, faite grâce à vous, assurera une fois de plus que vous n'avez jamais été mêlé aux escroqueries de ces coquins.

— Si vous m'assurez, monsieur, que tout se borne chez moi à la surveillance, oui ; mais si, ainsi que vous le supposez, et dans un instant que je ne m'explique pas, ce monsieur se présentait chez moi, je désire qu'on ne s'empare pas de lui chez moi...

— Oh! vous pouvez être tranquille... Peste ! nous ne l'arrêterons pas si vite ; mais ceux qu'on doit arrêter...

Et l'homme s'interrompit pour regarder à sa montre, puis il reprit :

— Qui sont arrêtés à cette heure, sont filés par nos hommes depuis deux jours.

— Monsieur, faites ce que voulez. Mais il est bien entendu, n'est-ce pas, que je ne suis pas mêlé à cette vilaine affaire. On ne m'appellera pas à déposer...

— Monsieur le marquis, soyez tranquille... Si ceux qui s'intéressent au marquis de Cantrel ont ordonné ce que j'exécute aujourd'hui, croyez bien que vous pouvez être tranquille... L'affaire ne fera pas grand bruit, les gens jugés sous leurs véritables noms sont de vulgaires repris de justice qui n'inspireront guère de sympathie. Vous avez vendu des terrains et vous n'êtes pas payé.

— Très-bien...

— On a pris votre nom sans votre consentement, vous n'avez jamais participé à cette affaire, vous êtes enfin absolument en dehors. Au besoin même, vous rendez partie des sommes données en à-compte sur les terrains.

Marius ne dit pas un mot, mais ce dernier point l'embarrassait...

— Vous n'avez pas eu à vous plaindre de l'agent qui vous a conduit ici?...

— Aucunement...

— Vous avez pu remarquer qu'il est de manières convenables, ne paraît pas exercer le métier qu'il fait; il est réservé, discret; si vous voulez, au point du jour, il se présentera chez vous...

— Très-bien, mais qu'en ferai-je?...

— Mon Dieu, c'est bien simple : vous voulez faire régler les mémoires de vos entrepreneurs. Un mètre à la main, une canne de l'autre, un crayon dans les dents, il prendra tout le temps nécessaire à mesurer vos murs, vos portes, et verra bien ceux qui entreront ou qui sortiront...

— C'est très-ingénieux, dit en riant Marius. Et maintenant je puis me retirer?

— A votre aise, monsieur le marquis... Si un incident survenait, m'obligeant à vous voir, voulez-vous me permettre, monsieur de Cantrel, de me rendre chez vous? Je dirais à votre valet que je suis le monsieur qui vient pour la paire de chevaux bais... Vous comprendrez...

— Parfaitement... c'est cela...

— Ainsi, monsieur le marquis, je vous épargne le désagréable voyage dans ce vilain lieu. Monsieur le marquis, j'ai l'honneur de vous saluer.

Marius se retira. L'homme le reconduisit jusqu'à sa voiture, et aussitôt remonté chez lui, il sonna.

Le même individu qui avait si singulièrement arrêté le marquis de Cantrel passa.

— Richard, tu vas prendre quatre hommes que tu posteras autour de l'hôtel de Cantrel, et tu y demeureras toi-même. ·

— A cette heure? demanda tout naturellement l'agent.

— Immédiatement. Tu veilleras qui entrera; s'il te semble suspect, tu le feras filer. Au jour, vers dix heures, tu entreras dans l'hôtel, tu demanderas le marquis, il t'attend. Tu te présentes comme l'employé d'un architecte vérificateur. Tu passeras tout ton temps dans la rue à surveiller... Il faut s'attendre à voir là Saint-Mards, et les saltimbanques qu'il dirige depuis quelque temps... S'ils venaient, tu sais ce que tu as à faire... les faire filer tous, et venir aussitôt. Pars tout de suite. Je vais me reposer une heure.

— Mais, monsieur Joanny, il y a un homme que l'on vient d'amener.

— Que l'on a pris cette nuit?

— Non, celui que vous avez fait venir, qu'on devait éveiller à six heures ce matin.

— Burdin! mais il n'est pas six heures !

— Il n'est pas six heures, chez vous, parce que tout est clos. Mais il est six heures et demie, et il fait petit jour.

— Dis à celui qui l'a été chercher de venir, puis on me l'amènera. Toi, va poster tes hommes, retourne chez toi, te vêtir pour ton rôle, et sois sérieux.

— Est-ce que vous n'êtes pas content de moi cette nuit?

— Parfaitement. Mais s'il avait refusé de venir?

— J'avais vos ordres, mon mandat, et je l'arrêtais dans sa propre voiture.

— Il était armé.

— Mais j'avais ça pour arrêter ses mains au premier mouvement. Et l'agent tira de ses manches une ficelle préparée appelée poucette.

— Il criait et le cocher arrêtait?

— J'avais deux hommes qui couraient derrière la voiture et dont l'ordre était, au premier bruit, l'un de monter sur le siége, l'autre de monter m'aider... Mais, voyez-vous, c'est un plaisir d'avoir affaire à un vrai gentilhomme... Ç'a été tout seul...

— Très-bien, Richard, il faut finir comme tu as commencé...

— C'est plus dur, maintenant; nous avons affaire à des coquins... Mais, monsieur Joanny, vous pouvez compter sur moi.

— Bien! va vite, et dis à l'autre de venir.

L'agent sortit, et celui qu'il avait appelé Joanny se plaça devant son bureau.

Un nouvel agent entra.

— Eh bien? demanda Joanny.

— M. Burdin est là.

— Qu'a-t-il dit?

— Il a paru étonné... et près de refuser de venir; il m'a demandé ensuite de quel droit je venais l'arrêter... Je lui ai dit que je venais simplement le prier de se rendre près de vous dans son intérêt personnel... qu'il était libre de refuser, mais qu'alors il recevrait une lettre du procureur impérial et serait ainsi mêlé à une triste affaire... Il m'a dit aussitôt: « Je vais avec vous. Ne parlez pas de tout cela, on serait sens dessus-dessous chez moi. » Et il est venu.

— Bien! faites-le entrer... M. Joanny ne bougea pas et ayant rapidement consulté ses notes, en entendant les pas de Burdin, il leva à peine la tête et désignant le siége qui était près de lui, il dit : Asseyez-vous, monsieur.

Burdin, certainement, était un homme tranquille; jeune, il avait été militant aux affaires de Décembre : nous l'avons vu : il avait été des premiers qui s'étaient levés pour défendre la Constitution ; mais l'âge, les affaires, la famille, avaient modéré ses élans : il était devenu républicain conservateur ; c'était le calme et la douceur dans toute leur étendue bourgeoise. Cependant, si l'heure de la fougue était passée, il ne fallait pas croire que sa vigueur native ne pouvait plus se ranimer : son tempérament s'était adouci dans le calme de la vie de famille, mais il ne fallait point toucher aux principes dans lesquels il avait vécu, et il trouvait ces agissements policiers au moins bien singuliers. Quand M. Joanny releva la tête, il vit devant lui un front sévère, un regard mécontent de l'accueil sans façon qui lui était fait.

— Monsieur, dit le policier, vous êtes gravement compromis dans une affaire frauduleuse... une Société des Mines savoyardes...

— Monsieur, répondit Burdin, en se redressant, vous vous trompez... Je me nomme Louis Burdin... Je suis un notable négociant... On ne peut être compromis dans une affaire que lorsqu'on est de cette affaire, et je n'en suis pas... On est venu me demander de l'argent, j'en ai prêté... Cet argent est compromis... C'est possible ; mais cette perte, monsieur, si forte qu'elle puisse être, ne peut compromettre la maison Burdin...

M. Joanny se mordit les lèvres... Il reprit :

— Je sais, monsieur, qui vous êtes... et ce n'est pas de cette seule affaire qu'il est question... Vous avez un passé déplorable. L'amnistie généreusement accordée par notre souverain m'oblige à ne pas vous en parler.

— Je ne suis pas de votre avis, monsieur... Mon passé, je m'en fais gloire : ce que je pensais du souverain à cette époque, je le pense encore aujourd'hui.

— Ce sont là des paroles imprudentes que vous ne devriez pas prononcer ici.

— Je ne fais que répondre, monsieur.

— Revenons, monsieur, au motif qui me fait vous prier de passer en mon cabinet... L'affaire que vous traitez de si haut, monsieur, est très-grave ; vous avez prêté de l'argent et cet encouragement d'un homme de votre compétence en semblables affaires a aidé à l'entraînement des malheureux qui ont été dupés.

— J'ai été dupé moi-même.

— Et puis, monsieur, êtes-vous bien sûr qu'en risquant l'argent que vous avouez vous-même presque perdu, c'est votre bien que vous avez compromis ?...

— C'est mon bien absolu, fit en souriant fièrement M. Burdin, qui s'honorait justement de tout devoir à son travail.

— Nous avons ici certains rapports qui nous disent que vous vous occupez de relever l'état-civil de celui que jusqu'à ce jour vous avez fait passer pour votre fils... et nos rapports disent que cet enfant a été enlevé à sa famille par un funèbre moyen... dans le but, alors qu'il vous serait attaché, d'acquérir l'immense fortune qui devait lui revenir...

— Que me dites-vous ? fit Burdin stupéfait.

— Ce que vous savez, puisque, depuis deux mois, vous avez écrit au maire de Cacogne pour avoir les actes...

— Monsieur, il faut que je sois en ce lieu pour permettre à quelqu'un de me parler ainsi.

— Vous me menacez, monsieur ?

— Je vous dis ce que je pense... Je ne me sens pas la force d'en entendre davantage.

— Vous êtes resté le même... monsieur Burdin... l'insurgé...

— Je suis Burdin l'honnête homme, et je refuse de vous répondre. Vous me menacez du pouvoir impérial. J'attendrai qu'il m'appelle et je saurai que répondre.

Et prenant son chapeau, furieux, outré, haussant les épaules, il sortit. M. Joanny l'entendit dire : Les misérables !

Le policier rentrait tranquillement dans son cabinet en disant :

— Il n'est pas facile, celui-là ! Mieux vaut ne pas aller plus loin ; celui-là ne votera jamais « oui », et mes offres, repoussées, auraient été nuisibles. Mais je vais toujours mettre une note à son dossier : il est bon de connaître ces gens-là.

Il écrivit quelques lignes et sonna.

Un agent entra.

— Je vais me retirer; j'ai besoin de repos. A-t-on du nouveau ?

— On a arrêté Martin, Sainte-Croix et d'Eragny... Ils sont là.

— Très bien ! Qu'on les mette en sûreté. Demain, nous nous en occuperons. Il n'y a dans tout cela qu'un homme, c'est Tarand, et c'est par eux que nous le prendrons... Rangez vous-même mon bureau, Piétri, et faites-moi soigneusement serrer ces gaillards... et bonsoir... A tantôt...

— Bonne nuit, monsieur Joanny.

Et le digne policier mit son chapeau sur sa tête, son parapluie sous son bras, et, l'air paterne, il partit au jour naissant, l'air doux, bon, calme, comme un homme vertueux qui vient de voir lever l'aurore.

XXI

DEUX LETTRES.

Le matin de ce jour, lorsque Georges descendit à son bureau pour dépouiller la correspondance, il y trouva Chadi. Celui-ci, depuis deux jours, avait pris la place qui lui avait été offerte dans la maison L. Burdin. C'était une sinécure, car la plus grande partie de son temps se passait avec Georges, à se renseigner sur les agissements de celui qu'ils savaient devoir s'occuper d'eux, et jusqu'à

cette heure sans résultat. Georges se mit à son bureau.
Pendant que Chadi mettait les livres en ordre, il ouvrait
les lettres, les lisait et écrivait sur un angle, au crayon
bleu, la réponse qui devait leur être faite. Il avait fini et
allait se retourner pour offrir une cigarette à son dévoué,
lorsqu'il aperçut sur le côté de son pupitre une lettre ; le
garçon de bureau l'avait sans doute mise à part parce
qu'elle portait au-dessus de l'enveloppe et écrits en ronde,
et soulignés, les mots : « absolument personnelle ». Georges regarda l'enveloppe, il rougit en reconnaissant l'écriture, puis l'ouvrit et lut :

« Mon bon Geo, nous sommes fâchés, c'est bien ! tu ne
m'aimes plus, c'est encore bien ! mais je suis toujours
ton amie, moi, et je veux te le prouver. Pour cela, il faut
que tu me fasses la grâce d'une visite. J'ai à t'apprendre
une chose étourdissante qui te... mais non, c'est à toi-
même que je veux révéler ce bonheur-là... Viens donc,
Lise a des ordres pour toi ; j'y suis toujours... mais viens
vite.

« Malgré votre oubli, votre ingratitude, celle qui vous
aime encore.

« Ta bonne amie,

« ALICE. »

Georges devint rouge des oreilles aux cheveux ; il se
mordait les lèvres, il était ennuyé, embarrassé... et cependant il était intrigué... Que devait-il faire ? devait-il
revoir cette femme ? n'était-ce pas imprudent ? Si Claire
l'apprenait, n'avait-il pas à redouter une tentative semblable à celle qui n'avait heureusement pas réussi ?
Claire, il le savait bien, ne vivait plus que pour lui et par
lui ; les craintes, les espérances déçues qu'elle avait
éprouvées, avaient augmenté d'autant son virginal
amour... elle aimait passionnément, follement, et, elle
l'avouait naïvement, sans cet amour, elle se sentait incapable de vivre... Or, Georges n'aimait pas, n'avait jamais
aimé Martingale ; ç'avait été l'amant banal, passager,

aisant par son originalité, par l'imprévu de la rencon-
. Puis, après, c'était la nouveauté du monde dans le-
el elle vivait qui l'avait ébloui... ce luxe extravagant...
venait de son regard une ardeur semblable aux parfums
i s'exhalaient de sa personne ; le regard grisait, la
mme enivrait... mais il en restait, après, le malaise mo-
l, le mécontentement de soi-même, disons le mot : la
nte d'un amour inavouable.

Il avait été heureux le jour où, s'apercevant qu'il n'é-
it qu'un jouet pour cette femme, il avait pu rompre si
cilement. Tout entier à Claire, le souvenir de Martingale
tait envolé, à cette heure ; de la lettre qu'il tenait entre
s mains s'échappait un parfum qu'il reconnaissait ; il
rmait les yeux, et tous les désirs de sa jeunesse se ré-
illaient : il voyait la chambre au grand lit majestueux ;
voyait la peau d'ours noir sur laquelle elle marchait
eds nus, où ses chairs avaient des blancheurs éblouis-
ntes. A ces pensées, il lui courait sur le corps des fris-
ns comme s'il eût senti le bras brûlant de la Martingale
ui se glissait autour de son cou...

Faisant un effort, il se secoua et se leva précipitam-
ent en jetant la lettre. Chadi, étonné, lui demanda :

— Eh ! mon Dieu ! qu'avez-vous donc ?

Il ne répondit pas d'abord ; il se disait qu'il n'irait pas
i rendez-vous ; puis, pour s'affermir dans cette idée, il
tit la lettre et, la donnant à Chadi, il dit :

— Lis ça... et vois un peu à quel degré d'audace elle
rrive.

Chadi prit la lettre, et, la portant d'abord à son nez, il
rurit en disant :

— Nom d'un petit bonhomme ! je vais dire comme
Auvergnat : Ça sent si bon qu'on en mangerait... C'est
is un papier d'huissier, ça !

— Lis, dit vivement Georges, qui avait hâte que quel-
n'un vînt aider sa résolution de ne pas répondre à cet
opel.

Chadi lut une fois, deux fois... puis, hochant la tête, il
: :

— Oh! oh! c'est grave, ça!

— Eh bien! qu'est-ce que tu penses de ça!...

— Moi, pas grand'chose de bon...

— Aussi, ai-je pris mon parti aussitôt... Je n'irai p
ne répondrai même pas.

Et il regarda Chadi, attendant que celui-ci appro
sa conduite, mais Chadi se contentait de hocher la

— Que ferais-tu à ma place?

— Est-ce mon avis que vous me demandez? non ce
je ferais, mais ce que vous devez faire?

— Oui.

— Eh bien! moi, monsieur Georges, je vous dis: A
ce soir, il faut y aller.

— Tu irais?

— Moi je ne suis pas en question. Nous parlon
vous!

— C'est la même chose.

— Pardon, voici pourquoi. Si vous étiez un sir
amoureux, il ne faudrait pas y aller; mais vous savez
chose, vous avez aimé...

Sur un geste de Georges, il rectifia.

— Vous avez aimé légèrement, enfin ça vous plaisa
Pardi! je sais bien qu'on ne se marierait pas avec tou
les femmes aimées... Ça n'empêche pas de les aimer
dure ce que ça dure, voilà tout. A dire vrai, cet amou
n'a pas duré son temps; il a été brisé!... Mais voyez
vous connais bien, moi..., et si vous vous avisiez de
mordre à la pomme, il me suffirait de vous montrer
petites lettres. Vous n'aimez pas, pourquoi? avec c
femme-là, vous avez plus d'amour-propre que d'amou
Seulement Martingale, c'est l'ennemie, c'est la femm
l'ennemi, et il faut savoir ce que l'on veut.

— Comment! tu crois que c'est d'eux?...

— Je crois que cette lettre vient de Tarand... Ah!
ah! éclata de rire Chadi, mais j'en suis sûr!...

— Alors, il faut y aller...

— Absolument. Je vous accompagnerai jusque-là, e
vous attendrai au petit café où nous avons été l'autre f

— Pas un mot ! dit vivement Georges, voici mon père.

Le père Burdin revenait effectivement ; il était dans un état tel, que les deux jeunes gens lui dirent en le voyant :

— Ah ! mon Dieu ! qu'y a-t-il ?

— Écoutez, mes enfants, dit Burdin, je vais vous raconter la chose la plus révoltante du monde ; mais nous allons finir ça tout de suite. Tu avais raison, il faut au plus tôt rétablir ton état civil.

Georges et Chadi se regardaient stupéfaits. Après quelques mots d'explication, Burdin raconta ce qui venait de se passer dans le cabinet du chef de la sûreté. Comme Georges allait se récrier, Chadi lui fit signe de se taire, et il dit au père Burdin qu'ils se disposaient, justement après le déjeuner, à s'occuper de cela, donc, qu'il n'ait plus à se tourmenter, car, en faisant les démarches nécessaires au rétablissement des actes, ils allaient également s'occuper du mariage.

Chadi avait félicité Burdin sur sa contenance digne, et le brave homme, fort de sa conscience pure, était très-ému, surtout en voyant que les deux jeunes gens étaient prêts à le décharger de tous ces tracas qui l'effrayaient. On convint de ne rien dire devant Claire, et le déjeuner fut des plus gais. Lorsqu'il fut achevé, les deux jeunes gens partirent, et, nous devons le dire, Georges était tout troublé à la seule pensée de revoir Martingale... Pendant qu'ils se dirigeaient vers le petit hôtel de la rue Byron, une scène presque semblable se passait à l'hôtel de Cantrel...

La marquise, cherchant le sommeil, ne trouvait que l'insomnie, la scène de la veille occupait sans cesse son cerveau, et vainement elle voulait la chasser... Le départ précipité de son mari, qui l'avait un moment inquiétée, était déjà oublié... Au contraire elle était heureuse, à cette heure, de se trouver seule avec ses pensées. La femme de chambre entrait doucement dans la chambre pour prendre le linge quitté la veille et le remplacer par du linge frais. Les rideaux, hermétiquement fermés, faisaient la nuit, elle marchait sur la pointe des pieds lorsqu'elle entendit tout à coup la voix d'Hélène :

— Est-ce vous, Lise ?

— Oui, madame.

— Ouvrez les rideaux.

— Madame est-elle toujours indisposée ? demanda la soubrette en exécutant l'ordre de sa maîtresse.

— Je me sens un peu mieux ce matin... Quelle heure est-il ?

— Bientôt onze heures, madame.

Et Lise, qui avait tiré les rideaux des fenêtres, puis ceux du lit, prit sur le chiffonnier un plat de vermeil dans lequel était une lettre et la présenta à la marquise. Elle était fort belle la marquise Hélène dans le mouvement qu'elle fit en rejetant les couvertures de soie et en sortant à moitié de son lit, ou plutôt de son nid de fine batiste et de dentelles ; ses mouvements libres de l'assurance de sa solitude qu'aucune pudeur ne retenait étaient pleins de grâce. Elle prit la lettre et la lut avidement dès qu'elle eut jeté les yeux sur la première ligne... et une vive rougeur envahit son visage. Voici ce que disait la lettre :

« Madame la marquise,

» Un homme qui a commis une faute, presqu'un crime, et que le remords poursuit depuis cette époque... un homme qui a privé une mère de son fils... voudrait obtenir son pardon, en révélant à celle qu'il intéresse le secret qui l'étouffe...

» Madame la marquise, voulez-vous m'accorder quelques minutes d'entretien ? Si vous daignez me recevoir, c'est le bonheur que j'apporterai chez vous... Au nom d'Octave... A onze heures, madame la marquise, j'aurai l'honneur de me présenter chez vous.

» D'avance pardon, madame ! pardon !

» Votre très-humble et très-obéissant serviteur,

» Antonin N. de Naz. »

On sait que Nib-de-Naz avait des façons d'écrire son nom toutes particulières. Si on le plaisantait, il disait que les noms propres n'ont pas d'orthographe.

La marquise pensa naturellement que cette lettre était motivée par la rencontre de la veille. Elle bénit le sort qui faisait que son mari était parti pour quelques jours... On allait venir lui parler de son fils... Il viendrait, et, si humiliante que fût pour elle la première rencontre, elle aurait lieu, et son mari ne la verrait pas humble et rougissante devant son enfant...

Elle sauta vivement du lit en disant :

— Vous m'avez dit qu'il était près de onze heures...

— Oui, madame.

— Habillez-moi vivement, Lise.

Lorsque la femme de chambre l'eut aidée à passer son peignoir, lorsqu'elle se disposait à procéder à sa toilette, elle lui dit :

— Avant, faites prévenir que lorsque viendra me demander, vers onze heures, M. de Naz, on le fasse entrer dans le petit salon, qu'on le prie de m'attendre et qu'on me prévienne aussitôt.

— Bien, madame, fit Lise obéissant.

Seule, assise, la marquise pensait quelle était la personne qui lui écrivait. Ce M. de Naz, son mari ne lui avait parlé de rien de semblable; il lui avait dit que son fils avait été élevé comme son propre enfant par le mari de la mère nourrice, et que cet homme était charron et se nommait Burdin... Elle pensait, lorsque Lise entrant lui dit :

— Ce monsieur est là, madame.

— Alors vite ! vite ! hâtez-vous...

XXIII

CE QU'ÉTAIT LA BELLE MARTINGALE.

Lorsque Georges et Chadi arrivèrent au coin de la rᵤ
Byron, ils s'arrêtèrent, et, nouvel Ulysse, Chadi donna ᴵ
derniers conseils à Georges-Télémaque, avant qu'il n'eᵣ
trât chez Calypso.

— Nous ne savons pas où l'on veut vous entraîne
nous supposons qu'il est encore question de l'affaire
l'héritier des Cantrel, que Tarand, obligé de se cacheᵣ
fait agir son alliée Martingale... Si c'est cela, vous êᵗ
prêt, vous êtes édifié sur la drôlesse qui vous appelle...

Malgré lui, au mot « drôlesse », Georges fit la grimac
il lui répugnait de voir jeter de la boue sur ce qui avaᵗ
été son amour.

Chadi n'y vit rien et continua :

— Vous savez que vous êtes un instrument dans sᵉ
mains, et cela vous rend fort... Mais il faut prévoir uₙ
chose, c'est que le motif pour lequel elle vous prie de
venir voir ne soit pas du tout celui que nous supposonₛ
alors il faut être absolument adroit ; il faut être rigoᵤ
reusement réservé... Vous êtes très-jeune, et risquez ᵈ
vous laisser entraîner... C'est là qu'est le danger, et coₙ
tre cela qu'il faut vous préparer... il faut savoir le plᵤ
que vous pourrez, et remettre au lendemain tout engaᵍ
gement...

Comme Georges ne répondait rien, il ajouta :

— N'est-ce pas votre avis ?...

— Si, mon cher Chadi ; mais tu me crois beaucoᵤ

plus simple que je ne suis... Trop de choses sont enga-
gées à cette heure... Du moment où c'est Tarand qui la
fait agir, la réputation d'une femme... et de laquelle, tu
le sais, est en jeu, la grosse affaire de ma paternité est
dangereuse, dirigée par cet homme et à son profit... et
enfin, j'ai pour ce misérable une haine qui me guide, et
pour Martingale, crois-le bien, un mépris qui me protége.

— Alors, tout va bien... Vous allez entrer, moi, je vais
vous attendre au petit café, là... et si, par hasard, vous
avez besoin de moi...

Georges se disposait à se diriger vers le petit hôtel,
lorsque, d'un mouvement brusque, il poussa Chadi dans
l'intérieur du café et en ferma la porte.

— Qu'y a-t-il donc? demanda ce dernier étonné.

— C'est elle !...

— Ah ! enfin, je vais donc la voir, cette superbe Martingale, cette charmeuse...

Et Chadi, soulevant un coin du rideau, regarda dans la
rue... Martingale était étendue nonchalamment dans une
calèche, se prêtant, par de gracieuses ondulations, au
mouvement de la voiture, souriante à ses pensées... Elle
était fort belle, et les passants se retournaient ravis pour
la voir encore...

Chadi, en la voyant, devint très-pâle, et jeta un cri.

— Ah !

— Eh bien ! qu'as-tu? demanda Georges.

— C'est elle, Martingale... cette femme-là?..

— Oui... Tu la connais ?... Pourquoi cette surprise ?...

Chadi leva les épaules, et dominant le tremblement qui
secouait ses lèvres, il dit négligemment :

— Oh! mon Dieu!... je ne la connaissais pas... Vous en
disiez tant sur elle... Je la croyais bien plus belle que ça...

— Peste ! tu es difficile, toi...

Georges regardait à travers les rideaux, lorsqu'il vit la
voiture regagner la remise qui se trouvait dans la maison voisine, il se leva et dit à Chadi :

— Tu m'attends là... Je ne serai pas long...

Chadi, sombre, les regards fixes, ne répondit pas;

Georges, tout occupé de sa visite, n'y prit pas garde et sortit vivement...

Seul, Chadi se fit servir une consommation, car c'était la troisième fois que le garçon venait se mettre à sa disposition; il n'y toucha pas, paya et sortit à son tour, en disant :

— Il le faut... il le faut...

Et il se dirigea vers le petit hôtel habité par Martingale. Nous avons dit que depuis que Chadi venait assidûmen' chez Burdin, qu'il était le compagnon de Georges, ses allures s'étaient beaucoup modifiées à son avantage... San' être absolument mis comme un gandin, il était toujour' assez élégamment vêtu... et quand il s'observait, asse' distingué de manières pour tromper sur sa situation...

Il entra hardiment, jeta au concierge le nom de...

— Madame de Fresne...

Et il monta au premier. La porte n'était pas fermée la femme de chambre de Martingale, Céline, allait sortir circonstance qui sembla être agréable à Chadi; car ell' le dispensait de sonner; il répondit à la mimique de l' soubrette qui tendait vers lui son sourire interrogatif :

— Madame de Fresne est-elle là?

— Non, monsieur.

— Mademoiselle, permettez-moi d'insister... c'est ell' qui m'a dit de le faire. Elle m'a dit qu'elle attendai' quelqu'un aujourd'hui, et si je venais à l'heure où M. Georges serait là, lorsque vous me diriez ce que vou' venez de me dire, de vous répondre : J'attendrai madame, ne la dérangez pas.

— Ah! c'est différent, monsieur. Madame est arrivée peu avant la personne que vous venez de nommer, et n'a pu me donner d'ordre. Si vous voulez entrer dans le salon. Voici des livres, des journaux... Voulez-vous que je prévienne madame?

— Non, non, ne la dérangez pas; elle sait que je suis là. J'y devais être dix minutes après elle.

— Ah! vous avez vu madame tout à l'heure?

— Je la quitte il y a une demi-heure...

— Très-bien, monsieur, je vous laisse.

Et, souriante, Céline sortit, laissant Chadi seul, assis dans un grand fauteuil, se disposant à lire le journal.

Chadi lut pendant cinq grandes minutes, ou plutôt il parut lire... mais, la tête penchée, il prêtait l'oreille ; lorsqu'il entendit la porte de l'appartement se refermer, se doutant bien que c'était Céline qui sortait faire la course empêchée par son arrivée, il jeta le journal et se leva en disant :

— Il faut se diriger adroitement et sans bruit.

Alors, marchant avec précaution, amortissant ses pas sur le tapis, ouvrant sans bruit les portes, il se dirigea partout, tendant l'oreille... Un petit salon boudoir séparait le grand salon de la chambre à coucher de Martingale. C'est de cette pièce que venait le bruit de voix qu'il entendit. Chadi ouvrit la porte qui du grand salon s'ouvrait sur le petit, et il vint appuyer son oreille contre une porte masquée par une tapisserie et qui donnait dans la chambre. Si l'on venait, s'il était surpris, il paraissait, ayant trouvé la porte de communication entre les deux salons ouverte, se promener curieusement pour admirer les bibelots qui encombraient les vitrines ou les toiles qui pendaient aux murs.

L'oreille appuyée sur la serrure, Chadi écoutait. D'abord en entendant la voix de Martingale, il avait éprouvé comme une secousse, mais il s'était remis aussitôt, et calme, évitant de bouger, il écoutait...

Lorsque Georges était entré chez Martingale, Céline, qui probablement avait des ordres, l'avait introduit immédiatement dans la chambre à coucher, où Martingale, qui venait de quitter sa robe, à demi-nue, passait un peignoir. Céline avait dit joyeusement :

— Madame, c'est M. Georges.

— Ah ! à la bonne heure ! avait exclamé aussitôt la belle courtisane, fort peu embarrassée de son négligé... Voilà qui est gentil, mon Geo..., d'être venu aussi vite.

Elle le prit à bras-le-corps et l'embrassa, sans que ce-

lui-ci manifestât un bien grand entraînement; il dit d'un
ton qu'il s'efforçait de rendre calme :

— Ne m'as-tu pas écrit qu'il s'agissait d'affaire grave?...

— C'est vrai! Mais ça ne t'a pas été un peu agréable
d'avoir une occasion de revoir Alice? dis, mon Geo...

Georges, au cou duquel elle était pendue, minaudant,
tendant ses lèvres bulbeuses, comme pour mendier un
baiser, Georges sourit et l'embrassa, en disant :

— Que tu es belle!... et quelle charmeuse tu es !

— A la bonne heure! fit joyeusement Martingale.

Et elle jacassa vite, vite, disant des niaiseries, des en-.
fantillages, des *amoureuseries,* avec des zézaiements de
petite fille; puis enfin elle lui dit, en changeant de
ton :

— Viens-là, mon Geo, que je te raconte des choses
très-graves... très-graves...

Et, lui désignant un grand fauteuil, elle l'y fit asseoir,
et, poussant du pied un petit pouf devant lui, elle s'y
plaça, bien en face de lui, et, lui prenant les deux mains,
elle dit affectueusement :

— Tu as été ingrat envers moi, mais je t'aimais
bien. Je suis plus âgée que toi, et c'est pour cela qu'aujourd'hui que tu n'es plus mon amant, je t'aime encore...
mais d'une tout autre façon. Je suis cependant plus
qu'une amie, et je vais t'en donner des preuves. Il se
passe autour de toi, contre toi, des choses que je sais.
Peut-être en faisant ce que je fais aujourd'hui perdrai-je
l'affection de celui qui me fait vivre et, par cela, ma situation. Mais toi, je t'aime plus que mes amants.

Ce langage dépouillé d'artifice fit monter le rouge au
visage du jeune homme... Il n'aimait pas Martingale,
mais il lui suffisait de l'avoir aimée pour être blessé du
sans-gêne avec lequel elle parlait de ceux qui lui succé-
daient; il trouvait outrageant qu'elle n'eût pas plus de
réserve, et ses confidences l'outrageaient. Mais, en venant, il avait un but, que des observations pouvaient
compromettre; il se tut sur ce sujet, et demanda :

— Ta lettre m'a très-intrigué... ce que tu me dis aiguise encore ma curiosité... Dis-moi vite de quoi il est question...

— C'est très-long!... écoute!... Tu as perdu ta mère, ou plutôt celle qu'on appelait ta mère, très-jeune, tu ne l'as pas connue.

— Celle qu'on appelait ma mère, dis-tu? Oui, et alors j'ai été élevé sous un nom qui n'est pas le mien.

— Tu le sais? exclama Martingale.

Georges continua en souriant :

— Je ne me nomme pas Burdin... C'est cela que tu veux me dire?

— Oui... Et tu sais ton nom?

— Je suis le fils d'un homme que tu connais bien... le marquis de Cantrel.

— Mais tu sais tout !

— C'est tout ce que tu voulais m'apprendre?

Martingale se taisait; pendant une grande minute elle regarda Georges. Celui-ci souriait toujours.

— Tant mieux ! fit-elle tout à coup, c'était ennuyeux à dire... Mon Georges, ce n'est pas tout ce que je voulais t'apprendre... Ecoute-moi.

— Je t'écoute.

— Il faut te hâter de rétablir ton état civil, car celui dont tu portes le nom va être très-compromis, et terni dans une vilaine affaire... En rétablissant ton état civil, en te faisant reconnaître, tu fais hériter monsieur... Elle se reprit vivement. Tu fais hériter M. le marquis de Cantrel de quelques millions, dont un au moins te revient immédiatement.

Georges, se mordant les lèvres, dissimulait du mieux qu'il le pouvait le dégoût qu'il éprouvait.

— Tu me dis qu'il faut me hâter de rétablir ma situation, et de quitter au plus tôt celui qui m'a élevé, celui qui m'a fait ce que je suis... il va être ruiné... il faut que j'échappe bien vite à ce malheur-là...

— C'est cela...

Il y eut encore un silence, pendant lequel Georges s'obligea à sourire, il reprit :

20

— Ce n'est pas tout ce que tu as à me dire, Alice; continue.

— Tu vas te marier... La jeune fille que tu vas épouser, tu me l'as dit, tu appris un jour qu'elle était ta sœur; depuis, tu t'es réjoui de ne plus être le fils de M. Burdin, puisque ainsi tu as pu reprendre les projets d'union rompus. Aussi n'aurais-je pas dû m'étonner que tu savais le nom de ton père. A ton retour de Nevers, tu t'es informé...

— Mais où veux-tu en venir?

— A ceci: il est nécessaire au plus tôt que tu voies le marquis, que tu reprennes ta situation, et il faut au plus vite achever ton mariage; car, ainsi qu'il arriva pour toi, il se peut que Burdin apprenne un jour que M{}^{lle} Claire, ta fiancée, n'est pas sa fille.

— Que me dis-tu là?

— La vérité.

— Claire n'est pas la fille de Jeannie Burdin!

— Si! mais Burdin n'est pas son père... Ce père, je le connais.

— Qui a pu te conter pareille infamie?...

— Ce n'est pas une infamie, la personne qui m'a dit cela a les preuves...

— Alice, sais-tu ce que cet homme veut faire?

— Oui, puisque je te dis de te marier au plus tôt pour qu'on ne puisse pas te reprendre ce qui aura été donné...

La préoccupation de Martingale revenait toujours au même point : elle ne voyait dans le mariage que la dot. Georges était outré, et c'est avec peine qu'il se contenait... La belle Martingale avait réussi, en quelques mots, à lui arracher jusqu'au dédain qu'il avait pour elle... Il méprisait maintenant celle qu'il avait aimée. Assurément, il y avait dans l'action de la jeune femme un but qu'il ne pouvait voir. Il dit :

— Alors cet homme a la preuve que la femme de Burdin a trompé son mari?

— Oui!

— Et il a l'intention d'aller raconter cela au malheureux?

— Oui !

— Cet homme a pour celle qui fut sa compagne, que je croyais ma mère, un souvenir pieux. Il croit à sa vertu... et aujourd'hui, l'homme dont tu me parles aura le courage d'aller souiller la mémoire de cette femme, au risque de tuer le malheureux Burdin, déjà bouleversé par ce qui est arrivé...

— Absolument.

— Et tu m'as appelé pour me dire le nom de ce misérable?

— Non.

— Et pourquoi donc alors?

— Écoute, fit-elle en riant légèrement, les affaires sont les affaires; cet homme est mon ami, il me charge de la commission, sachant que je te connais... Marie-toi bien vite... tu seras riche, et si tu veux le payer un prix raisonnable, il se taira.

— C'est toi, toi qui me proposes un semblable marché?

— Mais oui... Voyons, mon petit, nous ne sommes plus ce que nous avons été, tu me le fais assez sentir. D'habitude, lorsqu'un jeune homme a passé quelque temps près de nous... lorsqu'il se marie, nous trouvons toujours dans un coin, avec un petit bouquet fané et quelques cheveux, un petit paquet de lettres... Ce sont nos petits bénéfices, tu comprends; pour qu'on ne puisse pas adresser ça à la famille de la fiancée, notre ancien ne manque jamais d'acheter ça le prix qu'on veut...

Et elle riait, elle était gaie, Martingale, en disant cela ; elle s'était levée et se penchait sur le fauteuil où était Georges, absolument abruti, minaudant, jouant avec ses cheveux, comme le chat qui joue avec la souris. Elle continua :

— Toi, tu n'écrivais jamais, pas le plus petit mot... et tu m'oubliais, tu m'oubliais... Tu ne m'as pas quittée, tu m'as fui... c'était humiliant... j'ai cherché et j'ai trouvé...

Georges avait la tête dans ses mains ; il réfléchit quelques secondes, et, d'un accent plein de mépris, résumant ce qu'il venait d'entendre, il dit :

— Ainsi, vous m'avez appelé ?...

— Ne fais donc pas l'enfant... que tu me tutoies ou ne me tutoies pas, ça ne change rien... nous sommes de vieilles connaissances ; parlons comme telles.

— Vous m'avez fait appeler pour me proposer un marché.

— M. Burdin, votre père, vient d'apprendre une chose qui lui a causé la plus grande douleur... c'est que vous n'étiez pas son fils... Mais, par un hasard providentiel, il a retrouvé sa fille ; en restant son gendre, cet homme est heureux, car sa fille reste ce qu'elle était... Or, vraie ou fausse, nous avons une preuve que cette fille n'est pas à lui, elle porte son nom, mais elle est le fruit d'une faute... Cette nouvelle peut tuer le père, elle humiliera la jeune fille... et, c'est la honte...

— Vous me proposez de vous payer pour vous taire, pour anéantir cette preuve...

— C'est bien cela...

— Et c'est moi qui dois prendre cet engagement ?...

— Oui...

— Mais, pour cela, faut-il au moins que je puisse juger de la valeur de ce que vous me déclarez.

— Je suis prête... Si tu ne m'interrompais pas avec tes airs de mélodrame, ça serait déjà fait...

Martingale se plaça devant Georges, et lui raconta la singulière façon dont un homme, une nuit de décembre 1852, était venu chez Burdin à Cacogne, avait trouvé sa femme sans connaissance, avait passé la nuit chez elle et était parti le matin emportant les papiers de Burdin et la lettre laissée inachevée par Jeannie, la terrible scène enfin à laquelle nous avons fait assister le lecteur au commencement de notre livre.

— Oh ! le misérable ! exclama Georges... et c'est ce bandit qui, aujourd'hui, pousse l'impudence jusqu'à vendre le secret de son crime !... Mais le jour où je saurai son nom, je le dénoncerai...

— Tu es fou! Je parle raison... Tous crimes ou délits restés sans action judiciaire pendant plus de dix ans sont prescrits... Tu ne connais pas ton Code...

Et elle riait, Martingale, elle avait trouvé des mots pour peindre l'acte odieux commis par le misérable.

— Et voici les renseignements qu'il pourrait obtenir s'il allait s'informer, ayant été instruit de la vérité. Lis.

Et elle lui tendit la lettre qu'Eragny avait adressée de Cacogne à Tarand Georges pâlissant lut:

« On croit que la malheureuse Jeannie, qui depuis deux jours courait les routes, devint la victime d'un misérable qui abusa de son état mental et de sa faiblesse. Car, portée d'urgence à l'hôpital de Nevers, on la soigna, elle guérit de la fièvre, mais, neuf mois après, le 26 août, elle mit au monde une fille, laquelle est inscrite sur les registres de l'état civil sous le nom de Jeanne-Claire. »

Georges alors releva la tête.

— Mais c'est épouvantable! mais il est impossible d'accepter pareille infamie... Alice, je ne veux pas te mêler à cette affaire... Dis-moi le nom de cet homme. Je te donnerai à toi la somme que tu voudras et tu me donneras ces papiers.

Martingale s'était empressée de serrer les papiers dans un petit coffre.

— Oh! oh! fit-elle toujours gaiement; mais c'est beaucoup d'argent qu'il faut pour avoir cela, et quant au nom du père de la belle Beau-Sourire...

— Tais-toi, malheureuse! fit Georges, se précipitant et lui plaçant si vivement la main sur la bouche, qu'elle trébucha et faillit tomber... ne dis jamais cela!

— Oh! mais, vous allez me battre, vous... chez moi... Ah! je n'avais pas prévu ça... Monsieur Georges, finissons-en, vous réfléchirez. Vous offrirez un prix et me l'écrirez. Je ferai parvenir vos offres. Quant au nom, vous ne le saurez jamais.

Georges était furieux, ennuyé de son mouvement de vivacité, et le regrettant, en voyant le geste de Martin-

20.

gale qui le congédiait, il s'avança suppliant vers elle, en disant :

— Alice! Alice! écoute-moi!

Au même moment, il sentit qu'on lui prenait le bras, l'empêchant de s'avancer vers la jeune femme, qui allait ranger le coffret; il se retourna, et, étonné, il reconnut Chadi, qui lui dit :

— Debout! monsieur Georges, on ne s'abaisse pas à supplier semblable créature.

A ces mots, ou plutôt en reconnaissant cette voix, Martingale se retourna d'un coup et elle resta comme stupéfiée. Chadi, sévère, les sourcils froncés, s'avança vers elle les bras croisés, et lui dit :

— Tu devais finir ainsi, Alice... Tu me reconnais, hein !... J'avoue, moi, que j'ai eu bien de la peine à te reconnaître sous les oripeaux de Martingale... Monsieur Georges, je vous présente ma femme, c'est elle qui a tué les enfants... et qui a prétendu que c'est à cause de moi qu'ils sont morts... qui a conté que j'étais un ivrogne... quand je me grisais pour oublier les nuits où elle ne rentrait pas.

Il n'y a pas prescription pour moi, Alice, et je peux parler, et je peux plus encore; tu es ma femme, et je peux faire monter le premier agent et lui dire : C'est ma femme, obligez-là à me suivre... Ne crains pas cela. J'ai assez honte de te voir. Tu sais qu'il est faux, l'article de journal où vous vous étiez empoisonnés, toi et tes enfants; tu avais empoisonné les petits et fait semblant pour toi... Moi aussi, j'ai les preuves... Tu vas remettre sans conditions ce coffret à M. Georges...

— Jamais !

— Jamais?... C'est à moi que tu dis cela?... Obéis-moi. Sur les petits morts, je le jure, j'appelle un agent et je te fais arrêter.

Et Chadi se dirigeait vers la fenêtre. Martingale ne donna pas le coffret, mais elle le laissa prendre.

— Le nom du coquin, du misérable, elle peut refuser de nous le dire, vous le connaissez : c'est Félix Tarand.

— Vous le connaissez! exclama Martingale terrifiée.

— Vous voyez, je ne m'étais pas trompé... Ecoute, Alice, l'heure vient où Tarand va régler son compte... Va-t'en! va-t'en! quitte la France au plus tôt; si j'ai reculé devant l'idée de te livrer à la justice, sois certaine que le jour de son arrestation tu n'échapperas pas... Partons, monsieur Georges!... Et crois-moi, Alice, va-t'en.

— Il faut bien que je me sauve! dit-elle l'œil fixe, il faut bien! S'il me trouve et que je ne puisse lui rendre les papiers, s'il croit que je l'ai livré, il me tuera...

— Adieu! c'est le châtiment qui commence.

Les deux hommes partirent; Georges était stupéfait. Dès qu'ils furent en voiture, Chadi dit à Georges :

— Vous ne vous rappelez donc pas l'histoire que je vous ai contée un jour que j'étais... un peu raide?...

— Oui!

— C'était mon histoire arrangée sur les journaux. La vérité, c'est que je l'adorais, c'est qu'elle me faisait passer pour ivrogne, quand j'étais sa victime ; elle me grisait pour faire la vie... et c'est elle qui a empoisonné nos enfants, en jouant la scène du suicide à cause de ma conduite... moi, je l'adorais, j'ai été lâche, je n'ai pas su la livrer à la justice... Un jour elle m'a quitté; voilà ce qu'elle est devenue! Allons, ne parlons plus de tout ça.

Et il lui raconta comment, l'ayant reconnue, il était monté chez elle et avait assisté à la scène derrière la porte.

XXIV

CHADI EN CHASSE.

Chadi connaissait l'homme qu'ils avaient à redouter, et en revenant vers Georges il lui dit :

— Vous avez entendu ce qu'a dit la malheureuse ; elle croit Tarand capable de la tuer ; elle a raison, c'est un homme qui, acculé dans la situation où il est aujourd'hui, ne reculera devant rien. Il faut nous tenir sur nos gardes : ce qu'il ne peut plus faire par intérêt, il le fera par vengeance...

— Mais comment se garder d'un danger qu'on ne voit pas ?

— Le danger est chez vous...

— Comment cela ?

— L'épouvantable crime dont nous avons entendu le récit, s'il était connu de M. Burdin...

— Ne dis pas cela... ce serait sa mort.

— Je suis de votre avis. C'est justement là qu'il faut se garder. D'un côté, il va chercher à faire du scandale chez vous, lorsqu'il saura ce que nous avons fait chez Alice, qui lui contera ça autrement. Vous jugez son exaspération. Poursuivi, il peut être arrêté, et je ne sais pas si son arrestation ne serait pas plus redoutable.

— Comment cela ?

— Les magistrats enquêteurs ont peu de réserve ; pour se justifier de certains délits, il est capable de tout dire.

— Tu crois qu'il irait raconter cette infamie ?

— Il est capable de ce cynisme... Mais il peut modifier son récit, ce qui augmenterait la douleur du père Burdin. Ainsi, il peut dire qu'il a reçu l'hospitalité dans cette maison de Cacogne, et que c'est Mme Jeannie Burdin qui la lui a offerte large, entière, complète, jusqu'où vous savez, enfin.

— Oh! je ne souffrirai pas pareille indignité, je le tuerai.

— Ne vous emportez pas pour rien ; pour dire cela il faudrait qu'il fût arrêté... par conséquent, hors de votre atteinte... raisonnons les différentes hypothèses, pour aller au devant...

— Dans quel but raconterait-il cela ?

— Pour atténuer ses agissements...

— Pour atténuer ! je ne comprends pas...

— Il raconte à celui qui l'interroge et qui lui demande pourquoi il avait cette agence de la rue Montmartre que, un jour, sauvé par une femme, ayant eu des relations avec elle, il savait que cette femme avait eu une fille de ses œuvres, que, la femme étant morte, il recherchait cette enfant ; l'ayant retrouvée, il agissait pour la faire marier avec un riche héritier ; cela n'aura-t-il pas l'apparence de la vérité ?...

— C'est vrai, dit Georges... Mais cela ne sortirait pas du cabinet de celui qui ferait l'enquête...

— Ah ! oui, comptez là-dessus... surtout avec M. Burdin. Vous avez entendu comment il a été traité ce matin... Il a vertement répondu, croyez-vous que le même misérable ne serait pas content de se venger de Burdin, l'enragé, comme il l'a appelé... d'appuyer même en lui disant que si, au lieu de prendre un fusil il était resté à sa forge, occupant tous les soirs sa place dans son lit, cela ne serait pas arrivé...

— Ah ! mon Dieu ! mon Dieu ! gémissait Georges, pauvre père, s'il apprenait cette infamie ! Mais enfin, pour éviter que cela ne soit su chez nous... pour éviter que ça ne puisse être connu de la police, qu'allons-nous faire ?...

— La chose la plus logique, la plus simple, c'est de faire ce que fait la police : chercher Tarand.

— Oui, chercher Tarand ; et alors, c'est moi qui lui parlerai.

— Nous serons deux !

Georges ne répondit pas, mais il hocha la tête. Son parti était pris, sa résolution arrêtée, et il répéta :

— Il faut le trouver...

— Je le trouverai, dit Chadi, je sais ses habitudes, je connais à peu près tous ses domiciles, et puis, il me croit toujours le commis fidèle et dévoué du Contentieux des Familles... Je suis certain qu'il me cherche.

— Commençons.

— Non pas... je vous reconduis chez vous. Vous me gêneriez... Ce soir, je vous conterai le résultat de mes démarches ; mais laissez-moi agir seul... Vous n'êtes pas apte du tout à ce genre de travail... et moi, voyez-vous, je m'y entends absolument. Rappelez-vous, c'est dans l'exercice de ces fonctions que nous nous sommes connus... J'avais pour mission de savoir ce qu'était un nommé Georges Burdin et ce que valaient ses relations avec une jeune fille nommée Claire... Vous en souvenez-vous ? J'étais renseigné sur vous, et je voulais savoir l'adresse de Mlle Claire, dite Beau-Sourire. Je vous suivais, voyant votre manége d'amoureux timide, lorsqu'un gougeat insulta Mlle Claire... Vous vous précipitez en preux chevalier. Mais vous étiez en train de recevoir une de ces piles qui comptent lorsque j'entrai en scène, et j'ai changé le jeu...

— Si je m'en souviens !... mon brave Chadi, fit Georges en lui prenant affectueusement les mains, je te dois la vie.

— La vie... et surtout le premier baiser de Mlle Claire.

— C'est vrai... mon cher Chadi !... Je t'obéis, je rentre à la maison... Va... et à ce soir !

— A ce soir !...

Et il descendit de voiture.

Chadi s'éloigna. Seul, il pensa à celle qu'il avait retrouvée le matin, et peu à peu son énergie disparut, deux grosses larmes coulèrent de ses yeux, et il dit :

— La misérable! j'aurai donc toujours cette plaie au cœur! J'ai tant de haine, tant de mépris... Comment peut-il rester de l'amour?... lâche que je suis!...

Et Chadi, pour satisfaire à l'agitation nerveuse qui s'emparait de lui, se mettait à courir, bousculant les passants et parlant tout seul...

Il se dirigea naturellement vers la petite maison où nous avons vu Tarand attendre la marquise. L'exercice qu'il s'était donné avait éteint l'état de surexcitation dans lequel il se trouvait, son calme était revenu, et avec lui sa nature observatrice... Il s'aventura négligemment dans la rue, passant comme un indifférent, sondant chaque coin, chaque porte, afin de voir s'il ne s'y trouvait pas un agent... Mais la police ignorait cette demeure, et lorsque le marquis, dans le cabinet du chef de la sûreté, avait entendu celui-ci lui dire de la Société des Mines savoyardes :

— C'est une vaste escroquerie, et celui qui la menait n'est autre qu'un forçat évadé qui se faisait appeler Tarand de Montrose.

Il s'était écrié :

— Que me dites-vous là?

C'est qu'il se souvenait que la lettre anonyme qui lui dénonçait sa femme, nommait son complice M. de Montrose. Or, il avait vu que cette lettre était une mystification, c'était quelque rancuneux du Club des Coquins, ayant à se plaindre du chef, qui croyait ainsi le brouiller avec celui qui était l'appât de l'affaire... Ce mot avait donné au marquis l'explication de ce qui avait été fait. Et en même temps que cela satisfaisait le mari, cela l'obligeait à ne pas parler de l'aventure dans laquelle il avait été ridicule... Un mot éclairait la police en révélant le domicile où, le lendemain, Tarand avait retrouvé tous les éléments de la vie... où il avait reçu Martingale et où il l'avait dressée pour le chantage que nous avons vu avorter grâce à Chadi.

Mais Tarand, nous l'avons vu, était prudent ; dans
petit logement des Batignolles, il avait une grande mal[l
malle de comédien, toute pleine de costumes et de pe[
ruques... C'est là que chaque jour il prenait le travesti[
sement avec lequel il se rendait au petit hôtel.

Chadi était déjà passé deux fois devant la grille doré[e
se creusant l'imagination pour trouver un moyen d'av[c
des renseignements, lorsqu'il vit la grille s'ouvrir ; il
cacha aussitôt dans l'angle d'une porte et il vit la cui[s
nière Christine qui reconduisait un homme dont l'allu[
lui fit faire la grimace.

— Ça sent la police, ça, grogna-t-il, et cependa[
Christine était bien souriante.

L'homme était sorti ; la grille se refermait ; elle se ro[
vrit vivement, et Christine courut après celui qui vena[
de sortir. Ce dernier en parut très-contrarié, et je[
même un rapide regard autour de lui, répondit vite au[
quelques mots que lui dit la bonne et se hâta de repren[
dre son allure.

— C'est singulier, fit Chadi, qu'est-ce que c'est qu[
cet homme-là ?... il a l'air d'être de la maison...

Et il se mit à le suivre, l'observant, le détaillant.

C'était un grand gaillard de quarante à quarante-cin[c
ans, ayant l'allure d'un ancien militaire, les cheveu[
coupés ras, les moustaches plus brunes venant se perdr[
dans la barbiche ; l'œil, enfoncé sous l'arcade sourcilière[
brun feu, comme celui des fauves, le nez droit, la pea[u
brune. Vêtu d'une redingote boutonnée jusqu'au col[
rouge à la boutonnière, coiffé jusque sur l'oreille d'u[n
chapeau extravagamment bombé, les jambes perdue[s
dans un large pantalon à la hussarde, qu'il étendait d'une[
main dont le pouce accrochait la poche ; il marchait au[
pas, ayant Chadi qui le suivait et l'observait.

— Il est bien tapageur pour un agent, disait-il, et i[l
connaît trop Christine. Un sous-officier en retraite n'au[
rait pas cet air-là... Ça ressemble joliment à un capitaine[
de garde nationale qui veut passer pour un militaire...
Mais il est décoré. Après ça, c'est peut-être pour justifier[

sa croix qu'il s'habille comme ça. Il faut que je voie cette tête-là... se dit Chadi.

En passant de l'autre côté de la rue, pressant le pas, il devança l'individu... il repassa du côté où il était et se posta devant un libraire, à l'étalage duquel étaient des journaux illustrés... Sans tourner la tête, du coin de l'œil il voyait l'homme avancer, il le guettait afin de se retourner juste au moment où il passerait... il le sentait venir, il ne se retourna pas, car lui aussi se dirigeait vers la devanture de la boutique pour voir sans doute les illustrations des journaux. Chadi ne bougeait pas. Il sentit qu'on lui frappait sur l'épaule ; il ressentit une pénible commotion... C'était bien un agent, on l'arrêtait comme le commis du Contentieux, il restait comme écrasé sous le doigt qui lui avait à peine touché l'épaule... puis il entendit :

— Chadi !

En reconnaissant la voix, il se retourna rapidement et exclama :

— M. Tarand !

L'homme mit un doigt sur ses lèvres et lui dit :

— Chut !

Et il se pencha par dessus son épaule comme pour voir de plus près une gravure; là, il lui dit tout bas, dans l'oreille :

— Feignez de ne pas me connaître... Suivez-moi.

Et Tarand — c'était lui — se redressa et reprit sa marche cadencée, une marche de tambour-major.

Chadi, sans bouger, souriait, clignant de l'œil, content de lui. Il attendit quelques secondes, et obéissant, il suivit Tarand en disant :

— Tu n'avais pas besoin de me le dire ; tu peux en être sûr que je vais te suivre... et que je ne te lâcherai pas.

Et il suivit Tarand. Une demi-heure après, Chadi entrait derrière Tarand dans le petit logement des Batignolles.

XXV

OU NIB-DE-NAZ EST EMBARRASSÉ.

Rien ne peut peindre l'étonnement de la marquise, lorsqu'en entrant dans le salon elle vit celui qui s'était fait annoncer sous le nom de M. de Naz. C'est que le superbe Antonin avait fait des frais pour aller dans le monde.

Depuis le soir où le saltimbanque avait failli avoir une congestion en sentant sous ses doigts crépiter le papier bleu des billets de banque que lui donnait Saint-Mards, depuis ce soir-là, l'horizon du pauvre diable n'avait pas cessé d'être azur et or.

Le lendemain matin, Bourgeonnette et Chérie s'étaient précipitées vers les magasins de nouveautés; les pauvres filles s'étaient tant hâtées qu'elles avaient dû attendre à la porte que le magasin fût ouvert. Bourgeonnette avait acheté des bas multicolores; lorsqu'elle avait choisi des étoffes pour se faire des robes, ses goûts hardis la portaient vers des tons si singuliers, que le commis lui avait demandé si c'était pour des costumes ou pour des drapeaux. Elle avait négligemment répondu :

— Non, c'est pour mettre tous les jours.

Elles étaient rentrées toutes les deux à l'heure du déjeuner, et sur les cinq cents francs qui leur avaient été prêtés, elles rapportaient soixante-dix centimes... Mais Nib-de-Naz était trop heureux pour se plaindre! Pendant que Finot allait choisir un habillement convenable dans un magasin de confections, il se rendait, lui, chez un tailleur à l'étalage duquel il allait chaque jour, depuis son retour, admirer avec envie une jaquette vert-pomme, un pantalon à carreaux écossais, un gilet de satin blanc... Ce costume étrange avait été commandé par un théâtre pour un personnage de Revue; puis on avait reculé devant ses tons criards... Il n'était dans l'étalage que pour attirer le regard des passants. On juge de la stupéfaction du tailleur, lorsque Nib-de-Naz se présenta pour l'essayer. Il regarda si son client n'était pas fou. Heureux de l'aubaine, le marchand l'offrit au quart du prix qu'il avait coûté, — le costume ayant déjà été payé. — Nib-de-Naz, ravi du bon marché, hésitait à s'en commander un second.

C'est dans cet étrange vêtement qu'il se présentait chez la marquise, l'ayant augmenté d'une chemise à jabot empesé, d'une cravate rose, de gants gris perle, de bottes à tiges et à talons rouges...

En le voyant, et malgré la gravité de la situation, Hélène eut toutes les peines du monde à ne pas éclater de rire... Elle restait étourdie, — éblouie, pensa Nib-de-Naz, — mais son étonnement s'augmenta bien plus en voyant celui-ci, après deux révérences dans lesquelles il traînait son pied comme pour écraser un insecte sur le tapis, s'élancer à ses genoux et s'écrier en se frappant la poitrine:

— Grâce! madame, grâce! je suis un misérable, un coupable... J'ai volé un enfant à sa mère, et depuis vingt ans la douleur me dévore. Grâce! madame.

— Mais relevez-vous, monsieur, relevez-vous. Et Hélène cherchait des yeux le cordon de la sonnette, se préparant à appeler, presque convaincue qu'elle avait affaire à un fou.

— Dites que vous me pardonnez, madame, et je me relèverai.

— Relevez-vous, monsieur. Je pardonne tout ce que vous voudrez; mais vous m'effrayez.

Nib-de-Naz se releva, et l'air humble, la tête penchée, il tira de sa poche un foulard bleu et essuya ses larmes. Il pleurait.

— Monsieur, dit Hélène, embarrassée, et ayant hâte d'en finir avec cet original, c'est vous, monsieur, qui m'avez écrit pour...

— Oui, madame, c'est moi... pour vous dire que votre fils est vivant...

Cette phrase, Nib-de-Naz l'avait jetée à la marquise comme le mot qui finit brillamment le quatrième acte d'un mélodrame de la vieille école... Et il prit la pose de Bocage à la fin d'*Antony*... Il attendait l'effet, qui ne se produisit pas, car la marquise répondit simplement :

— Je sais, monsieur, que mon fils est vivant... Êtes-vous envoyé par lui ?...

Nib-de-Naz fut tout déconcerté, il balbutia :

— Oui, madame.

Et la marquise parut contrariée. Etait-il possible que celui qu'elle avait vu la veille ait pu choisir un semblable envoyé ? Boudeuse, ennuyée, elle désigna un siége à Nib-de-Naz et lui dit :

— Asseyez-vous, monsieur ; je vous écoute.

Nib-de-Naz était tout ahuri par la réception froide qui l'accueillait : il s'était préparé au quatrième et au cinquième acte d'un drame ; il s'était figuré la mère affolée répétant avec lui : Vivant ! Mon fils est vivant !... Vous ne me trompez pas, monsieur ?... Vivant !... Ah ! merci, mon Dieu !... merci !... — Oui, madame, devait-il dire, il vit ! Je vous ramène votre enfant ! — Soyez béni,· monsieur, vous qui rendez l'enfant à sa mère ! Et elle se jetait dans ses bras. Il s'était même parfumé dans cette croyance, — et il la pressait, et levant les yeux au ciel, il disait : Seigneur, ce bonheur d'une mère est la récompense des sacrifices que j'ai faits pour lui, pour Octave !

Et tout cela avait été raté, absolument raté ; on lui disait tranquillement :

— Oui, oui, je sais que mon enfant existe ; vous venez me parler de lui. Asseyez-vous, je vous prie ; je vous écoute.

Alors tous les vieux dramaturges avaient menti ; les grandes scènes de la vie se passent sans trémolo, sans

changement. Les grands artistes, les Frédérick, les Bocage, les Dorval, les Georges, trompaient leur généra-
tion. A qui croire, mon Dieu !

Calme comme s'il avait reçu une douche, un peu gêné
dans sa superbe toilette, mais digne, il s'assit en se disant :

— C'est un autre genre... toujours Comédie-Française...
prenons du temps.

En voyant que la marquise attendait, il se disposa à
commencer.

Lorsque Nib-de-Naz s'était présenté au concierge de
l'hôtel de Cantrel, ç'avait été dans les escaliers un brouhaha qui avait intrigué le marquis, qui se levait. Les femmes de chambre, les cuisiniers, cachés derrière les hautes
croisées, riaient en se montrant la toilette d'oiseau de
paradis du visiteur... Le valet de chambre de Marius lui
avait montré le singulier personnage.

Etonné, le marquis avait fait dire à l'employé de son
architecte, qui depuis le matin mesurait consciencieusement les murs de la cour, de monter près de lui.

L'agent était monté aussitôt et Marius avait demandé :

— Connaissez-vous cet homme?

— Oui, monsieur le marquis, c'est lui.

— Qui, lui? Saint-Mards?

— Non, monsieur le marquis; c'est le chef des saltimbanques qu'il dirige. C'est Antonin, dit Nib-de-Naz; et
s'il était possible de savoir ce qu'il va faire...

Marius sonna et dit quelques mots à son valet de chambre. Au bout de deux minutes, celui-ci revint et dit à son
maître :

— Cet homme a demandé à madame à lui parler pour
affaire importante. Il se nomme M. de Naz.

Le marquis sourit.

— Il est avec Mme la marquise?

— Oui, monsieur le marquis, dans le petit salon...

Marius pensa quelques minutes, puis, comme s'il répondait à sa pensée, il dit haut :

— Mon Dieu, le but qui nous dirige excuse le procédé...

Nous savons que nous avons affaire à un escroc, et je veux empêcher ma femme d'être sa dupe... Ce n'est plus de l'indiscrétion, c'est de la protection. Venez, monsieur.

Et, dirigeant l'agent, il le conduisit dans le grand salon ; ils se placèrent dans l'embrasure d'une porte donnant sur le petit salon et masquée des deux côtés par de lourdes tapisseries. Le marquis essaya doucement d'ouvrir la porte. Il y réussit sans qu'on l'entendit, les tentures étouffaient le bruit. Ils entendaient comme s'ils étaient dans la pièce même. C'était au moment où la marquise disait :

— Je sais, monsieur, que mon fils est vivant ; êtes-vous envoyé par lui ?

On juge si le marquis devint attentif ; c'est à peine s'il entendit l'agent lui dire :

— Ah ! c'est de l'affaire du *Contentieux des Familles* qu'ils s'occupent !

Ils écoutèrent.

La marquise, avons-nous dit, avait fait asseoir Nib-de-Naz devant elle, et, chaque fois qu'elle tournait son regard vers lui, elle baissait les yeux, tant, malgré la gravité de la situation, elle craignait de lui rire au nez. C'est que rien ne peut rendre l'étrangeté de la tête d'Antonin sur ce costume singulier : ses cheveux lissés laissaient voir une large raie sur le côté, et tombaient en gros accroche-cœur devant les oreilles — on nomme ça, je crois, des rouflaquettes — gras de pommade, derrière la tête, les cheveux tombaient en rouleaux au-dessous.

Du nez immense — nous avons dit que son sobriquet venait de là — *nib*, en argot, signifie rien, *de naz*, dans la même langue : de nez, — au-dessous du nez immense et en bec de corbin, deux petites touffes de moustaches, grosses comme deux haricots... la bouche immense, l'éternel sourire bête des acrobates, des joues osseuses, l'œil petit, mais le regard rusé et tenace, qui ne se baissait jamais, tout cela sur une peau tannée qui ne pouvait plus rougir.

On juge combien il semblait anormal, impossible à la marquise, que celui qu'elle croyait être son fils, ce jeune homme élégant qu'elle avait vu la veille, pût connaître un semblable personnage. Elle attendait qu'il parlât, espérant une erreur.

Mais Nib-de-Naz était théâtral ; il ne parlait qu'en exprimant par une pantomime expressive ce qu'il disait ; aussi ne pouvait-il rester assis, il se leva et dit :

— Madame, ce que j'ai fait, je le referais. Cela commença par une bonne action... Ecoutez... Il neigeait..., un temps affreux ; nous venions de Nevers, obligé par les devoirs de ma profession...

Le regard de la marquise arrêta sa phrase. Il dit :

— Madame, je suis artiste, directeur de la troupe foraine des artistes de la Provence... exercices de force, d'adresse et d'équilibre...

Hélène eut un soubresaut à l'idée qu'évoquait la déclaration du saltimbanque ; elle ferma les yeux en rougissant. Nib-de-Naz était tout à son improvisation. Il continua :

— Obligé par les devoirs de ma profession de me rendre rapidement d'un lieu à un autre, lorsque le public nous réclame, j'avais été obligé, malgré le temps, malgré la nuit, à me mettre en route, blottis dans nos voitures ; nos chevaux avançaient péniblement sur la route de Cacogne couverte de neige. Quel horrible temps ! brrou ! il me semble que j'y suis encore.

Et le saltimbanque frissonnait. Hélène aussi frissonnait, la tête basse, les yeux fixés sur le tapis ; elle se rappelait la nuit de neige où, à son réveil, le matin, un homme était venu rapporter les effets de son fils en lui disant qu'il était mort. C'est le remords qui courbait sa tête à cette heure. Pourquoi n'avait-elle pas été aussitôt à Cacogne ? N'était-ce pas le moins qu'elle devait au pauvre petit être ?... Elle aurait su la vérité alors... Nib-de-Naz continua :

— Nous suivions la route de Cacogne, quand tout à coup le cheval refusa d'avancer ; je fouettai ; le cheval — un vieil ami, toujours docile d'ordinaire — eut un lugubre hennissement et recula ; la secousse réveilla tout le monde dans la voiture, et ce fut un concert de cris de terreur; les malheureuses femmes nous croyaient attaqués; les hommes se levèrent aussitôt... Je tentai un dernier effort. Je poussai mon cheval, le cinglant vigoureusement de coups de fouet; il hennissait, il piaffait, il se cabrait... mais il ne bougeait pas... Je n'hésitai pas, je saisis une arme, et ne doutant pas que nous étions attaqués, je sautai à terre en criant à mes artistes : « Ne craignez rien, je suis-là !... » Et je me précipitai dans cette nuit, dans cette neige, l'arme haute... Vainement je cherchai de chaque côté de la route, et derrière la voiture... rien... Vous le savez, en plaine, les nuits de neige ont des clartés d'aube. Je me dirigeai donc facilement sans rien voir du sujet qui arrêtait ainsi ma pauvre bête... Je rassurai les femmes et je revins vers mon cheval... Je caressai ma noble jument, et sentis sous ma main que la peau moite et fumante de la pauvre bête frissonnait. Les femmes, affolées, me criaient de retourner à Nevers. J'imposai silence et je regardai plus attentivement. Alors, madame, mes regards, plus habitués à cette nuit, distinguèrent plus facilement, et je restai épouvanté...

La marquise, d'abord impatientée de la prolixité de Nib-de-Naz, attachée maintenant au récit, écoutait attentivement. Le saltimbanque, en parlant, jouait la scène, et désignant un fauteuil il reprit :

— Là... là... à moitié perdu dans la neige, à dix pas, un cadavre était étendu... effrayant à cause de la clarté grise de cette nuit de neige... Je m'avançai, sans voix pour appeler... et je vis un corps presque nu... C'était une femme, jeune encore ; elle tenait un enfant sur ses seins glacés...

— Oh ! mon Dieu ! fit la marquise.

— Je me précipitai pour la relever, la femme était froide, le pouls était éteint... elle était morte... mais l'enfant vivait, il tétait, le pauvre petit ange, il cherchait la vie sur ce sein mort...

— Oh ! c'est affreux !...

— Madame, laissez-moi le courage de continuer, fit

Nib-de-Naz après un long soupir, et ce que l'on appelle
dans le vieux théâtre une pause, ayant passé le revers de
sa manche sur ses yeux mouillés... il me semble à cette
heure ressentir encore la glaciale terreur qui se glissait
dans mes moelles. Le jour allait se lever. Rappelant mon
énergie devant le fait, j'appelai. Tout le monde sauta de
la voiture et vint me joindre ; vous jugez de l'effroi de
tous, et ce qui ajoutait à l'horreur de la scène, c'est que
le jour naissant éclairait faiblement l'endroit où nous
étions, et les femmes jetèrent un cri en reconnaissant que
nous étions dans un petit cimetière de campagne et que
la malheureuse créature était venue mourir sur une
tombe... Les femmes avaient hâte de partir ; l'une d'elles
dit qu'on devait prendre l'enfant. J'acceptai aussitôt cette
humaine proposition... La mère était morte et n'avait
plus besoin de rien ; je pris l'enfant... Nous étions trop
pressés pour aller faire les déclarations.

Je fouillai les poches de la femme pour avoir un renseignement, et je trouvai un acte de naissance au nom de
Maxime Burdin, né un an avant. Cet enfant, madame, je
l'élevai et lui consacrai ma vie ; c'est Bianca, la belle Ar-
lésienne, qui dirigea sa jeunesse, c'est moi qui en fis un
homme !...

— Et cet homme ? demanda la marquise toute troublée...

— Cet enfant, que j'avais fait un homme, cet enfant, il
m'en coûtait de dire qu'il n'était pas le mien... et je l'ai
dérobé à l'affection de ses vrais parents ; car je sais qu'il
n'était point le fils de cette femme ; c'était son nourrisson... C'est sur la tombe de son fils, mort la veille, que
la malheureuse était venue mourir... J'ai privé cet enfant
de la position brillante que le sort lui avait réservée...
Madame ! madame ! vous m'avez compris, grâce !

Et Nib-de-Naz était suppliant. La marquise était toute
bouleversée. Il lui était impossible de croire que celui
qu'elle avait vu, celui près duquel elle avait ressenti une
si singulière émotion, fût le même homme que l'enfant
élevé par le saltimbanque... Et Nib-de-Naz, arrivé à

21.

la grande scène, achevait, pour lui enlever les derniers doutes :

— Cet enfant, c'était le vôtre, madame, celui que vous croyiez perdu, mort... C'est Octave de Cantrel... Oh! vous le verrez, madame : tout en lui révèle sa race, sa grâce dans nos exercices, son adresse, pas un ne l'égale, c'est la force, la grâce, l'adresse, la souplesse réunies... c'était presque mon fils... Mais je n'ai pas le droit de le priver de ceux qui lui sont chers... Tenez, vous me pardonnez, voici les actes...

Voulez-vous, madame, que j'aille le chercher? il est là... il attend chez le marchand de... et se reprenant aussitôt, il dit : il attend anxieux, tremblant, dans une voiture en bas... Un mot, madame, un mot....

La marquise dit :

— Allez...

— Je vous ramène votre enfant, madame, dans une minute.

Et s'agenouillant, il prit la main d'Hélène et la baisa en exclamant :

— Soyez heureuse, ô sainte mère!...

Et il sortit.

Hélène était atterrée; son regard était vague; les dernières phrases du saltimbanque l'avaient frappée comme autant de chocs. Son imagination avait amené devant ses yeux des clowns bariolés, qui sautaient dans des cercles, des gymnastes qui se balançaient sur un trapèze, des faiseurs de sauts périlleux; ces mots sonnaient aigus à ses oreilles : « La grâce, la souplesse... l'adresse. » La malheureuse femme se refusait à voir son fils dans cet acrobate, et elle disait tout haut, sans s'apercevoir qu'elle parlait :

— Non! non! c'est impossible... ce n'est pas lui, et elle ajouta même : Octave est mort !

A ce moment, la porte du salon s'ouvrit, et la marquise, relevant vivement la tête, vit Marius qui, le visage riant, s'avançait vers elle en lui tendant les bras. Embarrassée, elle se leva pour le recevoir; on juge de son trouble lorsque le marquis, la prenant sur sa poitrine, lui dit :

— Non, hélas ! non ! Octave n'est pas mort... Il vit. Octave n'est point le héros de l'histoire lugubre que tu viens d'entendre...

— Que me dites-vous ? demanda Hélène, inquiète et tremblante, craignant que son mari n'eût appris la rencontre de la veille.

— Ma chère amie, je te dis que la marquise de Cantrel n'a pas à rougir de son fils. Le coquin qui sort d'ici fait partie d'une bande que la police recherche. En sortant de l'hôtel, il est suivi. Ses complices vont être arrêtés. Tout ce qu'il a dit n'est qu'un tissu d'absurdes mensonges.

— Mais... Octave ?

— Octave est vivant, admirablement élevé par son père nourricier devenu riche, il est digne de son nom, de sa race...

— Vous l'avez vu ? demanda la marquise anxieuse.

— Non, ma chère Hélène... mais il faut en finir aujourd'hui... Je vais faire atteler et nous allons aller le trouver...

Hélène était tremblante, elle avait peur, elle redoutait cette entrevue, mais il lui était impossible de refuser, car le marquis ajoutait :

— Il faut que nous abandonnions l'hôtel aujourd'hui, nous le livrons à la police, qui y établit une souricière pour nous débarrasser de ceux qui nous poursuivent.

— Vous m'effrayez ; que se passe-t-il donc ?

— Ma chère belle, noble et pure petite marquise, il se passe autour de nous des choses si indignes qu'il faut en finir... Hier, j'ai été appelé chez le préfet de police, qui m'a édifié sur certains agissements qui vous menacent autant que moi... Cela heureusement n'a que la valeur du mal que ça pourrait faire, et que nous allons éviter... sans nous en occuper.

Hélène avait pâli, elle était effrayée de ce qu'elle venait d'entendre. Le marquis s'était adressé à la police, pour se délivrer de certains agissements. A cette heure, elle ne pensait plus à son fils, elle pensait au danger auquel elle avait échappé la veille, elle se rappelait ce que lui avait dit celui qui l'avait sauvée, lorsqu'il la ramenait dans la voiture : « Je savais que tout cela était combiné, je savais que cet amour auquel vous croyiez, madame, n'est qu'une indigne comédie, dans laquelle vous jouez le rôle de dupe, de laquelle vous serez la victime. A l'heure, madame, où vous receviez le billet qui disait qu'on vous attendait dans la petite maison, votre mari arrivait secrètement de Nevers, il défendait à l'hôtel de vous prévenir de son retour, car il avait reçu la copie de la lettre que vous aviez adressée à celui que vous appelez Montrose. »

Et cette autre phrase, sous laquelle il jugeait Tarand :

« Cet homme, madame, est un misérable, s'attaquant à tout et à tous... Est-il noble ? est-il riche ?... Je ne le crois pas !... Mais pour soutenir la luxueuse existence qu'il mène, il fait les affaires bâtardes des escrocs ; il a dans un coin de Paris une maison louche, dont le but est le chantage. »

Etait-ce de ces agissements que parlait le marquis ? était-ce pour faire arrêter l'homme qu'on lui avait dénoncé ? et, si cet homme, qu'à cette heure elle redoutait autant qu'elle le méprisait, avait l'audace, croyant son mari absent, de se présenter chez elle, lorsqu'on s'emparerait de lui, n'avait-elle pas à craindre des révélations compromettantes d'abord, et pour se venger, des calomnies déshonorantes ?

Mais quelles raisons donner à son mari, pour ne pas l'accompagner, pour refuser cette chose tant désirée depuis la veille, revoir son fils... c'est-à-dire, rétablir immédiatement l'avenir compromis, et mettre au foyer l'enfant dont la disparition avait été le commencement du trouble ?

Le marquis la voyant pâle, remarquant sa singulière allure, mais l'attribuant à l'émotion bien naturelle qu'elle avait éprouvée dans la scène qui venait de se passer, lui dit en l'embrassant affectueusement :

— Vite, vite, Hélène, fais-toi habiller... partons vite...

Saùvons-nous de ces ennuis... Allons où est le bonheur...

Et ces mots, et ce baiser... et le regard confiant surtout
lui rendirent le courage.

Elle fit appeler ses femmes pour sa toilette, pendant que
le marquis donnait l'ordre d'atteler.

Nib-de-Naz, joyeux, descendant rapidement l'escalier,
se disait :

— Enlevé ! nous serons millionnaires.

Il traversa rapidement la cour de l'hôtel, et il se dirigea en courant vers un petit marchand de vin au coin de
la rue de Lille, où Finot et Saint-Mards devaient l'attendre. Il entra et s'écria :

— Viens vite... ça y est... on nous attend... mais prenons la voiture.

— Très-bien ! Allez, dit Saint-Mards en poussant Finot
vers une voiture qui attendait devant le cabaret. Ils montèrent.

Saint-Mards, penché vers la portière, faisait les dernières recommandations :

— Faites attention, dit-il ; ne vous démontez pas. Je
vous attends dans une heure où vous savez.

— Monsieur le comte, répondait Nib-de-Naz, je suis là,
comptez sur moi. Tout est enlevé. La pauvre mère attend,
les larmes aux yeux ; elle a hâte de couvrir de baisers sa
progéniture. Ne nous retenez pas... Si nous sommes
longs, ça peut jeter un froid ; il faut enlever la situation.

— Allez, fit Saint-Mards.

Au même moment, il se sentit enlevé, poussé dans le
fiacre et la porte fermée sur lui. Et il entendit :

— C'est ce que j'allais vous dire, Martin... Et pas un
mot, vous avez dix hommes autour de vous.

C'était l'agent ; il monta dans la voiture, un autre monta
sur le siége, et il dit au cocher :

— A la Préfecture, et au petit trot, que nos hommes
puissent toujours nous suivre.

Les trois hommes : Saint-Mards, Nib-de-Naz et Finot

n'essayèrent même pas de résister. Ils se regardaient stupéfaits.

L'agent, calme, avait bien ostensiblement ouvert sa redingote, fouillé dans sa poche pour y saisir un revolver, duquel il retirait la baguette d'arrêt... et, comme s'il voulait égayer le voyage par une conversation familière, il dit à Saint-Mards, tout en jouant négligemment avec la batterie de son arme :

— Il y a déjà longtemps que nous ne nous sommes vus, Martin... Vous ne changez pas...

Saint-Mards ne répondit pas, il soupira ; Finot pleurait... Nib-de-Naz louchait pour s'assurer que son nez ne poussait pas.

Une demi-heure après, les trois complices étaient écroués à la Conciergerie.

XXVI

UN RENDEZ-VOUS.

Georges mettait en ordre ses papiers, se disposant à obéir à la demande que le père Burdin lui avait adressée et que désirait aussi ardemment que lui Mlle Claire Beau-Sourire, c'est-à-dire se disposant à arrêter l'époque exacte de son mariage. Il était assis devant sa table et collationnait des papiers, lorsqu'il entendit frapper vivement à sa porte.

— Entrez ! fit-il étonné.

La porte s'ouvrit aussitôt, et Chadi, essoufflé, se précipita dans la chambre et, allant s'asseoir sur un siége, il dit en respirant :

— Excusez-moi, monsieur Georges, mais je n'y tiens plus... Je me suis tant pressé !... Ah ! le gredin !...

— Mais qu'y a-t-il donc ? demanda Georges inquiet.

— Oh ! de graves choses ! Il faut vite agir et, ainsi que vous le disiez, en finir !... Il n'y a que le temps... Je vous demande le temps de reprendre haleine, et je vais vous raconter ça...

— Mais tu m'effraies !...

— Il y a bien de quoi, vous allez le voir.

Lorsque Chadi fut reposé, il raconta la rencontre qu'il avait faite, après avoir quitté Georges et en allant aux renseignements du côté de la petite maison où ils avaient été ensemble deux jours avant.

— Et tu ne l'as pas quitté, au moins ? demanda vivement Georges.

— Ecoutez donc...

Georges s'approcha de Chadi, alluma un cigare et écouta.

— Il m'avait dit de le suivre, je n'y manquai pas; vous pensez que c'était une recommandation inutile. Je le suivis, et il me conduisit dans un logement que je ne lui connaissais pas, rue de Lévis, aux Batignolles. J'étais monté derrière lui; une fois seuls dans l'appartement, la porte bien fermée, il me demanda ce qui s'était passé rue Montmartre. Alors, vous comprenez que je lui arrangeai ma petite histoire, bien compliquée, dans laquelle j'avais été plein d'abnégation et de sacrifice... J'avais heureusement évité l'arrestation, et j'avais pu également brûler nombre de dossiers compromettants. A ce mot, il releva la tête, et me regarda semblant me dire :

— Tu te doutais donc de ce que nous faisions ?

Je ne manquai pas de saisir l'occasion, et je lui avouai que je savais tout; j'étais autant le complice que j'avais été l'employé... et j'ajoutai que je m'étais même proposé un but si la catastrophe n'était pas arrivée; c'était, après l'avoir vu faire bien chanter les autres... de le faire chanter lui-même. Il rit de cela... C'était fait, car aussitôt il me proposa de l'aider en me disant qu'il m'intéressait à

son affaire et m'assurait que, si je voulais agir avec dévouement, ma fortune serait faite avant dix jours. Je pa-
rus ébloui, et plein d'enthousiasme, de reconnaissance.
Je l'assurai de mon dévouement absolu... Pour le rendre
plus libre avec moi, je lui parlai de l'affaire du marquis
de Cantrel... et feignant un certain embarras, je lui dis
qu'une femme était venue la veille au bureau ; heureusement, j'avais pu l'empêcher de monter, ayant deviné qui
elle était. Il ne fut pas fâché que je connusse cette intrigue... et, tout à fait à l'aise, il avait commencé par me
faire le tableau des dangers que je courais en le trahis-
sant, car j'étais son complice ; il me raconta ce qu'il voulait faire... La partie engagée avec le marquis, il en est
sûr ; il a en poche les valeurs souscrites par le marquis ;
mais, comme après ce qui s'était passé M. de Cantrel
pourrait abuser de la situation pour en refuser le paie-
ment, c'est à la marquise qu'il va s'adresser ; si elle ne
s'engage à obliger son mari à exécuter ce qui est convenu
avec lui, il lui fera parvenir ses lettres, et une histoire
où les choses semblent avoir été très-loin... une visite
entre autres faite la nuit dans la chambre de la marquise
au château de Teuil, et où il s'était arrangé à être vu en
sortant de chez elle par la femme de chambre.

— Mais c'est une infamie... c'est...

— C'est bien plus que cela, monsieur Georges, car c'est
faux... Il a effectivement poussé l'audace jusqu'à poursuivre la marquise jusque-là ; elle l'a obligé à sortir aussitôt... presque chassé... Seulement le coquin s'était arrangé à être surpris par la femme de chambre...

— Il faut à tout prix le mettre dans l'impossibilité
d'agir...

— Ne vous enflammez pas, monsieur Georges, écoutez-
moi avec calme... Ce n'est pas tout...

Georges, nerveux, impatient, aurait déjà voulu se
trouver face à face avec le misérable ; Chadi se rapprocha
de lui et reprit :

— Ecoutez, car voici qui est plus grave... Ce qui a
avorté chez... chez Martingale, comme vous l'appelez, fit

Chadi avec un soupir, va être directement tenté...

— Je ne comprends pas.

— Il va faire appeler M. Burdin, et lui raconter que son fils n'est pas son fils... Il ajoutera que sa fille est la fille de sa femme, mais non la sienne, et pour ne pas rendre la chose publique, il demandera une certaine somme...

Georges se leva en entendant ces mots. C'en était trop ; le visage bouleversé, le regard en flamme, il exclama :

— C'est assez !... Le misérable ! le coquin ! Il faut en finir... Chadi, tu vas me guider. N'essaie point de me retenir cette fois, tu me ferais faire une folie... D'un côté, c'est l'honneur de ma mère qui est en jeu... de l'autre, c'est la vie de celui qui fut tout pour moi... c'est l'avenir de ma fiancée... Chadi, il faut que tu m'aides, je dois agir !

Au lieu de protester, Chadi dit simplement :

— Je suis absolument de votre avis, et je venais vous chercher...

En quelques minutes, les deux jeunes gens furent prêts, et ils partirent aussitôt. Chadi avait rendez-vous avec Tarand le soir même dans un petit bouge des quartiers excentriques. Aussi Georges s'était-il vêtu pour la circonstance.

Après avoir dit qu'ils rentreraient bientôt, ils se dirigèrent vers le lieu du rendez-vous. Pendant que la voiture les conduisait, Chadi continua :

— Alors, voici ce que j'avais arrangé : Je venais vous trouver, je vous racontais l'affaire, et je vous amenais à Tarand, avec lequel vous traitiez, pour éviter tout scandale...

— Il ignore donc ce qui s'est passé chez Martingale ?

— Absolument ; la malheureuse a été arrêtée quelques minutes après que nous sortions de chez elle.

— Très-bien... Alors, il m'attend ?

— Oui ; il a voulu que nous le retrouvions au-dessus de Clichy, il craint d'être filé, et là, c'est assez isolé pour voir si quelqu'un est derrière vous... Voici ce que nous allons faire : je lui dirai que vous êtes avec moi, que vous ne voulez pas entrer dans le bouge, que vous l'attendez dehors.

— Bien.

— Une fois qu'il sera sorti, vous l'écouterez; puis, lorsque vous aurez entendu ce que je vous ai dit, vous lui direz qu'il n'est qu'un coquin, et vous sautez dessus, moi je vous aide, nous le ficelons à nous deux, et nous le ramenons dans Paris, où nous le déposons au premier poste de police.

Georges ne répondit pas, il se contenta de hausser les épaules. La voiture avait passé les fortifications. Chadi sauta le premier et paya la voiture, pendant que Georges avançait en regardant autour de lui. Chadi, en payant le cocher, lui disait à mi-voix :

— Baptiste, tu vas courir au poste de police; tu feras monter deux ou trois hommes en répétant ce que je t'ai dit... Sois là dans un quart d'heure au plus, car il va faire des folies...

— Les agents vont-ils vouloir venir ?

— Ils sont prévenus depuis tantôt, et savent de quoi il s'agit... Mais sois prompt; fais mine de me rendre la monnaie; s'il se doutait de quelque chose, il serait capable de renoncer.

Le cocher obéit et partit dans la direction de Paris.

On voit que Chadi n'avait pas perdu son temps. Il rejoignit Georges et marcha silencieux derrière lui. Lorsqu'ils eurent fait une centaine de pas, ils coupèrent à travers champs, en suivant un sentier au bout duquel se trouvait un petit cabaret borgne, dans lequel les ouvriers qui travaillaient à la carrière voisine venaient déjeuner, le matin.

Un homme, vêtu d'une blouse et coiffé d'une casquette, était accoté sur la porte. Chadi, le voyant, quoiqu'ils fussent très-éloignés, dit aussitôt :

— C'est lui...

Georges releva la tête, mais l'homme était déjà rentré dans le cabaret.

Après quelques minutes de marche, ils arrivèrent devant la porte. Georges marcha quelques pas encore et Chadi entra. Il alla vers une table devant laquelle Tarand, habillé en ouvrier, était assis et buvait. Il demanda un verre pour Chadi, et lui dit :

— Je l'ai vu... tu l'as amené... que t'a-t-il dit ?

— Dame, vous savez, j'ai été distrait, car c'était embarrassant à conter; il ne voulait pas croire à ce que je lui disais. J'ai assuré que vous aviez les preuves...

— Mais je n'ai plus de preuves; j'avais confié tout cela à Martingale, et elle a été arrêtée. En somme, le crois-tu disposé à souscrire ce que je lui demanderai ?

— Oh ! absolument.

— Nous allons voir ça.

Et il frappa sur la table pour appeler la maîtresse du cabaret et payer, se disposant à sortir; mais Chadi paraissait avoir encore quelque chose à lui demander.

— Je vais sortir avec vous.

— Naturellement, il ne me connaît pas; nous allons le trouver ensemble, et tu lui diras que je suis la personne en question.

— Mais je resterai avec vous, pendant que vous vous entendrez...

— Pourquoi ? Reste si tu veux... tu ne t'amuserais pas ici ?

— Non, ce n'est pas précisément pour cela...

— Pourquoi ?

— C'est qu'on ne sait pas ce qui peut arriver. Vous pouvez avoir un attrapage, et si vous aviez besoin d'aide...

Tarand eut un méchant sourire; il haussa légèrement les épaules, et, ayant regardé autour de lui, il écarta sa blouse et montra une lame passée dans son gilet, en disant :

— Je ne suis pas seul, j'ai avec moi un vieux camarade qui ne fait pas de bruit.

En voyant la lame fichée dans un manche de lime, Chadi sentit un frisson se glisser dans ses veines. C'était le même couteau que Tarand avait pris dans ses dents, au prologue de notre histoire, lorsque, s'introduisant, la nuit, chez la belle Jeannie, il avait dit :

— Il faut s'attendre à tout, chez des gens qu'on ne connaît pas ; ayons la réponse aux lèvres.

Chadi avait vu le mouvement de Georges dans la voiture ; il savait bien que ce n'étaient pas ses conseils qui seraient suivis, et il voulait laisser le temps au cocher de revenir.

— Ne nous pressons pas, fit-il, parce que je lui ai dit que j'allais vous raconter tout... Ayons l'air d'avoir causé quelques minutes.

Lorsque Chadi jugea assez de temps écoulé, ils se levèrent, sortirent et se dirigèrent vers Georges, qui, s'impatientant, allait se décider à entrer dans le cabaret.

— Monsieur, dit Chadi respectueusement, voici la personne qui m'a envoyé vers vous ; son costume est une précaution pour n'être pas reconnu.

Tarand salua, Georges ne rendit pas le salut. Tarand le regarda et lui trouva un air singulier ; mais il était bien forcé de reconnaître que le motif qui l'avait obligé à venir n'était guère agréable ; il n'y porta pas plus d'attention et dit :

— Monsieur, si vous voulez me prêter quelques minutes d'attention, vous allez savoir ce dont il s'agit.

Chadi s'éloigna de quelques pas, regardant autour de lui. Tout était désert, mais il lui sembla entendre le bruit d'une voiture sur la route.

Georges répondait à Tarand :

— De quoi il s'agit, monsieur. je le sais... de la plus monstrueuse infamie, et je suis venu pour me trouver enfin face à face avec vous, pour vous dire : Vous n'êtes qu'un misérable ! je ne vous laisserai ni déshonorer ma mère, ni vous vanter d'un crime odieux ! et je suis venu pour vous en punir... Vous êtes un misérable ! un bandit ! un lâche !

On juge facilement de la stupéfaction de Tarand, qui, malgré son audace, resta tout interdit. Il regardait le jeune homme, il regardait Chadi, sans comprendre. Ce

dernier se retournait, lorsque Tarand dit d'un ton goguenard :

— Mais on est donc trahi par tout le monde ?

Et Georges menaçant lui répéta :

— Misérable, lâche et infâme, je suis venu pour en finir... Je suis venu pour t'empêcher de continuer les crimes dont tu vis.

— On fait le méchant !... Allons, gamin, finissons.

— Je pourrais vous tuer comme un chien... mais...

— Mais... c'est moi qui prends le devant.

Et tirant de sa blouse la longue lame fichée dans une
lime, il saisit Georges et la leva. Chadi se précipita et arriva assez à temps pour faire dévier l'arme, qui n'atteignit que le bras ; mais la secousse envoya le jeune
homme rouler à terre. Tarand se retourna vers Chadi en
criant :

— Tu en étais aussi, toi, vilain singe ?

— Oui, mon petit père, j'en suis, et je suis difficile à
faire. J'en sais long, cependant.

— Tu n'auras pas le temps de le raconter...

Et en disant ces mots, il se précipita sur Chadi ; celui-
ci se baissa, et, d'une main soulevant le bras qui tenait
la lame, il donnait de la tête comme un sanglier, dans la
poitrine du coquin. Violemment frappé dans l'épigastre,
celui-ci, suffoqué, se recula et se mit sur ses gardes...

— Hein ! mon petit père, il est difficile à faire, Chadi !
Et le brave garçon, se plaçant en garde de savate, trous-
sait ses manches...

Tarand s'était remis ; il voyait d'un côté Chadi menaçant, de l'autre, Georges qui se relevait, et qui, légèrement blessé, allait revenir sur lui ; il eut un grincement
de dents, un froncement de sourcils menaçant et sembla
prendre un parti extrême. Il fouilla dans sa poche et en
tira un revolver et visa...

— Ah ! le gueux, cria Georges, gare, Chadi...

Le coup partit. Mais Chadi était un gamin de Paris,
vif, prompt, ayant le regard aux aguets et toujours prêt
à la défensive... En voyant le mouvement, il se jeta à

terre... et ne fut pas touché... Tarand allait tirer sur Georges, lorsque se retournant il vit quatre agents qui se dirigeaient vers lui au pas de course. Il n'y avait pas une minute à perdre, il se sauva... Au premier pas qu'il voulut faire, il tomba; Chadi s'était glissé dans ses jambes et l'avait jeté par terre... D'un coup de pied vigoureux, qui atteignit le brave garçon à l'épaule, il l'envoya rouler à dix pas, et, terrible et menaçant, il se releva, tenant d'une main son couteau et de l'autre son revolver...

Les agents étaient à dix pas et fermaient le passage, car, de l'autre côté, on voyait des curieux sortir du cabaret... Tarand fondit sur les agents, faisant feu sur le premier qui lui barra le passage... Attaqués, les agents ripostèrent; trois coups de revolver retentirent, et Tarand courut dix pas et tomba... Il se releva encore à demi et, lâchant son couteau pour se soutenir sur une main, il cria, en les ajustant avec son revolver :

— Je suis perdu!... Mais je vaux cher... pour avoir ma peau, vous la payerez...

Il visa Georges et fit feu. Chadi s'était précipité; mais il n'arriva que pour recevoir le pauvre jeune homme dans ses bras.

Il visait Chadi, lorsque les agents fondirent dessus et le désarmèrent. Il avait employé toute son énergie à ce dernier coup, car, lorsque les agents, qui s'attendaient à une résistance désespérée, le tenaient en leur pouvoir, il perdit connaissance. Il avait reçu les trois balles : l'une lui avait brisé la jambe, les deux autres lui avaient troué la poitrine...

Les agents le relevèrent et le portèrent sur la route, où ils espéraient trouver leur voiture; ils rencontrèrent une voiture de saltimbanques qui sortait de Paris. En voyant un homme qu'on emportait blessé, celui qui conduisait sauta à terre et offrit les soins des femmes qui l'accompagnaient. L'homme ajouta :

— J'ai une boîte de secours... et tout bas il dit à un agent stupéfait : Je suis un ami... J'en suis, c'est votre uniforme qui m'a entraîné à faire ma proposition.

Nos lecteurs l'ont deviné, c'était Nib-de-Naz. La voiture s'arrêta sur le bord de la route, le saltimbanque en fit sortir un matelas sur lequel on installa le blessé...

Chadi avait reçu Georges dans ses bras, et celui-ci s'étant senti touché au bras, avait dit au brave garçon qui gémissait :

— Ce n'est rien, mon vieux Chadi... porte-moi à la voiture... Ce n'est rien...

Chadi, obéissant, l'avait pris dans ses bras comme un enfant, un des agents l'avait aidé, il avait retrouvé la voiture, avait placé son ami dedans, et, sautant sur le siége, il avait dit :

— Vite, vite! Baptiste, à la barrière, chez le premier pharmacien...

Cinq minutes après, Georges était en train de se faire panser chez le pharmacien ; la blessure était absolument sans gravité, et Georges disait à son ami :

— Va voir ce qui s'est passé, et viens me reprendre...

Tranquille sur sa situation, Chadi obéit. Il monta dans la voiture et se fit conduire à la halte du saltimbanque, où l'on avait porté le blessé.

XXVII

LE RETOUR DE L'ENFANT.

On peut s'étonner de voir sur la route, au milieu de sa troupe, dans sa voiture neuve, le directeur des artistes de la Provence, Nib-de-Naz, que nous avons vu arrêter, quelques heures auparavant, rue de Lille, avec Saint-Mards et Finot ; et cependant, cela était simple.

Conduits devant le même chef de sûreté que nous avons vu interroger le marquis et Burdin, les trois misérables avaient eu un sort différent. En reconnaissant Saint-Mards, le chef lui dit :

— Nous nous retrouvons donc, Martin !... C'est vous qui avez dirigé toute cette affaire; mais il m'a semblé reconnaître votre écriture, et peut-être aurons-nous lieu de vous en tenir compte. Cela dépendra de vous...

Saint-Mards n'avait pas protesté; l'instructeur l'avait interrogé; il avait répondu franchement et avait été reconduit dans sa cellule.

Était arrivé le tour de Nib-de-Naz. Celui-ci avait tout avoué, et, après une sévère admonition, après avoir rappelé à lui et à Finot qu'ils s'étaient déjà trouvés en présence, il lui dit :

— En somme, nous allons être obligés d'instruire contre vous.

— Monsieur Joanny ! s'écria Nib-de-Naz, je suis devenu un honnête homme, je vous jure ! J'ai entendu ce que vous avez dit à ce misérable... J'étais sa dupe. Ebloui par son nom brillant, je croyais faire une bonne action.

— Antonin, écoutez : vous êtes aujourd'hui bien équipé pour faire vos excursions...

— Oh ! monsieur, fit le saltimbanque... c'est le pain de ma vieillesse; je vous en supplie, ne me le retirez pas...

— Je puis vous laisser tout cela, mais à une condition.

— Je l'accepte ! s'écria Nib-de-Naz... quelle qu'elle soit.

— Le gouvernement que je sers...

— J'en suis le défenseur absolu, monsieur Joanny...

— Le gouvernement que je sers a besoin de renseignements... sur les besoins des populations, sur ce qu'elles pensent, sur ce qu'elles disent... sur ceux qui font bien, ou qui font mal... surtout sur ces derniers, qu'il faut surveiller pour protéger les bons.

— « Que les bons se rassurent et que les méchants tremblent. »

— Parfaitement. Peut-être votre situation de nomade

vous met-elle plus à même que tout autre de nous procurer ces renseignements...

— Monsieur Joanny, un jour, Finot lui-même me disait que nous devrions venir vous le proposer...

— Alors, continua M. Joanny, ayant intérêt à ce que vous soyez libres, peut-être serai-je moins sévère dans l'affaire qui vous arrive, et pourrai-je vous rendre votre liberté...

Par habitude, Nib-de-Naz, comme s'il craignait d'être entendu, regarda autour de lui, attira Finot et dit :

— Monsieur Joanny, nous acceptons. Vous nous avez bien jugé, nous sommes vos hommes... comme la chanson.

— Quelle chanson.

— Une chanson gaie, fit Nib-de-Naz en faisant une grimace qu'il avait la prétention de croire un gracieux sourire, et dont un des refrains est :

> Je ferai tout pour la famille régnante.
> Ah! monsieur le préfet, rendez-moi mon amante.

— Ainsi je vous laisserais libres, vous auriez un itinéraire, que vous suivriez. Au point noté vous vous arrêtez; vous faites vos exercices, et vous allez, les hommes d'un côté et les femmes de l'autre, causant et faisant causer, et le lendemain je reçois par le courrier...

— Nos études... sur les mœurs de province !

— Vous êtes très-adroit, Nib-de-Naz ; vous trouvez toujours le mot juste; car ces études vous sont personnelles et je ne vous connais en aucun cas.

— Vous êtes trop bon. Cependant, monsieur Joanny, la fortune est souvent inconstante, il se peut que les recettes soient faibles et que nous soyons embarrassés pour sortir d'une ville sans qu'on touche à notre matériel...

— Un mot de vous, et lorsque l'on sera content, vous n'aurez rien à redouter.

— Ah! excellence, soyez bénie!... Quelle chance de savoir qu'on est ainsi protégé... Finot, remercie donc.

— Monsieur Joanny sait bien quelle reconnaissance

je lui ai... C'est la deuxième fois que vous me sauvez.

— Ne parlons pas de cela... Partez ; il faut que ce soir vous ayez quitté Paris ; vous recevrez votre ligne de route et vos instructions à Pontoise.

— Merci, monseigneur, merci... Et est-ce ici que nous devons adresser nos... études ?

— Vous apprendrez cela dans vos instructions.

Et, après de nombreuses révérences, étouffant de joie, Nib-de-Naz sortit, entraînant Finot, muet de surprise. Une fois dans la rue, il s'écria :

— Ah ! c'est bon, la liberté... Embrassons-nous... Bah ! faire ça ou autre chose...

Le lecteur comprendra maintenant pourquoi, lorsque les agents avaient porté le corps de Tarand dans la voiture du saltimbanque, sur la route, celui-ci leur avait dit tout bas :

— Venez, j'en suis...

Nib-de-Naz en était fier. Il passait depuis si longtemps pour un fripon, qu'il était fier d'être de la police.

Bourgeonnette et Chérie s'étaient précipitées hors de la voiture pour soigner celui qu'on apportait. Nib-de-Naz se penchait sur lui pour déboutonner son col ; l'homme avait les yeux fermés, en entendant le saltimbanque exclamer :

— Ah ! Tarand, le beau Nîmois...

Ses yeux s'ouvrirent, il regarda celui qui avait prononcé son nom... il voulut parler, mais un flot de sang vint à ses lèvres, il fit un effort pour se redresser et, se raidissant dans un dernier spasme, il retomba et son dernier soupir fut un blasphème.

— Ah ! bon Dieu ! s'écria Nib-de-Naz, il est mort .. Eh bien ! notre reconnaissance n'a pas été longue...

Bourgeonnette et Chérie firent le signe de la croix et se hâtèrent de remonter dans la voiture, où Finot était resté. Les agents enlevèrent le corps, et la voiture du saltimbanque se remettait en route lorsque Chadi arriva... En voyant le corps inanimé de Tarand, il eut un sourire et dit :

— Il vaut mieux que cela finisse ainsi...

Il se hâta de rejoindre Georges, légèrement blessé. Ce-lui-ci l'attendait impatiemment; en apprenant la fin de son ennemi, il ne dissimula pas sa satisfaction et con-clut :

— Que Dieu lui pardonne !...

Et les deux jeunes gens montèrent en voiture pour re-venir à Paris.

Pendant ce temps, la marquise de Cantrel s'était aban-donnée à ses femmes qui l'habillaient. Elle était à la fois contente et ennuyée de revoir celui qu'elle savait être son fils... et quand Marius vint la chercher et la fit mon-ter en voiture, sentant la main tressaillir, il lui dit en souriant :

— Déjà l'émotion...

— Oui, fit-elle...

Et tout le long de la route, il la plaisantait, lui disant qu'il allait falloir ne plus être coquette, que ce grand fils de vingt ans que l'on retrouvait allait révéler à tous les dix années que sa beauté pouvait cacher... Lorsqu'ils arrivèrent chez Burdin, c'est lui qui vint les recevoir et qui les introduisit dans son salon; là il dit avec la sim-plicité des mœurs bourgeoises :

— Puis-je savoir, monsieur, à qui j'ai l'honneur de parler?

— Mon nom, monsieur, vous dira peu de chose... je suis M. le marquis de Cantrel... Mme la marquise.

A ce nom, Burdin mit une main sur son cœur et de l'autre s'accrocha à un meuble; il se sentait défaillir... Marius s'en aperçut, car, lui saisissant le bras, il s'écria :

— Qu'avez-vous donc, monsieur? qu'avez-vous?

Burdin se remit vite; il passa sa main sur son front moite de sueur et il dit :

— Si, monsieur; votre nom me dit le motif qui vous amène. Pardon, madame, asseyez-vous. Depuis deux mois, j'ai appris ce malheur : permettez-moi de qualifier ainsi ce qui m'arrive. Et je ne pouvais me faire à cette idée. A cette heure, monsieur, il me semble que c'est illégalement que vous venez me voler mon enfant... !

— Mon Dieu! monsieur, ce n'est plus un enfant, c'est un homme; il est à l'âge où l'affection du père est l'amitié.

— C'est vrai, monsieur. Aussi, le brave enfant veut-il me prouver que cette découverte ne peut en rien modifier son affection. Mais il faut agir; nous ne pouvons reculer sans risquer, je le sais, d'être la dupe d'un misérable coquin...

— Vous voulez parler de Tarand?

A ce nom, la marquise sentit le rouge lui monter au visage. Marius continua affectueusement :

— Monsieur, alors que je redoutais de longues explications, je vois que vous savez tout... Eh bien! monsieur Burdin, je sais quel honnête homme vous êtes, je sais par quelle singulière erreur vous avez pu croire qu'Octave était votre fils, je sais de quels soins affectueux il a été entouré, je sais que, vivant avec de braves gens, il est devenu lui-même un brave et honnête garçon, bien digne en tout point du nom qui est le sien... Je sais plus, je sais qu'il vous aime, et que Dieu a voulu que vous ayez une charmante fille qu'il adore, qui lui est fiancée... Il pourra donc rester votre fils tout en retrouvant sa véritable famille...

Burdin était stupéfait; tout cela se passait si facilement, si simplement, alors qu'il croyait que la découverte des véritables parents allait apporter dans ses relations et chez lui un bouleversement, qu'il n'en revenait pas... Un marquis aussi simple prenait la chose par son côté logique, naturel, sans paraître être ennuyé de donner le fils qu'il retrouvait à une bourgeoise. Burdin s'en trouva tout à son aise, et il ne put s'empêcher de dire :

— Ah! si vous saviez, monsieur, maintenant que je vous ai parlé, que vous m'avez dit que le seul rêve que je faisais est toujours réalisable... si vous saviez quel poids j'ai de moins et comme je suis heureux!

Et, effectivement la physionomie de Burdin était transformée, un bon sourire s'étendait sur sa large figure.

Hélène demanda timidement :

— N'est-il pas là, monsieur ?

— M. de Cantrel ? dit Burdin avec effort ; que voulez-vous, il faut l'appeler par son nom, maintenant... Non, madame, il va revenir tout à l'heure. Avant qu'il ne soit revenu, monsieur le marquis, nous avons à causer. Causons, car j'ai beaucoup de choses à vous dire, ajouta-t-il en se plaçant dans un fauteuil en face de Marius et d'Hélène.

Et Burdin raconta son histoire, depuis le jour où il avait dû quitter Cacogne, depuis le jour où sa femme lui avait envoyé, par un voyageur, le petit Octave ; il expliqua que la malheureuse Jeannie, devenue folle, était obligée d'entrer à l'hôpital, incapable de donner des explications sur l'enfant. C'était de là qu'était venue l'erreur. Et pendant qu'il racontait les longues tribulations de sa vie de proscrit, plus d'une fois la marquise essuya une larme furtive.

Burdin, tout à fait mis à l'aise par les allures du marquis, par le beau sourire sympathique d'Hélène et surtout très-frappé de la ressemblance extraordinaire de Georges et de Marius, était tranquille ; l'horizon, qui lui semblait noir, devenait rose. Entendant une voiture s'arrêter à la porte, il s'écria :

— C'est lui... Pauvre garçon, va-t-il être bouleversé !... Vous allez voir.

Il ouvrit la porte du salon et courut au devant de Georges et de Chadi, qui entraient, en criant :

— Viens donc, viens donc au salon, Georges !

Georges donnait le bras à Chadi. Soigneusement pansé, il faisait des efforts pour cacher sa faiblesse, afin de ne pas effrayer le père Burdin. En entrant dans le salon, voyant du monde, il salua sur le seuil ; le marquis ne le quittait pas du regard, heureux, fier de l'admirer, et remarquant à son tour sa parfaite ressemblance avec lui-même. La marquise, au contraire, tremblante, n'avait pu se lever, et elle baissait la tête.

— Eh bien ! dit le père Burdin, en lui présentant le marquis, tu ne devines pas ?

22.

Georges le regarda étonné.

— M. le marquis de Cantrel... ton... père...

— Ah! fit Georges, regardant vivement la marquise, puis restant embarrassé... Le marquis lui offrait la main, il lui tendit péniblement la sienne, et le père Burdin, pleurant tout à coup :

— Ce n'est pas tout ça... voyons... embrassez-vous... voyons, puisque c'est ton père... Et sanglotant plus fort, il dit : Ça me fait un drôle d'effet, tout ça.

Marius, attirant Georges, la pressa sur sa poitrine, et, l'embrassant affectueusement, il disait :

— Oh! mon cher enfant... mon fils !

Il sentit que le jeune homme lui pesait sur le bras et qu'il allait tomber...

— Ah! mon Dieu! exclama-t-il le regardant et voyant qu'il était devenu livide... mais il perd connaissance...

— Comment!... Georges, Georges mon enfant, criait Burdin, se précipitant pour le soutenir. La marquise s'é-tait vivement levée, et aidait les deux hommes, soutenait la tête du jeune homme, que l'on étendit sur un canapé.

— Qu'a-t-il, mon Dieu ? gémissait le père Burdin.

Marius était stupéfait; la marquise, effrayée, se hâtait de dénouer sa cravate, lorsque Chadi s'avançant les ras-sura en disant :

— Ce n'est rien, maître, une syncope... il ne voulait pas le faire voir... il est blessé... ce n'est rien; mais enfin, vous l'avez justement serré là, monsieur le marquis... à l'épaule...

— Blessé! exclama le père Burdin... blessé! qu'est-il donc arrivé?... et il n'avait pas encore essuyé ses larmes, l'ancien charron, que de nouvelles coulaient... Est-ce qu'il s'est battu, Chadi?

— Non, monsieur Burdin, c'est une aventure qu'il vous racontera lui-même... Je vous assure que ce n'est pas grave; il ne faut pas vous désoler pour ça... Ce n'est rien... rien là...

Mais le père Burdin était sens dessus dessous, et comme il sortait en criant qu'on lui apportât de l'eau et du vinaigre, Mlle Beau-Sourire entendit cela, elle s'informa de ce qui se passait. En apprenant que Georges venait de se trouver mal, elle descendit rapidement, et, sans se préoccuper du monde qui était dans le salon, elle se précipita et vint s'agenouiller devant son fiancé en disant :

— Georges, Georges! qu'as-tu donc?

Et elle tenait une de ses mains; de l'autre elle relevait les cheveux qui couvraient son front.

A cette voix, à ce toucher, Georges ouvrit les yeux, et, essayant de sourire, il dit d'une voix faible :

— Ce n'est rien, Claire... rien...

Chacun s'empressait autour du jeune homme, qui ne tarda pas à revenir à lui. Après avoir remercié Claire d'un sourire, ses yeux rencontrèrent ceux de la marquise. Sous ce regard, il sentit en lui une impression singulière : il regarda le marquis et parut surpris de la ressemblance qui existait entre eux.

Georges, dans la prévision de cette entrevue, s'était préparé tout un petit *speech,* mais sa langue était sèche, il ne pouvait parler, il se sentait ému... Il vit que deux larmes coulaient sur les joues de la marquise, et il vit en même temps que le père Burdin inquiet, penché sur lui, sanglotait. Il craignit, en cédant au sentiment qui l'entraînait vers Hélène, de lui faire de la peine, et, fermant les yeux, il laissa retomber sa tête sur les bras de Claire.

— Ah! mon Dieu! est-ce qu'il retombe? exclama Burdin.

Mais Georges ouvrit les yeux et lui sourit. Alors, rassuré, le charron lui prit la tête dans ses deux mains, l'embrassa à pleine bouche et s'écria :

— Allons, sacredié, embrasse donc ta mère!

Georges n'attendait que ce mot; il était guéri. Il se leva et se jeta dans les bras que lui tendait Hélène. Celle-ci, en sentant sur ses lèvres les lèvres du jeune homme, dit :

— Mon enfant!... mon fils!...

Et Georges sentit qu'on lui prenait la main. C'était le marquis. S'abandonnant, il s'écria :

— Mon père !... Ma mère !...

Claire regardait Burdin, Chadi, et restait stupéfaite... et pendant que tout entier à leur reconnaissance Georges se prêtait à l'expression de regrets de ses parents, le père Burdin disait à Claire :

— Mais oui, ma pauvre Claire, c'est fini, je n'ai plus de fils, je n'ai plus que toi, ma belle aimée, que toi, qui me le rendras...

— Non pas, dit le marquis, il ne cessera de l'être, car nous allons hâter le mariage, qui sera le prétexte au changement d'existence qui atténuera ce que vous appelez la perte de votre fils.

— Ah ! je ne dis plus ça, maintenant, monsieur le marquis, et je vois bien qu'il ne change pas de famille, il l'augmente.

— A la bonne heure ! fit Marius en lui serrant la main.

Marius s'occupait de celle qui allait devenir la comtesse de Cantrel, de la belle Claire. Il était ravi de la voir si digne en tout point du nom qu'elle allait porter, et la belle enfant rougissait à chaque compliment. Georges, assis près de la marquise, l'admirait ; celle-ci, après avoir jeté un regard autour d'elle pour s'assurer qu'elle n'était pas entendue, disait en rougissant :

— Mon enfant, Dieu a été sévère avec moi en vous choisissant pour m'obliger à...

Georges l'interrompit aussitôt :

— Ma mère, vous êtes vengée !

Elle le regarda étonnée.

— C'est le misérable, continua-t-il à mi-voix, qui m'a blessé.

— Vous vous êtes battus ?

— Presque... Mais ce n'est pas moi qui l'ai tué... Il est mort.

Et tout bas toujours, il lui raconta ce que le misérable voulait faire... Chadi, interrogé par Burdin, racontait :

— Monsieur Burdin, vous savez qu'il y avait un coquin qui vous tourmentait, celui qui vous a compromis... dans l'affaire...

— Oui, oui ! eh bien ?...

S'adressant au marquis, Chadi continua :

— Monsieur le marquis, il y avait un coquin qui vous tourmentait également, celui qui vous avait entraîné dans l'affaire des Mines savoyardes, le même que celui dont je parle à M. Burdin.

— Tarand ? fit aussitôt le marquis, fronçant le sourcil avec inquiétude.

— Justement... Eh bien ! monsieur le marquis, j'ai le plaisir de vous faire part de sa mort.

— Que le bon Dieu lui pardonne ! dit Burdin.

Le marquis eut un soupir de soulagement, puis il demanda aussitôt :

— C'est avec lui qu'Octave... Georges, s'est battu... par lui qu'il a été blessé...

— Comment ! il s'est battu ?

— C'est-à-dire que ça n'a pas été un combat tout à fait régulier... Mais enfin, on s'est battu, puisqu'il a fallu se défendre... Et cela prouve que si M. Georges a été blessé... c'est le dernier souvenir que nous aurons de lui.

On comprend quel soulagement cette nouvelle apportait à l'état de chacun. Pour ne plus parler de parenté, ce qui était fort désagréable à Burdin, on entama les révélations sur l'affaire des Mines savoyardes, le marquis raconta comment il avait été dupe, Burdin lui fit les mêmes confidences, mais il ajouta :

— Et cependant, monsieur le marquis, je suis certain que c'est une bonne affaire...

— Vous en êtes certain, et vous êtes un homme compétent... Eh bien ! quoi qu'on en dise, notre nom qui a figuré dans les actes, le vôtre dans les conseils, sont compromis... et nous pourrions racheter, en dignes et...

— Ah ! comment donc ? reprit vivement Burdin, voilà ce que je voudrais...

— Les terrains sont à moi ; nous allons racheter les quelques actions qui avaient été véritablement souscrites. Je serai, dans quelques jours, à même de risquer quelques millions dans une affaire : voulez-vous la faire de compte à demi, pour nos enfants ?...

— Bien parler, ça !... J'accepte... Voyez-vous, monsieur le marquis, le négociant a aussi sa noblesse ; son nom, il faut qu'il soit sans tache, coûte que coûte... Demain, nous nous occuperons du mariage des enfants ; cela fait, nous fondons la nouvelle Société des Mines de l'*Arly, réunies aux Mines savoyardes*... Nous payons à bureau ouvert toutes les actions souscrites à cette dernière Société... et nous fondons la Société Marquis et comte de Cantrel et Burdin, sous la raison sociale : Burdin et Cᵉ... et Chadi, qui est sans place, devient le gérant...

— C'est entendu ! Et les deux hommes se serrèrent la main.

Puis le négociant reprit :

— Maintenant, il ne faut pas vous fâcher de mes manières sans façons...

— Bien au contraire...

— Il faut que le père et la mère de mon futur gendre, que M. le marquis et Mᵐᵉ la marquise de Cantrel me fassent l'honneur de dîner avec nous.

— Hélène, fit le marquis souriant, c'est à vous de répondre.

— Mais nous acceptons avec joie, monsieur Burdin...

Lorsqu'on vint dire que le dîner était servi... le marquis offrit son bras à Beau-Sourire, et Georges pria sa mère de s'appuyer sur le sien... pour les conduire à la salle à manger, et Chadi, qui suivait avec Burdin, dit à ce dernier :

— Eh bien ! monsieur Burdin, et la voix du sang...

— Qu'est-ce que tu veux dire ?

— Oui, la voix du sang est restée muette dans tout ça ; il a fallu un tas de choses pour que l'on puisse se reconnaître, et aujourd'hui encore...

— Aujourd'hui encore, dit tout bas Burdin, ça ne me fait plus rien, parce qu'il reste toujours mon fils; mais s'il avait fallu se séparer, ah! mais non, ça ne se serait pas passé comme ça, car, et entre nous, j'envisage ça avec joie, parce que je me dis : tout cela est de la plaisanterie, mon fils m'aime tout autant... et la vérité, c'est qu'il fait une bonne affaire.

On se mit à table; la blessure de Georges le gêna bien un peu; mais il était si heureux, qu'il ne s'en aperçut pas...Et ce fut un gai dîner où l'on causait de tout, du mariage, de la situation des enfants, et des noms qu'ils porteraient. Ce qui au fond fit rougir de plaisir Mlle Claire Beau-Sourire, c'est lorsqu'en riant, Burdin lui dit :

— Ma petite, tu ne rougiras pas trop de ton père.

.   .   .   .

Quelques jours après, en même temps que paraissait dans un journal le compte-rendu d'un procès en escroquerie de la bande connue sous le nom de Club des Coquins, laquelle bande avait fondé sans un rouge liard la Société des Mines savoyardes, et dont les principaux membres : 1° Jules Martin, dit Saint-Mards; 2° Lecomte, dit d'Eragny; 3° Lacroix, dit le capitaine Manfredi, ancien zouave pontifical; 4° Martin, dit Martin-du-Chêne, ont été condamnés à cinq ans de détention, on lisait à la quatrième page du journal l'annonce de la liquidation au prix de l'émission de l'ancienne Société des Mines savoyardes, et sa reconstitution nouvelle sous la raison sociale nouvelle : Mines de l'Arly, Burdin et Cᵉ.

Martingale vit en province, confite en dévotion; des épaves de sa splendeur, il lui reste de quoi vivre modestement; elle se fait passer pour la femme d'un officier de marine qui fait un voyage de cinq ans, le baron de Saint-Mards, et elle attend son retour en priant Dieu.

La gracieuse Beau-Sourire, devenue la petite comtesse de Cantrel, est la plus grande amie de sa jeune belle-mère. Toujours, aux courses et au bois, on les voit ensemble.

Le vieil hôtel de la rue de Lille a repris ses brillantes

fêtes d'autrefois. Georges-Octave de Cantrel est tout à fait dans son rôle... Et lorsque le père Burdin vient parfois se perdre dans les salons illuminés de l'hôtel de ses enfants... il se demande s'il ne rêve pas, et si c'est lui, Burdin, le père de la comtesse de Cantrel, lui, l'ancien charron du petit village de Cacogne.

FIN

TABLE DES MATIÈRES

PROLOGUE

La Maudite

PREMIÈRE PARTIE

Mademoiselle Martingale

DEUXIÈME PARTIE

Mademoiselle Beau-Sourire

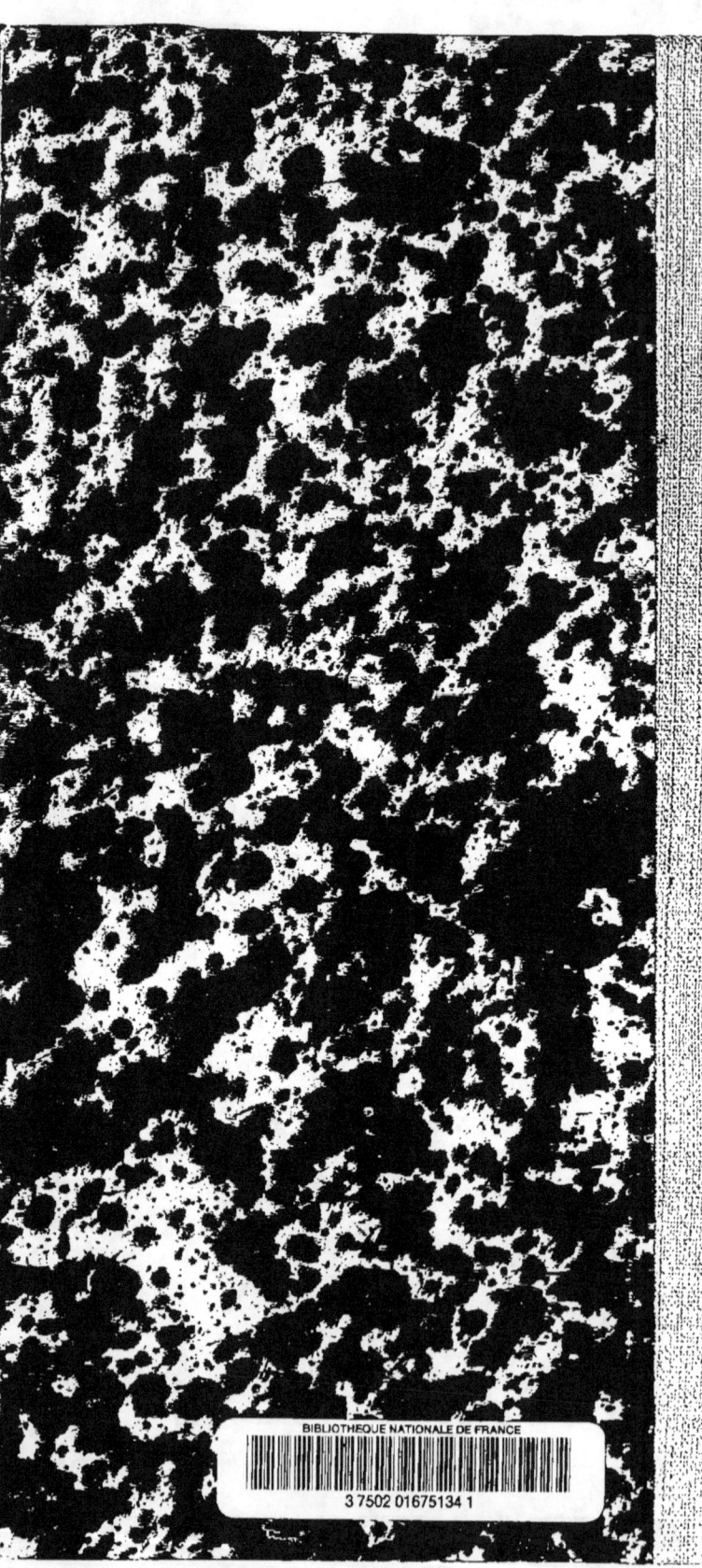

www.ingramcontent.com/pod-product-compliance
Lightning Source LLC
Chambersburg PA
CBHW050745030726
47505CB00002B/403